▲ 1995년 광주에서.

▲ 아버지 김응수.
(단편 데뷔작 「쥐잡기」에 나오는 사진)

▶ 구멍가게 앞에 선 아버지와 작은 이모부.
(「키 작은 쑥부쟁이」 모델) 1980. 4.

▶ 서울시 성북구 길음2동 1269-222번지.
김소진 소설의 길음동 산동네 주무대.
대학 시절 집 앞에서. 1987.

▲ 보성중학교 시절.
"1978. 4. 21. 中3 봄 소풍서 친구랑…
왼쪽서부터 영수, 훈, 정철, 상동, 나 밑으로 종언, 양수, 양규, 신이."

▶ 서라벌고등학교 시절.
"수학여행 기념 1980년 4월 28일 허춘과 함께."

◀ 방위 근무 시절 1986. 3.

◀ 서울대학교 입학 사진.
어머니와 함께. 1982. 3.

▶ 한겨레신문사 시절 열차를 타고.

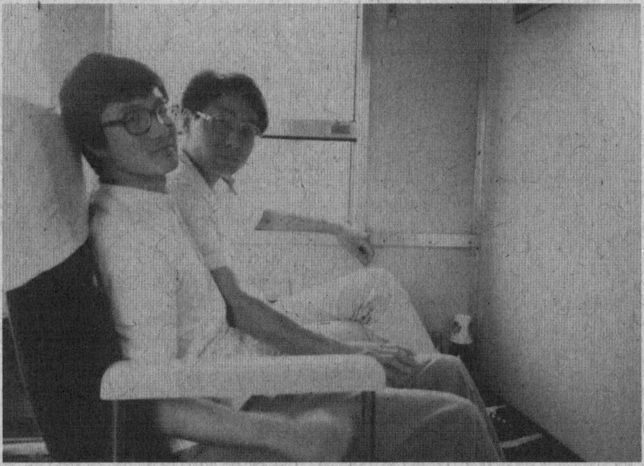

▶ 서울대 영문과 동기 하영춘과 함께.
지리산 등반. 1989.

◀ 한겨레 교열부 입사 동기
구본권 기자와 함께. 1992.

▲ 문우 정홍수와 함께.(1995 광주비엔날레 여행중)

◀ 1995년 광주비엔날레에서
(시인 안찬수, 당시 강출판사 대표 한승오,
김소진, 문학평론가 정홍수, 번역가 정영목).

◀ 철원에서 미아리로 갓 올라왔을 대여섯 살 무렵(좌측이 김소진).

▼ 서울대학교 학생증(4학년 때).

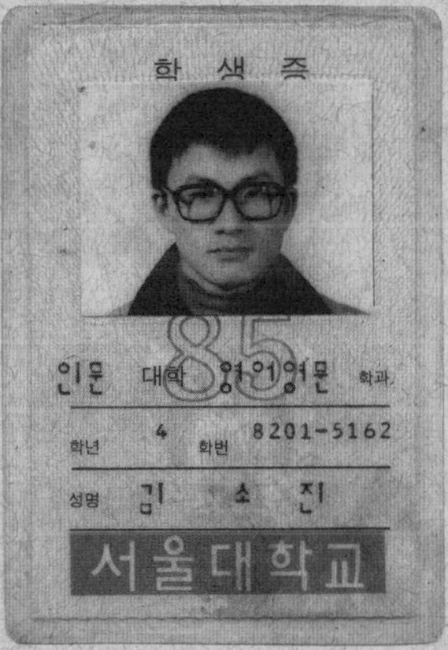

◀ 보성중학교 2학년 때.

▲ 서라벌고등학교 시절.

▶ 서울대학교 입학식 날. 1982.

◀ 경향신문 신춘문예 시상식 때. 1991.

▶ 중국여행, 만리장성에서. 1996. 6.

▲ 경주에서 아들과 함께, 1995. 5.

▲ 일산 신도시에 입주해 살면서 일요일마다 찾던 정발산에서 아들과 함께, 1996. 10.

▲ 作家 忠州金公昭晋之墓(용인공원묘원 63번지 5-310). 비문은 소설가 김성동 선생이 붓으로 직접 초(草)함.

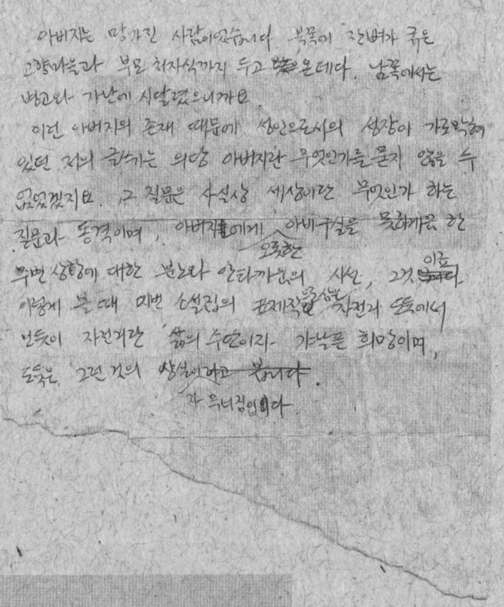
아버지는 망가진 사람이었습니다. 북쪽에 그리운 고향마을과 부모 처자식까지 두고 [illegible] 온데다. 남쪽에서는 냉대와 가난에 시달렸으니까요.
이런 아버지의 존재 때문에 성인으로서의 성장이 가로막혀 있던 저의 관심가는 의당 아버지란 무엇인가를 묻지 않을 수 없었겠지요. 그 질문은 사실상 세상이란 무엇인가 하는 질문과 동격이며, 아버지에게 오롯한 아버지 구실을 못하게 한 주변 상황에 대한 분노와 안타까움의 시선, 그것이죠.
이렇게 볼 때 이번 소설집의 표제작 [illegible] 자전거 도둑에서 보듯이 자전거란 삶의 수단이자 가난한 희망이며, 도둑은 그런 것의 상실자 우리 자신입니다.

▶ 메모: 소설집 『자전거 도둑』에 관한 작가의 글로 보임

▲ 1주기 추모식. 문우 안찬수의 시 낭송. 그 옆에 문학평론가 진정석과 문화평론가 조형준이 보인다.

▶ 유작 산문집 「아버지의 미소」 그의 옆에 묻다. 1998. 4. 22.

▲ 경주 기림사에서.(마지막 여행) 1997. 2.

소진의 기억

소진의 기억

안찬수
정홍수
진정석
엮음

문학동네

| 펴내며 |

김소진을 읽는 시간

김소진이 세상을 떠난 지 벌써 십 년이 되었다. 여기, 그의 동료와 선후배 문인들이 새로 쓴 서른 편의 글을 모아 한 권의 책으로 묶어낸다. 이 책은 원래 너무 일찍 세상을 떠난 한 소설가의 삶과 문학을 남아 있는 사람들이 다시 한번 기억하고 추모하려는 소박한 의도로 시작되었다. 하지만 원고를 모으고 편집을 진행하는 동안 우리는 점점 더 이 책에 하나의 추모문집 이상의 의미를 부여하게 되었다.

1991년에 시작된 김소진의 짧은 창작 이력은 스스로 넓고 깊어져 바야흐로 새로운 소설의 진경을 예감하게 만들던 1997년 4월 22일 갑작스레 중단되고 말았다. 김소진 소설이 시간의 침식을 견뎌내고 미래의 독자에게도 여전히 읽힐 만한 가치가 있는지 여부는 전적으로 그가 남긴 작품 자체에 달려 있는 문제이다. 그의 소설이 도달하지 않은 미답의 영역을 섣불리 예상하는 것은 온당하지 않으며, 그가 죽은 뒤 진행된 한국문학의 성취를 부당하게 폄하할 이유도 없을 것이다. 그러나 그가 없던 지난 십 년간 한국 소설이 노정한 어떤 부족함이나 치우침을 가끔 목도하게 될 때, 많은 이들이 작가 김소진의 부재를 새삼 안타깝게 떠올려보곤 했던 것도 분명한 사실이다.

중심에서 배제된 주변적인 것들에 대한 이 작가의 생리적인 애착과 공감은 잘 알려져 있지만, 김소진 소설 역시 문단의 주류나 문학적 평가의 중심에서는 어느 정도 벗어나 있는 편이었다. 하지만 우리는 중심에서 한 걸음 비껴나 자기만의 독자적인 세계를 밀고 나간 김소진의 소설이야말로 1990년대 이후 한국문학의 어떤 편향과 맹목을 되비쳐

주는 하나의 거울과도 같은 존재라고 생각한다. 때문에 2007년 현재 시점에서 김소진을 다시 읽어보는 일은 의례적인 추모행위를 넘어 한국 소설의 좌표를 점검하고 미래를 전망하는 당대적 실천의 일부가 될 수 있는 것이다. 이 책에 수록된 여러 편의 공들인 글들은 이런 판단이 단순한 기대의 차원에 그치지 않음을 입증해주고 있다.

이 책은 김소진의 '문학적 연대기'를 필두로 하여 원고의 장르와 성격에 따라 시, 소설, 산문, 평론 등으로 구성되어 있으며, 그 동안 김소진에 대해 말하고 논한 모든 글의 목록을 말미에 첨부했다. 우리는 이 책의 공동 저자 대다수가 김소진의 아래 연배로 최근 활발한 활동을 펼치고 있는 현역 작가 · 시인 · 비평가들이라는 점에 각별한 의미를 부여하고 싶다. 수록된 한 편 한 편의 글을 통해 세대의 간격과 생멸의 경계를 초월한 문학적 대화의 자리가 마련될 수 있기를 기대해본다.

이 책은 『김소진 전집』을 출간한 문학동네의 제안에 의해 처음 기획되었다. 준비에서 출간에 이르기까지 오랜 기간에 걸쳐 모든 과정을 격려하고 지원해준 문학동네의 후의에 감사드린다. 김소진의 친구 3인이 중간에서 연락을 맡아 진행했지만, 초기 기획 과정에 함께한 류보선 형을 비롯, 많은 분들의 관심과 참여가 없었더라면 이 책은 아마 제대로 나오기 어려웠을 것이다. 마지막으로, 김소진을 함께 기억해주신 서른 분의 필자들에게 다시 한번 고마운 마음을 전한다.

2007년 4월 안찬수 정홍수 진정석

차례

I

김소진

아름다운 지옥에서의 한철

김미정

사람들은 그를 "눈 맑은 사나이" "소년처럼 해맑은 얼굴" "티 없이 해맑은 웃음" "언제 어디서건 전혀 흐트러짐이 없었"던 "견결했던" 사람, "성실한 생활인" "겉보기엔 아무것도 없는 듯이 가냘프게 보이면서도 안으로 모든 것을 갖춘 올찬 사람"[1]으로 기억한다. 어떤 선함과 무구함과 외유내강을 떠올리게 하는 이 언어들 앞에서 우리는 조심스레 한 사람의 모습을 그려보게 된다. 이것은 소설을 통해 가늠해보는 그의 모습과 비슷하면서도 어딘가 또 조금 다르다.

한 작가의 소설이 아니라 그 삶을 텍스트 삼아 그림을 그려보려 할 때 우리는 일종의 삶의 비의(秘意) 같은 것을 엿보게 되기도 한다. 삶은 언제나 우연적이고 파편적으로만 지속된다. 삶 자체는 인과나 질서를 알지 못한다. 그러나 돌이켜보면 그것은 종종 하나의 운명과 이야

1) 정홍수, 「눈 맑은 사나이 김소진」(『사회평론 길』, 1997. 6) ; 김성동, 「아아, 山새처럼 날아간 사람아」(『한국문학』 1997년 여름호) ; 박상우, 「네 맑은 영혼의 웃음」(『한국문학』 1997년 여름호) ; 성석제, 「경애로운 벗을 추억하며」(『그리운 동방』, 문학동네, 2002) ; 안찬수, 「상처의 기억과 생리적인 것」(『문학동네』 1997년 가을호) ; 함정임, 「동행」(『문학동네』 1997년 가을호).

기를 보여주고 있다. 어떤 의미에서 작가가 글쓰기를 통해 구성해내는 세계는 그의 운명이요 사후적이나마 형식이었는지 모른다. 물론 오해해서는 안 된다. 분명 작품은 작가의 손을 떠나는 순간 그 작가와는 결별한 것이다. 그러나 통상적인 텍스트의 룰에도 불구하고 작가의 흔적과 작품을 겹쳐 읽을 수밖에 없는 경우도 있다. 따라서 어떤 작가들에게는 작가와 작품을 매몰차게 구분해내는 것이 공허한 일인지도 모른다. 김소진의 삶과 소설이 지금 우리 앞에 이런 식으로 놓여 있다. 이제 그가 어떻게 자신의 삶을 수락해내어 하나의 운명을 만들어내고, 하나의 소설세계를 구축해갔던가를 살펴볼 셈이다. 그의 소설이 어떻게 속된 산문의 세계와 염결한 시의 세계 모두를 품고 있었던지. 이 땅의 비루함과 혹독함을 자양분 삼아, 혹은 스스로가 그 속으로 투신하면서, 어떻게 지옥도 아름다울 수 있는지(「갈매나무를 찾아서」)를 보여주려 했는지.

그것은 "항상 녹슬지 않는 싱싱한 구릿빛"으로 묘사된 미아리 시절에서부터 출발한다.

미아리 시절—녹슬지 않는 구릿빛의 시간

> 원래 유년이란 생애에서 최대의 풍경을 이루는 법이다. 기억의 무궁무진한 보물 창고가 바로 그곳이고 그래서 그곳에 대한 기억은 항상 녹슬지 않는 싱싱한 구릿빛으로 남을 수밖에 없다.[2)]

김소진은 1963년 음력 12월 3일 강원도 철원군 김화읍 학사리에서

2) 「행복에 대하여」, 『그리운 동방』, 문학동네, 2002, 61쪽.

2남 2녀 중 막내로 태어난다. 태어나서는 줄곧 철원에서 살았다. 그의 부모님은 철원 군부대에서 흘러나오는 군수품을 가지고 장사를 했는데 5·16 이후 그것도 어려워지자, 김소진이 다섯 살 되던 해인 1967년에 서울 미아리 산동네로 이사를 한다. 이른바 미아리 시절의 시작이었다. 김소진 가계의 이주가 보여주는 상징성도 흥미롭다. 미아리라는 공간으로 가족 전체가 이주하는 장면은 한국 근대사의 한 장면을 압축적으로 제시하는 것이기도 하다. 미아리는 한국전쟁 이후 주로 판잣집에서 기거하던 서민들이 수재나 화재로 집터를 잃고 서울 변두리 국공유지로 이주하면서 형성된 정착촌이다. 70년대 이후에는 서울 도심 개발과 함께 변두리로 쫓겨난 빈민층과, 도시로 상경한 서민들까지 모여들어 소위 '달동네'의 원조를 이루게 된 곳이다. 여기에서 그는 두 번의 이사를 했고 이십오 년간 살았다. 김소진은 서울에 첫발을 내딛던 때 김치동이를 머리에 인 어머니를 따라 시외버스 차부에서 미아리 산동네까지 가던 중 길음시장의 간판숲에 넋이 빠져 기웃거리느라 어머니를 생고생시킨 일도 있다. 근대화의 압축적이지만 조악하고 그러나 매혹적인 풍경들은 순진무구한 어린 시골 소년을 충분히 아찔하게 할 만한 것이었으리라.

1968년, 김소진이 여섯 살 때 아버지가 중풍으로 쓰러진다. 다행히 거동은 할 수 있는 편이었다. 이때부터 혈압에 좋다는 오리알찜 냄새가 부엌 아궁이에서 늘 풍겨나왔고 어머니는 삯바느질 등으로 더욱 억척스럽게 생계를 꾸려나간다. 1970년 김소진은 미아초등학교에 입학한다. 학교에서는 누런 헝겊을 댄 남루한 솜옷을 입고 다닌 덕에 인민군이라는 별명으로 불리기도 했고 육성회비 때문에 교무실 복도에서 자주 벌을 서기도 했다.

그가 살던 집 대문에는 '장석조'라는 문패가 달려 있었다. 그 집에는 아홉 가구가 비둘기호 같은 기차 꼴로 붙어 있어서, 소위 기찻집이라 불리기도 했다. 이 미아리 시절 기억의 산물이 바로 널리 알려져 있는 연작 장편 『장석조네 사람들』이다. 모두가 그 좁은 공간을 빌려 사는 처지였지만 그들은 적어도 자신의 방에서만큼은 주인일 수 있었다. 서울 하늘과 가장 가까이 닿아 있지만 가장 낮은 땅에 붙박여 그곳을 떠날 수 없던 이 산동네에는 저마다의 절망이 있었고 저마다의 희망이 있었으며 그 이질적인 부대낌이 넘쳤다. 이들의 술주정과 마누라 두들겨패기와 젓가락 장단과 자포자기의 울부짖음들 속에서 김소진은 "이 세상엔 정말 '기똥찬' 꿈은 없다고"[3] 단정을 내리곤 했다. 그 세계에는 양질의 양은용품을 보급해주던 최씨가 있었고, 머슴 출신이라는 막노동꾼 둘남 아범이 있었고, 딴 동네 아이들의 주먹질에서 그를 보호해주던 병호 형이 있었으며, 성경의 이야기를 실감나게 해주던 만복이 형(이상 『장석조네 사람들』)이 있었고, 김소진 이마의 종기를 정성껏 치료해주던 상호 형(「춘하 돌아오다」) 들이 있었다. 김소진은 이처럼 함께 살을 맞대고 애환을 나누며 살던 이들에게 훗날 '밥풀때기'라는 호칭을 붙여준다. 이들 밥풀때기들은 선하지도 악하지도 않았지만 그 자체로 한 세계와 한 사회를 증거하는 존재들이었다.[4]

그런데 서로 몸을 비벼대며 삶의 애환을 뒤섞고 살았던 그들에 대해 내가 어떻게 부채의식을 갖지 않을 수 있을까. 나는 자꾸만 완전한 사회, 이상적인 사회에 대해 자문하지 않을 수 없었다. 누구 말대로, 개개인이 사회의 진정한 주인으로 질적으로 더 많은 자유와 민주주의 그리고 물질적 풍요와 평등을 이룰 수 있는 사회에 대해서 되지도 않는 상상을 덧칠하면서.

3) 「밥풀때기가 살고 있었네」, 『그리운 동방』, 문학동네, 2002, 12쪽.
4) 같은 글, 13쪽.

그들 밥풀때기는 아직 우리 사회가 완전하지 않음을 극명하게 증거하는 물증들이었다.[5]

이어지는 김소진의 회고에 따르자면 「열린 사회와 그 적들」은 이들에 대한 부채의식과 애정의 산물이었고, 그 가감 없는 생생한 현장을 그린 것이 바로 『장석조네 사람들』이었다. 스스로가 부채의식이라고 칭한 바에서 짐작할 수 있듯, 그의 언어들은 언제나 현재와 과거의 간극을 인정하는 쪽에 속했다. 이것은 아무래도 기억의 관념성을 우려케 할 수밖에 없는 것이었는데, 이 우려를 불식시켜주는 것은 바로 현상의 언어와 인물들을 핍진하게 재현해내는 기술이었다. 그가 속한 지식인 소설 계보는 종종 건조하고 창백한 것일 때가 있지만 그의 언어들은 언제나 소란스러운 여항과 닿아 육체의 질감을 갖는 것이었다. 그리하여 부채의식이라는 말에서 풍기는 다소 비장하고 낭만적인 뉘앙스는 개인의 관념적 윤리감각을 넘어서 자연스레 구체적인 타자에 대한 윤리감각으로 확장된다. 모두가 함께 살을 맞댔던 이야기들 속에서 타자는 언제나 살과 피를 가지고 출몰했다. 따라서 『장석조네 사람들』의 경우만 해도 우리는 줄곧 70년대 민중의 형상을 이야기해온 편이었지만 사실 이것은 당시 도시 빈민이나 달동네 서민들의 삶에 국한되지 않는다. 그가 그려낸 달동네는 소외되고 밀려난 이들의 절망과 희망을 가감 없이 드러내 보여주었다. 그곳은 절망이 반드시 희망으로 거듭나지 않아도 좋은 세계로 그려져 있다. 생전의 김소진에게는 얄팍한 행복이나 어설픈 희망이 절망보다 더 나쁜 것이었으리라. 어설픈 화해나 거짓 화해와 같은 손쉬운 타협과 자기 기만의 행위들은 그가 절망이나 변절보다 더 경계하던 것들이었으리라. 그는 그저 달동네에

5) 같은 글, 13~14쪽.

서 겪은 각종 이질적인 삶들과, 그 삶의 수만큼의 진실을 보여주고 싶었을 것이다.

물론, 그가 미아리 시절 이들의 아등바등 사는 모습만을 기억하는 것은 아니다. 그는 「눈사람 속의 검은 항아리」에서 이런 세계를 이미 터득하기도 했다.

> 눈사람은 깨끗이 치워져 있었다. 물론 흉칙한 몰골을 드러내고 있어야 할 짠지 단지도 눈에 띄지 않았다. 도대체 무슨 일이 일어난 것일까?
>
> 나는 나를 둘러싼 세계가 너무도 낯설게 느껴졌다. 내가 짐작하고 또 생각하는 세계하고 실제 세계 사이에는 이렇듯 머나먼 거리가 놓여 있었던 것이다. 그 거리감은 사실 이 세계는 나와는 상관없이 돌아간다는 깨달음, 그러므로 나는 결코 주변으로 둘러싸인 중심이 아니라는 아슴프레한 깨달음에 속한 것이었다. 더이상 나를 상대하지도 혼내지도 않는 세계가 너무나 괴물스럽고 슬퍼서 싱거운 눈물이라도 흘려야 직성이 풀릴 듯했다. (……) 차라리 그 깨진 단지라도 제자리를 지키고 있었다면 혼은 나더라도 나는 혼돈스럽지도 불안해하지도 않았을 것 아닌가.[6)]

'나'의 심경, 내적 토로 등이 무척 드문 그의 소설에서 이 사건은 퍽 의미심장한, '나'만의 경험 목록에 해당한다. 초등학교 4학년 겨울, 눈이 수북이 쌓인 어느 날 그는 공동변소에서 볼일을 보고 나오는 길에 실수로 이웃집 짠지 단지를 깨뜨린다. 눈앞이 깜깜해지고 뒷일을 감당할 수 없을 것 같아진 그는 눈사람을 만들고는 깨어진 단지를 그

---

6) 「눈사람 속의 검은 항아리」, 『신풍근배커리 약사』, 문학동네, 2002, 312쪽.

속에 넣는다. 그리고 하루 동안 가출을 감행한다. 그러나 눈사람은 이내 오후의 햇빛에 사라질 것이었고 자신의 잘못은 만천하에 드러날 것이었다. 불안과 두려움을 안고 돌아온 저녁 무렵의 집 앞. 아무도 그에게 알은체를 하지 않는다. 모두들 아무 일도 없었던 듯 행동한다. 그가 머릿속으로 짐작하고 있던 세계와 실제 세계는 이처럼 큰 차이가 있었다. 세계는 내 생각과 짐작대로 움직이지 않는다는 것. 그리하여 이 세계는 나와 상관없이 돌아간다는 것. 그리고 그뿐 아니었다. 뒤늦게 그를 슬프게 한 것은 눈사람을 녹여버린 시간의 힘이었다. 시간의 힘은, 눈사람과 단지의 존재를 스스로에게조차 증명할 수 없게 만들었다. 그는 혼돈스럽고 불안했다. 차라리 혼이 나는 편이 나았던 것이다. 이 혼돈과 불안은 '시간'의 불가항력에 대한 막연한 두려움 혹은 너무 일찍 엿본 막막함의 다른 이름이었는지 모른다.

한편 초등학교 시절 김소진은 어쩌다 생기는 십원짜리 동전들을 가지고 동네 이발소 건너편 돌산만화가게로 달려가거나, 아이들과 함께 동네 하천에서 고물을 줍곤 했다. 이 번잡하고 비루한 삶에서 어떤 고결한 이상향의 이미지를 발견했다는 점은, 아이로니컬하지만 한편으로 우리가 알고 있는 진실의 한 자락이기도 했다. 그는 아이들과 몰려다니다가 어느 날 고물상에서 만화 『동방견문록』(마르코 폴로)을 찾아내었는데, 그 속에 있는 이런 구절들에 푹 빠지기도 한다. 그가 이후 내내 품게 되는, 이른바 동방이라는 유토피아의 발견이었다.

> 산의 노인은 알로아딘이라고 불리는 사람으로 원래는 마호메트교의 신도였다. 그는 두 높은 산으로 둘러싸인 아름다운 골짜기에 아주 호화로운 정원을 지닌 황금 궁전을 지었다. 궁전 안은 훌륭한 비단으로 둘러싸여 있었고 곳곳에서 술 우유 꿀 맑은 물 등이 흘러나와 마음껏 마실 수 있었다. 궁전 안의 사람들은 모두 나이 젊고 아름다운 여성으로

서 항상 노래를 부르고 춤추며 악기를 잘 탔다.[7]

김소진은 여기에 그려진 지상 낙원의 이미지에 매료되었고 이런 세계는 현실 어딘가에 분명히 존재하리라고 믿었다. 만화와 동화는 소년 김소진의 동심을 위로하고 격려하며 꿈을 주는 세계였다. 그리고 그렇게 해서 발견하게 된 '동방'은, 당시에는 몰랐겠지만 그가 내내 들려 있던 유년의 구릿빛 기억의 시간이요, 현실과 맞은편에 존재하는 피안의 다른 이름이었던 것이다.

그가 소설 쓰기의 초엽에서 늘 놓지 않았던 유년의 구릿빛 기억과 그 시절은, 한국 소설사 전체를 두고 따질 때, 퍽 이례적인 풍경이었다. 그는 1980년대와 대타적으로 존재했던 1990년대 문학장에서 출발했지만, 지난 시대와 거리를 두면서도 새로운 시대로 곧장 투신하지 않았다. 그는 소위 80년대적이지도 90년대적이지도 않은 자리, 말하자면 시대의 허방에 존재한 셈이었다. 그럼 그의 세계에서 구릿빛 기억이란 대체 무엇이었던가.

우리는 좋았던 한 시절 혹은 유년에 대해 관습적으로 황금빛 이미지를 떠올린다. 그 시간은 황금빛일 뿐 아니라 자족적이고 완결된 공간의 이미지를 갖고 있기도 하다. 그러나 김소진은 이 황금빛 기억과 완전무결한 공간 대신에 '구릿빛 기억'과 밥풀때기들이 투박하게 모여 사는 모습을 이야기한다. 구릿빛이란, 화려하지 않지만 녹슬지 않음과 지속력을 의미하는 색이다. 이 구릿빛은 황금빛의 이미지처럼 어떤 융성함이나 전성기의 뉘앙스를 갖고 있지는 않지만, 불변하는 생명력과 같은 더 크고 본질적인 항목을 내포하고 있다. 즉 그의 유년은 모두가 늘 행복하지는 않더라도 건강한 빛을 띠고 살아 있던 시절이었

7) 「그리운 동방」, 『열린 사회와 그 적들』, 문학동네, 2002, 136쪽.

고, 그가 재현해낸 미아리 달동네는 자족적이고 완전무결한 이상향은 아니었지만 비루한 밥풀때기들과 쑥부쟁이들이 웅성거리며 활기를 내뿜던 공간이었던 것이다.

아버지와 어머니

초등학교 5학년 때 그는 북쪽에 아버지의 또다른 가족이 있다는 얘기를 듣는다. 충격이 컸던 모양이다. 이후 그는 동네 양아치 형들의 방에 있는 성인만화의 세계에 입사한다. 이때 그가 탐독한 성인만화는 백 권도 넘었다고 하는데 이것은 그의 일생을 통틀어 김소진식 일탈의 최대치가 아니었을까 한다. 그는 이때 극단적으로 정체성이 흔들리는 경험을 했다고 회고하기도 한다. 아버지라는 존재의 상징성은 예외 없이 이 땅의 아들들에게 정체성의 시원(始原)으로 자리잡고 있음을 재차 확인할 수 있는 대목이다. 이때 그는 스스로를 영락없는 서자 계열로 여기기에 이른다. 이 충격에 대해서는 「고아떤 뺑덕어멈」에서 다른 스토리를 빌려 묘사하고 있다.

아버지 김응수(金應壽)씨는 함경남도 성진 태생이었다. 아버지라는 존재가 한국 문학사에서 생물학적 혈연의 범주를 넘어선다는 것은 일찌감치 상식이 된 바 있다. 아버지는 하나의 상징으로서, 계통발생적 계보를 가능케 하는 애증의 대상이었고 상징적 아들들은 그의 권위를 계승하거나 찬탈해야 할 것이었다. 그러기 위해서 아버지란 존재는 권위와 위엄을 가져야 하는 존재였지만, 잘 알려진 대로 김소진에게 아버지는 이러한 표상, 상징조차 될 수 없던 초라한 아버지였다. 아버지는 스물여덟이었던 한국전쟁 당시 원산의 한 병원에서 서무원으로 일하고 있었다. 물론 아내와 자식도 있었다. 그러다가 국군이 원산을 점령하자 부역자로 몰리지 않기 위해, 그리고 원활한 배급을 위해 우익 대한청년단에 가담한 바 있다. 그러나 전쟁은 얼마나 많은 우연과 비극을 만들어내던가. 원산 대철수 때였다. 그는 예고 없이 원산 앞바다의 군함으로 소개(疏開)되는 바람에 북쪽 처자식을 그대로 두고 월남한다. 그러다가 남쪽에서 그는 김영혜(金英惠)씨를 만나 재혼하고 새로운 가족을 꾸리게 된다.

아버지의 초라함에 대해서는 김소진의 많은 소설들이 증명하고 있다. 아버지는 "잔뜩 겁에 질린 표정"을 짓고 있거나 "어깨까지 한껏 곱송그리고 있어 방금 염병을 앓고 난 이 같은"(「쥐잡기」) 식으로 연민과 애환을 자아내는 인물로 묘사되어 있곤 하다. 중풍으로 쓰러진 바 있던 아버지는 비교적 거동이 원활한 덕에 김소진이 중학교 시절부터는 한 평 남짓한 구멍가게를 열어 가족들의 생계를 꾸려간다. 가끔 가게는 쥐로 인해 분탕질이 되어 있어서 아버지는 쥐잡기에 여념이 없기도 했다. 이 구멍가게는 훗날 데뷔작 「쥐잡기」의 배경이 되었다. 김소진의 유년은 이 초라한 아버지에 대해 늘 부정하는 시절이었고, 그의 초기 소설들은 그것을 고해성사하는 과정인 셈이었다. 그리고 부정에 이어 화해와 복원으로 나아가는 과정들은 결과적으로는 한국 소설의 아버지 상징의 계보에서 한 정점을 이루는 것이었다.

김소진 소설에서 묘사된 아버지에 대한 부정과 그리움의 양가성은 진정 김소진 유년의 사실 그대로이다. 김소진은 학창 시절, 선생님과 아이들 앞에서 추레한 아버지를 부끄러워하고 부정했던 일을 잊지 못한다. 한 사례만 들자면 이런 것이다. 초등학교 1학년 가을 운동회 달리기 시합이 진행중인데, 아버지가 그를 찾아온다. 당시 쓰레기 손수레를 끌며 추레한 작업복을 입고 있던 아버지는 그에게 빵과 음료수가 든 종이봉지를 건넨다. 이때 마침 쭈볏쭈볏하고 있던 김소진을 부른 사람은 담임선생님이었다. 선생님은 아버지냐고 묻지만, 그는 힘차게 고개를 내젓는다. 나이를 조금 더 먹은 후에도 사정은 달라지지 않았다. 아버지의 구멍가게에서도, 은행에서도 그는 사람들 앞에서 아버지를 외면하고 도리질한 구체적인 기억이 있다. 김소진은 훗날 자신의 이 모습들을 예수를 세 번 부정한 베드로에 비유하고 있다. 그러나 묘한 것은 아버지가 그때마다 알 듯 말 듯한 미소만 띠고 말았다는 것이다. 이 미소에 비해, 김소진은 자기 자식의 도리질 앞에서는 어떤 표정을 지어야 할지 어른이 되어서도 결정하지 못했던 것 같다.[8] 물론 그에게 부정적인 기억만 있었던 것은 아니었다. 이를테면 이런 기억이 있다.

김소진은 초등학교 3학년 때 지독한 체증과 열병에 앓아누운 적이 있다. 아버지는 그를 들쳐업고는 먼 곳의 의원에게 다녀온다. 그리고 집으로 돌아오는 길에 증세가 나아진 김소진에게 아버지는 쭈쭈바를 사준다. 일 년 가도 무엇 하나 사준 적 없던 아버지였다. 사소하지만 김소진에게 이날의 에피소드는 어른이 된 후에도 내내 따뜻한 기억으로 남아 그리움을 자아내기도 한다. 「아버지의 자리」에서는 뒷산에서 신문지에 싸온 누른 고기를 먹이고는 잠든 김소진을 들쳐업고 내려오던 아버지의 모습으로 변형되어 그려지기도 한다.

1976년에 그는 보성중학교에 입학한다. 중2 겨울방학 때에는 가계를 꾸리느라 무리하던 어머니의 장기 하혈이 시작되는데, 이 희생적이고 강인한 어머니에 대한 이야기는 「용두각을 찾아서」에 잘 드러나 있다. 이 소설에서 어머니는 "내가 죽으면 너희들은 거지 중에서도 아주 상거지가 된다. 차라리 그렇게 사느니 서로 쥐약이라도 먹고 일찌감치

---

8) 「아버지의 자리」에서 '나'는 아이에게 부정당하고 다른 사람들에게는 오히려 유괴범으로 오해받는다. 그리고 다음과 같이 생각하는 장면으로 소설은 끝난다. "나는 딸애가 지나간 자리를 물끄러미 바라보고만 있었다. 아버지라면 이럴 때 어떻게 했을 것인가." (「아버지의 자리」, 『자전거 도둑』, 문학동네, 2002, 99쪽)

몰사 죽음을 하는 게 여러모로 깨끗하다"는 무시무시한 말을 하며 자식들의 목숨에 대해서까지도 관장하는 주재자 역할을 한다. 아버지와는 조금 다른 의미에서 어머니의 존재는 김소진 소설의 젖줄이었다. 아니 김소진의 무의식의 기저에서는 어머니라는 존재가 더 강력한 힘을 발하고 있었는지도 모르겠다. 김소진 소설의 여성 인물들의 경우를 보아도 그렇다. 그녀들은 실제 그의 어머니의 거울 이미지에 가깝다. 억척스럽거나, 그렇지 않다 해도 억척의 전도된 형태로 묘하게 반영되어 있다. 바라봄의 대상으로 존재하는 경우도 두드러진다. 때로는 남자 주인공들의 고뇌와 고통을 헤아리지 못하며 그것들의 원인 제공자일 경우도 있다. 이처럼 김소진 소설의 여성 인물들에게 흔적을 남겼으면서, 한편으로는 생명력, 생활력의 상징이고, 동시에 땅과 육신의 영역에서의 주재자이기도 했던 그의 어머니는 누구였던가.

어머니 김영혜(金英惠)씨는 철원 출신으로, 당시 4년제였던 철원고녀에 입학하여 전쟁으로 체제가 개편된 철원여중을 졸업한 바 있는, 당시 시골에서 흔치 않던 엘리트 여성이었다. 어머니는 교원양성소를 마치고 북한 인민학교 교사 생활을 하다가 1·4후퇴 때 월남한 바 있는데, 남한에서는 북한에서의 교원 경력을 인정받지 못해서 임시직 교원 생활을 하기도 했다. 1·4후퇴 후에 전주, 수원 등에서 피난살이를 했고, 파출부나 공장 품팔이 등의 일을 하기도 했다(「용두각을 찾아서」에 어머니의 수원살이가 드문드문 그려져 있다). 아버지에 비하면 어머니는 언제나 억척스럽도록 생활력이 강한 여성이었다. 김소진은 늘 '어째서 어머니께서 아버지 같은 사람과 결혼했을까' 하는 의문을 품었다고 한다. 그러다가 어느 날 그것은 어머니가 두 살 되던 해에 얼굴에 입은 화상 흔적 때문이었으리라고 여기게 된다. 얼굴의 화상은 그때나 지금이나 여자로서는 치명적 결함으로 받아들여졌던 것이다.

김소진의 소설에서 어머니는 이런 분위기로 묘사되어 있다. "개 칠

몽둥이도 없는 집구석에서 무슨 넘나게스리 나라 일에 간섭을 하고 찡기고 한다는 건지…… 털도 없는 강아지 풍성풍성한 격이야." 혹은, "고런 약아빠진 쌩쥐가 무슨 열고가 났다고 진수성찬을 눈앞에 두고 그 밍밍한 쥐약을 주워 처먹을 거야. 옘병하다 거꾸러질. 설령 먹었다고 쳐봐. 그눔이 어느 구석에 나자빠져 쉬를 슬고 있을지 알게 뭐야? 구질구질하게시리. 그래서 예부터 장사꾼의 무덤엔 슬기가 없다는 거지". 혹은 "왜 그 자리에서 혀를 빼물고 뒈지질 못하고 이 꼴을 하고 자빠져 있냐! 이 에밀 못 잡아먹어 환장한 눔아. 오오냐 장하다, 장해. 이 민들레씨같이 곤곤히 퍼진 집안에서 하마터면 만고충신이 하나 나올 뻔했구나 그래!"[9)]

이같은 문장들 속에는 어린 김소진을 앉혀두고 이야기를 풀어놓곤 하던 어머니의 드센 입심들의 흔적이 있다. 김소진 스스로도 자신의 문체에 어머니의 입말들이 지대한 영향을 미쳤다는 점을 밝힌 바 있다. 어머니는 분명 육체의 논리, 현실과 산문의 논리를 경험적으로 전승해준 존재였던 것이다. 어쨌거나 김소진은 어머니에게 닦달받았던 기억이나, 아버지와 함께 싸잡혀서 "이 씨를 말릴 함경도 종자들아"[10)] 라고 일갈을 듣곤 한 기억이 많았다. 따라서 김소진에게 어머니는 "지옥인 동시에 그리움의 대상"[11)]이기도 했다.

이런 심리는 소설 속에서 아버지를 아버지라고 부르는 반면 어머니를 '철원네' 라고 부르는 흥미로운 태도로 드러나기도 한다. 일찍이 김윤식 교수가 이를 지적한 바 있는데, 김소진 본인은 이를 의식적으로 쓴 바 없었다고 한다. 그의 무의식이 아버지와 어머니 사이에서 어떻게 동요하고 있었는지 보여주는 대목이다. 즉, 이 명명법의 차이에 내

9) 「쥐잡기」, 『열린 사회와 그 적들』, 문학동네, 2002, 13~15쪽.

10) 같은 글, 16쪽.

11) 「시간, 기억의 아들, 이야기」, 『그리운 동방』, 문학동네, 2002, 27쪽.

재된 심리적 거리는 김소진에게 아버지와의 갈등과 어머니와의 갈등이 다른 유였다는 사실을 반증한다. 그는 아버지의 무기력뿐 아니라 어머니의 현실논리 역시 내면화하고 있었고 이 둘은 모두 그 자신 안에서 끊임없이 부정되고 다시 이해되는 식의 복잡함을 갖고 있었다. 그러나 당연하게도 언젠가 자신은 아버지가 될 것이었지, 결코 어머니가 될 수는 없는 운명이었다. 따라서 같은 갈등이라 해도 아버지 쪽과의 해결이 그에게 절박한 과제일 수밖에 없었다. 어머니에 대한 소설이라고 할 만한 「용두각을 찾아서」가 우연히 책갈피에서 떨어진 어머니의 처녓 적 사진을 보고 구상했다는 점도 이런 점에서 의미심장하다. 그는 이 소설을 현재 어머니의 억척스러움과 처녀 시절의 여린 모습이 불일치하는 것에 대한 탐구라고 한 바 있는데, 처음부터 어머니(여자)는 바라봄을 통해 구성되는 대상이었을 뿐 아무리 해도 그 이상 가까이 갈 수는 없는 대상이었던 것이다. 어머니에 대한 이 거리는 곧 그의 소설 속 여성들의 알리바이로 존재한다. 이것은 물론 지면을 달리해야 할 테마이다.

소설 쓰기가 시작되는 시간들

그는 1979년 서라벌고등학교에 입학한다. 고교 시절의 김소진은 당시로서는 흔했던 백일장 한번 경험하지 못했을 만큼 문학과는 거리가 멀었다. 평범한 모범생으로 지냈으리라 추측되는 시절을 마치고 그는 1982년에 서울대 인문대 어문계열에 입학한다. 고교 동문회에서 평론가 서영채를 처음 만났는데, 그 자리에서 국문과로 가는 걸 만류했다는 기억이 김소진에게 남아 있다. 그래서였을까. (물론 나름의 이유가 있었겠지만) 어쨌든 그는 이듬해 2학년으로 올라가면서 영문과를 택한다. 그리고 80년대 대학가의 필독서들을 읽으면서 그간 중고교에서 주입받은 것과는 다른, 역사와 현실의 부당함에 눈뜨기 시작한다. 2학년 4·19 때 첫 데모를 시작해서, 졸업 때까지 웬만한 집회와 시위에는 거의 참여했다고 한다. 하지만 갈수록 가투(街鬪)가 자신이 없어지면서 그는 차선책으로 글쓰기를 염두에 두게 된다.

글쓰기에 대한 자의식이라 할 만한 것은 대학에 들어와서야 비로소 갖게 된 셈이었는데 그는 황석영, 이문구, 박완서의 작품을 습작 텍스트로 삼았다. 대학 시절 도서관의 개가식 열람실에서 황석영의 「돼지꿈」을 읽은 감동을 그는 이렇게 기억한다. "아, 이렇게 후줄근한 사람의 땀냄새와 구린내 나는 듯한 목소리 그리고 숨기고 싶은 속내들이 모여 감히 소설을 이루는구나!" 그리고 이 체험을 그는 이렇게 회고한다. "그 순간 소설은 형이상학의 권좌에서 내 어깨 위로 내려와 소년기에 묻어둔 산동네의 기억을 흔들어 깨우는 손길로 변했다. 아마 이 소설이 아니었다면 난 끝내 글쓰기의 길로 나서질 못했을지도 모른다."[12)]

마침 1983년은 전국적으로 이산가족찾기 열풍이 휩쓸 때였다. 북에 또다른 가족을 두고 온 아버지도 텔레비전 앞에서 며칠씩 밤을 새며 눈물을 흘린다. 이 광경은 김소진의 마음을 동하게 한 것 같다. 그는 이즈음 그 동안 아버지를 무능력자로 경원시해왔던 마음을 돌려 화해해야겠다고 생각하곤 했다. 이것은 대학 2학년 말부터 '자기 표현'이 되기 시작했는데, 3학년이 되던 1984년 영문과 학회지 『생성』 8호에 단편소설 「아버지의 슈퍼마켓」과 칼럼 「대학문화의 새로운 인식을 위하여」를 발표했고, 10호에 단편소설 「소외」와 시 「조명」을 발표했다.

이때만 해도 그는 소설 그 자체에 대한 열망보다는, 주변에 있는 사

---

12) 「70년대 민중의 마지막 꿈」, 『그리운 동방』, 문학동네, 2002, 169쪽.

람들의 이야기를 다른 사람들에게 들려주고 싶다는 욕망이 더 컸다. 그리고 아버지에 대한 부정적 기억에도 불구하고 아들들이라면 대개 그렇듯 그 스스로도 아버지를 많이 닮아 있는 게 아닌가 하는 강박관념을 갖고 있기도 했다. 다음은 1994년 서영채와의 대담 중 당시 대학 시절에 대해 회고한 부분이다.

> 그때 저는 삶이 잘 풀리지 않고 있었고, 전망도 없었고, 현실적으로도 또 생각 속에서도 그랬지요. 그때는 운동을 열심히 하는 것도, 해보겠다는 것도 아니었고, 그렇다고 운동권적인 사고방식에서 자유로울 수도 없었고, 그렇다고 현실적으로, 이를테면 고시 준비 같은 것을 했던 것도 아니었고, 의식주가 풍족한 것도 아니었고, 혼자 즐길 수 있는 것이 있었던 것도 아니었고, 뭔가 출구가 없다시피 꽉 막힌 상황이었어요. 이런 상황이 결국 아버지에게서 연원한 것이 아니냐는 생각이 있었지요. 한국 사회에서는 아버지라는 존재가 아들에 대한 규정력을 강하게 행사하는 것이 아닌가요. 잘 되면 잘 된 대로 못 되면 못 된 대로, 저는 물론 후자였지만. 그게 좀 견디기 힘들었던 듯싶었어요. 말하자면 내 삶이 잘 안 풀리는 것은 아버지 때문이라는 생각이 짙었고, 그렇다면 이 얘기를 좀 해야겠다, 그게 나를 알 수 있는 통로가 되는 것이 아니겠는가, 하는 생각이 들었지요.[13)]

80년대 대학 시절을 보낸 많은 사람들이 그러했듯, 김소진 역시 당대 캠퍼스의 분위기와 그 문화의 자장에서 자유롭지 못했고, 자신이 딛고 있는 현실과 머릿속의 불이 일으키는 파열음에 심하게 앓고 있었

13) 서영채·김소진 대담, 「'헛것'과의 하룻밤」, 『한국문학』 1994년 봄호(『그리운 동방』, 문학동네, 2002, 재수록).

던 것 같다. 한번은 시위 도중 붙잡혀 구류를 산 일이 있다. 대학 2학년 때였는데, 경찰서 유치장을 나서던 날 아버지가 마중 나와 있었다. 이때 아버지와 함께 시장의 간이식당에서 나누었던 대화를 그는 잊지 못한다. "젊으니깐 피가 끓는 것도 당연하긴 한데…… 니 에미가 지금 충격 때문에 자리에서 못 일어나고 있단다. 나야 얼마를 더 살겠냐마는, 나를 잘못 만나서 니 에미가 평생 어떤 고생을 했는지 너도 잘 알고 있잖니?" 이처럼 현실은 이념과 이상 못지않게 뻔뻔하지만 지극히 당연한 자기 논리를 갖고 있었고, 종종 힘이 센 것이기도 했다. 김소진은 아버지와 어머니와 자기 가족의 고통의 진원지와 맞서 행동한 것이었건만 정작 가족이 상처받고 가족이 만류하는 상황에 부딪힌 것이었다. 이 민초들의 평균적인 삶 속에서 김소진은 자신이 짐작하고 생각하던 세계와 실제 세계 사이에 "머나먼 거리"[14]가 있음을 다시금 깨닫고 자신의 무기력에 갑갑해했을지 모른다.

그로부터 이 년 뒤 대학 4학년이던 1985년에 아버지가 육십삼 세를 일기로 세상을 떠난다. 그는 대학을 휴학하고 1986년 1월부터 십팔 개월 동안 방위 생활을 한다. 이때 신기철, 신용철 공저 『새우리말큰사전』을 독파하면서 우리말 어휘, 어구, 속담 등을 대학노트에 기록하고 정리한 일화는 유명하다. 우리말과 속담, 비유어 등을 일일이 뒤져가며 대학노트 두 권 분량으로 정리한 후 무식하게 다 외울 정도였으니, 이 시절의 문학수업은 사전을 '씹어 먹어가며' 공부했다고 할 만한 것이었다. 그리고 이때 습득한 어휘와 자라면서 어머니로부터 들어온 입심들—이를테면 구어체, 강원도식 토속어, 속담, 비유, 이야기 서술방식—이 합쳐져서 김소진 소설 문체의 중요한 밑거름이 된 셈이었다.

졸업 후 직장을 두 번 옮기고 1990년에 그는 한겨레신문사 교열부

---

14) 「눈사람 속의 검은 항아리」, 『신풍근배커리 약사』, 문학동네, 2002, 312쪽.

기자가 된다. 수습기간 중에는 한 달간 경찰서 출입을 했는데, 등단 후 그 경험을 바탕으로 쓴 취재형 소설이 「수습일기」와 「열린 사회와 그 적들」(이상 모두 1991년 발표)이었다. 본인은 「수습일기」가 본격적인 취재형도 아니고 가정형(家庭形 — 어머니나 가정 문제와 관련된 이야기를 다룬 김소진 소설의 한 줄기)도 아닌 어정쩡한 것이라고 불만스러워 했는데, 그후 「열린 사회와 그 적들」이 어정쩡함을 벗어났다는 것을 보람으로[15] 여기기도 한다.

능동적 허무주의자의 자리

1991년에 경향신문 신춘문예에 단편소설 「쥐잡기」가 당선된다. 「쥐잡기」「키 작은 쑥부쟁이」 등을 각각 신춘문예에 투고했으나 두 번 연이어 떨어지고 난 후였다. 「쥐잡기」는 대학 복학생 때 대학신문 현상문예에 응모했던 동명의 소설을 개작한 것이었다. 당선소감은 '어둡지 않고 환하지도 않은 삶을 구술하고 싶다' 라는 요지의 것이었다. 삶을 색으로 구분할 수 있다면 그는 처음부터 회색 쪽의 삶을 바라보고 있었던 것 같다.[16] 뚜렷한 적도, 악인도, 대립구도도, 전망도, 희망도 섣불리 제시하지 않는 그의 소설들을 떠올린다면 그의 세계는 스스로도 의식치 못했지만 이미 일관된, 어떤 운명과 그 절차 속에 놓여 있었던 것이다.

---

15) 「지식인 · 권력 · 진실」, 『그리운 동방』, 문학동네, 2002, 252쪽.

16) "그 견고한 공식의 세계, 질서의 세계, 가식의 세계, 유언비어의 세계, 물신의 세계에서 벗어나는 한 방편으로 난 색을 씁니다. 우리들에게서 멀찌감치 떠나버린 그리운 동방, 그 이상향이 보일 때까지 말입니다. 그 눈길 앞에서는 괴테의 말처럼 그들의 이론도, 우리의 이론도 모두 회색이 되고 말듯이……", 「황홀한 시선으로 세상 엿보기」, 『그리운 동방』, 문학동네, 2002, 30~31쪽.

등단한 후 처음으로 『문학사상』에서 청탁이 들어왔을 때, 그는 과연 두번째 작품을 쓸 수 있을지 스스로 의아해했던 바 있었다. 그에게는 이야기꾼으로서의 자기 위치에 대한 자각, 정신무장이 덜 되어 있다는 부끄러움이 있었다. 이를테면 「쥐잡기」 역시 소설이라고 생각하고 쓴 것은 아니었다는 것이다. "아버지가 살아온 삶의 한 단면, 그 맞은편에 있는 어머니의 삶의 한 단면, 그 둘이 부딪치면서 나오는 소리나 울림 같은 것을 붙잡아두고 싶은 마음, 어떤 형식이건 간에, 그런 마음이 컸었죠." 즉, 그는 그저 삶의 울림과 마찰음들을 포착하고 싶었고, 그 과정에서 찾은 형식이 바로 소설이었던 것이다. 그래서 그는 그해 등단하여 처음 발표한 「키 작은 쑥부쟁이」(『문학사상』 1991년 5월호)[17]가 실린 잡지와 그 속의 자기 사진을 보고 눈물을 글썽이기도 했다.

1993년 3월 첫 창작집 『열린 사회와 그 적들』이 솔출판사에서 나온다. 그리고 이해 6월 6일에 김윤식 교수의 주례로 소설가 함정임과 결혼한다. 두 사람이 처음 만난 것은 1992년이었다. 당시 함정임은 『작가세계』의 편집장이었고, 김소진은 『작가세계』 청탁으로 김원우 선생을 찾아가게 된 인터뷰어였다.[18] 이 인연으로 그들은 그해 11월 예술의 전당 영상자료원에서 해후한다. 그리고 그날 저녁 협궤열차가 드나들던 소래포구에서 김소진이 함정임에게 느닷없이 청혼을 한다. 그후 그들의 데이트는 종일 걷다가 버스를 타다가 또 걷다가 하는 식으로 이어지곤 했다. 1993년 6월 6일 그들은 결혼식을 올리고 강남구 세곡

17) 이 소설은, 베트남이나 이란 등지로 돌아다니느라 집안을 챙기지 못하는 남편 때문에 자식을 혼자 챙겨야 했던 그의 이모에 대한 이야기이다. 김소진의 어머니와 이모는 비슷한 점이 있었다. 모두 남편이 무능하거나 가정을 돌보지 않아 혼자 생계를 꾸리고 자식을 키웠다고 한다. 김소진에게 어머니와 이모는 무능력한 남자들을 대신하여 현실의 혹독함을 직시할 수 있는 존재들이었던 것이다.

18) 이때 김원우 선생과의 만남은 「무기질 청년의 시장기 문학」으로 『작가세계』 1992년 봄호에 게재된다.

동에 신혼살림을 차린다.

1993년과 1994년 즈음 문예지들과의 대담[19]을 살펴보면, 김소진은 이즈음 부권 박탈과 모성 강박 등의 콤플렉스, 즉 유년의 기억들을 어떻게든 뚫고 나가야 하지 않을까라거나, 스스로에게 감지되는 허무주의적 속성이 과연 건강할 수 있는가를 고민했던 것 같다. 유년의 기억을 떠나는 것과 허무주의를 극복하는 것은 사실 별개의 문제가 아니었다. 유년의 기억과 콤플렉스의 영토를 떠나려는 시도 속에서 그즈음 씌어진 소설들이 「임존성 가는 길」「처용단장」「그리운 동방」「사랑니 앓기」「적리」 같은 유였다고 할 때, 현재의 시간으로 돌린 시선에서 이지적이면서 허무주의적인 색채를 지울 수 없었기 때문이다. 그리고 이 사실을 본인 스스로가 잘 알고 있었던 것 같다. 한없는 애정의 대상이었던 밥풀때기라는 존재들조차, 한편으로는 역사적 역할과 능력에 한계가 있다고 인정한 바 있던 그였다. 현재의 삶이 얼마나 곤고하고 냉혹한 것인지 알고 있었던 그였다. 따라서 거기에서 희망이나 화해의 메시지로 직핍하기란 얼마나 곤혹스러운 일이었을까. 1993년 가을 임홍배와의 대담에서 그는 이렇게 이야기한 일이 있다.

> 저는 허무주의에 가치를 부여하지는 않습니다. 그런데 그 허무주의적 사고가 최근에 발생한 것이 아니고 기본적으로 내 속성 중의 하나로서 끈을 맺고 있는 것은 아닌가 하는 혐의를 지우기 힘든 것이 요즘 저를 심란하게 만드는 생각 중의 하나입니다.[20]

허무주의를 표방하지도 않고 지향하지도 않았지만 그것이 자신의

19) 임홍배·김소진 대담 「삶의 언어, 일상 체험에 날개 달기」(『문예중앙』 1993년 가을호) ; 서영채·김소진 대담 「'헛것' 과의 하룻밤」(『한국문학』 1994년 봄호).

20) 임홍배·김소진 대담, 같은 글.

기본적인 속성으로 자리잡고 있었다는 점이 그를 심란하게 한 모양이다. 이어 1994년 초엽 서영채와의 대담에서 그는 대학 시절을 회고하면서, "학생운동에 몸담기는 했으나 좋은 사회는 오지 않는 것이 아닌가, 그런 것은 존재하지 않고, 저런 몸부림들이야 어떤 양심적인 흔적을 남기기 위한 것으로 보아야 하지 않겠는가" 하는 생각을 했다고 이야기한 바도 있다. 「그리운 동방」(1992)에는 이 고뇌를 연상시키는 구절도 있지 않던가.

> 솔직히 말하자면 난 좋은 세상이란 오지 않을 거란, 아니 그런 건 있지조차 않은 게 아닐까 하는 쪽으로 내 생각을 굳히고 있는 중이야요.
>
> 그렇다면 지금 이 세상이 이미 충분히 좋은 세상이라는 뜻도 되는 건가?
>
> 오히려 그 반대죠. 충분히 나쁜……
>
> ……
>
> 그랬을 때, 즉 좋은 세상은 오지 않는다, 그런데 지금 이 세상은 충분히 나쁘다 하는 비극적인 상황에서 우리들 삶을 버티게 하는 건 뭐지?
>
> 그건…… 자존심 같은 게 아닐까요?
>
> 자존심?
>
> 예…… 그런 게 필요할 때라는 생각이 들어요.
>
> 그렇다면 그건 일종의 허영 같은 거와 겉모습이 비슷하겠지……
>
> 그럴는지도 또 모르구요. 일종의 환상이랄지……[21]

세상은 충분히 나쁘며 기본적으로 훼손되어 있고, 좋은 세상을 꿈꾸는 우리의 열망조차 일종의 자존심 혹은 허영, 환상이 아닐까라는

21) 「그리운 동방」, 『열린 사회와 그 적들』, 2002, 문학동네, 157~158쪽.

이같은 회의는 충분히 허무주의적이다. 그런데 이런 것이 바로 김소진의 그 유명한 '헛것'과 상통하는 지점이 아니었겠는가. 애초에 김소진은 '헛것'을 이념(이상)의 맞은편에 둔 바 있었으나, 어떤 평자들의 말대로 그것은 이념과 등가라고 할 만한 것이기도 했다. '헛것'을 둘러싼 이 상반된 해석은 '헛것'이 본래 어느 쪽에도 완전히 일치되지 않으면서 양쪽 모두를 포함하는 것이 아닌가 생각하게 한다. 이념 혹은 이상이란 분명 현실을 버텨내게 하는 힘이었으나 정작 따지고 보면 자존심, 허영, 환상 등에 불과한 것인지도 몰랐다. 그러나 그것은 분명 삶을 지속시키는 어떤 핵심에 가까웠으므로 현실의 논리에 속하는 것이기도 했다. 헛것이 지닌 이 모순적인 속성은 김소진의 소설에서 자주 땅과 하늘의 좁혀지지 않는 거리로 비유되었고, 그 둘의 공존을 환기시켰다. 비루하나마 삶이 지속되는 이 땅에 뿌리를 내리고, 대신 하늘을 향해 가지를 뻗어가는 갈매나무와 같이 김소진은 그 양자 사이에서 팽팽하게 고투했고 긴장감을 잃지 않았다. 그의 소설 역시 그러했다. 따라서 그는 자신의 허무주의적 속성을 부정하거나 배척하지 않고 다음과 같이 보듬을 수밖에 없었다.

> 제가 외람되게 허무주의의 초입에 들어선 것 같다는 말씀을 드렸는데, 그것을 극복하려는 리얼리즘을 만났으면 하는 마음 간절합니다. 아무래도 허무주의라는 것은 알량한 지식인적 속성이 강한 것 아닙니까? 정말이지 허무주의가 무엇인지도 모르고, 알 겨를도 없이 살아가는 사람들에 대한 애정을 지속시키고 깊고 폭넓게 현실을 살펴보는 작업을 꾸준히 한다면 허무주의라는 것이 풍부한 리얼리즘의 한 자양분으로 될 수도 있다고 생각합니다.[22]

---

22) 임홍배 · 김소진 대담, 같은 글.

분명, 밝은 민중성, 섣부른 총체성이나 전망, 혹은 희망에의 과도한 투신 등은 그의 소설과는 거리가 멀었다. 그럼 그가 말하는 '풍부한 리얼리즘'이란 무엇이겠는가. 그는 어설픈 희망을 쉽게 품지 않는 대신, 그리고 깨어지고 흩어진 파편들을 억지로 통합시키지 않는 대신, 그저 세상의 정돈되지 않은 웅성거림을 자기 안에 품었다. 가령 『장석조네 사람들』에 등장하는 이들이 모두 건강하고 올곧은 민중의 형상이었던가. 그들은 눈앞에 조금이라도 이득이 될 만한 일이 벌어진다 싶으면 각자 자기들의 입장을 내세우고 자기들의 요구를 위해 아등바등하던 이들이었다. 폐병쟁이 진씨가 오백원을 주고 산 오리의 뱃속에 금반지가 들어 있다는 소문이 돌 때, 평소 그 오리를 귀찮게 여기던 이웃들은 어떠했는가. 그들은 모두 나서서 서로 자신의 몫을 주장한다. 그의 소설은 이처럼 인간의 욕망이란 더러는 구차하기도 하고 비루하기도 하다는 것을 여과 없이 드러낸다. 너나 할 것 없이 가난과 더불어 살던 이들에게 이타심이나 희생 같은 덕목은 어쩌면 사치였는지도 모른다. 김소진은 이들의 솔직함 속에서 우리가 사는 세계의 초라함을, 그러나 그 자체가 우리가 사는 세계의 육체의 일부분임을 발견해내고 있었던 것이다. 물론, 이 에피소드가 이쯤에서 마무리되었다면 그것은 스스로가 우려했듯 무기력한 허무주의 이상으로 나아가기는 어려웠을 것이다. 소설 속에서 사람들은 결국 금반지를 삼켰다는 오리를 그냥 풀어준다. 이들이 윤리와 같은 고매한 덕목을 염두에 두었을 리는 없다. 그러나 김소진은 그저 인간이라면 누구나 내재하고 있었을 덕(virtue)에 대해 막연하나마 믿고 있었을 것이고, 이것이 그의 허무주의를 능동적으로 만들어주었으며 현실 속에서 건강한 긴장감을 지속할 수 있도록 견인해주었을 것이다.

아버지 되기와 생활인 되기 그리고 전업작가 되기

이 허무주의와의 대결 와중에도 그는 어쨌든 과거를 탈각하고 현재의 시간으로 근접해가야 했다. 그 역시 아버지가 되어버렸기 때문이다. 1994년 3월 아들 태형(泰亨)이 출생했고, 7월에는 신축 아파트의 입주권을 얻어 일산 신도시로 이사한다. 이제 진짜 아버지 되기 혹은 생활인 되기가 시작되던 시기였다. 또한 이해에 그는 교열부에서 문화부로 자리를 옮겨서 국악, 클래식, 무용 등의 공연 취재를 담당하기도 했으나 그 이듬해 6월에는 다니던 신문사를 그만둔다. 문화부로 옮기고 나서 기자 일과 소설 쓰기를 병행하기 어려운 모양이었다고 지인들은 회고한다. 취재를 겸하고 기사를 쓰면서 소설까지 쓰기는 힘겨운 일이었으리라 우리는 짐작만 할 수 있다.

마침 두번째 작품집 『고아떤 뺑덕어멈』과, 연작 장편 『장석조네 사람들』을 연이어 펴낸 직후였는데, 그는 소설 쓰기와 생활인의 자세 사이에서 갈등이 컸다. 1994년 봄 서영채와의 대담 즈음까지만 해도 그는 전업작가라는 개념에 대해 회의적이었다. 그는 '생활인의 자세'를 중시했던 것이다. 그러나 일 년 후 그는 생활인의 자세에서 후퇴하여 소설 쓰기 쪽으로 한 걸음 더 다가선다. 사보에 쓰는 글들의 고료와 문예지의 청탁 편수 등을 셈해본 결과 신문사 연봉만큼은 가능하리라고 판단내리기도 한다. 그리하여 지인들이 있는 서교동 강출판사 사무실에 작업 공간을 얻어서 전업작가 노릇을 본격 시작하게 된다. 월급 없이 사환이라는 직책으로 출퇴근했고, 마침 그해 가을 함정임이 같은 서교동에 소재하고 있는 솔출판사에 출근하게 되어 두 사람은 함께 일산과 서울을 오갈 수 있게 되었다. 친구들과 선배들의 격려가 큰 힘이 되던 시기였다. 그는 어떤 청탁도 거절하는 법이 없었다. 원고 청탁, 인터뷰 요청, 문학 동아리 강연 요청 등 그는 자기를 필요로 하는 곳이면 어디든지 갔다. 그럴 수밖에. 가장으로서의 책임감은 그의 어깨를 무겁게 했다. 적어도 경제적으로 무기력하다고 부끄러워했던 아버지처럼은 되지 말아야 하지 않겠느냐는 다짐이 내내 그를 채근하지 않았을까. 이즈음의 사연은 「아버지의 자리」에서 조금이나마 가늠해볼 수 있다. 이 소설에는 출판사를 사직하고 룸펜이 된 주인공의 '가장 되기' 사연이 숨어 있다. 예의 그 초자아 어머니의 목소리도 쨍쨍하다.

> "애비 노릇을 그렇게 허는 게 아니다. 애비라는 게 돈벌이를 고정적으로 해서 처자식을 벌어 먹일 국량이 제대로 서야 온전한 애비지. 그 좋은 직장을 부젓가락 쥔 어린애마냥 화들짝 뛰쳐나와서는 제때 어디 한번 식구들이 맘 놓고 의료보험증 갖고 병원엘 가보나, 이거 원 이 지경이 되도록 팽개쳐놓는 게 글쎄 시상에 그 잘난 애비 노릇이란 말이냐? 너도 참 딱도 허긴 쯧쯧."[23]

자신이 진짜 아버지가 되면서, 동시에 아버지를 이해하게 되었고 그러면서도 어머니의 일갈을 못 들은 척할 수는 없는 시기였다. 그리하여 이즈음의 김소진은 "참 무던히도 많이 쓰는 자"로 기억[24]되곤 했다. 그는 술자리에서 말없이 끝까지 꼿꼿하게 자리를 지키던 평소 성품과도 같이, 힘든 내색을 하지 않고 자신의 일을 해나갔다. 신문사를 그만두고 택한 전업작가로서의 직업의식은 이렇게 발휘되고 있었던 것이다.

1996년 한 해 동안 그는 무려 네 권의 책을 출간한다. 너무 많이 쓰는 게 아닌가 하는 염려가 주변에서 조금씩 흘러나오고 있었고 본인

---

23) 「아버지의 자리」, 『자전거 도둑』, 문학동네, 2002, 78쪽.

24) 성석제, 「경애로운 벗을 추억하며」, 『그리운 동방』, 문학동네, 2002, 326쪽(1996년 즈음을 회고한 대목).

역시 1997년에는 책을 내지 않겠다고 혹은 1996년의 반만 쓰겠다고 결심할 정도였다. 세번째 창작집 『자전거 도둑』과, 장편소설 『양파』와 장편 창작동화 『열한 살의 푸른 바다』, 그리고 짧은 소설 모음집 『바람 부는 쪽으로 가라』가 이 시절의 산물이었다.

김소진이 동화를 쓴 이력도 특이한데, 그 사연이 애틋하고 진지하다. 그는 평소 "동화란 없다. 어린이를 위한 소설이 있을 뿐"이라고 여겨왔는데, 아들 태형이가 커서 읽어주기를 바라며 짬짬이 『열한 살의 푸른 바다』를 쓴다. 이 소설에는 열한 살짜리 소년 태형이 주인공으로 등장한다. 그러나, 등장하는 인물들 모두가 주인공이라고 보아도 무방하다. 엄마에게 버림받았지만 꿋꿋이 살아가는 종천, 법관의 길을 포기하고 연극배우가 되는 삼촌, 6·25 때 헤어졌다가 다시 만난 딸기코 할아버지와 함흥할매, 가족과 학교와 이웃에서 벌어지는 여러 일들, 그리고 그것을 바라보는 태형의 시선 등을 종합할 때, 분명 『열한 살의 푸른 바다』는 생전 그의 생각대로 '어린이를 위한 소설' 임에 틀림없었다. 그의 평소 소설세계가 어린이 버전으로 거듭난 것일 뿐이었다. 그리하여 이 한 편의 동화를 탈고하고 한 달 반 동안 그는 내내 행복해했다. 자기의 아이가 커서 읽을 수 있는 책을 써냈다는 이유 때문이었다. 김소진에게 '아버지' 란 이처럼 그 의미를 달리하며 글쓰기 안팎에서 지속적인 동력을 제공하던 존재였다.

이해 10월 문화의 날에는 문화체육부가 수여하는 제4회 '오늘의 젊은 예술가 상' 을 수상하기도 하고, 계간 『한국문학』이 이듬해 봄호부터 주간 체제에서 편집위원 체제로 바뀌면서 평론가 서경석, 김만수, 진정석과 함께 편집위원으로 참여하게 된다. 또한 소설을 쓰는 틈틈이 2학기부터 대전에 있는 중경공업전문대 문창과에 일주일에 한 번씩 출강한다. 바야흐로 김소진의 아버지 되기 및 생활인 되기가, 전업작가 되기와 대립하지 않고 아름답게 만개하던 때였다. 생활인이 되지 못한 아버지뿐 아니라 생활인의 태도를 강조한 어머니와도 화해하던 즈음이었다.

……동방으로 돌아가다

그런데 그것은 너무도 갑작스러운 일이었다. 김소진은 1997년 3월 초에 몸에 이상을 느껴 서교동 한 내과에서 내시경 검사를 받는다. 평소 "단까에 실려가기 전까지는 병원 출입을 하지 않는다"는 신조에 충실했던, 몸이 불편해도 내색하지 않던 그였다. 정홍수는 "통증을 자각하면서도 3월 초 병원을 찾기 전까지 계간지 두 곳의 원고와 월 두세 편의 산문들, 전작 장편 구상에 고삐를 늦추지 않았다"고 회고한다. 3월 9일, 고양시 화정동에 있는 병원에 입원, 이틀 후 신촌 세브란스로 옮겨지고 재검사를 했으나 암종증 진단을 받는다.

김소진 스스로 그렇게 바라 마지않던 유년·가족사와의 화해와 복원의 시간이 새로운 물꼬를 트며 흐르고 있었지만, 현재 자신이 몸담고 있는 현실까지 그 조화롭고 평화로운 시간의 목록에 호락호락 속해주지는 않았던 것 같다. 마침 이즈음 발표한 작품들은 현재의 시간에 가까워진 것이 분명하지만, 그럴수록 현실의 부정성을 더욱 떨치기 어려운 듯한 모습으로 존재하기 때문이다. 그는 그즈음 타락과 순수의 이분법, 혹은 변하는 것과 변하지 않는 것 사이에서 크게 요동하고 있었던 것 같다. 이를테면 젊은 날 순결했던 영혼이 현실 정치에 영합하며 돈을 숭배하는 기득권이 되어버린 현재, 그리고 여기에 어울리지 않는 순결한 벙어리 처녀와 천체망원경으로 별을 탐하는 물정 모르는 남자. 그리고 이 두 남녀의 결합을 지켜보며 "한 편의 시"를 떠올리는 시인('나')(「지붕 위의 남자1」)이 있다. 여기에서 달리 어떤 이분법을 찾을 수 있겠는가. 한편, 마치 지난 시대의 모든 것을 거짓된 것으로 부정하려는 양, 거짓 이름과 거짓 신분과 거짓 정체성을 가졌던 울프강의 형편없는 몰락(「울프강의 세월」)에 보내는 조사(弔詞)가 있다. 혹은 '아름다운 지옥'을 견디는 갈매나무를 찾고자 하는 이들(「갈매나무를 찾아서」)도 있다. 또, 속수무책으로 철거되고 변해가는 미아리 산동네처럼 타락하고 훼손되는 모든 것들에 대한 비애와 애도(「눈사람 속의 검은 항아리」)가 있다. 먹히느냐 먹느냐의 세계 속에서의 고뇌(「내 마음의 세렝게티」)가 채 끝나지도 않았다. 주인공이 시인으로 설정된 소설들이 유독 눈에 띄는 탓이기도 하지만, 이즈음 그의 소설에는 훼손되지 않음과 불변에 대한—그러나 스스로도 그것이 부질없음을 아는—갈망이 강하게 엿보인다. 이 갈망은 종종 회의와 무기력의 포즈로 드러나기도 하지만, 그러나 분명한 것은 그가 여전히 산문적인 것과 시적인 것, 악다구니의 현실과 초월적인 갈망 사이에서 고투했고, 지옥조차 아름답게 여기며, 그 속에서 덜 절망하기 위해, 그리고 어쨌든 삶을 지속시키기 위해, 계속 쓰고 있었다는 것이다.

암 판정을 받은 지 한 달여 후 4월 8일 김소진은 연희동의 동서한방병원으로 옮겨진다. 그리고 아내 함정임의 투혼이라 할 수밖에 없던 간호와 기적에 대한 염원에도 불구하고 결국 4월 22일(음력 3월 16일) 새벽 세시 사십삼분 같은 병원에서 눈을 감는다.

다시 도래치 않는 세계를 기억하는 자, 자기만의 동방을 품고 있던 자가, 시간이 개입함으로써 어쩔 수 없이 타락하고 훼손되는 세계를 목도하고 있기란 얼마나 고통스럽고 힘겨운 것이었을까. 이 땅에 유배된 알바트로스는 선원들에게 붙잡혀 고초를 당하는 형국 속에서, 그럼에도 불구하고 살아가기 위해 두 날개를 자르고 깃털을 뽑아야 했던가. 김소진은 이 세계 속에서 '알량한 행복'에 연연해하지 않았고, 심연과 궁극까지 탐색하면서 언젠가 날개를 되찾아 동방으로 돌아갈 길을 도모했는지 모른다. 그러나 그 날개를 되찾는 일이 우리에게 너무도 빠르게 예기치 못하게 다가온 셈이었다. 그에게는 아직 분단가족사[25]가 남아 있었고, 새로운 부자(父子)의 이야기가 남아 있었으며, 아름다운 지옥을 살아내는 이야기, 그리고 갈매나무를 찾는 여정이 끝나지 않은 채 남아 있었던 것이다. 그는 땅을 떠나지 않으면서 하늘을 향해 뻗는 갈매나무를 상상하며, 자신의 현실을 아름다운 지옥으로 바꿔가던 중이었다. 분명, 소설이란 김소진의 평소 생각대로 "덜 절망하는 걸 보여주는 것"이었다.

그해 6월 9일(음력 5월 5일)에는 함정임의 뜻에 따라 신촌의 봉원사에서 사십구재를 지낸다. 문단 선배 및 오랜 지우들과 가족, 친지를 비롯한 독자들이 그의 마지막을 지킨다. 그리고 지금 용인에 있는 그의 묘에는 생전의 김소진을 아끼던 김성동 선생이 직접 붓으로 초(草)한 비문이 있다.

> 저뉘는 어드메련가. 믈옥으로 순정(純正)하였으므로 아릿다운 글지였거늘, 아지못게라. 비롯됨도 없고 마침도 없음이여. 그대의 나그넷길 소솜하였다 누가 말하는가. 뜬구름 화택(火宅)에 부대끼기 서른을 넘기었고 목타는 무명(無明) 속에서도 시러금 몇 권의 불어선생(不語先生)을 남기었으니 다직 백년을 살아 업(業)만 더하는 것보다 무엇이 또 부족하리오. 아, 머묾도 없고 떠남도 없음이여. 자성(自性)의 본향(本鄕)으로 돌아갔음이어라. 해는 져서 달이 뜨는데 사람이 보이지 않고, 뵤—뵤— 산(山)새 한 마리 갑션무지개 사이로 날아가누나. 창밖의 흙

25) 서영채·김소진 대담, 「'헛것'과 보낸 하룻밤」(『한국문학』 1994년 봄호) ; 박상우·김형경·김소진 대담 「원체험, 현실 그리고 독자」(『문예중앙』 1995년 가을호) 등에서 그는 아버지의 북쪽 가족과 관련된 이야기, 휴전선이 철폐된 이후의 이야기를 쓰고 싶다고 말한 바 있다(두 대담 모두 『그리운 동방』에 재수록되어 있다).

바람 소리 들으며 천근번뇌(千斤煩惱)를 보태고여.

이상주의자이면서 동시에 지독한 현실주의자였던 그는 안착과 초월 양쪽 모두를 지향하되 궁극적으로는 어느 쪽에도 속하지 않으려는 힘겨운 줄타기의 도중(途中)에 있었다. 그는 결코 안주하거나 정주한 일이 없었고, 그렇다고 유토피아의 유혹에 온몸을 내맡긴 법도 없었다. 모순과 역설의 상태 그대로가 삶이라는 것을 이미 알고 있던 그였다. 그는 아름다운 지옥에서의 한철을 끝내고 날개를 얻어 동방으로 돌아간 셈인데, 다행히도 우리 앞에는 이렇게 "몇 권의 불어선생(不語先生)"이 놓여 있다. 머묾도 떠남도 없는 그곳에서 그는 여기에서 품은 바 없던 안식을 내내 누리고 있는 중이리라.

김미정 문학평론가. 2004년 문학동네신인상에 평론 「'脫-'의 감각과 쓰기의 존재론—배수아론」이 당선되어 평론활동을 시작했다.

II

시가 웃는다

김소진, 죽은 지 십 년

김정환

통유리창에 내리는 비는
아무것도 내리지 않고
전망을 가로막는 아파트 몇 동도
그 끄트머리 산등성이도
저 아래
가로수도 우산도 자동차도
골목길도 내리지 않고
무거운 것이 스스로 내려앉으며
흐려지는 것이다.

천둥 번개 다 지나고 헐벗은
한 여인이
남는 것처럼.

김소진,
죽은 지 십 년.

이 놀라운 기적.

술이 과한 다음날 아침이면

머리통 반이 어둡다.
이럴 때는 대가리다.
치매와 밝음이 *출렁거리며*
서로를 들여다본다.

김소진,
죽은 지 십 년.

이 놀라운 기적.

김정환 시인. 시집 『레닌의 노래』 등이 있다.

비 오는 거리

김기택

신호등이 붉은색으로 바뀐 사이
나는 잠시 와이퍼를 끈다.
빗방울이 차창에 부딪칠 때
차창으로 내다보이는 거리를 물렁물렁하게 녹여
페인트처럼 줄줄 흘러내리게 할 때
빗방울은 내 수정체를 녹이며 눈동자에도 떨어진다.
앞에 정차한 차와 차선, 가로수들이
흐물흐물해져서
목구멍을 뚫고 나온 눈물처럼 내 뺨 위로 흘러내린다.
오십 년 동안 눈에 닿는 모든 것에 초점을 맞춰온 눈알은
갑자기 불안해져서
와이퍼를 한번 켜
녹아버린 거리를 일시에 제자리에 세워놓는다.
시야가 깨끗해지자
내 눈동자는 잃어버린 세상을 되찾은 듯 안도한다.
그러나 거리의 모든 형체와 색은 즉시 뒤엉켜
내 뺨 위에 천연색으로 흘러내리고
얼굴이 함께 흘러내리고
녹은 살갗이 바닥으로 뚝뚝 떨어진다.
거리에 초점을 맞추려고 애쓸수록

사물들은 더 짓물러져 하나의 커다란 덩어리가 된다.
눈에 가득 고인 거리의 풍경을 눈으로 삼키려고
내 눈이 자꾸만 깜박거린다.
다시 푸른 신호등.
나는 얼른 와이퍼를 켜 눈을 닦는다.
와이퍼를 빠른 부챗살로 만들어
불분명하고 바르지 못한 모든 것들을 지워나간다.
녹은 거리의 파편들이
끊임없이 앞유리 옆과 아래로 떨어져나가 길 위로 흩어진다.
무엇이든 닥치는 대로 초점을 맞추려고
내 눈알도 와이퍼의 박자에 맞추어 깜박거린다.

김기택 시인. 시집 『소』 등이 있다.

그렇게 단순하게

신현림

생활이 지루해질 쯤이면
바람이 불고

쓸쓸해져 목메일 때쯤
흰 눈이 내리고

담담하게 일에 몰두할 때쯤
산벚꽃 나무가 바람을 안고 흩날린다

그렇게 단순하게 단순하게
봄날이 간다

신현림 시인. 시집 『지루한 세상에 불타는 구두를 던져라』 등이 있다.

웃었네

이진명

강가를 걷고 있었네
개 원숭이 염소 흰 소 검은 소들이
원주민과 여행객에 섞여 많이도 오가네
사람을 자신들과 같은 과로 여기고 있음에 틀림없는
느리고 무심한 걸음걸이의 그들
새도 거닐다 날고 날다가 내려 거니네
새 한 마리 거닐다 무슨 급한 볼일 생각난 듯
옆을 걷던 원숭이 이마를 탱, 치며 솟구치네
뭐야, 이건?
원숭이 새 날아간 이쪽저쪽으로 머리를 휘둘러대지만
잡을 수가 있나, 잡을 수 없지!
새한테 꿀밤 한 대 세게 얻어맞은 원숭이
약 오르겠지, 정말 약 오르겠다!
여기 지금 이국의 새 풍경
이는 얼마나 오랜 옛 풍경인가
그만 단념하고 오던 길 다시 올라가는
약 오른 원숭이 얼굴은 빨간 원숭이 얼굴
나는 웃었네
곁을 스치던 사람이
내 머리에 갑자기 꿀밤 한 대 먹이고 탱, 날아올랐다면

무슨 수로 그를 잡아 꿀밤을 두 배로 되돌려주랴
고개 휘둘러대다
빨갛게 단 얼굴 돌리며 가던 길 갈밖에
나는 웃었네
웃음, 오직 그 단어 하나로 완전한
황금꽃, 오래 다물었던 자연을
준비도 없이 은은히 피웠네

이진명 시인. 시집 『단 한 사람』 등이 있다.

쉽게, 아주 쉽게

장대송

살아도 저녁노을이 예뻐서 살아 있다는 생각이 안 들어
그래 난 환풍기 도는 것을 보다가 가을까지 봤다

노을 앞에서 새싹비빔밥을 젓가락으로 비비는 일이라는 게 그래
땅 맛도 보기 전에 벌건 고추장에 참기름에
낮술에 건들 취해 해해거리며
나 아이 같지 않아?

마음의 끈을 자주 놓는 것이 삶이라고
하늘에 새 한 마리 날아가자 어둠이 찾아온다고
물색없지 않아?
봄날 나무들의 수다를 막는다고 거꾸로 심을 순 없잖아

강물이 울고 있어 곧 비가 올 것 같아
그래, 마음에 걸리는 게 있으면 노을에게 시간이나 물어봐
근심 속에서 그 새싹들이 다시 살아나 슬픔을 더해줄지 누가 알아

장대송 시인. 시집 『옛날 녹천으로 갔다』 등이 있다.

2005년 4월, 마르세유

장철문

잦은 것은 아니지만, 가끔 귀신을 본다
그것은 내 가슴에서 걸어 나와서
허공을 풍영(風泳)한다
마르세유에서 나는
익숙한,
그 칠흑의 그림자가
육친(肉親)의 속도로 움직이는 것을 보았다
그것은 빠르게,
휘파람 소리를 내며 움직였다
어쩔 도리는 없겠으나,
나는 그 수수께끼를 내버려두었다
동구 밖으로 가듯이 지평선으로 가듯이
멀어져갈 때,
그냥 내버려두었다
잔을 놓는 벗의 겉옷을 집어주듯이
그때 내 상반신이 튀어나와 꺼이꺼이 울며
달아나는
그림자를 따라가 붙잡으려 했다
나는 뒤에서 내 허리를 꽉 껴안았다
그림자는 머뭇거리듯이

돌아보듯이
지평선의 먹장구름으로 떠올랐다가는
스러졌다
그제야 나는 돌아서서
세상에서 가장 큰 절통함으로 울었다
그리고 낯선 호텔의 어둠속에 앉아서
그 수수께끼를 내버려두었다
몇십 년 만의
낯선 나라에서의 숙면이었다.
그 아침에 프로방스의 노란 햇살 속에는 습기가 없었다

장철문 시인. 시집 『산벚나무의 저녁』 등이 있다.

블랙마운틴에서

안찬수

새가 운다
산에는
죽은 나무들이
흙과 몸을 섞고

산은 하늘과
구름과 바람과
하나다

새 울음소리가
들리는 곳으로
나뭇가지들이
잠시 기울어지는 듯

우리가 살고 있는
지구가 자전도 더 하고
또 태양을 중심으로
더 힘껏 돌고 돌아야 한다고
우리는 배웠다

하지만
산 너머 떠오르는
해를 기다리며
어제도 오늘도
그리고 내일도
기다리는 게
사람의 삶

어제는 벌써 역사가 되었고
내일은 희망의 영역이지만
오늘 내가 새 울음소리를
듣고 있는 것은
산과 하늘과 바람과 구름의 선물

동트기 전
새 울음소리를
듣고 있는 게
나 혼자는 아니다

안찬수 시인. 시집 『아름다운 지옥』 등이 있다.

III

김소진과 나

복숭아꽃이 흩날릴 때마다

성석제

희미하다. 김소진의 얼굴은 이제 희미하다. 하긴 생시의 그를 본 지가 십 년이나 되었으니까.

소진의 첫인상은 모범생이라는 것이었다. 그를 처음 본 곳은 그의 집이라는 게 내 기억이다. 내가 그렇게 말하자 그는 그렇지 않을 것이라고 말했지만. 우연히 지나는 길에 서울 외곽에 있던 집에 들렀을 때 그는 운동복 바람으로 쉬다가 나왔는데도 모범적으로 보였다. 무슨 모범? 퇴근해서 집에서 쉬는 젊은 직장인의 모범이면 좋겠는데 그렇지는 않았고 집에서도 긴장을 다 풀어버리지 못한 젊은 가장의 모범쯤 될 것 같다. 이처럼 세상에 별놈의 모범이 다 있다. 아마 소진이 살아 있었다면 이런 식의 이야기를 듣고는 그날처럼 빙긋 웃었을 것이다.

우리는(나와 소진의 친구이자 당시 솔출판사 직원이던 정홍수, 당일 사진작가를 겸하게 된 솔출판사 편집부의 김영경씨라는 게 내 기억이다) 소진의 안내로 집 안으로 발을 들여놓았다. 그 집은 소진 본인의 집은 아니었다. 그 당시 직장 생활을 하면서 제 집을 가지고 있었다면 부모를 꽤 잘 만난 축에 속했다. 나는 부모를 잘 만나 내 아버지가 살던 집에서 살고 있었는데, 직장 생활을 그만둔 지 네댓 달쯤 되었을 때였다.

어느 누구도 궁금해하지 않겠지만. 하여튼 소진의 임차주택은 거실이 꽤 넓었다. 거실에 책장이 있는 게 특이했다. 거기에 꽂힌 것은 물론 조기축구회 우승트로피나 골프 홀인원 기념패가 아닌 책이었다. 새 책보다는 헌책이 많았고 책마다 읽은 흔적이 역력해서 책도둑으로 산뼈가 굵은 그 누군가의 손길을 끌었다. 잔뼈가 굵은 뒤 그 책도둑은 더이상 책도둑질을 하지 않고 있었다. 그럼에도 책을 훔쳤다고 가정하고 가책을 느끼는 버릇은 희미하게 남아 있었으니 인간의 본성이 착한 것일까, 관성의 힘이 무서운 것일까.

소진은 차를 내왔다. 거실 마룻장은 약간 차가운 느낌이었다. 모두들 바닥에 앉아서 차를 마셨다. 나는 책에다 눈을 주고 그 눈에 힘을 주었다 뺐다 하며 나름의 운동을 하고 있었다. 거실 밖 나무들이 늦겨울의 약한 바람에 제 몸에 힘을 주었다 뺐다 하고 있는 게 느껴졌다. 편한 자세였고 마음대로 해도 되는 분위기였어도 어딘지 불편했다. 집안에서 느껴지는 긴장이 어디서 오는 것인지 나는 그 순간 깨달았다. 소설을 쓰는 사람의 집이어서 그랬다. 나는 그때 소설을 쓰기 전이었다. 문학이 업(業)이라는 말은 알았지만 일이라는 건 잘 몰랐다. 직장에서의 일은 오히려 익숙해지면서 편해지고 쉬워진다. 문학은 그런 게 없고 그럴 게 없다. 내가 아는 문학의 대부분은 시였으니까. 이것도 궁금해할 사람은 아무도 없겠지만. 그때 소진은 이미 『열린 사회와 그 적들』이라는 창작집을 낸 바 있는 진짜배기 소설가였다.

시인이 '시가'로 불리지 않고 소설가가 '소설인'이 아닌 이유는? 시인은 제(개인)가 내키는 대로 문학을 하고 그 문학을 가족이나 생계와 연관시키지 않고, 소설가는 한 집안을 지탱할 만큼의 노역을 무릅쓰기 때문이다. 물론 농담이다. 시는 시를 쓰는 사람(人)을 타고 앉아 아주 못살게 굴고 소설은 소설 '가(家)'가 갓머리처럼 생긴 지붕 아래의 공간에 들어앉아 자나 깨나 제(소설) 살을 찌우게 한다. 역시 농담이다. 하여튼 소설을 쓰는 사람은 긴장을 못 피해가게 생겼다. 특히 첫 창작집을 내고 한창 물이 오를 대로 올라 있는 젊은 소설가라면. 내가 모르는 어떤 싸움을 직장에서보다는 오히려 집에서 더 많이 벌이고 있는 듯한 느낌이었다. 내가 방해가 되고 있구나. 나는 그렇게 생각했다.

집 안과 분위기와 소진과 잠깐 동안 차를 같이 타고 오며 농담을 나눌 사이가 되었던 사람들이 모두 이질적으로 느껴졌다. 직장일이 끝나면 진짜 일이 기다리는 사람, 직장에 다니는 소설가가 소진의 정체였고 그의 거소에서 느껴지는 긴장이 나를 겉돌게 했다.

소진은 얼굴이 말랐다. 검은테 안경을 썼다. 머리는 길지 않지만 단정하고 체형도 마찬가지 느낌이었다. 말소리가 조용조용하고 말을 하면서도 생각을 하는 듯 드문드문 멈춘다. 아주 가끔 조용조용, 드문드문 웃음소리를 낸다(이런 인물은 웃기기가 쉽지 않다는 것을 전문가들은 안다). 사람들 사이에 섞여 있으면 그다지 눈에 띄지 않는 생김새이고 그런 걸 편해할 사람이다. 그렇지만 어쩔 수 없이 사람들 사이에 동화되었다 싶은 순간에 이화되는 게 소설가의 운명이 아닌가. 바로 스스로의 소설로. 소설을 쓰기 위한 의식적인 이화작용으로, 소설을 쓰게 되는 소설가적 본성으로.

그 긴장이 기분 나쁘지는 않았다. 서로 모르고도 살아갈 수 있을 것 같았으니까. 나보다는 소진이 더 건전하게 잘살 것 같긴 했지만. 다시 밖으로 나왔다. 현관문은 알루미늄 새시로 만들어졌고 불투명한 유리가 끼워져 있었다. 내 기억은 알루미늄 새시에 검은 페인트가 입혀져 있었다고 주장한다. 다른 기억은 그건 내가 살던 집의 현관문이 아니냐고 주장한다. 두 집 다 없다. 아니, 한 집은 확실히 허물어지고 다시 다른 집이 되었고 또다른 한 집은 있었는지 없었는지 모르되 찾을 수 없고 찾을 이유도 없을 것 같다. 나는 맨 먼저 신발을 신고 둥근 손잡이를 돌려서 문을 열었다. 늦겨울 바람에 나무가 떨고 있었다. 지난 겨울의 북풍에 미처 떨어지지 않은 나뭇잎이 떨고 있었다. 새 잎이 날 때까지 떨면서 그냥 그러고 있을 모양이었다.

소진은 회색 운동복 차림으로 밖으로 따라나왔다.

"잘 있어."

누군가 말했다. 나는, 우리의 일행은 일을 하러 가는 중이었다. 오 년 전에 죽은 내 친구가 살던 집, 그 집의 사진을 찍으러 가는 길이었을 것이다. 그때 있던 사람들 가운데 내 기억에 동의할 사람이 있을지는 모르겠지만. 어쨌든 그 말은 그 집을 떠나는 사람들 입에서 나왔을 확률이 크다. 소진은 오른손을 들고 가볍게, 아주 약간만 좌우로 잠깐 흔들었다. 그게 버릇인지 그 순간만 그랬는지 모르겠다.

내가 운전을 해서 원래의 행선지로 갔지만 나는 그때 그 소진의 집이 어디에 있는지 모른다. 몰라도 되었다. 다시는 갈 일이 없었다. 소진을 다시 본 것은 그로부터 일 년쯤 뒤였고 서울의 서교동 강출판사에서였다. 창립식에서였나? 모르겠다. 중요하지 않다고 생각한다. 중요한 건 그가 강출판사에서 절친한 벗들 사이에 있을 때도 모범적으로 보였다는 것이다. 양복을 입고 있어서 그랬던 건 아니다. 신문사 기자라는 신분 때문도 아니고. 정해진 길이 있다면 그 길을 벗어나지 않고 정확한 보폭과 규칙성으로 걸어간다는 게 모범성의 정체다.

그가 직장을 그만두었다 할 때도 내게는 모범적인 이미지가 사라지지 않았다. 배수진을 친 젊은 소설가라는, 현실적으로 드물기는 하지만 생각하기는 어렵지는 않은 존재의 모범. 그리고 그는 현실이라는 껍질을 뚫고 소설의 거대한 빵 속으로 파고들어갔다. 약간은 서두르는 기색으로, 그렇다고 모범적이지 않은 것은 아니지만.

소진이 떠나고 나서 어쩌다 그와 닮은 얼굴을 몇 보았다. 그를 닮은 사람은 조용조용 말하고 드문드문 웃었다. 나도 모르게 말을 멈추고 쳐다보게 되었다. 그러면서 차츰 소진의 모습이 희미해졌다. 이제 희미하다.

김소진을 되살려내는 일은 힘들다. 힘이 필요하다. 한때는 슬픔이 힘이 되었다. 이제는 그리움이 힘이 된다. 그렇게 시간이 지나버린 것이다. 십 년, 십 년.

매해 봄, 알싸한 향의 복숭아꽃 꽃잎이 눈처럼 흩날릴 때 그를 생각한다. 소진, 너는 내가 모르는 초월적이고 깊은 그 무엇의 일부가 되었다. 나는 네가 모르는 날것, 만상의 일부로 살아가고 있다. 잘 있어라.

성석제 소설가. 소설집 『참말로 좋은 날』 등이 있다.

키 작은 쑥부쟁이

구효서

소설가 김소진이 세상을 떠났다는 소식을 접했을 때 내 가슴이 덜컥 내려앉았던 것은, 그가 나보다 나이가 훨씬 어리다는 것 때문도(나보다 어리다기보단 그는 그냥 어렸다. 서른다섯이라니. 서양식으로 하면 서른넷이거나 서른셋이지 않은가), 내가 가깝게 알고 지내던 여인의 남편이었다는 것 때문도, 그에겐 어린 자식이 있다는 사실 때문도 아니었다. 비보와 함께, 그가 세상을 떠나기 전 겔포스라는 보령제약의 위염 중화제를 '밥 먹듯' 먹었다는 내용이 전해졌기 때문이었다. 위염, 위산과다, 위 십이지장 궤양증에 먹는 겔포스라면 '밥 먹듯' 먹지는 않았지만 나도 걸핏하면 먹는 약이었다.

나의 위 질환은 참으로 그 역사가 오래여서 초등학교 취학 전부터 시작하여 지금까지 지속되는 지병 중의 지병이다. 어려서는 설마 위장병이랴 싶어 소화불량, 기력쇠잔, 횟배로 오해되었다. 매일 소화제를 먹고 원기소를 먹고 회충을 죽이려고 심지어는 석유까지 먹었으나 복통은 나을 기미를 보이지 않았다. 유일하게 먹혀드는 약이란, 사실 약도 아닌 가성소다. 새벽에 홀로 일어나 그 끔찍하도록 새하얀(아직도 내겐 흰색 공포가 있다) 놈을 한 순갈씩 퍼먹곤 했다. 부글거리며 배에 가스가 차고 아주 불쾌하고 긴 신트림을 하고 나서야 겨우 잠들곤 하던 겨울밤은 길기만 했다.

동네 만신이 권하는 말도 안 되는 약(손톱과 머리카락 따위를 닳인 물)을 장복했는가 하면, 결국엔 아버지의 반대를 무릅쓰고 어머니는 무당을 불러 배앓이 귀신 쫓는 밤샘 열두 마당 굿을 한 적도 있었다. 왕복 이십 리였던 등하교 길 위에다 얼마나 많은 니침을 간질하듯 몸을 비틀며 쏟아냈던가. 아이들은 그 걸쭉하고 투명한 침을 거위오줌이라며 놀렸다.

결국 고등학교 3학년이 되어서야, 입시공부 스트레스에 의한 신경성 위염일지도 모른다는 동네 약국 아저씨의 조심스런 처방으로 바루나라는 물약을 먹기 시작했다. 드디어 아픈 배의 통증이 멈추기 시작했다. 그러나 잠시 잠깐뿐 나는 닷새도 안 되어 그 큰 병의, 역시 희디흰 액체를 다 먹어버려야 했다. 그뒤로 '파란 병의 하얀 위장약' 암포젤 엠으로 바꾸었고, 휴대하기 편한 한 포 이십 그램의 현탁액 겔포스 엠으로 바꾸었다. 아직도 나는 그 오렌지빛 비닐 소재의 기밀포장을 가방에 넣지 않고는 불안해서 살 수가 없다.

김소진이 위암이 아닌 암종증이었다고 해서 내 불안감이 가신 건 아니었다. 나 자신임에 분명한 단편 「시계가 걸렸던 자리」의 화자도 위암에 걸려 시한부 삶을 선고받고 고향의 생가를 방문한다. 나는 늘 죽음의 두려움과 맞서고 있고 거기에는 겔포스 엠과 김소진이 있는 것이다.

한 후배 작가의 죽음, 이미 십 년 전의 사태라 할지라도 생각할 때마다 슬프고 안타까운 일을 두고 나는 어째서 염치없게 내 얘기만 하고 있는가.

결국 누구의 죽음이든, 그것이 내게 상기되는 이유는 나의 삶을 환기하는 동기적 요소로 작용하거나 작용하길 바라기 때문 아닐까. 죽은 자는 침묵하고, 산 자는 말한다. 죽은 자의 무덤을 찾고, 그에 관한 얘기를 하며, 글을 쓰고 책을 내는 일도 다, 죽음을 곁에 두고 삶을 돌아 보려는 산 자들의 살아 있는 행위일 뿐이며, 죽은 자란 바로, 뒤에 남은 산 자들로 하여금 늘 자신의 삶으로 돌아가 그 삶의 정당성을 확인케 하거나 반성케 하는 원점의 지평을 마련해주는 것으로 스스로의 의미를 갖는 것 아닐까.

겔포스도 겔포스지만 김소진은 무엇보다 나와 같은 작가였지 않은가. 한 자연인의 죽음으로서도 충분히 안타까운 일이었지만 김소진의 죽음은 작가의 죽음이었던 것이다. 내가 작가인 한, 게다가 아직 살아 있는 작가인 한, 김소진의 죽음과 부재라는 사태는 내게 슬픔과 안타까움 이상의 소회를 갖게 할 수밖에 없다. 죽어 침묵하는 김소진을 말한다는 건 결국 살아 말하는 내 얘기란 뜻이다. 죽은 자에 대한 산 자의 지나친 결례라도 어쩔 수 없는 일이다.

그를 언제 처음 보았던가. 내가 문학사상사에 근무할 때였다. 장차 그의 아내가 될 여인도 내 옆자리 책상에서 편집 일을 하고 있었다.

원고를 청탁했고, 그가 원고를 들고 찾아왔던 것이다. 등단 후 첫 작품인 「키 작은 쑥부쟁이」가 아니었을는지. 당시 문학사상사의 편집실은 꽤 컸고 직원도 많았다. 그가 사무실에 나타났다는 사실은 그러나 그가 실제로 나타난 뒤 아마 오 분이나 육 분쯤 지난 뒤에 알려졌을 것이다. 큰 사무실 저 귀퉁이에 마네킹처럼, 그것도 오래되어 누구도 관심을 두지 않을 곳에 치워놓은 사물처럼, 그는 우두커니 혼자 서 있었던 것이다. 아무 말 없이. 키도 크지 않았고 덩치도 크지 않았고, 게다가 눈에 띌 만한 점을 일부러 모조리 제거한 듯한, 평범하다기보단 외려 위장복에 가까운 옷을 입었으니, 그의 출현이 바쁜 사무실 직원들의 눈에 아무런 자극도 환기도 될 수 없었던 건 당연했다. 그는 그곳에, 내가 입사하기 전부터 존재했던 붙박이 사무실 집기의 일부처럼 서 있었다. 갓 등단한 터여서 그의 얼굴은 그다지 알려지지 않았고, 편집부 직원들 중에도 그와 구면인 사람은 단 한 사람도 없었다.

저거, 김소진 아냐? 누군가가 조심스럽게, 들릴 듯 말 듯한 소리로 속삭였다. 그나마 편집 일을 하던 사람들이어서 신인 소설가들에 대한 정보를 어느 정도 꿰고 있었고, 지난 편집회의에서 김소진에 대한 소설 청탁을 논의했었다는 사실들이 그를 김소진으로 '짐작' 하게 했을 뿐이다.

비로소 모든 사람들의 시선이 그에게로 쏠렸다. 갑작스런 시선들과 맞닥뜨린 그의 표정은 웃는 것도 우는 것도 아닌, 쑥스럽고 민망한 순간을 어떻게든 일단 모면해보려는, 무언의 비명이나 탄성이랄 수밖에 없는 낯빛이었고, 애당초 붙박여 있던 자리에서 그는 그리하여 더욱더 얼어붙었다.

그의 그런 얼굴을 보는 순간 나는 일종의 지독한 혐오를 느꼈는데, 우리 성씨 집성촌을 지날 때 우글거리는 친척들의 눈길을 피해 고개를 땅에 처박고 등하교하던 내 모습이 스쳤기 때문이었다. 어른들께 인사도 할 줄 모르는 아이로 낙인 찍혀 부모의 야단을 맞으면서도 나는 끝내 땅에 처박은 고개를 들지 않았고, 온갖 오해와 질책을 감수하지 않을 수 없었다. 예의 없는 놈이기 전에 나는 늘 수치심에 가까운, 나로서도 그 이유를 도무지 알 수 없는 부끄럼쟁이였고, 몹시 낯을 가렸다. 그 백해무익한 낯가림은 학교 생활과 취업과 연애에도 막대한 손해와 고충을 초래했음은 말할 필요도 없다. 나는 당연히 내 인생을 그 못난 나를 끝없이 죽여나가는 과정으로 삼을 수밖에 없었다.

그날 김소진을 보는 순간 나는 잠깐 그를 나로 착각하여 지독한 혐오를 느꼈을 터인데, 실은 혐오가 아니라 살의였다. 그가 죽고 없는 지금이라 그 말 쓰기를 망설였으나 솔직한 맘이 그랬다.

그때 당시 내 나이는 서른을 넘겼고, 결혼도 했고, 아이도 있고, 출판사의 편집장에 오를 만큼 그럭저럭 세상의 때가 몸 안팎에 오를 무렵이었는데도, 김소진을 보는 순간 와락, 철저히 부정할 대상으로서의 나를 떠올리고 말았던 것이다.

그뒤로 김소진을 사석에서 몇 차례 더 보았을 것이다. 그러나 그의 음성이 기억나지 않는다. 그는 늘 말이 없었고, 어쩌다 웃는 모습이란 일찍 돌아가신 나의 큰매형의 나약한 웃음을 떠올리게 했고, 안경은 역시 위장병으로 고생하시던 나의 고등학교 3학년 3반 담임선생님이셨던 김진악 선생의 도수 높은 뿔테안경을 떠올리게 했고, 그의 입가에 완연한 반원형으로 패던 주름은 후배나 동생이 아닌 선배나 큰형님의 모습이었다.

그리고 또 언제였던가. 그가 마포의 서울대학교 동창회관에서 결혼을 할 때 나는 그가 아닌, 그의 아내 되는 사람의 하객으로 참석했었다. 짓궂은 그의 남자 친구들이 새신부로 하여금 그의 이쪽 바짓가랑이에서 저쪽 바짓가랑이로 날계란을 통과시키도록 욱대겼을 때 그가 웃던 웃음에도 행복과 환희, 재미와 농담의 빛깔이라기엔 지나치게 관조적이고 자각하는 기미가 어려 있었다. 결혼이라는 축복과 축제의 자리에서마저 그는 맘껏 몰입과 몰아의 흥분에 빠져들지 못하고 꼿꼿하게 혹은 느긋하게 자신이 그 순간 위치한 시간과 공간의 좌표를 응시하는 듯 보였다. 그것이 결국은 어색한 말, 멋쩍은 웃음, 머뭇거리고 망설이는 다소 우스꽝스러우면서도 안쓰런 행동으로 드러났다.

서울대학교 영문과를 졸업했으면서도 남들이 으레 짐작할 수 있는, 신문사의 취재기자나 편집기자가 아닌 교열부 기자로 일했다는 그의 이력은 세인들의 궁금증을 사기에 충분했다. 묻고 싶었으나 물을 수 없었던 질문을 막상 했더라도 그는 대답하지 못했거나 안 했을 것이다. 우물우물하다가 그냥 적당히 웃어버렸겠지.

우리는 의무교육으로부터 시작해 중등, 고등교육을 받기까지 어떤 질문에도 망설임 없이 대답하도록 지속적으로 학습받아왔다. 배운 자의 태도는 마땅히 그러해야 했고 지식인의 모습은 모름지기 거침없어야 했으리라. 더구나 그는 이른바 최고의 대학을 나온 인재였고, 말로 사는 소설가가 아니었던가. 그런 그에게서 도무지 없어지지 않던 주저와 지나친 머뭇거림은 무엇이었을까.

명료하고도 즉각적인 대답이 포함하는 위험과 배리를 그는 천성적으로 감지했던 것은 아닐까. 소설가가 소설을 쓰는 이유 중 하나가 바로 그 때문일지도 모른다. 명백한 시비와 흑백 사이에서 한없이 망설이며 삶의 진실과 비의에 더디게 더디게 다가서려는 노력이 소설을 쓰려는 열정으로 치달을 수밖에 없게 했는지도.

그래서인지 그는 짧은 시간, 신인답지 않은 감투(敢鬪)와 결기로 많은 작품들을 쏟아냈다. 그가 세상을 등지기 직전, 한 해 동안 써낸 작품의 양을 보면 이건 사람이 한 일이 아니다 싶게 많다.

그는 혹독했던 저 80년대의 전반기를 이십대 초반의 나이로 관통했다. 그의 아버지는 북에 처자식을 둔 사람이었으며, 드라마처럼 홀로 월남하게 되어 서울이라는 도시의 변두리에서 소외계층의 상징처럼 살다 일찍 세상을 떴고, 그의 어머니는 언제나 몸이 아픈 파출부였다. 그는 공부를 잘하여 서울대에 들어갔으나 일찌감치 한길사의 『해방전후사의 인식』과 백산서당의 『경제사입문』을 읽어버렸으니, 게다가 전두환의 집권 초기였으니, 그의 청춘은 연일 계속되는 집회와 시위에 소용돌이처럼 엉켜들고 말았다.

이만하면 누구보다 첨예하고 민감하고 억울하고 허망하여 이념의 거센 물줄기에 자학이라도 하듯 제 몸을 던졌을 터이지만, 작품에서 보여지는 그의 내면풍경은 부드럽고 따뜻하고 여유 있고 차마 유머러스하기까지 하다. 그와 함께 80년대를 관통한 다른 작가들의 울화와 비탄의 목소리가, 그의 작품을 대하고 있노라면 오히려 그나마 형편이 나은 데서 오는 격정과 분노로 읽혀지는 까닭은 무엇일까. 그는 이미 그러한 격정과 분노가 또다른 시비와 흑백으로 치달을 수 있다는 위험성을 일찌감치 자신의 성장 과정에서 간파하여 그토록 망설이고 머뭇거렸던 것처럼 보인다. 다른 작가처럼 90년대를 살며 80년대를 쓰다 갔으되, 지금 보아하니 그는 그때 진작 2000년대의 앞선 관점으로 80년대와 자신의 삶을 쓰다 간 사람이었다. 과장하거나 호들갑스럽거나 엄살부리지 않고 한 시대의 주류적 정신의 경향이든 뼈아픈 상처와 고통이든 한발 물러나 냉정하게 성찰하려는 사람이 어찌 화끈할 수 있었겠으며 어찌 주저하지 않을 수 있었겠는가.

문학언어가 언어의 권력화를 스스로 경계하고 부정하는 유일의 언어라면 그것은 오랜 숙고와 조심스런 모색과 겸손한 표현으로 제 모습을 드러낼 수밖에 없을 터, 작은 바람에도 흔들리고 그 모양 또한 요란하거나 거창하지 아니하나 온몸으로 피어 있는 저 키 작은 쑥부쟁이가 그러하지 않을까.

결국 내 얘기인 것이다. 내가 나를 말하고, 나를 나에게 설득시키기 위해, 지금은 죽어 곁에 없는 김소진을 추모하는 것이다. 그가 작가였으므로, 작가인 내게는 언제나 떠올려도 좋을, 떠올려야만 하는 다짐의 다른 이름이 김소진인 것이다. 거창하고 으리으리한 나무 일색의 숲이란 이미 숲이 아니고, 숲이더라도 그건 죽은 숲이고, 그리하여 숲일 수가 없는 것.

꼭 김소진 때문이라곤 할 수 없으나 나는 독자에게 내 사인본을 건넬 때 반드시 키 작은 쑥부쟁이 그림을, 이미 수년 동안 그려넣고 있다. 그것은 나와 내 소설에 대한 기원과 소망이며 내 언어가 어떤 권력에도 오염되지 않기를 염원하는 방부(防腐)의 부적이다. 키 작은 쑥부쟁이와 더불어 내게는 김소진 역시, 내면의 고백이다.

구효서 소설가. 소설집 『시계가 걸렸던 자리』 등이 있다.

그에게 바치는 '쐬주' 한잔

이혜경

작가 김소진이 아프다는 것, 회생이 어려운 병이라는 말을 들었을 때, 놀람과 슬픔이 잠깐 쓸고 간 자리를 채운 것은 뜻밖에도 수긍이었다. 그렇구나, 그랬구나.

김소진을 만난 적은 없었다. 그의 발병 소식을 듣던 때, 나는 장편으로 재등단이나 다름없는 절차를 밟아 문단에 나온 풋내기였다. 다시 글을 쓰겠다고 마음먹고 내가 백수로 돌아온 90년대 초반, 그는 누구보다도 열심히 쓰고 발표하던 소설가였다. 문예지 곳곳에서 그를 만날 수 있었다. 누추한 삶을 이어가는 사람들을 있는 그대로 껴안고, 맛깔스러운 단어들로 그 눅진한 삶에 생동감을 주는 그의 소설을 보면서 주눅이 들기도 했다. 소설의 질뿐만 아니라 양에서도 그는 나를 압도했다. 글을 못 쓰던 십수 년 동안, 내가 쓴 글은 단편 한 편뿐이었다. 노트에 초고를 쓰고 수동식 타자기로 교정을 한 뒤, 전동 타자기로 교정지를 뽑고 다시 컴퓨터에 입력한 단편 한 편. 그런 내게, 등단하자마자 봇물 쏟아내듯 활발히 작품을 발표하는 김소진은 경이로운 존재였다. 기운이 하나도 없어 보이는 야윈 얼굴, 순하디순한 눈매 어디에 그렇듯 전력 질주하는 힘이 숨어 있는 것일까. 그의 사진을 한참 동안 들여다보기도 했다.

첫 장편을 낸 뒤, 나는 단편집 한 권 분량의 단편을 쓰면서 글쓰기를 좀 익히고, 그런 뒤 다음 장편을 쓰겠다는 생각을 갖고 있었다. 대학 시절 나는 『더블린 사람들』이나 『와인즈버그 오하이오』 등을 읽으면서 그 비슷한 형태를 지닌 글을 쓰고 싶어했다. 몸은 굼뜬 주제에 욕심만 등천하던 내 발목을 붙든 것은, 그 장편에 참고가 될까 하여 집어든 김소진의 『장석조네 사람들』이었다. 내 머리와 가슴 사이의 거리가 얼마나 아득한가를 『장석조네 사람들』이 백일하에 드러내주었다. 그의 다른 소설이 그러하듯, 『장석조네 사람들』 또한 그가 몸담았던 구체적인 삶이 드러나 있었다. 눈앞에서 보는 듯 생생하게 그려낸 인물들, "시큼한 초병 마개에 오뉴월 쇠파리 꾀듯이 할금할금들 모여드"는 추레하고 용렬한 사내들을 넉넉한 가슴으로 싸안는 『장석조네 사람들』에 비하면, 내가 쓰려는 소설과 그 인물들은 얼마나 공소한가. 울고 싶던 참에 뺨 맞은 격이었다.

소설엔 손도 못 댄 채 하릴없이 시간만 죽이던 내가 들어가 있던 가야산 자락으로, 그가 위중하다는 소식이 들려왔다. 그 소식을 전해준 사람이 누구인지 모르겠다. 어쩌면, 격려 겸 감시차 찾아온 친구 아니었을까. 그 친구와 해인사에 갔다 마을로 돌아오는 길이었다. 웬 여자가 고래고래 악을 쓰며 내려오고, 한 남자가 그런 여자를 뒤쫓고 있었다. 살다살다 이런 꼴 처음 봐. 놔, 이 개새끼야! 여자가 남자에게 잡힌 팔을 뿌리쳤다. 조용한 산길에 여자의 새된 외침이 쩌렁거렸다. 그들 뒤를 승용차 한 대가 슬금슬금 뒤쫓고 있었다. 금방이라도 무슨 일이 벌어질 듯 살벌한 분위기였다. 누군들 안 그러랴만, 폭력 앞에 지레 겁부터 먹는 나는 그 악다구니들이 무서웠다. 빨리 그 자리에서 벗어나려 걸음을 재촉했다. 산에서 내려온 뒤, 친구는 한사코 눈감고 싶어하던 내 태도에 대해 말했다. 그게 내 소설의 결함이라고. 내 소설은 높은 곳에서 내려다보는 소설이라고. 그건 그저 그 친구의 의견일 뿐이었지만, 나는 아팠다. 80년대를 거치며 관념 속에선 한껏 몸을 낮추었지만, 실제로는 내가 자라난 중산층의 윤리의식에서 한 치도 벗어나지 못한 자신을 나는 알고 있었다.

그 때문일까. 그 무렵, 김소진의 꿈을 두 번 꾸었다. 그가 세상을 떠나기 보름 전에 한 번, 그리고 부음을 듣고 보름쯤 지난 뒤에 한 번. 첫번째 꿈. 나는 어느 집들이 같은 자리에 갔다. 새로 지은 그 집은 높고 널찍했다. 내 또래의 사람들이 몇몇 모여 있는 자리에 김소진이 있었다. 거기서 나는 사람들에게 커피를 대접하는 역할을 맡았다. 어쩌다 보니 커피가 너무 묽어졌다. 그때 김소진이 다가와서 자기가 커피를 만들어주겠다고 했다. 그런데 그의 눈꺼풀이, 그 무렵 산책길에서 만나던 복숭아꽃처럼 곱디고운 분홍빛이었다. 열꽃이라기엔 너무도 곱던 그 분홍빛이 꿈에서 깨어난 뒤에도 아른거렸다. 그가 떠나려나보다. 막연히 그런 생각이 들었다. 어린 아들과 애잔한 아내 그리고 소설 속에서 가끔 등장하던 그의 어머니……

그의 부음을 듣고 보름쯤 지난 뒤에 다시 꿈속에서 그를 만났다. 꿈속에서 나는 무덤가를 헤매고 있었다. 나의 선조들이 묻혀 있다는 무덤들이었다. 아마도 뭔가, 글을 쓰기 위한 스케치를 하려고 간 모양이었다. 무덤과 무덤 사이를 천천히 걸으며 둘러보는데, 웬 사람이 나타났다. 그는 내게 이 말 저 말 묻다가 문득 표정이 사나워졌다. 위태로웠다. 그때, 묘지 근처 가건물 같은 데의 담벼락이 문처럼 열리더니 김소진이 나타나서 나를 구해주었다. 생시에 한 번도 보지 못한, 그의 병상도 빈소도 찾지 못한 내가 꿈속에서 두 번이나 그의 도움을 받았다.

그해 여름, 첫번째 창작집을 묶기 위해 그 동안 발표했던 원고들을 다듬으며, 그 글들에서 대면하는 나, 세상 물정 어두운 나를 바라보는 게 한심해질 때면 무슨 지침서를 찾듯 김소진의 책을 집어들었다. 그의 글들을 읽다보면, 내 삶이 달라지지 않는 한 앞으로 쓰는 글도 여전할 것이라는 짐작에 마음 한끝이 지레 꺼메졌다.

그의 일주기 날에는 잠깐 빗낱 듣고 잠깐 볕들더니 온종일 흐렸다. 용인에 있다는 그의 묘소에 참배하러 가지도 못한 채 나는 일산의 내 집에서 그냥 날씨의 기미나 보고 있었다. 그날, 그를 생각하며 딱 한 줄 썼다. 빨리 빨리 당겨쓰고 간 사람. 그가 그토록 열심히 쓰지 않았더라면, 자신에게 조금만 더 너그러웠더라면 하는 마음이었다. 그의 일주기 다음날, 내 첫 창작집이 나왔다. 나는 이미 먼 곳으로 떠나갈 준비를 마친 뒤였다. 창작집 원고를 다듬으면서 내 안에서 새록새록 돋은, 내가 달라지지 않으면 내 글이 달라지지 않을 거라는 회의와 공포가 내 등을 떠밀었다. 글이 아니면 어떠랴, 다른 무엇으로라도 내가 쓰일 수만 있다면, 하는 마음도 없지 않았다. 신원조회에 들어갔다는 말을 듣자, 어떤 사람들은 이런 일에서조차 좌절을 겪을 수 있겠구나, 싶었다. 그는, 선택할 기회조차 제대로 가져보지 못한 사람들을 따뜻하게 보듬고 그려내던 작가였다.

지난해인가 이태 전인가, 그와 가까이 지내던 사람들이 그의 주기를 맞아 그가 있는 곳에 갈 예정이라는 말을 전해들었다. 그때, 나도 같이 가도 되냐는 말이 튀어나오는 것을 참았다. 그의 생시에 그와 밥을 먹고 술을 마신 사람들에겐 저마다의 추억이, 그리고 공유하는 추억이 있을 것이다. 생전의 그를 한 번도 만나지 못한 내가 낄 자리가 아니었다. '김소진을 추모하는 글'이라는 말만 듣고 단박에 쓰마고 나선 것은, 이 인연으로라도 그의 묘지에 '쐬주' 한잔 올리고 싶은 욕심 때문이었을 것이다.

그가 세상을 떠났을 때, 가야산 자락에서 내 한계를 지적했던 친구가 탄식했다. 차라리 나 같은 사람이나 데려가시지…… 그가 그토록 일찍 떠나감으로써 한국문학에 생긴 결락이 어떤 것인지를, 그 탄식이 드러냈다.

나는 그 탄식에, 영화 〈빠삐용〉에서 더스틴 호프만이 한 말을 덧붙인다. "빠삐용은 어떻게 될까?" 독방에 갇힌 빠삐용을 두고 동료 수감자가 묻는 말을 더스틴 호프만은 건성으로 넘기려 한다. 응응? 동료가 다시 묻자, 더는 회피할 수 없게 된 더스틴 호프만이 대답한다. "내가 어떤 대답을 해야 하는가. 빠삐용은 내 목숨을 구하려고 자기 목숨을 걸었다. 그런데 내가 어떻게 말해야 하는가." 김소진은 자기 목숨을 앞당겨 글을 씀으로써 소진했다. 살아남아 지리멸렬한 글을 쓰는 내가 무슨 말을 할 수 있단 말인가.

이혜경 소설가. 소설집 『틈새』 등이 있다.

'길음동' 이라는 이름의 시간
— 김소진의 기억

이광호

나는 작가 김소진을 잘 알지 못한다. 그와 친밀한 대화를 나누어본 기억도 별로 없으며, 같은 문학 그룹에서 활동해본 적도 없다. 그런데도 몇 차례의 짧은 만남의 순간들 속에서 그는 오랜 옛 친구의 얼굴을 하고 있다. 그와 내가 고등학교 동기동창이라는 아주 사소한 이유 때문일 것이다. 그런데 나는 고등학교 시절의 그를 알지 못했다. 나는 이과를 다녔고, 그것 때문인지는 정확하지 않지만, 한 반이었던 적도 없다. 또 한 사람의 동기동창이었던 평론가 진정석이 같은 문과 출신이고 같은 대학을 진학해서인지 나보다 훨씬 그와 가까웠던 것으로 알고 있지만, 나는 그와 함께한 기억이 거의 없다. 그들과 내가 동창이라는 것은 등단하고도 한참 후에 알게 된 일이다. 그래서 내가 그에 대해 느끼는 유대감이란 사소하고도 기이한 것이었다. 그건 저 구차스러운 한국적인 '학연' 때문도 아니었고, 다만 그와 내가 같은 시간대에 같은 공간에서 그 숨막히는 시절을 보냈다는 단순한 사실에 기초한다. 그 단순한 사실들을 가끔, 새삼스럽게 되새겨준 것은 그의 소설들이었다. 그의 소설들은 하나의 구체적 공간이 하나의 강렬한 실존적 시간으로 되새겨지는 순간들을 내게 선사했다.

나는 그가 살았던 길음동에 살지 않았다. 나는 사립대학교 가까이 있었던 종암동에 살았고, 그곳은 어린 시절 나의 부모가 서울로 이사 오면서 정착한 곳이다. 그와 내가 함께 다닌 고등학교를 사이에 두고, 길음동과 종암동은 평지와 언덕의 거리만큼 떨어져 있었다. 미아리 언덕에 위치한 학교를 가기 위해서 나는 종암동의 번화한 찻길을 건너 사거리를 지나 그 언덕의 낮은 집들과 골목들과 돌산 길을 통과해야만 했다. 그 학교 너머의 길음동 언덕과 개천 주변의 '미아리 텍사스' 의 유곽들은 나에게 사춘기의 도망칠 수 없는 우울과 피로, 불안과 음란을 표상했다. 그곳은 방과후 자장면을 사먹기 위해 들르곤 하던 길음동 누추한 중국집에서 본 성인만화의 손때 묻은 페이지와도 같았다. 그곳의 이미지들은 지나치게 노골적이어서 생의 어떤 가혹한 그늘을 암시했다.

작가 김소진이 마지막으로 발표한 소설이 「눈사람 속의 검은 항아리」라는 것은 전적으로 우연한 일이다. 그가 자신의 병을 알게 된 것은 그 소설을 쓴 이후로 알고 있다. 그러니까 그는 그 소설이 자신이 발표하는 마지막 소설이 되리라는 것을 알지도 못했고, 의도하지도 않았을 것이다. 그런데도 살아남은 사람은 그 '우연' 에 이상한 상징성을 덧칠하고 싶어한다. 그의 마지막 소설이 '길음동의 기억' 에 관련된, 그 기억을 다시 찾아가는 글쓰기를 보여주고 있다는 것은, 그 우연에 드리운 운명의 개입을 떠올리게 만든다. 소설은 어머니가 세를 준 사람의 보일러 수리비를 전해준다는 명목으로 사라져가는 옛 동네를 찾아가는 '나' 의 하루의 서사와 그 기억의 편린들을 중심으로 진행된다.

> 혹시 종이처럼 얇은 기억이 나를 이렇게 사라져가려는 동네로 밀고 가는 것이 아닐까? 정말 그런지도 모를 일이었다. 창이 형을 만나 재개

발 정보를 듣거나, 아버지의 영정을 다시 꺼내오거나, 잇속 바른 셋집 사내를 만나 삼만원을 직접 건네주며 다독거려주려고 나선다는 것은 어쩌면 허울뿐이지 않을까. 나는 머리통에 난 혹을 더듬는 기분으로 손끝으로 이마를 짚으며 기억의 끈질김에 대해 새삼 진저리치지 않을 수 없었다. 따져보니 이십 년도 더 바랜 기억이었다.[1)]

소설의 화자는 기억의 끈질김을 고백하고 있지만, 아버지의 영정 사진이 남아 있는 폐허의 동네를 찾아간다는 것은, 그 기억 속의 잔인한 장면들을 다시 응시하는 계기가 된다. 세상의 모든 기억은 지독하게 현재적이다. 그 기억은 현재를 구성하는 어두운 힘이다. 어린 시절 밤에 실수로 짠지 항아리를 깨뜨리고 그 사고를 덮기 위해 그곳을 눈사람으로 위장한 행위는 죄의식과 실존적 기억에 관련된 아프고도 풍부한 상징성을 제공한다. 고작 눈사람을 만드는 방식으로만 어린 날의 '그'가 자신의 불행과 불우에 대한 최소한의 심미적인 저항과 복수와 탈주를 감행할 수밖에 없었다는 것. 흥미로운 것은 그 죄의식을 둘러싼 실존적 기억의 공간들이다.

그 현장을 더이상 지킬 수 없었던 나는 그날 하루 동안의 가출을 감행하지 않을 수 없었다. 왜냐하면 눈사람 속에 감춰진 비밀이란 영원할 수가 없어서 반나절만 지나면 오후의 찬란한 햇빛 아래 만천하에 드러나게 마련이기 때문이었다. 비밀이란 햇볕을 피해 곰팡이가 피도록 묻혀 있어야 제격인데, 기껏 푸석푸석한 눈덩이에 휩싸인 비밀이란 애초 성립하기 어려운 것이었다.

그 하루 동안 나는 주로 더러운 곳만 골라서 다녔다. 개똥 천지인 돌

1) 「눈사람 속의 검은 항아리」, 『신풍근배커리 약사』, 문학동네, 2002, 294~295쪽.

산길을 돌아나와, 눈이 녹아 질척거리는 시장거리, 연탄재가 어지럽게 뒹구는 인수교회 뒤쪽의 좁은 골목들을 혼자 떠돌다 딱총용 화약이 숭숭 박인 종이를 두장 사서 차돌로 터뜨린 다음 콧방울을 벌름벌름하며 한껏 화약내를 맡았다. (……)

그 길로 처음 볼 땐 한복집인 줄 알았던 길음천변의 음산한 텍사스 거리를 겁 없이 걸어다녔다. 그런 용기를 준 것은 허기진 배와 눈사람 속에 묻힌 짠지 단지다. 텍사스 거리의 한쪽 끝에 있는 튀김집 거리를 지날 때는 싸구려 기름 냄새 때문에 뱃속의 내장들이 요동치다 못해 밖으로 꾸역꾸역 뛰쳐나올 듯했다. 하지만 설에도 집에 가지 못한 손톱이 긴 매춘부들이 건네주는 오징어 튀김의 유혹에 굴복하지는 않았다. 나중에 떨어질 매와 꾸지람을 이겨내기 위해서라도 다른 것은 다 더렵혀도 자존심만큼은 더럽힐 수 없었다.[2)]

소설의 주인공이 그 하루 동안의 가출 동안 돌아다닌 길음동이라는 공간-시간들, 일부러 '더러운 곳만 골라서 다닌' 그 하루 동안의 기억은 그 곤고한 시간들을 지금 다시 불러세운다. 더러운 길음동 골목들을 돌아다닌 그 시간의 미로 속에는 '텍사스 거리'의 매춘부가 건네던 오징어 튀김의 유혹도 숨어 있다. 그 튀김을 받아먹지 않음으로써 소년은 자신의 불행과 불우로부터 최소한의 자존을 유지할 실존적 공간을 견뎌낸다. 그러나 이제 길음동은 더이상 소년의 불행을 받아먹지 않는다. 그곳은 재개발을 앞둔 이상한 활기로 차 있고, 그것이 '나'의 기억을 더욱 당혹스럽게 한다. 사라지는 것들이 가진 역설적인 활기 앞에서, '내'가 할 수 있는 퍼포먼스는 항아리 위에 똥을 누는 것이다.

2) 같은 글, 310~311쪽.

아아, 하지만 여태껏 나를 지탱해왔던 기억, 그 기억을 지탱해온 육체인 산동네가 사라진다는 것이 아니겠는가. 나를 이렇게 감상적으로 만드는 게. 이 동네가 포크레인의 날카로운 삽질에 깎여가면 내 허약한 기억도 송두리째 퍼내어질 것이다. 그런데 나는 기껏 똥을 눌 뿐인데…… 그것밖에 할 일이 없는데……[3]

이 사소한 행위를 통해 길음동의 공간-시간을 향한 '나'의 상징제의는 완성된다. 사고를 위장하기 위해 눈사람을 만든 지난날의 행위와 폐허의 집 안에서 항아리에 똥을 누는 행위는 다른 맥락의 것이지만, 둘은 모두 세상의 불우에 대한 최소한의 심미적 대응이다. '나'를 둘러싼 세계와 시간의 폭력에 저항하는 가장 문학적인 행위로서의 '눈사람 만들기' 혹은 '똥누기'. 차라리 '똥누기'는 그 기억이 새로운 글쓰기의 단계로 진입하는 장면일지도 모른다. 그러나 작가의 부재는 그 장면이 미래의 글쓰기를 향해 있었다는 것을 증명하지 못하게 만들었다.

길음 뉴타운 근처 큰누나의 아파트에 갈 일이 있었다. 아파트 현관의 닫힌 유리문 앞에서 방문할 집과 통화를 해야만 들어갈 수 있는 초현대식 아파트 앞에서, 나는 그때 김소진의 옛집을 떠올리지 못했다. 그와 내가 함께 다닌 고등학교도 이미 다른 곳으로 옮겨간 지 오래이고, 그곳에는 현대식 아파트 단지가 들어섰다. '미아리 텍사스' 역시 재개발되고 사창가를 소유했던 사람들이 큰돈을 벌었다는 소식도 풍문으로 들려왔다. 아마 김소진의 주인공이 다시 찾았던 90년대 후반 이후, 더이상 길음동은 길음동이 아닐지도 모른다. 김소진이 이 세상 사람이 아니고, 79년에서 81년 그 숨 죽인 시절의 '내'가 더이상 내가

3) 같은 글, 315쪽.

아닌 것처럼. 가혹하게도 그의 죽음조차 십 년 전의 '먼 과거'가 되어 버렸다. 그 젊은 죽음마저 '낡아버린' 시간 속에서, 살아남은 나는 기형도처럼 읊조려야 할 것이다. "모든 길들이 흘러온다. 나는 이미 늙은 것이다."

이광호 문학평론가. 평론집 『이토록 사소한 정치성』 등이 있다.

12월의 바다

한창훈

내가 다시 거처로 정한 남쪽 바다는 늦가을부터 북서계절풍이 분다. 태평양을 향해 대륙에서 출발한 것으로, 예전 사람들이 돛 달고 일본이나 오키나와 갈 때 이용했던 바람이다. 바람 불지 않는 바다는 적도(赤道)밖에 없기는 하지만, 그래서 바다의 특산품은 대구나 참돔이나 돌김보다 바람이라고 해야 더 맞는 말이겠지만, 이게 불면 몹시 춥다.

초여름부터 늦가을까지 불어오는 남동계절풍은 훈훈하다. 대신 이것은 무거운 너울과 거친 파도를 데려온다. 북서풍은 그런 너울과 파도가 덜한 대신 살갗을 파고드는 매서운 추위가 부록으로 따라온다. 남동풍이 큰 칼을 묵직하게 휘두른다면 이것은 날카로운 표창을 쉬지 않고 던지는 형국이다. 바다는 겨울잠을 자는 듯 잠잠하되 거친 물비늘이 수면을 덮는다.

그러니까 여름에는 태평양이 대륙에게 덥고 습한 편지를 보내고 겨울에는 냉정하고 야멸찬 답장을 받는 것이다. 이렇게 큰 존재들이 한 번씩 소식을 주고받으면 일 년이 간다.

문득 잠에서 깬다. 아직 새도 울지 않는 깜깜한 새벽. 그래, 나는 결국 이곳으로 돌아오고야 말았지. 찬바람은 밤하늘을 날카롭게 베다 말고 순간 수직 낙하하여 집 구석구석을 핥아댄다. 춥다. 인연이 되어 나에게 밥 얻어먹으며 살고 있는 고양이도 다리 부러진 의자 위에서 눈 질끈 감은 채 어서 해뜨기만을 기다리고 있을 것이다. 제기랄, 양말을 신고 잘걸. 북서풍은 고양이 뒤통수 털을 쓸어올릴 것이다. 운다. 춥다고 고양이가 운다.

나는 담배 냄새 밴 이불 속으로 한사코 코를 박고 저 하늘 위로 지나가는 것들을 생각한다. 지금 나가보면 얼음망토 잔뜩 펼친 여신(女神)이 모질게도 차가운 얼굴을 하고 지나가고 있을 것이다. 보는 것만으로 온몸이 얼어붙을 것이다. 은하수와 별들도 아르르 떨고 있을 테고 동백나무나 해장죽 이파리도 숨죽이며 흔들릴 테지. 나는 어쩌자고 이 대륙과 대양 사이의 대화 사이에 끼어 있는 것인가.

남도(南島)는 바람에 의해 제 할 일과 표정이 만들어진다.

북서풍이 부니 옷을 겹겹 입어야 하겠어. 아침엔 뭘 먹지? 마땅한 게 없군. 그렇다면 오른편 방파제 너머로 낚시를 가야겠군. 그곳에서는 벵에돔이 곧잘 물곤 하지. 근데 수온이 떨어져서 물까 몰라. 못 낚는다면 톳이라도 좀 베어오자. 예전 이곳 주민들이 보릿고개 넘길 때 가장 많이 먹은 게 톳이었지.

부르르, 보일러 돌아가는 소리가 문득 들린다. 반가운 소리다. 이제 곧 방바닥은 따끈해지고 공기도 훈훈해질 것이다.

겨울바람 소리에 잠을 깨곤 했던 때가 예닐곱 살 무렵이었나. 눈 뜨면 바람이 섬을 태평양 쪽으로 밀고 있었다. 문풍지는 파르르거리고 따끈했던 방은 어느새 식어 있었다. 그러면 할머니는 주섬주섬 인기척을 냈고 나는 요강의 수위를 조금 더 높여놓고는 이불을 둘둘 감고 떨었다.

그때 들리던 탁탁, 나뭇잎 타는 소리. 이른 새벽 할머니가 아궁이에 불 지피던 소리. 잠결에 듣던 그 소리. 이 세상에서 가장 따뜻한 소리. 나가보면 솔잎에서 솟아오른 불길이 동백나무 이파리에 옮겨 붙고 있을 것이다. 아궁이는 빛의 구멍처럼 변했고 무심하게 마주앉아 부지깽이를 들고 있는 할머니 얼굴도 황동색으로 환하게 달아올랐을 것이다. 머잖아 온기가 퍼지는 방바닥. 그러면 기분 좋은 잠 속으로 다시 스며들어갔다.

그 소리. 방을 데우는 소리. 이제는 보일러 돌아가는 소리. 산중턱을 휩쓰는 북서풍을 몰아내는 소리. 이제 따뜻해질 거야. 그때처럼.

물론 나는 보일러를 꺼둔 상태이다. 탱크에 약간의 기름이 남아 있지만 더 추운 날을 위해 남겨두고 있다. 마을에서 기름 사 옮기는 것도 자꾸 미뤄지고만 있다. 그러면 저 소리는? 저것은 어둠의 장막을 찢고 바다로 나가는 어선 기계 소리이다. 항해등 하나 켜고 밤바다를 가로지르는 소리이다. 그러나 나는 그 소리를 내 집 보일러 소리로 여긴다. 이제 아주 포근해질 거야. 생각한다.

그러면서, 지금 저 배에 타고 있을 선원을 생각한다. 이 차가운 겨울 바다로 나가는 사내. 모자에 눌린 채 바람에 휘날리는 머리카락. 깊숙하게 밀려들어간 눈동자. 빨갛게 언 코. 굳은살 박인 손. 어디 가는 배일까. 갈치배는 아직 들어올 시간이 안 됐고 그물 걷으러 가기에는 너무 이르다. 객지에서 온 통발배인가.

그렇다면 그는 더욱 추울 것이다. 바람이 살처럼 온몸을 찌를 것이다. 집 속에 있는 내가 얼마나 부러울까. 저 사람보다 전기장판 위에 이불 덮고 있는 나는 몇 십 배 더 따스하다. 얼어붙은 배 한 척으로 나는 따뜻한 존재가 된다.

벌써 십 년이 갔구나. 눈감았다 뜨면 또 십 년이라고도 하지만 참으로 아득한 시간이다. 열 번씩의 계절이 가고 삼천육백오십 번 잠을 자고 곱하기 3만큼 밥을 먹었다는 소리. 날마다 아침저녁으로 했던 생각은 어디로 흘러갔을까.

지금 중학교 입학을 앞두고 있는 딸애가 아장아장 걸어다닐 때 그가 세상을 떴다는 소식을 들었다. 어떻게 했더라. 맞아, 아이를 보고 있을 때였지. 서산에서 딸을 태우고 서울 사는 여동생 집엘 갔지. 그곳에 아이를 맡겨놓고 분향소 찾아가는 동안 참 착잡했더랬지. 나와 동갑인 서른다섯. 돌아서 가기에는 이른 나이.

산 자의 특징은 무언가를 먹어야 하는 것이라, 분향을 마치고 밥 한 그릇 받아들었는데 명천 이문구 선생께서 앞에 앉으셨다.

"세상 못할 짓이, 이렇게 까마득한 후배 장례식에 오는 거야."

선생께서는 아주 불편한 얼굴로 그 말씀을 하고선 누군가 들고 온 밥도 손을 내저으셨다. 나는 내 앞의 밥그릇이 괴로웠다. 싼 술 함부로 퍼마시지 말고 족보 있는 술을 마시라고도 말씀하셨다. 들고 있던 소주산도 민망했다. 그랬던 선생께서도 세상을 뜨신 지 벌써 사 년. 산다는 것은 누군가를 받고 또다른 누군가를 끊임없이 보낸다는 소리인가.

그래, 인류가 가장 풍성하게 만들어놓은 것 중 대표적인 게 탄생과 죽음이더라. 가장 오래된 할배나 할매가 세상에 나온 게 한 삼백오십만 년 전이라지. 참 끈질기게도 이 별에 붙어 있는 셈인데, 어쨌거나 그렇다면, 지금까지 얼마나 많은 이들이 태어나 살다가 죽었나.

왜들 그랬을까.

왜 그랬긴. 저 막막한 우주를 견디기에 한 사람의 생애로는 터무니없이 짧아 이어달리기를 하듯, 자식을 탄생시켜서 그랬지. 죽음을 감수하며 탄생을 만든다는 것은, 사람의 몸으로 우주를 닮아보거나, 견뎌보는 것. 그러기 위해 씨앗을 훑고 사슴을 뒤쫓고 산맥을 넘었을 테지. 어제는 내 손에 의해 세 마리의 감성돔과 두 마리의 숭어가 죽었다. 난 그것을 밥으로 먹고 나서 걷고 말하고 원고를 썼다.

십 년 동안 나는 무엇을 했나.

가만있지 않는 것은 산 이들의 또다른 특징. 움직였구나. 이 섬을 찾아와 저 산날맹이 귀신 나온다는 집에서 적막(寂寞)과 맞대면을 하며 살던 때가 칠 년 전이었다. 그때도 이 바람이 불었다.

그리고 베트남과 유럽과 북한과 몽골을 다녀왔다. 베트남에서는 전쟁의 기억 때문에 가슴이 아렸고 유럽에서는 망연자실했으며 북한에서는 눈물이 났고 몽골에서는 혹독하게 다쳤다. 그걸 하나씩 하면서 출생년도는 더 멀어졌고 흰머리는 늘다 못해 빠져 수챗구멍 속으로 들어갔다. 위염이 위궤양 수준으로 진화를 했고 이빨이 시렸다. 그사이 몇 권의 책을 더 냈다.

현대상선 컨테이너선을 타고 인도양을 건너기도 했다. 수심 사천 미터 울트라마린 바다. 오징어잡이나 양식장 작업선 선원 시절에는 한 번도 가보지 못한 곳. 수천 년 동안 항해하다 스러져간 이들의 거대한 무덤. 무덤 위에 입을 대고 사람들은 짐을 싣고 운반하고 하역을 했다.

십팔 일간의 항해 동안 나는 절대 무욕(無慾) 상태에 있었다. 어떠한 욕망도 욕구도 욕심도 생기지 않았다. 절대자연은 사람을 왜소하게 만든다. 인성을 눌러 펴버린다. 그게 무섭고 싫어 인류는 마을을 만들었는지도 모른다.

그래, 지구상의 생명체 중에 사람처럼 외로움을 많이 타는 이가 어디에 또 있을까. 산에서 내려다보면, 마을이나 도시가 그것을 보여준다. 지지고 볶고 시끄럽지만, 저 넓은 대지를 옆에 두고 저희들끼리만 꼭꼭 붙어 있다. 넓은 초원 한 귀퉁이에서 몇백 명의 사람이 바짝 붙어 앉아 비좁다고 원망하는 투이다. 그만큼 사람은, 사람 없으면 괴롭다. 사람보다는 개나 고양이가 훨씬 진실되다고, 얘들은 거짓말을 하지 않는다고, 애완동물을 쓰다듬는 이들도 결코 개나 고양이의 고향 쪽으로 살 곳을 옮기지는 않는다.

그가 중병이 들었을 때 우연히 들른 작가회의 사무실에서는 선생님 몇 분이 그를 걱정하고 계셨다.

"사람이, 쌓인 게 있으면 풀기도 하고 바깥으로 내뱉기도 해야 하는데, 성품이 워낙 여려서 다 품고만 있더니, 그래서 병이 난 거야."

누군가 그렇게 말씀하셨다. 그렇다면, 다들 시끄럽게 내뱉는 게 저 살려고 하는 짓이 되겠구나. 저 넓은 광야를 두고 비좁은 마을로 바득바득 기어드는 것은 말(言語)을 하기 위해서였구나. 뭔가를 내뱉기 위해. 씨부렁대기 위해.

그는 정갈한 성품답게 말도 정갈했는데, 소설마저도 정갈해서, 소화되지 않는 그 무엇을 바깥으로 내보내기가 용이치는 않았나보다. 그는 자신의 막막한 가계와 사람들의 사연과 말을 어떻게든 제 가슴속에서 제독(除毒)시켜보려다가 그만 중독되어버린 것은 아닐까. 여린 심성 때문에.

강원도 원주에서 박경리 선생의 『토지』 완간 기념식장 준비 일을 할 때이다.

불려올라간 유용주 시인과 나는 일주일 동안 여관잠 자면서 야외 부엌과 화장실을 만들고 마당 평토 작업을 했다. 종일 3.6자 패널을 옮겨 망치질하고 반생이로 묶었다. 그중 어느 날, 김소진 그가 문득 찾아왔다. 저녁밥상 두고 반주 두어 잔 받아마신 것을 끝으로 그는 술을 피했다.

그날 같이 잤다. 그날사 말고 술이 좀 오른 우리는 방에 돌아와서도 주인에게 맥주를 청해 마셨다. 그날사 말고 우리는 주인 아주머니를 앉혔고 그날사 말고 아주머니는 거절 않고 처억 주저앉아 잔 받았다. 그날사 말고 아이구 참 기운 좀 쓰시겠네, 깔깔 호호, 했다.

남 재워주는 일로 늙은 여인네는 젊은 사내 둘이서 버텨보기 쉽지 않아 우리는 저 구석에 누워 있는 그를 불렀다. 그는 몹시 난감한 얼굴로 등 기대고 앉아 이편을 바라보다가 슬그머니 다시 누웠다. 요러고 있는 걸로 소설 쓰지 말라고 해서 그가 좀 웃기도 했는데, 우리의 작태가 부담스러운 모습이 역력했다. 그래서 그는 아팠을까.

그는 참 착해 보였다.

나는 사실 그와 깊은 친분이 없었다. 원주에서 만난 게 두번째였고 내 첫 소설집이 나왔을 때 솔출판사의 임우기 사장이 불러내어 같이 술좌석을 한 게 그 다음이었다. 아주 어색하게 사인이라는 것을 해서 주었고,

"벌써 읽어봤어요. 읽으면서 내가 긴장을 해야겠다고 생각했어요." 그는 인사로 그 말을 하며 부드럽게 웃었다. 무슨 말을 주고받았는지는 생각이 나지 않는다. 그가 워낙 조용한 성품이라서 그랬을 것인데, 그러고 따로 보지는 못했다.

그런 내가, 그가 세상 버린 다음 그의 절친한 벗인 문학평론가 정홍수씨와 교육방송 김소진 특집 프로그램을 찍었던 것은 몇몇 평자들이 그의 소설과 내 소설을 연속선상에 두고 평론을 발표했던 때문일 것이다. 그때 그가 살았던 길음동 산동네엘 갔었다.

아주 무더운 날이었다. 나는 피부에 염증을 심하게 앓고 있었다. 오전 동안 찍고 점심을 먹을 때 술이 나왔다. 돌아간 사람의 발자취를 더듬는다는 것은 땡볕 더위거나 말거나 술이 필요한 법이었다. 나는 살짝 빠져나와 동네 의원 찾아가 염증을 째고 왔다.

혹독한 몸의 통증 또한 살아남은 자의 표시였다. 수술대 위에서 몸을 비틀면서 개똥밭을 굴러도 이승이 낫다는 말은 누가 맨 처음 했을까, 생각했다. 술을 마시고 길음동 산동네를 다시 오르는데 상처에서는 핏물이 흘러내렸다. 길음동 그 동네. 고향이 먼 사람들이 가까스로 서울 주소를 받는 곳.

더이상 오를 곳 없는 곳에 그가 살았던 집이 있었다. 낡은 '부로끄' 담을 마지막 방어선처럼 붙잡고 있는 슬레이트집과 쌀자루만 꿍, 내려놔도 주저앉을 것 같은 '점빵'이 그의 이웃이었다. 집집마다, 직선이라고는 찾아볼 수는 없는 좁은 골목들마다, 이왕이면 숨기고 싶은 사연들이 한 보따리씩 차고 넘칠 것 같았다. 산동네 삶에서 내세울 만한 것은, 수백 년 전 할아버지 한 분이 판서였다는 것 정도 아니던가.

그는 그곳에서 학교를 다니고 방위 복무를 하고 우리말 사전을 외우다시피 하고 습작을 했다고 정홍수씨가 말했다. 나는, 이를 악물고 올라가 그곳에서 서울 시민이 되었던, 저 먼 내 고향 섬사람 몇을 떠올렸다. 한둘은 산 아래 진입에 성공을 했다고도 하고 한둘은 비슷비슷한 집을 전전한다고도 하고 그보다 좀 많은 수의 사람들은 산 아래로도, 고향으로 되돌아가지도 못하고 정처 불명이 되었다고도 했다.

내가 그렇듯, 그도 그 동네에서, 애증이 뒤섞인 채, 자신의 유전인자 속에 박인 사람들의 이야기를 앓고 있었던 것이다. 그리고 다른 이들이 그러했듯이 그는 더이상 말을 하지 않는다. 하긴, 되돌아간 자들은 더이상 말이 없다. 역할이 끝났기 때문인가. 심지어는 부처나 예수, 마호메트까지도 눈감은 다음에는 침묵으로 일관하고 있는 걸 보면.

다시 북서풍이 집을 건들고 간다. 배는 이제 멀리멀리 가버려 보일러 소리도 들리지 않는다. 나는 보일러 소리 들리지 않아 더 추워지고 선원은 먼 바다로 나가 더 시려워졌을 것이다.

올해는 갈치가 도통 나지 않았다. 이곳의 경기는 갈치가 좌우한다. 갈치배마다 가득 싣고 돌아와야 어판장은 시끄럽고 다방 아가씨도 바쁘고 사람들의 얼굴에도 웃음이 핀다. 12월은 갈치어장이 끝나는 시점이다. 몇몇 배는 미련을 가지고 밤바다로 나가본다. 시원치 않다. 다들 얼굴이 어둡다. 어부의 우울은 풍랑과는 상관없이, 빈손으로 돌아오는 것에서 비롯된다. 이제 그들은 배 묶어놓고 내년 늦봄까지 숨죽이며 기다릴 것이다. 간 것들이 돌아오는 데는 시간이 걸린다.

비로소 아스라이 밝아지기 시작한다. 이제 새가 울기 시작할 것이다. 동박새가 통 울지 않는다. 그 녀석이 울면, 무슨 살아 있는 악기를 보는 것만 같다. 요즘은 직박구리가 시비조로, 아주 시끄럽게 울곤 한다. 박남준 시인이 와서 울음소리를 듣고 이런저런 새 이름을 알려주었는데, 며칠 못 가 잊어버렸다. 직박구리만 기억에 남는다. 나무나 풀도 마찬가지다. 갈수록 총기가 사라진다. 사십대 중반부터는 좀 바보같이 살라는 소리일 것이다.

걸어놓은 외투를 입고 낚싯대와 잇갑을 챙겨든다. 눈 뜨면 원고 쓰든가, 그것도 아니면 수렵 및 채집이라도 해야 하는 게 이곳의 삶이다. 혹시 밥 주나 싶어 고양이가 달려왔다가 니야옹, 서운하다고 운다.

"이놈아, 니 밥 낚으러 간다. 낚시도 못 하는 주제에 만날 생선만 달라고, 허참."

석 달 전 내가 이곳에 왔을 때 바짝 말라 있던 놈인데 요즘은 살이 쪘다. 녀석은 많이 낚아오라고 니야옹, 한다. 녀석에게 집을 맡겨두고 걷는다.

해장죽 숲도, 슬슬 꽃봉오리 맺어가는 동백나무도, 누구네 집 무덤도 밤새 바람에 시달려 지친 몰골이다. 12월 찬바람은 모든 사물을 제 색깔 뚜렷하게 만들어놓는 버릇이 있다. 다들, 너무 벗어버려 춥고 부끄러운 얼굴을 하고 있다.

바다는 바람 하나에 표정이 바뀐다. 북서풍 물비늘이 일면, 세상 가장 쓸쓸하고 황량한 곳이 된다. 이런 날 섬엘 오면 쓸쓸하고 고달프다는 생각뿐이다. 그러나 어느 바람도 일순 잘 때가 있는 법. 그때가 되면 12월의 바다는 액체 사파이어로 변한다. 너무 맑고 푸르다. 낚싯줄에도 푸른 물이 배어들 것만 같다. 혹한을 앞둔 준비라거나, 또는 겨울

잠 직전의 몸부림이라거나, 침묵을 앞둔 처연한 축제 같다.

새우를 끼우고 바다를 향해 낚싯대를 던진다. 이 추운 날 이른 아침 낚싯대 던지는 이는 나밖에 없다. 온통 바람뿐이다. 절벽의 소나무도 여전히 한쪽으로만 가지를 뻗고 있다. 처량맞기도 하지. 이제 이 쓸쓸하기도 하고 문득 아름답기도 한 12월이 가고 나면 무엇이 올까. 더욱 추워지겠지. 내 일용할 양식이 되어주었던 도미와 놀래미는 깊은 바닷속으로 들어갈 것이다. 그러면 그 동안 미뤄두었던 보일러 기름을 사, 북극곰처럼 겨울잠 자는 시늉이라도 해야 하는가. 봄을 기다리며.

그러다 저만치 흰 물결 이는 바다에 배 여러 척이 보인다. 가만, 뭐하는 배지? 맞다. 삼치 낚는 배이다. 12월은 저 수심 깊은 곳으로 삼치가 오는 계절이었던 것이다. 새벽에 나갔던 배가 저것이구나. 이제 집집마다 기름기 진한 삼치 살이 밥상에 오를 것이다. 펄쩍, 눈앞에서 숭어도 뛴다. 그래, 12월 바다는 참숭어도 오고 미역 다시마도 키를 키우기 시작하는 시기이다. 갈치배가 쉬는 사이 이제 저 먼 곳으로는 삼치배가 가득하고 가까운 곳으로는 숭어떼 쫓느라 바쁠 것이다.

혹한의 계절에도 세상은 어김없이 살아 있는 것으로 가득 찬다. 먼저 간 이들이, 고스란히 두고 간 풍경이다.

한창훈 소설가. 소설집 『청춘가를 불러요』 등이 있다.

자전거

김경욱

어린 시절, 영혼을 팔아서라도 갖고 싶던 것들이 누구에게나 있게 마련이다. 누구는 컬러 대백과사전이라고 할 것이고 누구는 프로야구팀 어린이 회원용 야구점퍼와 가방이라고 할 것이고 누구는 나이키 운동화라고 답할 것이다. 사내에게는 자전거였다. 사내가 맹렬하게 갖고 싶어했지만 끝내 가져보지 못했던 것의 목록을 작성한다면 맨 앞을 자전거가 차지할 것이다.

자전거. '자전거'라는 글자는 실제의 자전거를 닮았다. '자'와 '거'가 각각 앞바퀴와 뒷바퀴라면 '전'의 'ㄴ'은 페달이다. 실제 자전거를 닮은 자전거라는 단어는 사내의 마음을 어김없이 서늘하게 한다. 사내는 일생 자전거를 가져본 적이 없다. 자전거를 가져보지 못했다는 사실에 사내의 가슴은 더욱 서늘해진다. 사내가 자전거를 타지 못하는 건 아니다. 소년이었을 때 사내는 이미 자전거 타는 법을 배웠다. 열 살 때였다. 자전거 타는 법을 배우기에 이르지도 늦지도 않은 나이였다. 자전거에 흥미가 없었던 것도 아니다. 지난날 자전거를 갖고 싶은 욕망으로 잠 못 이룬 밤은 셀 수 없었다. 갖고 싶지만 그럴 수 없는 것들이 늘면서 소년은 철이 들었다. 사내가 소년이었을 때 자전거가 소년을 외면했고 소년이 사내가 되었을 때 사내가 자전거를 잊었다. 그러나 가져보지 못했다는 사실로는 가슴 서늘함을 온전히 설명할 수 없을 것이다. 사내는 자전거를 머릿속에 그려본다. 머릿속의 자전거가 어느새 가슴속에 들어와 있다. 아니, 사내에게 자전거는 애당초 가슴속에서 달리고 있었다.

사내가 아직 소년이었을 때 자전거는 유복한 유년의 상징이었다. 자전거를 가진 아이와 자전거를 갖지 못한 아이. 소년의 눈에 세상의 아이들은 두 부류로 나뉘었다. 소년은 자전거를 갖지 못한 쪽이었다. 자전거를 갖고 있던 소수의 아이들은 자전거를 욕망했던 대다수 아이들의 선망을 한 몸에 받곤 했다. 흙먼지 날리는 골목에서 뛰어다니는 것이 놀이의 전부였던 시절, 자전거는 부정할 수 없는 부의 상징이었고 손에 넣기 어려운 호사스런 장난감이었다. 자전거를 갖지 못한 대다수의 아이들은 자전거를 소유한 몇몇 아이들의 환심을 사기 위해 몸을 꽈배기처럼 배배 꼬았다. 자발적 아첨은 자전거를 한번 얻어탈 수 있는 기회와 교환되었다. 세발자전거를 가졌던 아이는 자라서 뒷바퀴에 보조바퀴가 달린 네발자전거를 끌고 다녔고 더 자라서 두발자전거의 페달을 밟곤 했다. 그러나 대개의 경우 세발자전거를 가져보지 못했던 아이는 네발자전거도 두발자전거도 가질 수 없었다.

소년의 집에도 자전거는 있었다. 아버지의 자전거였다. 소년들의 자전거가 장난감이라면 아버지들의 자전거는 생계의 주요 수단이기 십상이었다. 생계수단을 장난감 삼을 순 없었다. 아버지들의 자전거에서는 삶의 엄숙함이 느껴졌다. 소년의 아버지도 자전거를 타고 출근했다. '레저'라는 말이 수입되기 전이었다. 자전거가 생계의 굴레에서 놓여난 주말에도 자전거를 타고 놀러 가는 일은 드물었다. 자전거로 나들이 가기에는 가족의 수가 너무 많았다. 생계라는 보이지 않는 괴물에 아버지의 자전거를 빼앗긴 소년들에게는 아버지의 자전거 뒷자리를 얻어타는 것도 흔치 않은 행운이었다.

열병으로 불덩이가 된 소년의 몸뚱이를 근동의 보건소로 묵묵히 실어나른 것은 아버지의 자전거였다. 황톳길을 달리는 아버지의 자전거 뒷자리에서 소년은 생과 사의 경계를 보았다. 생과 사의 경계에는 아름드리 플라타너스들이 장승처럼 버티고 서 있었다. 황톳길 양편으로 플라타너스가 끝없이 펼쳐졌다. 플라타너스의 우듬지 너머에 무엇이 있는지 소년은 짐작할 수 없었다. 태양도 하늘도 플라타너스에 가려 보이지 않았다. 플라타너스 궁륭의 끝에서 생과 사는 아득하게 각축했다. 아버지의 자전거는 연민의 속도로 달렸고 풍경은 회한의 속도로 흘러갔다. 생과 사는 황톳길 양편의 플라타너스 대열이 만나는 저 머나먼 곳에서 한 점이 되었다.

열병을 앓던 한 달 동안 소년은 아버지의 자전거를 원 없이 탈 수 있었다. 그 한 달 동안 소년에게 아버지의 자전거 뒷자리는 투병의 보루이자 버팀목이었다. 시득시득한 소년의 영혼은 아버지의 자전거 뒷자리에서 유년기의 가장 빛나는 순간들이 스쳐가는 것을 느꼈다. 육신을 결박한 열병도 아버지의 자전거에 올라탄 소년의 영혼을 삼키지는 못했다. 아버지의 자전거 뒷자리에서 소년은 마음 든든했다. 자전거가 달리는 내내 아버지는 말이 없었다. 같은 방향으로 달리고 있다는 사실이 침묵의 불편을 덜어주었다. 적어도 아버지의 자전거 뒷자리에서 죽음을 맞지는 않을 거라고 소년은 생각했다. 소년은 아버지의 자전거 뒷자리에서 어른의 냄새를 맡았다. 소년은 자전거에 실린 어른의 냄새를 동경했다. 자전거가 달리는 동안만큼은 아버지의 침묵조차 듬직함으로 미화되었다.

소년이 자전거 타는 법을 배운 것도 아버지의 자전거 덕분이었다. 도시로 이사 온 뒤 아버지의 자전거는 한가해졌다. 아버지가 버스로 통근하게 되었기 때문이었다. 한가해진 아버지의 자전거를 소년은 호시탐탐 노렸다. 소년은 안장이 가슴팍까지 올라오는 아버지의 자전거를 학교 운동장으로 끌고 갔다. 안장에서는 땅바닥이 까마득했고 페달은 발이 닿지 않는 곳에서 저 혼자 놀았다. 뒤에서 누군가 잡아주었지만 자전거 바퀴는 몇 번 돌지 못하고 멈추기 일쑤였다. 소년은 달리기 위해서가 아니라 넘어지기 위해서 자전거에 오르는 것 같았다. 아버지의 자전거는 쓰러지고 또 쓰러졌다. 쓰러지기 위해 존재하는 자전거는 즐겨야 할 장난감이 아니라 극복해야 할 장애물이었다. 소년은 집요하게 자전거 안장에 올랐다. 자전거가 넘어지지 않고 앞으로 달리던 순간 소년은 세상을 다 얻은 기분이었다.

자전거를 처음 배웠을 때, 다리가 짧은 탓에 소년은 벤치에 자전거를 기대어 출발해야만 했다. 출발을 위해서는 매번 자전거를 벤치까지 끌고 가야 했다. 벤치에 의지하지 않고 출발하기 위해 소년은 새로운 기술을 익혀야 했다. 페달을 거푸 밟아 속도를 얻은 뒤 페달 축을 딛고 안장에 재빨리 올라타기. 소년은 벤치의 도움 없이도 아버지의 자전거를 자유자재로 탈 수 있게 되었다. 아버지의 자전거에 훌쩍 올라탄 순간 소년은 더이상 소년이 아니었다. 소년은 아버지의 자전거가 언젠가 자신의 것이 될 거라 믿었다. 그러나 아버지의 자전거는 소년의 키가 자라는 것을 기다리지 않았다. 페달을 수월하게 밟을 수 있을 만치 소년이 자랐을 때 소년의 집에는 자전거가 없었다. 자전거가 어디로 사라졌는지 소년은 알지 못했다. 물어도 아버지는 대답하지 않았을 것이다. 아버지는 도통 입을 여는 법이 없었으니까. 아버지는 침묵으로써 자식을 훈육했다. 침묵이 깨지면 아슬아슬한 평화도 끝장이었다. 소년은 자전거의 행방을 차마 물을 수 없었다.

자전거에 대한 사랑이 극에 달한 건 중학교 때였다. 소년은 한 푼 두 푼 모은 용돈으로 친구의 자전거를 샀다. 낡은 것이었지만 자전거라는 사실만으로 족했다. 자전거 타는 법을 처음 익혔을 때와 마찬가지로 세상을 다 얻은 기분이었다. 소년은 난생처음 자신의 것이 된 자전거를 몰고 도심을 가로질러 집으로 갔다. 집으로 가는 내내 야릇한 흥분에 사로잡혔다. 거칠게 머리를 들이미는 차량 사이로 자전거를 몰기는 처음이었다. 집으로 가는 길은 아득하고 아득했다. 소년에게 한 시간여의 자전거 타기는 오디세우스의 귀향길에 비견할 만한 짜릿한 모험이자 아슬아슬한 항해였다. 어른이 된 기분이었다. 적어도 소년의 아버지가 마당에 세워진 낯선 자전거를 발견하기 전까지는.

다음날 소년은 자전거를 친구에게 돌려주어야 했다. 아버지는 소년의 자전거 소유를 허락하지 않았다. 안 돼. 그 한마디가 떨어지면 더이상 설명이 필요 없었다. 소년으로서는 그 이유를 짐작할 수 없었다. 자전거를 구입한 돈의 출처가 의심스러운 것일까? 사전에 허락도 없이 덜컥 일을 저질러 화가 난 걸까? 소년의 머릿속에 소용돌이치던 물음표는 끝내 햇빛을 보지 못했다. 왜요? 라는 말은 아버지의 사전에 등록할 수 없었다. '아빠' 라는 단어도 사정은 마찬가지였다. 소년은 아버지를 아빠라 부르지 못했다. 소년은 아빠라는 사람들은 아버지와는 다른 족속인 줄 알 정도였다. 또래의 '아빠' 들은 아버지보다 더 젊기는 했다. 어머니는 엄마라고 불렀다. 아버지와 엄마. 뭔가 부자연스러운 조합이었다.

늘 그래왔듯 아버지는 역시 침묵으로써 자신의 주장을 관철했다. 소년은 아버지의 침묵이 야속하기만 했다. 아버지라는 존재는 요령부득 그 자체였다. 사내는 아버지의 침묵이 두렵고 원망스러웠다. 자전거에 관한 한 소년의 일일천하는 그렇게 막을 내렸다. 그리고 소년의 사춘기는 시작되었다.

소년 시절 충족되지 못했던 자전거에 대한 동경 때문인지 사내는 자전거가 인상적인 소품으로 등장하는 영화를 유독 좋아했다. 〈ET〉 〈내

일을 향해 쏴라〉〈시네마 천국〉〈첨밀밀〉〈일 포스티노〉…… 영화 속에서 자전거는 꿈과 사랑과 추억을 싣고 달렸다. 심지어 하늘로 날아오르기도 했다. 영화 속 자전거를 응시하는 사내의 눈빛은 겨울 밤하늘의 별처럼 형형했다. 여자친구가 생기면 서울 한복판의 광장으로 달려가 함께 자전거를 타기도 했다. 사내에게 자전거 타기는 일종의 통과의례 같은 것이었다. 자전거에 대한 열광이 뜨거울수록 사내의 마음 한구석은 서늘했다. 꿈과 사랑과 추억을 싣고 달리는 영화 속 자전거에 대한 사랑은 지난날의 결핍에 대한 보상심리에 불과했다는 것을 사내는 영화 〈자전거 도둑〉을 보고 깨달았다.

자전거 도둑. 제목부터 심상치 않았다. 사내로서는 제목에 '자전거'가 등장하는 그 수상쩍은 영화를 보지 않고는 배길 수 없었다. 이탈리아 영화였다. 세계 영화사에 이름을 올린 영화라고 했다. 배경은 2차 대전 직후 이탈리아 로마. 제목에 걸맞게 영화에는 자전거가 자주, 많이 나왔다. 생계수단이었던 자전거를 도둑맞은 한 사내가 아들과 함께 자신의 자전거를 찾아 도시를 헤매는 이야기였다. 흑백화면 속 자전거는 사내가 전에 보았던 영화 속 자전거들과는 사뭇 달랐다. 「자전거 도둑」의 자전거는 꿈이 아니라 현실이었고 사랑이 아니라 갈등이었다. 생존의 수단이었던 자전거를 찾지 못한 채 아들 앞에서 체면만 구긴 아버지, 석양의 도심을 무기력하게 걸어가는 아버지를 하릴없이 뒤따르는 아들. 영화는 끝내 아버지와 아들에게 자전거를 돌려주지 않는다. 다만 고개 숙인 아버지의 뒷모습을 보여줄 뿐이다.

사내는 흑백의 이탈리아 영화를 보며 갖지 못했던 자전거가 아니라 자전거 갖는 것을 허락하지 않았던 아버지를 떠올렸다. 영화 속 아버지의 뒷모습이 머릿속에 오래도록 지워지지 않았다. 사내는 아버지의 뒷모습을 그려보았지만 허사였다. 돌이켜보니 아버지는 사내에게 뒷모습을 허락한 적이 없었다. 왜요? 라는 질문을 용납하지 않았던 것처럼. 사내는 아버지의 뒷모습을 상상한다. 사내의 상상 속에서 아버지의 뒷모습은 물음표였다가 플라타너스였다가 자전거였다.

아버지가 사내에게 뒷모습을 허락한 적은 자전거를 태워줄 때뿐이었다. 열병으로 시들시들한 아들을 태우고 달리던 아버지는 기꺼이 자신의 뒷모습을 허락했다. 그러나 자전거 뒷자리에서는 아버지의 뒷모습이 온전히 드러나지 않았다. 자전거 뒷자리에서 사내는 아버지의 허리춤을 꼭 붙들고 있었기 때문이다. 아버지의 뒷모습을 볼 수는 없었지만 느낄 수는 있었다. 그것은 세상에서 가장 든든한 뒷모습이었다. 사내는 생각했다. 자식에게 사랑한다고 말하는 법을 배우지 못했던 세대의 아버지들은 때로 뒷모습으로 마음을 표현하고 있었던 것은 아닐까, 라고.

김경욱 소설가. 소설집 『장국영이 죽었다고?』 등이 있다.

1997년, 아무런 일도 일어나지 않은 해

김연수

나는 생전에 김소진 형을 만난 일이 없었다. 1993년에 등단했으니 오다가다 부딪힐 수도 있었는데, 그럴 기회가 없었다. 물론 그의 소설들은 찾아서 읽었고, 한겨레신문을 이리저리 넘기다가 그의 이름도 드문드문 봤다. 하지만 그게 다였다. 그러다가 1997년이 찾아왔고, 그 뒤로 나는 그를 영영 볼 수 없게 됐다. 어쩐지 나는 김소진 형이 1997년까지 존재했던 어떤 세계와 운명을 함께한 게 아닌가는 생각도 든다. 그게 어떤 세계인지는 나도 자세히 모르지만, 내가 지금까지 쓴 소설 대부분은 1997년 이전의 세계를 다뤘다. 그런 점에서 나는 그를 한 번도 만나지 못했으나, 어떤 의미에서는 그에 대해서 매우 잘 알고 있다고도 생각한다.

1997년은 내게 매우 힘든 한 해였다. 고등학교를 졸업하기 직전에 그때까지 써오던 일기장을 모두 불태운 뒤, 1989년부터 나는 새로 일기를 쓰기 시작했다. 아무래도 신입생 때, 또 방위병 시절에, 그리고 학교를 졸업하고 처음으로 전업작가라기보다는 백수 생활을 시작한 해에 가장 많은 일기를 썼다. 하지만 1997년에는 단 하루치의 일기뿐이다. 1월 20일. 그 일기에는 내가 담배를 끊었으며 다음과 같은 두 가지 맹세를 했다고 적혀 있다. 1. 전면적으로 바꿀 것. 2. 당분간 강압적으로 새로운 방식에 적응할 것. 무엇을 전면적으로 바꾸며, 강압적으로 적응할 새로운 방식은 또 무엇인지 이제는 기억도 희미하다. 그날, 일기의 핵심적인 내용은 '위기'라는 것이었다. 일기장에는 "하지만 아직도 위기에 대한 두려움은 남아 있다"고 적혀 있다.

1997년의 위기가 과연 무엇인지 생각해보다가 김소진 형이 마지막으로 쓴 소설이자 미완성 소설인 「내 마음의 세렝게티」가 떠올랐다. 책을 들춰보니 이 소설에는 다음과 같은 편집자 주가 붙어 있었다.

"1997년 3월 초순 병원에 입원하기 전까지 작업중이던 이 작품은, 작가의 죽음으로 미완성인 채 남게 되었다. 병상에서 털어놓은 작가의 구상에 따르면, (원고지 기준으로) 서른 장 정도를 더 써서 모두 백오십 장 분량의 단편소설로 이 작품을 마무리지을 계획이었다고 한다."

공교롭게도 이 소설에는 유서 쓰는 이야기가 등장한다. 요컨대 연수원에 들어간 대기업 직원들이 — 그들이 연수원에 있는 동안, 회사는 조직개편에 들어간다는 것으로 봐서 그들은 결국 낙오자들이 될 텐데 — 세계 사이콜로지연구자협회 한국지회장의 강연에 따라 고해의 시간을 가지게 된다. 머리가 벗겨진 그 강사는 이렇게 말한다.

"죽음 앞에서 인간은 한없이 겸손해집니다! 자신의 초라함을 극명히 깨닫기 때문입니다. 죽음 앞에서 인간은 한없이 고통스러워집니다! 감당하기 힘든 공포를 느끼기 때문입니다. 죽음 앞에서 우리 인간은 한없이 외로워집니다! 절대적 고독 앞에 직면하기 때문입니다. 죽음 앞에서 무기력한 인간은 그러나 한없이 순진무구해집니다! 자신이 곧 발가벗겨질 것을 본능적으로 알기 때문입니다. 공수래공수거! 가져갈 게 없어요. 바로 그겁니다."

실제 죽음에 직면하면 이런 말 따위는 아무런 소용도 없는 게 아닐까? 겸손이니 고통이니 외로움은 모두 살아 있을 때나 느낄 수 있는 게 아닐까? 어쩌자고 김소진 형은 병상에서까지 이런 소설을 쥐고 있었던 것일까? 이런 문장은 퍽이나 나를 당황스럽게 만든다. 나는 대범하지 못한 사람이기 때문인지 가끔 죽은 문인들의 마지막 작품에 죽음에 관한 암시가 엿보인다는 보도를 만날 때마다 그럴 리가 있을까고 의심하는 편이다. 친한 사람의 죽음을 받아들이는 것도 어려운데 하물며 자신의 죽음을 인정한다는 건 매우 어렵지 않을까? 그건 대문호라고 해도 마찬가지이지 않을까? 아마도 그건 내가 정말 대범하지 못한 사람이기 때문일 것이다.

「내 마음의 세렝게티」는 1997년에 죽어간 것들에 대한, 완성되지 못한 이야기다. 그럼 1997년에 죽어간 것들은 무엇일까? 제목으로 짐작하자면 그건 톰슨가젤과 같은 초식동물들이며, 내용으로 짐작하자면 경쟁에서 탈락한 회사원들이다. 명퇴할 때 자신 있게 회사를 나가지도 못하고 결국 연수원으로 들어가게 된 이 회사원들부터 살펴보자. 그들이 누구인지에 대해서 우리는 1997년 12월, 한국이 IMF 관리체제로 들어가면서 이해할 수 있었다. 그럼, 김소진 형이 이 소설을 쓰기 시작하던 1997년 초반에 이미 한국 경제가 붕괴되리라는 조짐이 있었던가? 나의 위기감은 개인적이고 사소한 것이었다. 그래서 그즈음에 그런 위기가 느껴졌는지는 잘 기억나지 않는다.

그렇다면 세렝게티에서 사자에게 먹히는 톰슨가젤이라는 건 자본주의의 경쟁에서 탈락한 이 회사원들일 텐데, 소설을 읽어보면, 그렇다고 경쟁에서 탈락한 모든 회사원들이 톰슨가젤인 것은 아니다. 톰슨가젤에 해당하는 사람은 — 어쩌면 화자와 함께 — 국제 금융시장에서 구름처럼 떠돌다가 단기간에 걸쳐 매매차익을 남기고 빠져나가는 투기성 자금인 핫머니 전문가 최기석씨다. 이 최기석씨는 화자에게 아름다워 보이지만 엄연히 양육강식의 세계가 존재하는 세렝게티 초원에 대한 이야기를 들려준다. 이 소설은 물론 미완성이므로 그 결말을 알

수는 없다. 하지만 이 소설의 결말은 한때 하루 만에 삼십육만 달러라는 거금을 회사에 안겨준 핫머니 전문가 최기석씨가 결국에는 톱슨가젤처럼 무한경쟁의 먹이사슬 속에서 죽어간다는 이야기가 아닐까?

이쯤에 이르면 1997년에 김소진 형이 왜 이 소설을 쓰고 있었는지 알 것 같다. 그는 어렴풋하게나마 새로운 세계가 시작되리라고 짐작했던 것 같다. 새로 찾아오는 그 세계는 절대강자가 없는, 혹은 오직 자본만이 절대강자가 되는—우리가 실제로 경험하게 되는 것과 같이—, 무한경쟁의 초원이었다. 그럼 그전까지는 무한경쟁의 냉혹한 세계가 아니었단 말인가? 이 물음에는 내가 답해야만 하겠다. 물론 그때도 냉혹한 시절이었다. 하지만 그 시절의 사람들만은 지금의 사람들보다 덜 냉혹했다. 우리는 어쩌면 1997년에 그때까지의 우리가 아닌 다른 어떤 사람이 됐는지도 모르겠다. 내가 다시는 김소진 형을 만날 수 없게 됐다고 할 때, 이 말은 내가 다시는 그 시절의 나로 돌아갈 수 없게 됐다는 뜻이기도 하다. 김소진 형만이 그 시절의 모습 그대로 남아 있는 셈이다. 그래서 나는 그가 한 시대를 이끌었던 '뭔가'와 함께 죽은 것이라고 생각한다.

말했다시피 김소진 형과 일면식이 없었기 때문에 내가 그의 장례식장에 가게 된 것은 뜻밖의 일이었다. 내게 강북삼성병원에 가자고 전화를 건 사람은 그의 대학 후배가 되는 소설가 김경욱이었다. 그가 아프다는 것만 알고 있었지, 그렇게 빨리 그런 전화를 받을 줄은 몰랐다. 김경욱의 전화를 끊고 나서 나는 한참 망설였다. 어쩌면 가지 않는 게 좋겠다고 나는 생각했다. 나와는 상관없는 사람이라서가 아니라 가면 안 될 것 같았기 때문에 가지 않으려고 했다. 가게 되면 분명히 나는 '뭔가'를 보게 될 텐데, 그 '뭔가'는 어쩌면 내게 치명적일지도 모른다는 막연한 불안감이 들었다. 그건 1997년에 내가 느꼈던 그 위기감과 연결되는 심리상태일지도 몰랐다. 어쨌든 나는 가지 않으려고 온갖 핑계를 다 만들었다. 그럼에도 나는 부득불 장례식장까지 찾아갔다. 그 막연한 불안감이 하도 강해서 기어이 장례식장까지 찾아가서 그 '뭔가'를 봐야만 하겠다는 욕망이 생겼던 것이다.

결국 내게 그 '뭔가'는 환하게 웃고 있는 사진 한 장이라는 걸 알게 됐다. 그 사진을 향해 두 번 절하고 나서 누군가 이끄는 대로 마당에 설치한 하얀 천막 안으로 들어갔다. 그 천막 안에는 침울한 표정으로 사람들이 앉아 있었다. 나는 그 얼굴들에게 인사하며 자리에 앉아서 바람에 흔들리는 하얀 천막을 바라보다가 슬그머니 바깥으로 나갔다. 그리고 집에 돌아와 나는 며칠 동안 몸살 비슷한 병을 앓았다. 집에서 꼼짝도 못하고 누운 채, 나는 그때까지 내가 적어온 글자들이 참으로 부끄럽다고 생각했다. 고작 그런 글자들을 적는답시고 까불고 다녔던 게 허망하기만 했다. 1997년 4월, 그때까지 내게 남아 있었던 실낱같은 희망이 완전히 내게서 빠져나갔다. 나는 이제 그 무엇도 소망하지 않으며 그 무엇도 이루려고 들지 않고, 다만 몽유병자처럼 사회의 한쪽 구석에서 밥벌이나 하면서 살아야겠다고 결심했다. 무슨 운명 따위는 없다고 생각했다. 그런 게 있다면 그 사람의 인생은 너무나 슬픈 게 아닌가, 또 그 사람의 인생이 너무나 슬픈 것이라면 나 같은 사람의 인생도 너무나 슬픈 게 아닌가, 그런 생각이 들었다.

그후로 오랫동안 장례식장에서 본 그 사진은 내 머릿속에 남아 있었다. 1997년에 나는 삶을 꽤 많이 바꿨다. 5월부터 나는 양복에 넥타이를 매고 잡지사에 다니기 시작했다. 소설 대신에 잡지를 읽기 시작했고, 연예인들을 만났다. 전업작가를 꿈꾸던 시절과 달리 회사에 출근하면서부터는 저축하지도 않았는데, 통장에 돈이 쌓이기 시작했다. 얼마 전까지만 해도 절실하게 필요했던 돈들이었는데, 달리 쓸 곳이 없었다. 그래서 마감이 끝나서 시간이 한가해지면 돈을 쓰고 다니느라 동국대학교 앞 바에서 데킬라 따위를 마시고 혼자 취했으며 마지막 상영시간에 맞춰 대한극장에서 혼자 영화를 봤다. 다른 사람들과 어울리지 못해서 매번 혼자 취하고 혼자 웃었다. 소설은 한 글자도 쓰지 않았다. 아니, 쓰지 못했다. 그리고 일산에 신혼집을 구한 뒤, 10월 말 나는 오랫동안 사귀던 여자친구와 결혼식을 올렸다. 결혼하고 나니, 나는 아주 늙은이가 된 것 같았다. 내가 아닌 다른 사람이 되어가고 있었던 1997년은 결국 IMF로 막을 내렸다. IMF라는 게 나는 하나도 충격적이지 않았다. 한 시대의 종말은 그보다 조금 먼저 찾아왔기 때문이었다. 그게 언제쯤이었을까? 내가 아닌 어떤 사람이 될지도 모른다는 불안감과 비교하자면, 사실상 아무런 일도 일어나지 않았던 1997년, 어쩌면 그해 4월 22일, 우리가 모두 깜짝 놀라던 그 어느 봄날의 일이었는지도 모르겠다.

김연수 소설가. 소설집 『나는 유령작가입니다』 등이 있다.

쥐덫과 쥐잡기

천운영

나는 그와 아무 관계가 없다. 그 흔한 동문이라거나 동향이라거나 아니면 성이나 본관이라도, 그와 나를 연관지을 만한 것은 아무것도 없다. 본 적도 없고, 말을 해본 일은 더욱 없다. 하지만 나는 한때 그를 몹시 미워했다. 조금쯤 시기하기도 했으며, 그를 만나게 될 날을 고대하기도 했다. 그를 만나게 되면 내가 왜 한 번도 본 적 없는 그를 미워하고 시기했었는지 얘기하고 싶었다. 그러려면 하루라도 빨리 소설가가 되어야 했다. 소설가가 되어서 짜잔 하고 그 앞에 나타나야지, 나는 생각했다. 하지만 내가 소설가가 되었을 때 그는 이미 이 세상 사람이 아니었다. 그와 얘기할 수 있는 기회는 영영 사라져버렸다.

인디언 추장의 딸

잘 쓸 수 있을 것 같아서. 소설을 쓰겠노라 했을 때 사람들은 하나같이 왜냐고 물었다. 어떻게, 라고 묻는 사람은 단 한 사람도 없었다. 소설이니까, 소설이어야 하니까, 내가 잘 쓸 수 있을 것 같으니까. 그렇게 대답했던가? 잘 쓸 수 있을 것 같다고 말했지만, 정작 그 방법은 알지 못했다. 내겐 막연한 열정과 오기만 있었다. 무작정 뛰어든 습작 시절. 내게 우선 필요했던 것은 동료였다. 소설에 대한 무작정인 열정과 오기를 함께 나눌 문우.

문예창작과에 입학한 첫날 첫 수업. 나는 그애를 단박에 알아보았다. 검고 긴 머리칼과 가느다란 눈, 단단하고 야무져 보이는 입매를 가진 여자애. 인디언 같아. 어쩐지 전사 같기도 하고. 단지 그것만으로도 그애가 맘에 들었다. 그런 생각을 하고 있을 때, 정작 먼저 말을 걸어온 것은 그애였다. 나랑 차 마실래? 좋아. 나는 일 초의 망설임 없이 대답했다. 우리는 북적거리는 명동거리를 말없이 걸었다. 사람들이 어깨를 치며 스쳐 지나가고, 교복을 입은 여학생들이 떠들썩하게 앞질러 갔다. 그 길을 우리는 묵묵히 앞만 보고 걸었다. 그애와 마주 앉은 곳은 어두침침한 지하의 한 카페였다.

난 네가 인디언 추장 딸 같다고 생각했어. 그래? 난 네가 전투적인 눈을 가졌다고 생각했어. 난 운영이야. 난 영실이야, 맘에 드는 이름은 아니지만. 네 이름 맘에 들어, 네 긴 머리도 맘에 들고. 난 네 처진 눈이 맘에 들어. 우리 친구할까? 좋아. 나도 좋아.

간단했다. 그애와 내가 친구가 되기까지의 과정은. 꼭 선수가 선수를 알아보고 한번 즐겨보자고 합의를 하는 것처럼 단순 명쾌했다. 마침 그애 집과 우리집은 전철로 두어 정거장 떨어져 있어서, 수업이 끝나고 별일이 없는 한 집으로 가는 길을 늘 함께했다. 북적거리는 1호선 전철 안에서 우린 끊임없이 얘기를 나누었다. 집과 가족들에 관한 개인적인 얘기들에서부터 그즈음 읽은 소설들과 신문 기사들까지. 그애와 함께 집으로 돌아가는 길은 지루하지도 따분하지도 않았다. 늘 새롭고 신선했다. 말을 하지 않고 그냥 제가 읽던 책을 펼쳐 읽으며 가는 날에도 서로에게 불편하거나 미안하지 않았다.

잘 쓸 수 있을 것 같아서. 도대체 무얼 믿고 그런 생각을 했는지. 어떻게 쓸 것인지 방법도 방법이거니와 기본적으로 알아야 할 작가와 작품들도 나는 잘 몰랐다. 그런 내가 의지할 수 있는 건 그애였다. 국문과 출신의 그애는 내게 꽤 많은 조언을 해주곤 했다. 한참 우리말 공부에 열중인 그애를 따라 헌책방에서 우리말 큰사전을 사기도 했고, 그애가 이미 읽었다고 생각되는 책들은 모두 따라 읽으려 했다. 그애 옆에 있으면 편안하기도 하면서 먼저 출발한 자에 대한 일종의 열패감과 오기가 함께 들었다. 그것은 내 습작 시절, 일종의 윤활유 같은 것이었다.

그렇다고 내가 그애를 미워하거나 싫어했던 것은 아니었다. 나는 어쨌든 그애와 함께 있는 것이 좋았다. 때론 그애를 너무 좋아하는 건 아닌지 생각하기도 했었는데, 나도 모르게 그애의 가늘고 긴 머리칼을 쓰다듬고 있는 나를 발견할 때 특히 그랬다. 그애의 머리칼을 만질 때는 물론이고 무언가에 골몰하고 있는 그애의 눈을 지켜볼 때면, 어떤 주술적이면서도 전투적인 힘이 내게로 전해오는 느낌이 들었다. 그것이 어떤 동성애적 감정은 물론 아니었다. 어쨌든 나는 그애와 함께 소설을 공부할 수 있어서 다행이라고 생각했다.

쥐덫

내 생의 첫 소설. 제목은 쥐덫. 집안에 득실거리는 쥐를 잡기 위해 곳곳에 쥐덫을 놓으며 시간을 보내는 실직한 가장의 이야기다. 쥐를 잡으면 어김없이 잔인한 처형이 이루어지는데, 그것은 그에게 일종의 유희와도 같다. 쥐를 없애겠다고 시작된 덫 놓기는 점차 처형을 위한 덫 놓기로 변질되어서, 그는 더 많은 쥐를 끌어모으기 위해 곳곳에 미끼들을 풀어놓기에 이른다. 소설은 가장을 바라보는 아들의 시선으로 그려진다. 아들은 운동권 출신으로 졸업 후 하는 일 없이 방구석에 처박혀 세상 탓만 하는 룸펜이다. 아버지 손에 쥐가 죽어나갈 때마다 아들은 자신의 생명력이 그만큼 줄어드는 기분이다. 모든 육체적 정신적 사회적인 생명력. 아들은 아버지 몰래 덫을 치우거나 덫에 걸린 쥐를 풀어주며 시간을 보낸다. 끈끈이에 걸린 쥐에 시너를 뿌리고 화장을 시키려는 아버지. 그 모습을 숨죽여 지켜보는 아들. 결국 불붙은 쥐가 필사적으로 도망을 쳐 집 안으로 달려들어가고, 아버지는 그 쥐를 뒤쫓아 들어가고, 아들은 그 아버지를 만류하러 따라 들어가고, 불붙은 쥐는 낡은 집에 화재를 일으키고, 불을 피해 밖으로 나온 아버지와 아들은 불타는 집을 바라보고…… 한 개인의 발목을 붙드는 덫에 관하여, 가학과 피학의 전복에 관하여, 사회적으로 패배한 자들의 시선으로 바라본 세상에 대해, 나름대로 쓰겠다고 쓴 내 생의 첫 소설이었다.

문예창작과 수업을 듣는 사람이면 누구나 제출해야 할 소설. 과제로 소설을 쓰기까지 난 단 한 편의 소설도 써본 적이 없었다. 짧은 콩트조차도 써본 적이 없었다. 품평회 때 반응은 그럭저럭 좋았고, 첫 소설이 이만하면 되지 않겠나 싶은 은근한 자신감도 있었다.

소설을 읽은 그애가 내게 말했다. 쥐잡기라는 소설이 있어, 쥐 한 마리 잡으려고 갖은 애를 쓰는 아버지의 얘기, 내가 제일 좋아하는 작가의 등단작이야, 한번 읽어보는 게 좋을 것 같다.

쥐잡기

내가 첫 소설을 쓴 게 1994년이다. 그리고 「쥐잡기」가 수록된 『열린사회와 그 적들』은 한 해 전인 1993년에 출간되었다. 일단 나는 김소진이라는 작가를 몰랐다는 사실이 부끄러웠다. 다른 때처럼 얼른 서점으로 달려가 책을 사서 읽었다. 그리고 화가 났다. 내용은 다르지만 비슷한 제목에 일견 비슷한 설정에 비슷한 구절들까지. 선점이라는 게 이거구나, 더 많이 읽어야 이런 일이 없겠구나, 습작소설과 작가가 쓴 소설은 이렇게 차이가 나는구나. 복잡 다양한 생각들이 밀려들었다. 맹탕 헛것이었는지도 모르지. 「쥐잡기」의 한 구절이 내 가슴을 후려쳤다. 내가 쓴 소설은 맹탕 헛것 같았다.

그때부터였다. 그를 미워한 것이. 그를 시기한 것이. 그를 좋아하게 된 것도 그때부터였다. 나는 어쩌면 그애가 제일 좋아하는 작가가 그라서 함께 따라 좋아하게 되었는지도 모른다. 아니면 열정만 갖고 무작정 덤벼들던 습작생에게 그가 텅, 심장 울리는 소리를 들려주었기 때문인지도 모른다.

어쨌든 그애와 나는 같은 작가를 좋아했다. 물론 거기엔 지독한 미움과 시기심도 함께 있었지만. 같은 것을 좋아한다는 공유의식. 그것은 그애와 나를 더욱 끈끈하게 묶어주는 계기가 되었다. 소설 때문에 신문사를 그만두었다는 것도, 범상치 않은 그의 가족사도 우리에겐 모두 감탄의 대상이었다.

원고 청탁을 했어. 학보사 편집장이었던 그애가 결국 그에게 원고 청탁을 했단다. 직접 통화했어? 응. 어땠어? 글쎄 잘 모르겠어. 수락했어? 흔쾌히는 아니지만 그래도 거절하지 않았어. 원고 받고 나면 나중에 볼 수도 있나? 신문 나오면 핑계 삼아 한번 만나러 가볼까?

우린 그런 계획도 세웠었다. 물론 실현되지는 않았다. 뭐 굳이 그렇게까지 보아야겠냐고도 했고, 또 나중에 등단하면 볼 텐데 하는 생각도 있었다. 어쨌든 우리는 시도조차 하지 않았다. 물론 그건 그애의 실수 때문이기도 했다.

낭패야. 무슨 낭패? 큰 실수를 했어. 무슨 실수를 했는데? 원고료 때문에. 원고료? 학보에서 책정된 원고료가 오만원인데, 내가 실수로 장당 오만원이라고 얘기했거든. 어쩐지 쉽게 수락한다 싶었다. 그래서 어떻게 했어? 전화했지, 죄송하다고. 뭐라고 그래? 그냥 껄껄 웃던걸. 우린 그 다음에 함께 머리를 맞대고 낄낄 웃었다. 그리고 사진에서 보았던 그의 웃는 얼굴을 떠올렸다. 낭패이긴 했지만, 나중에 소설가가 되어서 만나면 이야깃거리 하나는 마련했다는 생각에 재미나기도 했다.

그후 몇 년 뒤 나는 소설가가 되었다. 소설가가 되었지만 그를 만날 수는 없었다. 그 대신 그를 추억하고 그리워하는 많은 사람들을 만났다. 그런 사람들을 만날 때마다 나는 처음 썼던 '쥐덫'이라는 소설 얘기를 해주고 싶었다. 또 내가 「쥐잡기」라는 소설을 쓴 사람을 얼마나 미워하고 시기하고 좋아했는지도 얘기하고 싶었다. 하지만 사람들이 갖고 있는 추억과 그리움에 비하면 너무 단편적이고 소소했다. 그래서 그 소소한 얘기를 하는 대신 다른 사람들의 추억을 들으며 만족하기로 했다. 그러다 문득 한번쯤은 그 소소한 추억을 들려주는 것도 좋겠다는 욕심이 생겼다. 내가 너무 늦어 미처 하지 못했던 말을, 그 말을 하려고 빨리 소설가가 되고 싶어했던 한 습작생의 이야기를, 기어이 들려주고 싶었던 것이었다. 아무것도 아닌 말을. 맹탕 헛것일지도 모를 말을. 이제야.

천운영 소설가. 소설집 『명랑』 등이 있다.

울음 없이 젖은 눈
—김소진에 대해 말하지 않기

신형철

그는 63년생이고 나는 76년생이다. 그러니까 한 사람은 '386세대'이고 한 사람은 (입에 담기조차 홧홧한 그 말) 'X세대'다. 386이라는 말은 학부 초년생인 나에게 콤플렉스였다. 문학평론이라는 것을 해보겠노라 마음먹고 있었던 천둥벌거숭이에게 그 가당치도 않은 콤플렉스는 짐스러웠다. 나는 황지우와 이성복을 열렬히 흠모했지만, 네가 하려는 문학은 무엇이냐고 선배들이 물을 때 그 내심을 털어놓는 일은 늘 민망했다. 네가 뭘 아느냐고 코웃음 칠까 지레 주눅이 들곤 했었다. 곰곰이 생각해보면 정말 그런 생각이 드는 것이었다. 내가 황지우와 이성복에 대해서 무슨 말을 할 수 있겠는가. 말할 자격이 있겠는가 싶었고, 설령 말문을 연다 한들 그 말에 무슨 진심이 담기겠나 싶었다. 나는 나 자신이 가끔 창피했다. 그 창피를 교활하게 눅이려고 이렇게 바꿔 말하기도 했다. 우리는 우리 세대가 창피하다, 라고.

1997년 4월의 어느 날이었다. 삶이 때때로 창피했던 당시의 나는 노래패에서 민중가요를 부르고 있었다. 창피하지 않기 위해 불렀지만 부르면서 더 창피했다. 서울대 불문학과의 최권행 선생께서 우리 청맹과니들을 지도하고 계셨다. 개강을 맞아, 늦었지만 선생님께 인사를 드리고자 만든 술자리였다. 노량진에서 선생이 사주신 회를 먹고, 서울대 앞 '녹두거리' 로 와서 2차를 진행하고 있었다. 아마도 나는 경거망동하고 있었을 것이다. 70년대를 아득하게 헤쳐오셨을 선생 앞에서 창피하고 싶지 않았을 것이다. 우리 세대 나름의 신지함을 거북한 치기로 선생께 호소하고 있었을 것이다. 내 기억이 맞다면, 그때 어떤 전화통화 직후 선생께서는 자리를 뜨겠노라 양해를 구하셨다. 소설가 김소진이 영면했다는 것이었다. 캄캄한 표정으로 떠나는 선생께 나는 심상한 인사를 올렸다. 그리고 경거망동을 계속하였다. 아마도 그날이 4월 23일 밤이었던가 싶다.

그가 작고한 날에야 그의 이름을 내 속에 새겨넣었다. 그의 이름을 익히 들어 알고는 있었다. 그러나 읽어볼 생각은 하지 않았다. 당시 나는 문학이란 관념의 성채이거나 실존의 기미 같은 것이라고 믿었다. 철학이 아니면 시(詩)여야 했다. 그 중간에 어정쩡하게 끼여 있는 '이야기' 들을 나는 혐오했다. '고아떤 뺑덕어멈' 이나 '장석조네 사람들' 과 같은 유의 제목에는 미동도 하지 않았다. 나 역시 지방 출신의 상경민이었지만, 내가 사는 곳은 미아리가 아니었고 쥐를 잡느라 부산을 떨었던 기억도 없었다. 읽어도 이해하지 못할 세계라고 지레 단정했을 것이다. 아무래도 십삼 년의 격차란 엄연한 것이니까, 라고 생각했을 것이다. 삶을 살아내기보다는 다만 인식하려고 하던 때였다.

그로부터 칠팔 년이 지난 뒤 평론이라는 것을 쓰게 되었다. 김소진을 읽지 않은 채 90년대 문학을 이야기하기 시작했다. 여전한 청맹과니에다가 가일층의 경거망동이었다. 데뷔 직후 소설가 손홍규 형의 첫 번째 창작집 해설을 맡아 쓰게 되었다. 내게는 첫 해설이었다. 잔뜩 힘을 주고 백삼십 매를 썼다. "K형, 홀연히 편지 띄웁니다"라는 문장으로 시작되는 서간체 글이었다. 긴 해설을 읽느라 고역을 치렀을 손홍규 형이 문득 물었다. 당신이 'K형' 이라 지칭한 이는 혹시 고 김소진

형이 아닌가. 물론 아니었다. 그러나 나는 그저 아니라고만 했을 뿐 김소진을 읽어본 적이 없다고는 차마 말하지 못했다. 그의 목소리에서 언뜻 비친 고인을 향한 애정이 내게 어떤 압력을 행사했기 때문이었다. 김소진을 읽지 않는 일이 이를테면 한국문학에 대한 결례일지도 모른다는 생각을 비로소 했다. 그의 이름이 또 한번 내게 각인되었다. 더이상 도망다닐 수 없었다.

김소진의 평판작들을 찾아 읽은 것은 그러고도 한참 뒤의 일이었다. 「쥐잡기」「열린 사회와 그 적들」「그리운 동방」「용두각을 찾아서」「처용단장」「고아떤 뺑덕어멈」「개흘레꾼」「늪이 있는 마을」「자전거 도둑」 등등의 명편들과 낯을 익혔다. 그러나 내통하지는 못했다. 알겠다고 느끼는 순간, 이 느낌은 위험하다고 스스로 물러섰다. 그리고 이제야 그에 대해서 뭔가를 쓸 기회가 주어졌다. 내내 붙들고 있었지만 붓 놀릴 길이 막막했다. 그럴 때마다 그의 약력을 되풀이 읽었다. 그는 1963년에 태어나 1991년에 소설가로 데뷔했고 1997년에 작고했다. 63, 91, 97을 등의 숫자를 되뇌다가 겨우 몇 줄 썼다. "그는 소비에트 연방이 해체된 해에 소설가로 데뷔했고 외환위기가 임박했을 때 세상을 떠났다. 소위 '역사의 종언' 직후부터 본격적인 신자유주의적 사회 재편 이전까지의 기간을 작가로 살았다. 옛것은 가고 새것은 오지 않았던 저 '유토피아의 유예' 기간에 그는 무엇을 찾아 헤맸던가. 유토피아의 기억조차 희미해진 오늘 그의 소설은 우리에게 무엇인가." 나는 이런 알량한 메모를 휘갈겨놓고 더듬거리고 있었다.

그러다 모두 놓아버렸다. 이따위 문장들이 대체 무슨 소용인가. 실상 이런 식의 연대 꿰맞추기는, 만약 그것이 작품과의 내통과정을 생략한다면, 외려 작품의 '바깥'에서 작품의 '안'을 목 조르는 일이 되기 십상인 것이다. 안과 밖의 변증법을 가동시킬 자신이 없었다. 그의 소설은 삶 안으로 깊숙이 들어가 있는데, 나는 그의 소설들을 삶 바깥으로 끌어내려 하고 있었다. 저 문장들이 확실히 증명하고 있는 것은 내가 아직도 김소진을 모르고 있다는 사실뿐이었다. 이런 식의 관념적 태도처럼 김소진과 무관한 것은 달리 없다. 「열린 사회와 그 적들」에서 그는 "못 먹게 돼 쓸모가 없어진 밥알 부스러기" 같은 존재들인 '밥풀때기' 들의 삶을 옹호하였다. 그가 보기에 그들은 "우리 앞에 어떤 세상이 열리든 간에 소외에서 벗어나지 못할 군상"들이었다. 관념적 조작은 무구한 '있음' 들 앞에서 언제나 무력한 것이다.

이런 맥락에서 보면 그는 확실히 90년대 작가였다. 이 말은 조심스럽게 이해되어야 한다. 그는 90년대에 '출발' 한 것이 아니라 90년대에 '도달' 한 것이었다. 80년대적인 것을 반성하면서 동시에 구제하는 그의 길은 단순하지 않았다. 그 길은 70년대적인 것으로 정당하게 귀환했다가, 80년대적인 것을 정직하게 관통한 다음, 그 힘으로 90년대적인 것의 부박함과 맞서면서, 마침내 90년대적인 것의 독특한 흐름 하나를 만들어내는 길이었다. 무엇이 그 길을 만들었는가.

나로서는 그의 아버지와 어머니에게 의지할 수밖에 없었다. 그의 소설에서 가장 인상적인 장면들 중 하나가 「개흘레꾼」과 「용두각을 찾아서」에 있었다. '나' 의 아비가 포로수용소에서 감내해야 했던 그 가파른 사연들을 먹먹하게 더듬는 대목(「개흘레꾼」), '나' 의 어미가 온 가족의 동반자살을 도모하는 무섭고 슬픈 장면(「용두각을 찾아서」) 등에서 김소진 문학의 힘은 위력적이었다. 거기서 그는 아버지와 어머니라는 두 존재와 처절하도록 깊이 내통하고 있었다. 그 내통 이전에는 또 얼마만한 영혼의 혈육상쟁이 있었을까. 부모와 자식의 싸움은 어찌 보면 감추면서 견디려 하는 존재와 파헤치면서 사랑하려 하는 존재의 질긴 실랑이일 것이다. 그것을 딛고서야 아마도 인간이라는 바다에 이를 것이다. 부모라는 '고유명사' 를 이해하지 못한 채 인간이라는 '집합명사' 를 이해한다는 것은 얼마나 허망한 만용일 것인가.

그에게는 그만의 아버지와 어머니가 있었지만, 그분들은 곧 그 세대 모두의 부모였을 것이고, 결국엔 인간의 부모이기도 했을 것이었다. '열린 사회'를 우선은 고유명사의 층위에서 고민했기 때문에 저 '열린 사회'의 비전은 온전한 집합명사의 그것이 될 수 있었을 것이다. 그에게는 아비와 어미가 있었다. 이런 표현이 가능하다면, 그에게는 진솔한 트라우마가 있었고 부드러운 초자아가 있었다. 우리 세대는 어떤가. '아버지'라는 상처도 없고 '어머니'라는 가난도 없다. 아니, 상처와 가난이 없지 않았으되 대개는 견딜 만한 것이었다. 혹은 견딜 만한 것이 될 수 있게 적당히 눈감았다. 그것들은 한 시절의 공적 기억과 연결되어 있지도 않다. 그래서 감히 적는다. 우리 세대에게는 트라우마도 없고 초자아도 없다. 모더니티를 근본적으로 의심해본 적 없고 그것과 생살을 부대끼며 싸워본 적 없다. 말하자면 애비도 에미도 없는 호로자식들이다. 여직 인간을 모르고 있는 것이다. 인간을 모르면서 문학을 이야기하고 있는 것이다.

그뿐인가. 실은 이렇게 '세대' 운운하면서 보편적·일반적 위치를 참칭하는 것 자체가 나의 혹은 우리 세대의 갈 데 없는 경박함이다. 앞세대의 거대담론을 비판하는 일에 이제는 이골이 났다. 그러나 그들보다 더 용감하게 거창한 이야기들을 주워섬긴다. 우리가 모더니티를 이야기할 때 거기에는 핏줄의 직접성이 없다. 그래서 문학도 결국 사람의 일이라는 것을 자주 잊는다. 리얼리즘 미학에 대해 사려 깊지 못하며 거침없이 회의적이다. 리얼리즘을 사칭하는 지긋지긋한 미학적 클리셰들에 대해서는 얼마든지 더 가혹해도 좋다고 생각한다. 그러나 대안을 제시하는 데 무능하고 무책임했다. 우리가 90년대 문학을 '내면성'의 문학이라고 손쉽게 규정할 때 거기에는 김소진의 자리가 없다. 80년대, 90년대, 2000년대 운운할 때 나의 도식은 얼마나 완강하고 상습적이었던가. 예컨대 천운영이나 이기호 같은 작가들에게서 김소진의 숨결을 알아보는 데 나는 얼마나 소홀했던가. 그는 세대와 시대와 보편과 진리를 생짜로 발설하지 않았다. 그러나 그가 이야기한 것들은 그보다 더 크고 더 깊다. 그보다 더 크고 깊게 이야기할 수 없다면 그보다 더 크고 깊게 반성해야 한다.

이런 생각들을 하며 엎드려 있었다. 잘 읽지 못했고 잘 쓰지 못했다. 고인 생전에 그의 가장 가까운 벗이었고 나의 까마득한 선배님이기도 한 J선생께서 취중에 이리 말씀하셨다. 네가 실패에 대해서 무엇을 아느냐, 네가 실패에 대해 말할 때 그것은 한낱 비평의 수사학에 불과한 것이 아니냐. 나의 최근 글들에 대해 하시는 말씀인 줄 대번에 알아들었다. 선생의 목소리는 취기로 흔들렸지만 그 직진하는 취지 앞에서는 도망갈 틈이 없었다. 이미 아파하고 있는 곳을 향해 화살이 날아왔고, 나는 졸지에 헐벗은 과녁이 되어버리고 말았다. 잘 아는 것에 대해서만 써야 한다면 나는 아무것도 쓸 것이 없지 않느냐, 는 말이 목에 걸렸지만 삼켰다. 맞다. 피 끓는 증오도 애타는 동경도 없는 삶이다. 그런 삶에 그 무슨 성공과 실패가 있겠는가. 나는 인간을 모른다. 인간을 모르기 때문에 김소진을 모르고 있다. 김소진을 모르기 때문에 나의 문학은 너무 편안하다.

그래서 김소진에 대해 아직은 쓸 수가 없다. 이렇게 생각한다. 내가 끝내 쓰지 못할 글이 하나쯤 있는 것도 좋겠다. 써야 하는 글이 내내 앞에 있는 것도 괜찮겠다. 늘 써야 할 글을 빚처럼 짊어지고 다니는 것도 괜찮겠다. 때로 비평가들은 써버림으로써 잊는다. 그러니 앞으로도 그에 대해서는 쓰지 않고 버티면서 그를 잊지 않겠다. 이후로도 오랫동안 그는 나를 되비추는 우물이거나 내 발목을 잡아 찢는 덫이 될 것이다. 그 우물과 덫으로 내 경거망동을 제어할 것이다. 고인의 10주기에 나는 아무 할 말이 없다. 그에 대해 말하지 않음으로써 그를 기리려고 한다. 새 한 마리가 "울음 없이 젖은 눈을 굴리면서"(장석남, 「새의 자취 — 故 김소진 兄 생각」) 봄 나무 위에 앉았다가 날아가는 날들이다. 지금은 그 방향을 그저 바라보고만 있겠다.

신형철 문학평론가. 2005년 계간 『문학동네』에 「당신의 X, 그것은 에티카 — 김영하 백민석 배수아의 소설과 '윤리의 지형학'」을 발표하며 평론활동을 시작했다.

IV

소설이 묻는다

누구 내 구두 못 봤소?

전성태

청석도 데생이골 사는 이진생(李珍生)씨는 아직도 소를 몰아 쟁기질하는 농부로, 신문이고 텔레비전이고 매스컴을 수차례 탔는데, 모델로 치자면 이 노인도 쟁기질 전문 모델이라 입춘 요맘때면 연중행사처럼 카메라들이 논두렁으로 달려들었다. 농업 종사자가 칠 할 밑으로 빠진 시절이다. 해도 사계(四季)는 틀어지지 않아 해마다 봄가을 소식을 농사로 전하는 세태는 어쩌지 못하는 모양이었다.

소 몰아 땅을 가는 농부가 그이 하나랴만 매스컴이 이 절해고도까지 찾아드는 데는 그만한 연유가 있었다. 강남에서 오는 봄도 걸음걸이가 있어서 제주 유채밭에 들렀다가 이 섬을 경유해 올라갔다. 봄소식이 뭍보다 열흘은 일렀다. 또한 데생이골에는 섬사람들이 '구들장 논'이라 부르는 계단식 논이 산정까지 올라 구름에 젖는 산중 전답을 이루니 샘물보다 논물이 높고 들 밑으로 해가 졌다. 겹지고 굽진 두렁길이 바다 파랑까지 닿아 산수화 한 폭 값을 했다. 일컬어 그림이 되었다.

구들장 논이라는 말도 그저 생긴 이름이 아니었다. 말 그대로 방고래 덮는 데 쓰는 구들돌을 놓아 만든 논에서 비롯했다. 속 모르는 타지 사람들은 군불 지펴 나락을 기르느냐 물어오지만, 흙 귀하고 돌 많은 섬이라 대대로 방구들 앉히듯 돌 놓고 흙 돋아 논을 만들었다. 돋아올린 흙은 채 한 자나 됨직했다. 그 땅을 갈아먹자니 자연 애로가 많았다. 물 가두는 일이 가장 큰 일로, 지렁이나 땅강아지가 낸 작은 구멍새라도 틀어막지 않으면 안 되었다. 경운기 같은 기계는 못 들여 소로 가는데 쟁기질도 배미를 따고 써덟기를 하자면 육답(陸沓)보다 손길이 두세 번은 더 갔다. 까치독사가 낫에 걸리고, 불알 물고 늘어지는 불개미 천지며, 벌집을 건드리기 예사였다. 시름겨운 농사였다. 그새 묵힌 논이 늘어서 이제 일 욕심 많고 힘 남은 진생씨랑 서너 집이나 겨우 부쳐 먹고 있었다.

이날까지 진생씨는 카메라로 찍자 하여 쟁기를 멘 일은 없었다. 전화로 물어오면 아무 날 쟁기질할 예정이라고 알렸을 뿐이다. 잡지며 신문에 난 사진 오려 도배를 해놓고는 살아도, 농사를 시늉으로 짓는 짓은 안 해봤다.

올해도 어김없이 설 쇠고 섭외 오고 촬영이 들어왔다. 지방 방송국 사람들이 첫 배편으로 들어 아침상도 물리기 전에 마당으로 들어섰다. 진생씨는 화장실에 앉아 손님을 맞았는데 짐작으로 두서넛은 몰려온 듯했다. 씨는 밑 닦았다가 도로 앉기를 되풀이하고 있었다. 밑구멍이 가랑가랑하고 아랫배가 근근한 게 좀처럼 오금을 못 폈다. 그예 안식구가 마당에 서서 참견을 하고 나섰다.

"암만 해도 도로 줏어묵는겨."

잇따라 옆자리 외양간 구유에 물동이 붓는 소리가 들려왔다.

"하이고, 술이 웬수라. 대문 넘어 들어오는 꼴이 사램이 아니라 아조 술부대더라니께. 자긔가 줄창 이팔청춘인 중 아는가베. 낫새가 그만치 기울었으믄 인생 뚜드리며 건너는 조심성도 있어야제. 이 미련퉁이 짐생은 지 발목가지를 밥그럭에다가 당구고 지랄이디야, 워쎄!"

소 엉덩이 갈기는 소리가 들렸다. 젊은 손들이 키득거렸다. 그 맛에 안식구가 말발을 더 세우는가 싶었다.

"쥥일 잘 놀고 왔으믄 됐지 왜 멀쩡한 구두는 내불고 요런 거렁뱅이 밑창 겉은 걸 끌고 오냔 말여. 이도 조상치레 하넌 효심인가베. 그려, 젊어서야 손에 장을 지져도 그 내력이 으디 갈라고."

"엥간히 하소!"

참다 참다 진생씨는 힘이 입으로 올랐다. 조상치레 운운은 마누라쟁이 시아비를 이르는 말인데, 진생씨 아버지는 생전에 술이 과해 자식들이 손수레로 귀가시키는 일이 흔했다. 말년에는 새댁인 안식구가 그 일을 몇 차례 해내 두고두고 시집살이 타령으로 삼았다. 유래는 가고 쓰임새만 남은 말이 있는데, '데생이골 술보 팔자' 라는 말이 그렇다.

"나가 임자한테 지린 서답을 내놓든가 뒤를 훔쳐주라든가? 기자 양반들 커피나 타 내놓을 일이제 뭔 용천 났다고 변소 문고리는 잡고 소삭대싸. 구두도 그려. 몸 돌리면 사방이 바다인디 고것이 으디를 갔을라고? 눈 뜨자버텀 하품처럼 입에 단 소리가 장 그 소리네."

"긍께 내 말이요. 몸 돌리면 천지가 물인디 눈 없는 구두가 그리 들었으믄 어짤라?"

"넨장, 나가 바다엘 뭣 하러 가?"

성마른 소리에 밑이 터져 쪼르륵했다. 쥐 잡는 듯 마당까지 조용했다. 그새 어딜 가나, 안댁 목소리가 되살아났다.

"오매, 남세시러. 줏어묵잘 것도 없겄네."

방송국 사람들이 대놓고 자지러졌다. 웃음 끝에 사내 목소리가 묻어왔다.

"너무 그러지 마세요. 이러다가 공연히 싸움 되시겠어요."

"이건 싸우는 기 아녀. 이거이 싸움이믄 우리가 으뜷게 자석을 일곱씩이나 봤겄어? 거기들도 살림한다믄 알겄지만 시상 여자덜 모다 똑 같어. 술 애끼는 남정네 치새하는 여자 있을라구. 잉? 나가 저 냥반 매니저라고? 고것이 사람 잡도리하는 일이라믄 나가 맞네. 암튼 기자 냥반들, 난중에 다시 와야겄소. 암만 해도 오늘은 틀렸어라. 우리집 농새가 아홉시 뉴스에 중계되는 농새래도 기저귀 차고 쟁기질헐 수는 없응께."

마침내 진생씨가 오금 절인 걸음으로 화장실에서 나왔다. 술때 못 씻어 뜬 얼굴이 오줌작대기 하나 건사 못 할 사람처럼 보였다. 툇마루에서 쪼르르 일어서는 손들은 처녀까지 끼어 셋이었고, 피디라는 사내는 작년에도 본 얼굴이었다.

"먼 길 오셨는디 기냥 가라고는 헐 수 없고 우선 앉으시게들."

그래놓고 진생씨는 툇마루에서 아까 남기고 간 숭늉 그릇을 더듬었다.

"괜찮으시겠어요?"

피디라는 사내가 물어왔다.

"농한기 술은 골병드는 술이라더니 하나도 안 틀리는 말이구마. 그래도 농새꾼이 술 좀 묵었다고 어디 누울 팔자드라고. 논에 오르재도 당장 챙길 거이 한둘이 아닝께 일을 좀 나긋이 보자고덜."

진생씨는 부엌에 대고 소리쳤다.

"커피 좀 내노란께 뭐항가?"

"하요!"

해놓고 안식구는 마당으로 쫓아나왔다. 손에는 낡은 구두 한 켤레가 들려 있었다.

"쟁깃날 찾으러 가는 길에 역부로 찾어보시오. 신발 꼬락서니를 봉께 똑 봉수네 즈그 압씨 거인디."

진생씨는 혓바닥 뽑듯 구두를 낚아챘다.

"그노무 구두, 아조 뫼시고 살게 생겼네그랴."

"그깟 구두 한 커리 해쌓지만 고거 잃어보시오. 인저 당신은 성남

둘째메눌아 낯을 못 보요. 여튼 새거라 누가 주워도 품고 말제."

"누가 내 문수를 신어? 청석항 김선장 빼놓고 이 섬에 나랑 문수 맞는 사람 있간디."

"허이구, 그리 발 큰 양반이 요런 걸 발꾸락에 걸고 왔으까이."

피디라는 사내가 마당으로 내려섰다. 먼저 논에 올라 둘러보고 있겠노라 했다.

"그러시게. 내 금방 쟁기 지고 뒤따라갈 텡께."

진생씨는 구두를 꿰들고 집을 나섰다.

그는 이진칠씨 집부터 찾았다. 진칠씨는 한 항렬로 형님뻘 되는 사람이었는데 전에 성냥간을 했고 요새도 더러 연장 벼르는 일을 받았다. 쟁기 연모 같은 건 그 집 아니면 구할 수가 없었다. 진칠씨는 아침상을 막 물리는 참이었다.

"기어이 올해도 데생이를 짓겄다고?"

"당자버텀 넘들이 더 걱정해주니 어디 서운해서 그만두겄소."

"묵고살자는 농새가 아니니 허는 소리시. 인저 웬만하믄 묵혀. 나넌 올라댕기기도 숨차데나."

진칠씨가 창고에서 붉게 녹슨 보습을 내왔다. 거기에 그리스를 두르고 새끼줄 뭉친 타래로 썩썩 문지르자 녹때가 가셨다. 서로 쪼그려 앉아 말이 끊어지니 담배가 오갔다. 진생씨는 받은 걸 귓바퀴에 꽂았다. 첫 모금을 뱉어내며 진칠씨가 말했다.

"자네는 어저께 회의에서는 왜 그랬디야?"

"뭔 회의라?"

난데없는 소리라 진생씨가 눈이 빤해서 되물었다.

"아, 면사무소에서 열린 개발위원회 말여. 듣자니께 교육청에서 나와설랑 중학교 없애는 공청회를 했다는디 자네가 아조 적극적으로다 없애자는 편에 섰다등마."

"면사무소 젙에도 안 간 사람이 뭔 수로 그 말을 했을까이. 주장은 평소 내 주장인디 이번 것은 내 입에서 나온 말은 아닌 것 같으요."

"갸가 없는 소리 할 아는 아닌디."

듣사 하니 면사무소에 다니는 저희 딸을 두고 하는 말 같았다.

"그나저나 자네는 왜 없애자는 편에 서?"

"학생들이 없응께 없애제, 뭔 이유가 있간디. 글고 옳게 말하면 없애는 게 아니라 통합이제라. 핵교를 뭍으로 내보내자는 거니께."

"음마, 왜 학생들이 없다고 햐. 열다섯씩이나 되는 아그덜은 학생들이 아니고 뭐간디."

"우리 섬에 고등핵교 없는 사정은 나보담도 성님이 더 잘 알거라. 박정희 때 지어준다는 걸 왜 우리가 반대했간디. 자석들은 무조건적으로다 바깥으로 내보내야 쓴다, 자석들 잡아놓고 섬놈 맹글 거냐, 요래 가지고 유치 안 헌 거 아뇨. 중핵교 폐교 문제도 이치로다는 똑같이 보요, 나넌."

"얼러리, 다 옛말이제. 우리가 자석들 키울 때야 뭍에다가 자취를 시켜도 즈그 알어서 조석 끓여묵고 핵교 댕겼제만, 으디 요새 아그덜이 전만 같남. 당장 우리 진숙이 작은딸년이 내년에 중학생이 되는디 아직도 지 에미 젖 주무르며 자는 아가 뭔 노므 자취를 하겄능가."

말이야 진칠씨가 해서 그렇지 정 틀린 말은 아니었다.

"암튼 난 핵교에 널 자석 없는 입장에서 가타부타 더 못 하겄소만……"

진생씨는 보습을 들고 일어섰다. 진칠씨는 더 떨어질 말을 기다리며 쳐다보았다.

"내 야그를 넘한테 들응께 좀 거시기하구만."

"그랑게 왜 회의장은 찾어다녀싸."

타이르는 말이래도 모질었다.

"오매, 자꼬 무슨 회의장엘 갔다고 그래싼디야. 복창 터지겄네. 어저께는 죙일 봉수네 윷판에서 코가 휘었구만."

진생씨는 찌무룩해서 진칠씨 집을 나왔다. 진칠씨가 하도 몰아대서 그런지 몰라도 어제 기억이 어리숭했다. 한나절 기억이 있다고도 없다고도 할 수 없었다. 평소 술이라면 남한테 뒤지지 않게 해보는 편이었다. 들일 나갈 때 지게에 소주 됫병을 지고 가면 반을 비우고도 까딱없이 논두렁길 타고 돌아왔다. 일 없는 날도 그보다는 못해도 기억 없게 망가지지는 않았다.

진생씨는 골목을 나와 팽나무 밑 평상에 앉았다. 마을 남쪽 고개 쪽으로 청석항으로 가는 버스가 넘고 있었다. 어제 아침, 진생씨가 첫걸음한 집은 도롱굴댁 할멈네였다. 논을 내놓았다는 말이 들려서 제가 받아 지어볼까 하고 찾은 길이었다. 두 집 논이 위아래로 나란해서 적은 품으로 돌려 지어볼 만했다. 막상 당자에게 확인하니 들리는 소리만큼 마음을 확실히 굳힌 건 아니나 그래도 거지반 넘어간 눈치였다. 방금 막 털어먹었다는, 뼈마디 쑤시는데 장복한다는 약봉지가 네댓 가지나 되었다. 그러나 진생씨 낯 보곤 쟁기질 품 얻을 길이 떠올라 마음을 엎었는지 할멈이 술상을 봐왔다. 말마디마다 권하는 잔을 안 된다고 물리면서도 됫병을 삼분지 일이나 비워버렸고, 종내에는 쟁기질 걱정으로 논을 묵혀선 안 된다, 전답이웃이 괜히 있느냐, 걱정 마라 하고 물러났다. 그리고 어디를 갔던가? 동네 사람 하나를 길에서 만나 봉수네로 갔던 기억이 났다. 멍석을 밟고 선다고 윷 종지기를 빼앗기고는 아마 술상으로 물러난 듯한데, 그뒤로는 기억이 가뭇없었다. 남이 들으면 망령들었다는 소리 날까 두려웠다.

진생씨는 낡은 구두와 보습을 끼고 들을 건넜다.

올해부터 이장을 맡은 봉수네는 울 넘어 텃밭으로 거름을 져내고 있었다. 자연 첫 눈길이 봉수네 신발로 갔다. 운동화 차림이었다. 하기는 구두 꿰고 거름 내는 정신나간 인사가 있으랴. 진생씨는 돌담에 서서 말을 건넸다.

"어저께는 나가 술이 좀 과했제?"

"뭐 성님이 술 드시고 허튼소리 하는 양반이오."

"그래도 내가 생각해보니 좀 과했다 싶으이. 혹시 이거 자네 건가?"

그는 구두를 들어 보였다. 봉수네는 거름 든 손으로 고개를 저었다. 얼핏 비위 상한 낯빛도 감추지 않았다.

"그려? 누구 짚이는 디도 없고?"

"동네서는 못 본 신발인디, 누가 못 신어서 버린 것 아니오?"

"바께서 그려."

"그래라? 누구랑 그랬을까? 아직 신발 찾으러 온 사람은 없었는디."

진생씨는 몇 달 전 설화(舌禍)에 휘말린 뒤로 봉수네 대하기가 은근히 조심스럽고 어색했다. 일 없는 겨울에는 이 집 저 집 모여 놀게 마련이고, 하다보면 대화도 갈퀴로 긁듯이 있는 말 없는 말 막 나와서 이웃간에 꼭 다툼이 생겼다. 회관에 모인 여편네들 자리에서 진생씨가 매스컴을 탄 얘기가 나왔다가 이야기가 휘어서 섬에서 평생 언론 타본 사람이 누가 있는지 손꼽는 재미로 무르익었던 모양이다. 진생씨 말고도 두 사람이 더 있었다. 하나는 삼십여 년 전에 복싱 동양챔피언을 한 북수리 아무개였고, 또하나는 밭에서 개한테 물려 세상을 뜬 봉수 할머니였다. 봉수 할머니가 당한 사고는 농민신문이며 지방신문에 났고, 주민들 입장에서도 근래에 겪지 못한 끔찍하고 가슴 아픈 일이라 서로 말을 삼가왔다. 팔순을 눈앞에 둘 때까지 한시도 손에서 일을 놓지 않던 양반이었다. 그나마 이제 사랑방 우스갯소리에도 오를 만큼 육칠 년 저쪽으로 흐른 이야기가 되었던 것이다. 그 무슨 재미스런 이야기라고 얘기가 길거리까지 나왔는지 모르겠다. 봉수네가 듣고 여간 섭섭해하지 않더란 말이 들렸다. 그 말에 진생씨가 찔끔하여 이부자리 밑에서 안식구를 닦달해봤는데 아녀자들 심심풀이 이야기까지 들추느냐고 외려 역정이었다. 따지고 들면 누가 말머리를 풀었는지 못 찾을 일도 아니나 말마따나 사랑방 말을 두고 임자를 찾는 짓도 우스웠다. 어쨌든 진생씨는 자신이 화근이 된 일마냥 께름칙해서 봉수네를 대할 때마다 몸이 반이나 틀어졌다.

봉수네가 다가와서 젖버듬히 구두를 내려다보았다.

"물에 퉁퉁 분 것이 바닷가 사람 것 같기도 헌디. 혹시 면사무소에서 바뀐 거 아닐랑가요?"

"면사무소?"

"바뀌었다믄 거길 거요."

"그랬겠네. 나가 좀 주책이었제?"

"뭘요. 술기운에 언성이 좀 높기는 했어도 영 틀린 말은 아니었제라."

"젊은 사람덜 자리에 나가 왜 낏는지 몰겄네. 하여튼 어디 동네 누구랑 바꼈을까?"

해놓고 진생씨는 돌아섰다. 싱거운 자리가 된 듯싶어 그도 마음에 걸렸다. 봉수네가 좀 이상히 본다는 걸 알면서도 진생씨는 축 처져서 걸었다. 면사무소로 간 행적만은 이제 틀림없는 사실이었다. 회의가 있다는 기별은 며칠 전에 벌써 받아서 알고 있었고, 평소 회의 통보라면 입영영장처럼 여기는 제 성미에 틀림없이 갔겠지 싶었다. 거기에서 또 뭔 딴소리를 해댔는지 도통 기억이 없어 찡찡했다.

"내 그럴 중 알었소. 하여튼 이녁은 평생 좋은 걸 못 끼고 살어."

구두를 그대로 들고 돌아오는 걸 보고 안식구가 눈을 흘겼다.

"임자, 나가 뭔 사연으로 그 구두를 신고 나가등가?"

"대체나 내 말이 그 말이요. 구두가 뭔 짐생이간디 질들인다고 끌고 나가냔 말여. 신다보믄 저절로 질드는 게 신발이고 신을 만하믄 달캐서 못 신게 되는 게 그거 아닌가베."

"그만 하소. 거지반 찾아뒀응께."

진생씨는 대꾸하기도 구찮었다.

"음마, 고것이 뭔 소리랴. 찾았으믄 찾은 거제 거지반 찾았다니. 바꿔신은 임자는 찾었는디 내놓지럴 않습디요? 고 작자가 누요?"

안식구는 당장 나설 듯 소매를 걷어붙였다. 진생씨가 손사래를 쳤다.

"심 딸리네, 그만 혀. 쟁기질 갈라니께 물주전자랑 좀 챙겨보소."

"오매, 내 정신머리 좀 봐. 아까 면에서 전화가 왔습디다."

"면사무소에서? 왜, 구두 가져가라든가?"

진생씨는 반색하여 물었다.

"면사무소에서 구두도 노놔주요? 지서랍디다. 당신 갑장 계꾼인지 발 문수 갑장인지 하는 김선장 양반 있잖은가베."

"갸가 왜?"

"그 냥반이 뭐 어찧게 됐다고 함시롱 당신 들어오믄 역부로 연락 주랍디다."

"뭣이 어쨌다길래 지서에서 연락이 와? 차근차근 조리 있게 해봐."

"갸들이 은제 션하게 개르쳐줍디요."

"남 뒷간 일까지 애바른 사람이 왜 고건 안 궁금했으까이."

목마른 놈이 우물 판다고 진생씨는 경찰서로 전화를 넣었다. 선장 김록성이 실종되었다는 소식이었다. 청석항 앞바다를 수색하고 있는 중이라고 했다. 어제 행적을 추적하다가 영감님한테 연락하게 되었으니 빨리 지구대로 출두해달라는 요구였다.

"건 또 뭔 소리랴? 그러니께 이 이진생이하고 그 김록셍이가 한꾸네 술을 마셨다 그 말이여? 하이고……"

진생씨는 이마를 짚었다. 한풀 가신 듯싶은 숙취가 다시 올라왔다. 제 이야기를 남의 입으로 듣고 곧이들어야 하니 누가 부러 놀리느라 꾸민 장난질 같았다. 이제는 공권력까지 나서서 잃어버린 행적을 쫓고 있었다. 뭔가에 씌었든가 정말 망령이라도 든 걸까.

진생씨는 허겁지겁 옷을 갈아입었다. 쟁기질 간다던 사람이 외출복을 빼입고 나오니 안식구는 눈이 휘둥그레졌다. 이내 피식 웃는 게 입이 근질거리는 표정이었다.

"생각 잘혔소. 그도 방송출연인디 억지로 꾸미지는 못해도 있는 입성이나 제대로 갖춰야제. 예전부텀 노상 입속에서 근지럽던 의견이요."

"여보게, 임자. 나가 이진생이고 임자가 오공례 맞제? 나가 일흔야닯, 자네가 일흔서이 맞제?"

"음마, 낸둥없이 뭔 호적을 캐싼디야."

"그러제. 나가 아직은 그럴 때가 아닐 거여."

진생씨는 맨발로 토방으로 내려서서 신발을 찾다가 아침내 끼고 다니던 그 낡은 구두를 꿰었다. 길이 난 대로 뒤축을 꺾어 신었다. 뒷말없이 대문으로 나서는 남편을 두고 안식구가 발을 동동 굴렀다.

"왜 그 숭한 걸 또 끌고 갈까 몰겄네잉."

진생씨는 팽나무 아래 버스정류장에서 열시 버스에 올랐다. 좌석 하나를 차고 앉았을 때 멀리 데생이골 논두렁에 얼쩡거리는 사람 그림자가 눈에 들어왔다. 기별도 못 주고 가는 게 마음에 걸렸다. 뒤미처 모든 약속에는 천재지변이 있는 법이고, 지금 자신한테 닥친 일이 그중 하나라 여겨졌다. 버스가 고개를 넘자 그 생각마저도 사그라졌다.

만에 하나라도 김선장이 그렇게 됐을 리 없었다. 그에게도 여러 다단한 사정이 있으나 둘만 뭉쳐도 이백 살을 넘보는 나이에 그만한 근심 없는 사람이 있겠는가. 김선장은 전쟁 때 황해도에서 내려와 염전 따라 영광으로 신안으로 돌다가 서른을 넘겨 섬에 들어와 박힌 사람인데 진생씨와는 막역하게 지낸 세월이 벌써 사십여 년이었다. 그는 이북에 처자식을 두고 있었다. 이남에서 처녀장가 들면서 그 사실을 숨겨서 이산가족찾기로 천지에 눈물 사태가 날 때도 그만은 뒤로 눈물을 삼켰다. 제 처자식에게도 토설 못 한 비밀을 먼저 들은 죄로 진생씨는 그와의 술자리를 피할 수 없었다. 남들 눈에서 벗어나 술자리를 갖게 되니 선착장 맨바닥이거나 김선장이 모는 목선 위였다. 처음에는 복도 많은 사람이라고 놀려먹기도 했다. 어디까지나 당해보지 않은 사람의 경솔함이었다.

정상회담이 열리고 남북관계에도 볕이 들어 가족상봉이 이루어지자 이번에는 진생씨가 작심하고 나섰다. 이제는 내놓고 북녘 가족을 찾아보라고 거들었다. 언제 갈지 모르는 나이, 끝내 그 무거운 짐을 저승으로 지고 가려느냐? 자식 셋 다 키워서 시집장가 보낸 마당에 애비 이해 못 하겠느냐? 이북에 둔 여자가 용케 살았다면 거기도 남은 날이 많지는 않을 것이다. 설득에 그랬으랴만 김선장은 마침내 아내를 앉혀 놓고 묵은 사연을 털어놓았다. 오 년 전 일이었다.

김선장 안식구는 용서해주지 않았다. 과거 내력이 문제가 아니라 평생을 헛것과 산 것 같아 못 견디겠노라 했다. 그니는 짐을 싸서 자식네로 가버렸다. 그러자니 자식들한테 제 입으로 설명하려던 기회도 달아났다. 한동안 자식들도 발길을 끊었다. 김선장이 괴로워하자 진생씨는 괜히 일을 덧낸 것 같아 후회스러웠다. 김선장 몰래 큰아들한테 전화를 넣어 설득했다. 큰아들이 오고, 점차 다른 자식들도 아비를 찾아 섬에 발길을 주자 그나마 마음이 놓였다. 큰아들이 나서서 적십자사에 생사확인의뢰서를 접수시켜 작년 초에는 이북에 아내와 딸이 생존해 있다는 소식을 받았다. 더불어 그 어렵다는 화상 상봉 기회도 잡았다. 상봉 자리에는 자식들이 모두 참석하겠다고 해서 김선장은 여름이 오기만을 기다렸다. 시국이 꼬이더니 그만 화상 상봉이 무산되고 말았다. 해를 넘겨도 날은 잡히지 않고 오늘에 이르고 있었다. 그런 일을 둔 사람이 몹쓸 짓을 했을 리 없었다.

진생씨는 지구대에 들를 필요도 없이 선착장으로 곧장 갔다. 거기가 버스 종점이었다. 등대가 있는 방파제에 사람들이 바글바글했다. 거기는 평소 진생씨와 김선장이 술잔을 나누곤 하던 자리였다. 불길한 느낌이 온몸에 끼쳤다. 해경에서 배도 띄우고 잠수부도 물에 든 모양이었다. 진생씨는 현장을 단속하고 있는 경찰을 찾았다. 신원확인 끝에 경찰이 물었다.

"술을 얼마나 드셨다요?"

"그게 글씨…… 우리가 술 묵은 건 으뜷게 알았댜?"

"김록성씨한테서 뭔 특별한 낌새 같은 것 눈치 못 채셨어요?"

"그게 글씨……"

"충격이 크신 줄은 아는디요, 좀 도와주세요."

경찰이 사정조로 나왔다.

"근디 여그서 우리 술 묵은 건 누가 증언을 했남?"

"등대다방 아가씨랑 저기 월성슈퍼 주인이랑 여러 사람이 목격했답니다. 우리가 아저씨를 의심해서 조사하는 게 아니라 진상 파악을 위해서 그러니께 정신을 채리고 말씀을 해주세요."

"미안시럽네만 솔직헌 소리로다 나가 술이 과해서 김록셍이럴 만난 것도 기억 못 헌다네."

진생씨는 금방 오열할 사람처럼 울상이 되어 주저앉았다.

"고것이 뭔 소리라요?"

"글씨 나가 눈을 떠보니 그러네. 김록셍이가 바다로 든 건 틀림없제?"

"월성슈퍼 증언으로는 소주 네 병뿐이 안 왔다는디."

"그랴?"

"아무튼 벗어놓은 구두도 발견되었고, 어제 아저씨랑 얘기 나누는 걸 목격한 사람들 증언도 실종자가 죽겠다는 소리를 여러 번 했다고 합니다. 기억을 찬찬히 되짚어보세요."

"구두까장 그래놓고 갔어?"

뭔가 찾겠다는 듯 진생씨는 두리번거렸다. 경찰이 얼굴을 들이밀고 코를 킁킁거렸다.

"오매, 아직도 술이 안 깼구만. 암튼 지금으로서는 진상을 다 아는 분은 아저씨밖에 없으니께 이따가라도 기억나면 날 찾으시오."

경찰은 다시 삼발이를 타고 올라가 수색작업을 벌이는 바다를 내려다보았다.

진생씨는 일어나서 삼발이를 짚고 경찰에게 외쳤다.

"거 구두는 어디에 있을까이?"

경찰은 대답이 없고 주위에 선 사람들이 지구대로 수거해갔다고 알려줬다.

진생씨는 면사무소 곁에 있는 지구대로 갔다. 텅 빈 사무실을 젊은 경찰 하나가 지키고 있었다.

"저그 방파제에서 거둬온 구두 좀 볼 수 있을랑가?"

"뭐 하시게요?"

경찰이 경계하며 물었다.

"나가 어저께 그 사람하고 술 마신 사람인디 거시기 실마리 좀 찾어 볼까 하고 그러네."

수거해온 구두는 어디 깊은 데 보관된 게 아니라 경찰이 앉은 책상 바로 곁 바닥에 놓여 있었다. 낡고 부푼 그 구두는 한눈에도 진생씨 자신의 구두가 아니었다. 낯익은 그것은 김선장의 구두임에 틀림없었다. 진생씨는 자신이 신은 낡은 구두를 내려다보았다. 도대체 이것이 누구 거란 말인가?

다시 방파제를 향해 걷고 있을 때 오토바이 한 대가 앞에 섰다. 다방 아가씨였다.

"어머, 어떻게 해? 난 아직도 떨려요. 어제 마지막 배달이었는데."

"여보게, 나가 술기운에 다 기억을 못 하는데 우리가 방파제에서 어쩌던가?"

"필름이 끊기셨구나? 뭘 어쩌기는 어째요. 내 손 한번 만지자고 다투시고 그랬죠."

"우리덜이 다퉜어?"

"에이, 그 다툼이 아니구요. 뭔지 모르지만 아저씨는 가야 한다, 그 아저씨는 못 간다 하고 어찌나 실랑이를 벌이는지 그럼 날 보내달라고 했는걸요. 근데 그 아저씨는 누가 죽었는가봐요?"

"건 뭔 소리여?"

"계속 울었거든요. 아저씨는 위로하고."

"고마우이."

"뭘요, 하루에 꼭 한두 사람씩은 제가 기억을 찾아주는데요. 히히."

오토바이는 갔다. 겨울볕이 따사롭게 내리쬐는 방파제를 걸으며 진생씨는 오리무중 구들장 논길을 걷는 기분이었다.

몇 걸음 못 떼고 월성슈퍼 앞을 지날 때였다. 또 뭔가가 옆으로 달려와 섰다. 방송국 차량이었다. 차창이 열리며 안식구가 고개를 내뺐다.

"으디를 가믄 간다 말을 해야 쓸 거 아니유? 으뚷게, 찾었다요?"

진생씨는 고개를 젓고 발을 내려다보았다.

"그 냥반이 뭔 걱정이 있다고 그래 금매."

안식구가 혀를 찼다. 그니 어깨 너머로 피디라는 사내가 고개를 뺐다.

"잠시라도 시간을 내서 촬영을 마쳤으면 싶은데요."

"잉, 논도 갈어야제."

진생씨는 화들짝 정신을 차린 사람처럼 말했다. 진생씨가 엉거주춤 뒷문 고리를 잡았을 때 안식구가 소리쳤다.

"워매, 저 구두! 당신 거 아녀라?"

안식구의 눈길 끝에 월평슈퍼 주인 사내가 보였다. 그는 소주 궤짝을 옮기고 있는 중이었다. 왜 저것이 저 사람한테 있을까? 진생씨는 도무지 알 길이 없었다.

전성태 소설가. 소설집 『국경을 넘는 일』 등이 있다.

내 정원의 붉은 열매

권여선

사랑하는 사람이 죽었다는 말을

내가 베란다에 식물을 키워보려 한다고 말하자 현수가 말했다.

"물구멍 없는 화분에 키워."

현수는 긴 대젓가락을 능숙하게 놀려 자기 앞접시와 내 앞접시에 부추만두 하나씩을 내려놓았다. 젓가락질 잘하는 사람이 머리가 좋다고 했던가. 얼마나 사뿐히 집었던지 얇은 찹쌀피에는 젓가락에 눌린 자국조차 없었다. 물구멍 없는 화분에 내가 별 관심을 보이지 않자 현수가 답답하다는 듯 물었다.

"물구멍 없는 화분이 얼마나 혁명적인지 모르지?"

물구멍 없는 화분이 얼마나 혁명적인지 나는 몰랐다. 그저 화분 공장 입장에서, 물구멍을 막는 데 들어가는 재료값과 물구멍을 뚫지 않아 절약되는 공정 사이에서 어느 게 더 이익일까, 장난삼아 저울질해 보았을 따름이다. 그러나 현수의 설명을 들으면서 나는 솔직히 놀라지 않을 수 없었다.

현수의 말에 따르면 물구멍이 없는 화분은 디자인의 혁명이 아니라

질료의 혁명이라는 것이었다. 당연히 그럴 것이었다. 물이 빠지지 않아도 되는 특별한 흙의 발명이 화분의 물구멍을 없앴다. 그리하여 화분 자체를 없앴다. 못 쓰는 솥이나 냄비, 쓰레기통, 세숫대야, 바가지 등등 어떤 그릇이나 용기도 화분이 될 수 있다는 것이다. 더불어 물구멍이 없으니 물받이도 필요 없다는 것이다.

"하 참!"

그제야 내 입에서 탄식이 흘러나왔다. 그럼 화분 공장은 망한 것이다.

"심지어 이 만두도 말이야."

현수는 젓가락으로 부추만두의 솟아오른 봉오리를 살짝 찔렀다.

"안에 특별한 흙을 조금 담고 부추 씨를 심으면 훌륭한 미니 화분이 될 수 있지."

멋지게 설명을 마무리한 현수는 와인을 마시고 만두피의 구멍에 입을 대고 즙을 빨았다. 만두가 입속으로 들어갈 때 현수의 입술 사이에 그어진 레드 와인 자국이 언뜻 보였다. 나는 내 접시 위에 놓인 부추만두를 내려다보았다. 투명한 찹쌀피 위로 부추의 싱그러운 초록빛이 배어나고 있었다. 만두가 화분이 되어 부추를 자라게 할 수 있다니, 흥미로운 얘기였다. 나는 그밖에 또 무엇이 화분이 될 수 있을까 생각해보았다.

현수가 대바구니에서 이번에는 새우만두 하나를 집었다. 부추만두가 화분이 될 수 있다면 저 연분홍빛 통새우 살이 은은하게 내비치는 새우만두는 어항이 될 수도 있겠군, 하고 생각하는데 문득 내 입에서 이런 물음이 튀어나왔다.

"그렇다면 방도?"

현수는 새우만두를 입에 넣으려다 말고 물었다.

"방? 룸 말하는 거야?"

"응."

현수는 잠시 생각한 뒤 대답했다.

"그렇지. 창문만 봉쇄한다면 이론상으로 충분히 화분이 될 수 있지."

방이 화분이 될 수 있다니 과연 혁명적인 일이었다.

"방 정도면 정원도 되겠다."

현수의 입이 벌어지면서 자줏빛 와인 선이 열리는가 싶더니 그 사이로 분홍 장미의 볼록한 꽃잎 같은 새우만두가 사라졌다. 그 광경을 바라보는 순간 갑자기 내 머릿속에서 만두 속즙이 터지듯 기억의 물방울이 톡 터졌다. 오랫동안 잊고 있었던 장면 하나가 떠올랐다. 마치 꿈에서인 듯 나는 P형과 단둘이 걷고 있었다. 화사한 봄꽃이 만개한 주택가였다.

현수는 계속 만두를 먹으면서 실내에서 키우면 좋은 식물에 대해 얘기했다. 내 앞접시에는 여전히 초록빛 부추만두 하나가 놓여 있었다. 한 김 걷히고 식어가는 만두처럼 기억 속의 장면들이 조금씩 분명해지면서 모양을 잡아갔다. 최근에 현수를 몇 번 만나면서 자주 겪는 일이었다. 오래전에 잊었다고 생각했던 일들이 어둠속 등대 불빛처럼 깜빡깜빡 떠오르곤 했다. 나는 와인을 한 모금 마시고 만두를, 아니 작은 화분을 입에 넣었다.

P형을 생각할 때면 나는 언제나 그 방을 떠올리곤 했다. 아니, 그 방을 떠올릴 때면 P형을 생각했는지도 모른다. 그때는 그런 식이었다. 만두의 피처럼, 식물의 화분처럼, 선배라는 존재는 방을 하나씩 가지고 있었고 그 방으로 상징되었다. 한때 P형이 살았던 그 방, 난곡 주택가를 지나 한없이 언덕을 올라 녹슬고 칠이 벗겨진 초록색 철문을 밀고 들어가면 나타나던 그 방. 창문도 없던 그 방은 뒤집힌 화분처럼 한

쪽 벽이 비스듬히 기울어 있었다. 그러고 보니 귀가 잘 들리지 않는 P형의 어깨도 그렇게 비스듬히 기울어 있었던 것 같다. 그렇다면 P형과 단둘이 걸었던 그 길은 난곡 주택가였던가.

내가 발이 넓은 현수에게 P형의 소식을 물어볼까 망설이는데 현수의 휴대전화 벨이 울렸다. 현수는 잘 들리지 않는지 휴대전화를 귀에 바짝 갖다대고 통화를 했다. 현수의 목소리가 높아졌다.

"뭐? 누가 죽었다고?"

나는 와인을 마시다 말고 잔을 내려놓았다. 누군지 모르지만 이렇게 추운 날 죽다니, 라는 생각밖에 들지 않았다. 내일 새벽에는 기온이 영하 13도까지 내려간다고 했다. 강풍을 동반한 추위라 체감온도는 영하 20도에 육박할 것이라고 했다.

"알았어."

현수는 나를 쳐다보더니 휴대전화를 들고 자리에서 일어났다. 중국풍 카페의 실내는 난방이 잘되어 더운 편이었다. 나는 둥근 와인 잔을 한 손으로 감싸고 천천히 돌렸다. 대바구니 보 위에 남은 두어 개의 만두가 찹쌀피가 마르면서 투명함을 잃고 화분처럼 굳어가고 있었다.

곰곰이 따져보니 P형과 함께 걸었던 봄꽃 만발한 주택가는 내가 처음에 생각했던 것처럼 난곡 입구 주택가가 아니었다. 그때만 해도 나는 P형의 방에 대해 모르고 있었다. 그러니 P형에 대해서도 모르고 있었던 셈이다. 그때 나는 P형을 처음 만났다.

그날 나는 두시에 수업이 있었다. 일전에 내가 현수에게 사회과학 공부에 관심이 있다고 말하자 현수는 별일 아니라는 듯 이렇게 대꾸했다.

내가 하는 공부모임에 들어와.

서울 출신에다 재수까지 한 현수는 신입생답지 않게 노련하고 냉소

적인 편이었다. 무엇에도 놀라거나 당황하는 일이 드물었다. 지방에서 갓 올라온 내게 현수는 대학 생활의 안내자이자 스승이었다. 그러나 여럿이 모여 책을 읽고 토론을 한다는 것이 그토록 조심스럽고 번거로운 절차가 필요한 일이라곤 나는 상상조차 못했다. 여러 번의 전언이 오간 끝에 모임을 이끄는 선배가 직접 나를 만나보고 결정하겠다는 통보가 왔다.

하 참! 그때 나는 속으로 탄식했다. 현수는 '내가 하는 모임'이라고 말해선 안 되었다. 아무리 내게 지도와 편달을 아끼지 않는 현수라 할지라도, 아니 그렇기 때문에 더욱 현수는 '내가 참가하는 모임'이라고 정확히 말했어야 했다. 현수의 작은 유치를 엿본 것 같아 나는 그녀가 더 친밀하게 여겨졌다. 아무튼 그날 아침 현수는 나를 만나자마자 오후 두시에 교문 앞 서점으로 가보라고 했다. 수업이 있다는 내 말을 현수는 특유의 몸짓으로 가볍게 무시했다.

P형이 두시부터 기다리겠다고 했어. 그 형은 십 분만 지나면 가버릴 거야. 원래 바쁜 사람이기도 하지만 스타일이 그래. 안 기다려. 수업이야 한 번쯤 빼먹어도 괜찮잖아? 유감스럽게도 나는 절대 빼먹으면 안 되는 수업이라 함께 못 가. 이과 수업들이 주로 그래. P형에게 네 인상착의를 말해뒀어. P형은 별 특징이 없어서 뭐라고 말해줄 수가 없네. 안경은 안 꼈고, 좀 말랐고, 어딘가 삐딱해.

문과였던 나는 할 수 없이 두시 수업을 빼먹고 서점으로 갔다. 학교 옆이 등산로 입구여서 교문 앞에는 등산객들을 상대로 가벼운 안줏감과 술을 파는 올망졸망한 노점들이 많았다. 그 가운데 끼여 있는 서점은 지식의 수문장이라기보다 못난 자식들을 줄줄이 거느린 고지식한 가장처럼 보였다. 서점 계단에는 취한 노인들이 나른한 자세로 앉아 있었고 서점 문은 술집 문처럼 반쯤 열려 있었다. 서점 안에는 학생들이 열 명 정도 있었는데 반 정도가 안경을 안 끼고 마른 학생들이었다.

그중 어딘가 삐딱한 사람이 없나 둘러보는데 누군가 내게 다가왔다.

P형이세요?

P형이 등을 돌리며 말했다.

일단 나가자.

나는 P형을 따라 서점을 나왔다. 나는 현수가 내 인상착의를 어떻게 말했기에 P형이 대번에 나를 알아보았는지 궁금했다. 나 역시 별다른 특징이 없었고 안경을 안 끼었고 좀 말랐을 따름이었다. P형과 다른 점이라면 성별이 여자이고 어딘가가 삐딱하지 않다는 정도인데, 삐딱하지 않다는 것이 식별의 표지가 된다는 건 기본적으로 말이 안 됐다.

집이 어디냐?

고향 말씀이세요?

뭐라고?

고향 말씀하시는 건지.

아니. 지금 사는 곳.

하숙합니다.

저쪽?

P형이 턱으로 하숙촌 방향을 가리켰다.

네.

그럼 거기까지 좀 걷자.

하숙촌까지는 세 정류장쯤 되었지만 당시에는 누구나 그 정도 거리는 걸어다녔다. 나는 입학한 지 한 달도 못 되어 걷는 데 자신이 붙었다. 그래서였을까. 처음 교내 미팅을 했을 때 나는 파트너와 산책 삼아 교정을 한 바퀴 돌기로 했다. 세 시간 넘게 걸렸지만 어느 쪽에서도 먼저 그만두자는 말을 하지 않았다. 쌀쌀한 기운이 남아 있는 초봄이었는데도 우리는 땀범벅이 되었다. 원래의 자리로 돌아오자마자 우리는 허둥지둥 서둘러 헤어졌다. 둘 다 혹시 상대방이 내친김에 삼십 분 넘게 걸리는 하숙촌까지 걸어가 커피나 한잔 하자고 말할까봐 두려웠던 것이다. 서로를 믿지 못해 허둥지둥, 그것으로 끝이었다. 그런 식으로 미팅에 성공할 수는 없었을 것이었다. 파트너에 대해서는 기억나는 게 없지만 오랜 산책의 막바지에 지친 몸을 이끌고 한 발짝씩 걸음을 뗄 때마다 끝나지 않을 바느질을 한 땀 한 땀 박아나가는 듯 지루하고 막막하던 느낌만은 또렷했다.

아버지는 뭐 하시니?

회사 다니십니다.

회사?

네.

무슨 회사?

기계부품 같은 것 만드는 회사입니다.

뭐라고?

P형이 내 쪽으로 어깨를 기울였다.

기계부품 만드는 회사라고요.

작지?

네?

이번에는 내가 P형 쪽으로 어깨를 기울였다.

회사 규모 말이야.

별로 큰 회사는 아닙니다.

그럼 마찌꼬바네.

P는 이렇게 말하고 누런 청자 담뱃갑을 꺼내 한 대 피워 물었다. 물론 마찌꼬바였다. 하지만 마찌꼬바는, 자기가 마찌꼬바라는 건 알지만 누가 마찌꼬바라고 하면 도저히 참지 못하는, 앤의 빨강머리 같은 존재 아닌가. 나는 살며시 P형을 훔쳐보았다. P형은 눈이 작고 코가 뾰족하고 중키에 마른 편이었다. 흔한 격자무늬 셔츠에 베이지색 점퍼와

회색 바지를 입고 있었다. 전체적으로 평범해 보였지만 선량한 인상은 아니었다. 뾰족한 코끝에 날카로운 심문관의 영혼이 깃든 듯한 느낌이어서 나는 다소 긴장하고 있었다.

담배 피우니?

안 피웁니다.

점심은 먹었니?

네.

P형은 돌연 듣기 거북할 정도의 목 긁는 소리를 내더니 옆쪽으로 가래침을 탁 뱉었다. 상대가 누구든 자기의 관념과 습관을 변함없이 유지할 듯한 사람이었다. 하늘은 흐렸지만 구름이 얇아 사방이 환했다. 주택가 담장에는 봄꽃들이 피어 있었다. 이런 시간에 이런 길을 P형 같은 사람과 함께 걷고 있자니 이상한 기분이 들었다. 어딘가 삐딱하다는 현수의 말은 어깨에 관한 얘기였을까, 심성에 대한 얘기였을까. 아무튼 요는 P형과 내가, 난곡의 그 삐딱한 방이 아니라 내 하숙집으로 향하는 주택가 꽃길을 걸었다는 사실이다.

통화가 오래 걸리리라는 예상과 달리 현수는 곧 자리로 돌아왔다. 현수는 부고 전화를 받은 사람답지 않게 침착한 얼굴로 조금 전에 하던 식물 이야기를 계속했다. 그런 식의 지루하고 의미 없는 설명이 얼마간 이어졌다.

"물구멍 없는 화분! 이건 꼭 외워둬라. 네 베란다에 신천지가 열릴 거다."

현수는 잔을 들어 내게 축배를 드는 시늉까지 했다.

"외울 것까지야. 그런데 누가 죽었대?"

내 말이 끝나기도 전에 현수가 손을 번쩍 들어올렸다.

"아냐. 신경 쓰지 마. 신경 쓸 일 아니야. 됐어."

이럴 때의 현수는 만사에 시큰둥하고 성가신 일이라면 딱 질색하던 예전의 모습 그대로였다. 나는 입을 다물었다. 사람이 죽었는데 됐다니. 뭐든 제대로 숨기지 못하는 내 표정에서 그런 비난의 기미를 알아챈 현수가 양보하듯 말했다.

"나중에 천천히 얘기하자고."

나는 현수에게 P형에 관해 물어보려던 생각이 말끔히 사라지는 것을 느꼈다. 현수는 예전부터도 P형에게 관심이 없었다. 어쩌면 속으로는 P형을 은근히 멸시하고 조롱하고 있었는지도 모르겠다는 생각마저 들었다. 잠시 후 현수가 낮게 절규하듯 말했다.

"내가 이래서 미친다!"

나는 앞접시에 놓인 새우만두의 피를 조금씩 뜯어내다 말고 고개를 들었다. 현수는 왠지 모르게 흥분한 것처럼 보였다. 현수는 내 잔에 자신의 잔을 부딪친 뒤 와인을 쭉 들이켜고 신경질적으로 입술을 핥았다. 입술 사이의 붉은 라인이 흩어졌다.

"전에 택시를 탔는데 택시기사도 나를 그렇게 보더라."

"어떻게……?"

나는 어물어물 말을 흐렸다.

"전화로 누가 죽었니 마니 하는 얘기를 하다 끊으니까 기사가 차 돌릴까요 묻더라고. 아뇨, 됐어요, 그냥 갑시다, 했더니 말이 없어. 얼굴은 안 보이는데 괘씸해하는 기색이 뒤통수에 역력한 거야. 완전 싸가지구만, 사람이 죽었는데 됐다니, 뭐 그런 식이지."

가만히 생각해보니 직업이 직업이니만큼 현수가 이런 부고 전화를 받는 일은 특별한 일이 아닐 수도 있겠다 싶었다. 현수는 외국계 보험회사의 매니저였다. 현수가 거의 십오륙 년 만에 내게 전화를 걸어와 자신의 직업을 밝혔을 때 나는 적잖이 경계했다. 보험에 가입할 형편이 못 되는 몇 가지 이유를 급히 생각해내기도 했다. 그러나 현수는 나와 몇 번 만나면서 보험 얘기를 꺼낸 적은 한 번도 없었다. 나는 현수에게 조금 미안한 마음이 들었다.

"이런 전화, 자주 받나 보구나."

나는 현수의 잔에 와인을 따르고 남은 것은 내 잔에 다 따랐다.

"자주라면 자주고. 한동안 잠잠하더니 또 시작인 거지."

나는 그 말이 무슨 뜻인지 몰랐다. 현수는 웨이터를 부르더니 새로운 종류의 만두를 더 시키고 종이봉투에서 와인 한 병을 꺼내 따달라고 주문했다.

"여긴 코르키지가 싸. 만두도 맛있는 편이고."

"만두가 예쁘다."

"실컷 즐겨. 예쁜 것도 비용에 포함되니까."

결국 나는 먼저 묻지 않을 수 없었다.

"그런데 뭐가 잠잠하다가 또 시작이라는 거야?"

현수가 기다렸다는 듯 빙긋 웃었다. 그러자 미소년 같던 예전의 인상이, 이목구비의 윤곽을 허무는 두툼한 살집 사이로 새싹처럼 살그머니 고개를 내미는 듯도 했다.

"산타 기억나니?"

현수의 입에서 너무 뜻밖의 이름이 나오는 바람에 내 상체가 움찔했다.

"산타? 산타 형 말이야?"

현수는 어쩐지 내 반응을 재미있어 하고 있는 것 같았다.

"나 산타랑 계속 연락하고 살았어."

"그랬구나."

나는 고개를 끄덕였다. 현수와 산타, 듣고 보니 그럴 줄 알았다는 생각이 들었다.

"이런 주사가 생긴 지는 몇 년 됐지. 한두 달에 한 번씩은 이런 전화질이다. 술 먹고 자면 밤마다 누가 죽는 꿈을 꾼대. 이미 죽어서 누워 있는 사람을 볼 때도 있고 가끔 자기가 누군가를 죽일 때도 있단다."

"누가 진짜 죽은 건 아니고?"

"진짜 죽긴? 순 개꿈이지."

나는 웃었다. 현수도 나를 따라 웃었다.

"참, 어이가 없지. 이번에는 누가 죽었다는지 아니?"

"누구?"

"놀라지 마. P형이 죽었단다."

술기운이 사르르 오르면서 손바닥이 따뜻해졌다. 와인은 술기운이 따스하게 오른다고, 그래서 오늘처럼 추운 날 마셔야 한다고 첫 병을 딸 때 현수가 말했다. 실제로 죽지 않았어도 산타의 꿈속에서 죽어 있었을 P형을 생각하자 자연스레 그 방의 전구 불빛이 은은하게 떠올랐다. 천장에서 구불구불 내려온 전선 끝에 매달린 전구를 와인 잔 쥐듯 가볍게 감싸고 꼭지를 틀면 방안 가득 퍼지던 그 불빛. 그러고 보니 전구도 충분히 화분이 될 수 있었다.

무심한 사람의 입에서 들었네

P형의 방은 난곡 입구 주택가를 지나 거의 언덕 꼭대기쯤에 있었다. 방의 한쪽 벽은 두부모를 비스듬히 내리친 듯 천장의 반 넘은 지점부터 급격히 기울어 있었다. 기운 벽면에는 앉은뱅이책상과 유리문이 달린 찬장, 밥솥 같은 키 작은 가구나 물품들이 놓여 있었다. 다행히 물이 새지는 않았지만 벽지는 낡고 누덕누덕했다. 그래서 방은 이중으로 기운 듯한 느낌을 주었다. 천장이 기운 쪽에 작은 화분을 놓고 아늑한 다락방의 분위기를 낼 수도 있었을 것을, 그때는 아무도 그런 것에 신

경 쓰지 않았다.

P형의 지도를 받는 신입생들은 일주일에 한 번씩 그 방에 모여 공부를 했다. '내가 하는 모임' 운운했던 현수 역시 평범한 신입회원에 불과했다. 공부가 끝날 즈음이면 한 선배가 라면과 술이 든 봉지를 들고 나타났다. 그 선배의 이름은 공개되지 않았으므로 우리는 그를 산타 형이라고 불렀다. 산타 형은 별칭에 걸맞게 생닭을 사와 삶아주기도 하고 꽁치나 고등어를 넣은 김치찌개를 끓여주기도 했다. 어느 날은 잔뜩 취해서 아래쪽 주택가에서 닥치는 대로 꺾은 꽃으로 커다란 꽃다발을 만들어 오기도 했다. 그래서 봄꽃에 얽힌 내 기억이 뒤섞였는지도 모른다.

P형이 진지하고 유머가 결여된 엄격한 느낌을 주는 선배였다면 산타는 경박하고 충동적이면서도 왠지 한없이 너그러울 듯한 느낌을 주는 선배였다. 시간이 흐르면서 신입생들은 종종 집에 가는 척하고 그 방에서 나와 산타와 어울리곤 했다. 이상하게도 P형을 따돌렸다는 사실에 대해 아무도 가책을 느끼지 않았다. P형에게는 P형의 의무가 있고 그것은 이미 종료되었다는 식이었다. 그리고 우리의 신비로운 미꾸라지, 시냇물처럼 경쾌하고 조약돌처럼 매끄러운 산타와의 천렵 파티가 시작되었다는 식이었다.

나는 한동안 산타를 내가 교제하는 어떤 범주에 넣어야 할지 몰라 망설였다. 선배라고 하기엔 존경심이 적었고, 그저 아는 사람이라고 하기엔 위험할 만큼 가까웠다. 당시로서는 신뢰할 수 없는 선배라는 범주는 언어도단이며 이율배반이었다. 이상하게도 나는 산타와의 술자리에서는 언제나 과음을 했다. 종내는 술을 못 이기고 탁자에 엎어져 곯아떨어지는 적도 많았다. 언젠가 잠에서 깨보니 신입생 친구들은 모두 가버리고 없고 산타만이 남아 있었다. 산타는 혼자서도 술을 잘 마셨다. 내가 부스스 일어나자 산타는 술잔을 비워 내게 건네며 물었다.

너 요즘 고민이 뭐니?

산타가 종종 신입생들에게 던지는 질문이었다. 현수는 이런 식의 질문을 불쾌해했다. 후배들에게 억지로 고민을 쥐어짜내 실토하도록 만드는 악취미적인 질문이라는 게 똑떨어지는 이유였다. 그러나 덜떨어진 내가 경험한 산타의 질문은 달랐다. 그것은 내게 뭔가를 물어주었다. 소통을 열고, 나를 자폐된 내부에서 끌어내 술자리로 미혹하고, 내게 눈물과 토사물을 분출할 기회를 주는 감격적인 말 건넴이었다. 너 요즘 고민이 뭐니? 이 질문은 혹한의 시절을 견디게 해준 우리 세대의 겨울 간식과 같았다. 겉은 델 정도로 뜨겁고 검고 위험하고 외설적이지만, 속은 노랗고 부드럽고 질척하고 달콤한 군고구마처럼, 그 질문은 감격적이고 맛있었다. 고작 한 살 많은 주제에 독판 어른인 척했지만 스물한 살의 현수도 산타가 한쪽 어깨를 부드럽게 쥐며 이렇게 물었을 때 똑같은 걸 느꼈으리라고 나는 생각한다. 너 요즘 고민이 뭐니?

그날 나는 울었던가, 토했던가. 어쨌든 산타가 마지막으로 내 귓가에 이렇게 속삭인 것만은 지금도 분명히 기억하고 있다.

나는 네가 너무 나를 닮아서 정말 걱정이다.

그 말은 우려라기보다 산타의 입에서 풍기는 술과 침 냄새만큼이나 은밀하고 달착지근한, 악마의 은총처럼 느껴졌다.

“산타는 지금 지방 대학에 내려가 있어.”

현수는 새로 딴 와인을 한 모금 마시고 말했다.

“교수는 아니고 도서관 부관장. 그것도 임시직이라지 아마.”

현수의 말에 따르면 산타는 온갖 직업을 전전했다는 것이다. 나로서는 그 이력을 듣기만도 숨차고 황홀했다. 부동산 중개업부터 병원

사무장을 거쳐 일식집 주방장까지, 종내는 직접 실내포장마차와 건강식품 대리점을 연 적도 있다고 했다.

"포장마차 할 때 내가 가서 홍합탕도 끓이고 서빙도 하고 그랬지. 손님 없으면 그냥 문 닫고 둘이서 퍼마시는 거야. 산타가 술 하나는 참 맛있게 먹었지. 그걸 보면 악연이다 싶으면서도 왜 그렇게 모든 게 용서가 되던지. 그렇다고 뭐 나한테 몹쓸 짓을 했다는 건 아냐. 주변 사람들한테 정말 천하의 몹쓸 짓 많이 하고 다녔지. 그런데 머리는 숱술 빠져가는 인간이 좋다고 술 쪽쪽 마시는 걸 보면 그냥 내가 대표로 용서가 되더라고."

테이블 옆 장식장에는 경극 차림을 한 중국 인형들이 진열되어 있었다. 나는 여전히 현수에게 P형의 소식을 묻지 못하고 있었다.

"그땐 젊었다, 그래도. 십 년도 더 전이니 징그럽게 젊었지. 오늘 아침에 베갯잇에 덮어놓은 타월에서 머리카락을 아홉 가닥이나 주웠어. 요즘 자면서 침을 흘리는 버릇이 생겼고 머리가 부쩍 빠져."

한 해가 저물어가건만 어제까지만 해도 나는 내 나이에 대해 별 느낌이 없었다. 현란한 이력을 가진 산타와 달리 나는 누가 잘못 꽂아놓은 작대기처럼 오랜 세월을 한 장소에 붙박여 살아왔고 남은 생애도 그렇게 살아갈 터였다. 그러니 나이 따위가 무슨 상관인가. 차라리 근속연수라든가 퇴직연한 같은 것이 내게는 더 실감 있게 다가오는 숫자였다. 그런데 와인 탓인지 아니면 현수에게서 산타 얘기를 들은 탓인지, 내 나이를 생각하자 그 숫자의 왼쪽 예각에 가슴이라도 찔린 듯 뜨끔했다.

놋쇠 접시에 새로운 만두가 담겨 나왔다. 튀긴 듯한 길쭉한 만두는 양쪽 피가 열려 김밥 꼬투리처럼 색색의 재료가 살짝 내보였다.

"화분이 깨졌네."

내 중얼거림에 현수가 만두를 집으려던 젓가락을 내려놓고 잠시 머리를 긁적이며 나를 바라보았다. 못 알아들었나 싶어서, 화분이 깨졌다고, 하고 말을 반복하자 현수가 정색을 하고 물었다.

"너 원래부터 무척 음흉한 인간이었던 거, 너는 알고 있냐?"

"원래부터 음흉?"

"왜 안 물어봐?"

"뭘?"

"이봐, 이봐. 너 옛날에 P형과 사귀지 않았니?"

"하, 참!"

나는 고개를 돌렸다. 돌린 눈길에, 뭔가에 놀란 듯 팔을 들고 눈을 홉뜬 중국 인형이 들어왔다. 다시 현수를 보았을 때 현수의 왼쪽 눈 흰자가 레드 와인을 한 방울 떨어뜨린 듯 발그레하게 충혈되어 있었다.

"너 실핏줄 또 터지려나 보다."

현수가 가방에서 콤팩트를 꺼내 왼쪽 눈을 자세히 들여다보더니 투덜거렸다.

"이거 심상치 않군. 내가 그 인간 때문에 평생 장애인이 됐다는 거 아니냐."

현수는 거울을 꺼낸 김에 얼굴 전체를 비춰보더니 혀로 입술을 싹싹 핥았다.

"레드 와인이 마실 땐 좋은데 이게 문제야. 근데 너 아니야? 정말 아니었어?"

나는 무어라고 말해야 좋을지 몰랐다. P형과 사귀지는 않았지만 그렇다고 아무 사이도 아니라고 말할 수도 없었다. 현수가 산타 이야기를 허물없이 털어놓았으니 나도 그에 상응할 만한 이야기를 털어놓으면 좋으련만 사실 나와 P형 사이에는 그럴 만한 비밀스런 내용이 없었다. 현수가 이해한다는 투로 고개를 끄덕였다.

"P형 말만 듣고 내가 오해했다면 미안하다. 난 또 방에 자주 드나드는 사이인 줄 알았지."

순간 차디찬 기운이 내 등줄기를 훑고 지나갔다. 난곡 꼭대기의 그 방? 천장이 기운 그 방에 내가 자주 드나드는 사이인 줄 알았다고? 현수는 도대체 이런 사실을 누구에게서 들었을까.

"P형이 그런 얘길 했어?"

내 목소리가 떨려 나왔다.

"그렇지. 네가 안 했으면 P형이 한 거지."

현수는 모든 걸 알고 있었다. 그러고 보면 음흉한 건 현수였다. 그리고 경박하고 수다스러운 건 산타가 아니라 P형이었다.

터질 게 터졌다. 그날도 우리는 공부를 마치고 P형 방에서 우르르 나왔다. 산타가 우리를 사슴 몰듯 몇 정류장 떨어진 술집으로 몰아갔다. 말은 안 했지만 산타가 항상 P형 방에서 약간 거리가 있는 술집으로 우리를 데려간다는 걸 우리 모두 예민하게 느끼고 있었다.

그날따라 현수가 평소보다 사납게 군다는 생각은 했지만 사태가 그렇게까지 진행될 줄은 아무도 몰랐다. 참다못한 산타가 깐족깐족 대드는 현수의 뺨을 냅다 후려갈겼다. 그 바람에 현수는 쿵 소리가 날 정도로 심하게 머리를 벽에 부딪쳤다. 현수는 약간 어리둥절한 얼굴로 머리를 문지르면서 우리를 쳐다보았다. 맙소사! 실핏줄이 터져 왼쪽 눈 흰자위가 온통 새빨갰다. 우리는 피를 본 박쥐떼처럼 일제히 산타에게 덤벼들어 비난을 퍼부어댔다. 현수는 잠시 조용히 앉아 있더니 정신을 차린 순간 순식간에 술집을 뛰쳐나가버렸다. 그리고 우리가 뭐라고 할 새도 없이 산타 또한 번개처럼 그 뒤를 따라 나갔다. 우리는 당사자들이 없는 자리에서 그들의 미묘한 갈등에 대해 열렬한 토론을 했다.

내가 그 광경을 본 것은 순전히 우연이었다. 옥외 화장실을 찾다가 골목을 잘못 접어든 나는 차라리 한적한 곳에서 볼일을 볼 요량으로 내처 걸어 올라갔다. 나는 산동네 축대 어귀에서 걸음을 멈췄다. 축대 주변은 마치 단풍나무 군락지 같았다. 가로등 불빛을 담뿍 머금은 단풍잎으로 둘러싸인 축대는 노랗고 빨간 알록달록한 조각보를 두른 공단이불처럼 아름다웠다. 그러나 무엇에건 담싹 덤벼들 줄 몰랐던 나는 그 풍경을 아름답다기보다 아깝다고 느꼈다. 어떤 봄꽃이 빛 받은 가을 단풍보다 아름다우랴. 나는 귀한 음식을 아껴먹듯 축대 쪽을 조금씩 훔쳐보았다. 어쩌면 영어 단어를 외울 때 단어장을 한번 보고 애먼 허공을 한번 보는 식으로 그 풍경 전체를 외우고 싶어 그랬는지도 모른다.

어느 순간 작은 소음과 미세한 움직임이 내 신경을 끌어당겼다. 불빛이 닿지 않는 축대 그늘, 지린내가 풍기는 폭이 좁은 공터 쪽이었다. 내가 처음으로 본 것은 어둠속에서 흔들리는 하얀 곡선이었다. 그 뒤에 누군가 서 있었다. 느느 또는 능능 하는 규칙적인 소리는 이빨이 새로 날 때 어린애가 혀끝으로 입천장을 밀어내는 소리와도 같았다. 직각의 자세로 구부린 채 빗물 홈통을 붙들고 밀리지 않으려 애쓰는 현수가 있었고 그 뒤에서 수직의 자세로 현수의 엉덩이를 흔드는 산타가 있었다. 나는 그 광경의 의미를 단번에 알아챘고 얼른 시선을 축대 위쪽으로 돌렸다. 곧 그들 쪽에서 흐느끼는 듯한 소리가 났다. 나는 왠지 모를, 소용돌이처럼 휘몰아치는 슬픔을 느꼈다.

나는 무작정 걷고 또 걸었으며 걸으면서 중얼거렸다. 너 요즘 고민이 뭐니? 그 질문은 주문처럼 나를 흥분시켰고 또 진정시켜주었다. 어느새 나는 난곡 입구에 와 있었다. 언제나 그 자리에 서 있는 나무를 생각하듯 나는 P형을 떠올렸다. 어쩌면 그 방을 먼저 떠올렸는지도 모른다. 곧 P형을 볼 수 있으리라는 생각에 걸음이 급해졌다. 나는 헐떡거리며 언덕을 뛰어올라갔다. P형이 그 방에 없으리라는 생각은 들지 않았다.

오늘 여기서 자고 갈게요, 형!

문을 열자마자 나는 숨도 고르지 않고 이렇게 외쳤다. 앉은뱅이책상 앞에 앉아 있던 P형이 고개를 돌렸다.

일단 들어와라.

방의 따스한 전구 불빛이 단풍처럼 나를 수줍게 물들였다. 나는 조심스레 들어가 앉았다. P형은 발바닥을 문지르며 작은 눈으로 나를 힐끔 바라보았다. 나는 P형의 눈이라기보다는 눈가, 눈을 둘러싼 갸름하고 길쭉한 윤곽만을 보았다.

술 먹었니?

네.

많이 먹었어?

네. 아니, 적당히.

잠시 침묵이 흘렀다.

적당히 먹었어요.

나는 집게손가락으로 고무장판에 눌어붙은 담뱃불 자국을 문질렀다. P형은 여전히 책상다리 자세로 한쪽 발바닥을 문지르며 때를 벗겨냈다. 때로는 발바닥의 때를 방바닥에 떨어뜨리는 손짓을 하기도 했는데 실제로 때가 나와서인지 아니면 그저 짐짓 해보는 몸짓인지 나로서는 알 수 없었다. 그때는 그런 불결하고 위악적인 제스처가 일종의 진솔하고 리얼한 표현으로 이해되던 때였다.

그건 안 될 것 같다.

P형의 말이었다.

저, 못 가요.

버스가 끊겼다는 뜻이었지만 말하고 보니 뭔가 그밖에 다른 뜻이 포함되어 있어도 좋을 듯했다. 나는 덧붙였다.

안 갈래요!

조용한 가운데 오래 앉아 있다 보니 자꾸 기운 벽 쪽으로 자세가 기우는 느낌이었다. 어쩌면 P형도 귀가 잘 안 들려서가 아니라 이렇게 기운 방에 오래 살다 보니 저절로 어깨가 한쪽으로 기울었는지 모르겠다는 생각이 들었다.

너……

P형이 한참 만에 말을 꺼냈다.

네.

나는 긴장으로 목이 잠겼다.

너는 술만 취하면 무턱대고 상대방을 좋아한다고 고백하는 버릇이 있어.

P형의 입가에 비웃는 듯한 실주름이 잡혔다. 순간 나는 장판의 담뱃불 자국에 집게손가락을 댄 채 꼼짝도 할 수 없었다.

그거 별로 안 좋은 버릇이야. 알지?

나는 몰랐다. 그게 나쁜 버릇인지도 몰랐고, 내게 그런 버릇이 있다는 것도 몰랐다. 그때 나는 순간적으로, 어쩌면 이건 P형이 지어내는 거짓말일 수도 있다고 생각했다. 하지만 왜 이런 모욕적인 거짓말을 지어낸단 말인가. 걸핏하면 술에 취해 누군가에게 사랑을 고백하는 버릇이 있다는, 이 잔인한 말은 과연 진실인가, 아니면 사랑을 거절하는 P형의 위악적인 방식인가.

오늘은 내가 소주 한 병 사다줄 테니까 그거 먹고 차 다니면 가라.

수치감이 밀랍처럼 내 몸을 휘감았다. P형이 방을 나갔다. 슬리퍼 신는 소리, 부엌 덧문이 열리는 소리, 초록색 철문이 삐걱거리는 소리, 희미하게 멀어지는 슬리퍼 끄는 소리가 들렸다. 나는 아무 소리도 들리지 않을 때까지 귀를 기울였다. 더이상 아무 소리도 들려오지 않자 나는 벼락을 맞은 듯 옆으로 쓰러졌다. 벽이 기울어 방바닥과 예각을 이루는 곳에 머리가 닿았다. 나는 그 자세 그대로 머리를 벽에 바짝 붙이고 있었다. 벽에는 아무리 밀어도 머리끝이 닿지 않는 빈 각이 있었고 그곳에 보이지 않는 분노의 뿔이 돋아나는 것 같았다. 역시 너희도 별 볼일 없는 집단이었단 말이지. 위와 아래를, 안과 밖을, 푸른 꽃과 붉은 열매를, 위치와 차원을, 무늬와 여백을 모조리 한꺼번에 초월하고 극복할 듯 기염을 토하면서도, 폭력이나 일삼고 여자 후배를 희롱하는가 하면, 여자 후배의 자고 간다는 말 한마디를 그렇게 통속적인 방식으로 해석하고 비난하고 배척하는 결벽한 집단이었단 말이지. 나는 몸을 일으켜 그 방을 나왔다. 다시는 혼자서 이 방의 문턱을 넘는 일은 없으리라 생각했다. 중간에 P형을 만날까봐 언덕길 중턱 골목에 잠시 숨어 있었다. 한참 만에 P형이 큰 봉지를 들고 나타났다. P형은 슬리퍼를 끌며 언덕을 뛰어올라갔고 나는 반대 방향으로 뛰어내려왔다. 그제야 온몸이 저릿할 정도로 격심한 요의가 몰려왔다.

그 후로도 나는 계속 그 방에 드나들었지만 공식적인 공부모임을 할 때뿐이었다. 그날 밤 언덕길 중턱에서 그랬듯 나는 P형과 멀어지기 위해 항상 숨이 가빴고 감전된 듯 아랫도리가 저렸다. 초겨울까지 우리는 P형의 방에서 공부를 했다. 겨울방학이 시작되면서 공부모임을 지도하는 선배가 바뀌었고 방도 그 선배의 방으로 바뀌었다. 바뀐 방도 남루하기 짝이 없었지만 천장이 기울거나 하진 않았다. 공부가 끝나도 찾아오는 사람이 없었고 안주는 빈약하기 그지없었다. 어떤 때는 굳어빠진 밥에 간장과 마가린을 넣고 물을 붓고 끓여 안주로 삼기도 했다. 우리는 새로운 선배의 방에서 겨울 합숙을 했다. 합숙이 끝난 후에도 P형이나 산타를 볼 수 없었다. 그들의 소식조차 들을 수 없었다. 현수가 언뜻 말을 흘리길, 산타는 감옥도 아니고 군대에 끌려갔다고 했다.

P형은?

몰라.

알면서 부러 그런다는 투였다.

그리고 나도 또한 무심히

현수와 함께 도로변에 서 있는데 양 무릎이 꽝꽝 어는 것 같았다.

"나도 이렇게 머리가 시린데 머리가 다 빠진 그 인간은 오죽할까."

그 인간이라면 산타일 터였다. 때론 위악을 떨고 때론 위선을 떨며 세상 오만을 다 떨지만 자신을 평생 장애인으로 만든 대머리 산타를 아직도 따스하게 걱정할 줄 아는 것, 이게 현수의 매력이었다. 연말이라 택시는 좀처럼 잡히지 않았다.

"내가 음흉했다는 말…… 무슨 뜻이야?"

추위 때문에 말을 하는 게 무엇인가의 뚜껑을 억지로 여닫는 일처럼 힘들게 느껴졌다.

"어쩌면 둔했던 건지도 모르지. 알면서도 의뭉을 떠는 줄 알았는데, 그게 아니었다면, 아둔해서 뭘 몰랐던 거겠지."

"뭘 몰라?"

"이제 와서 무슨 상관이야? 나는 어느 쪽이냐 하면…… 네가 차라리 음흉한 쪽이었으면 좋았겠다 싶어."

현수 역시 힘겹게 말을 잇고 있었다.

"우리 옛날에 같이 공부할 때, 내가 술 취하면, 아무한테나 좋아한다고 고백하고 그랬니?"

말끝이 얼음가루처럼 파슬파슬 부서졌다.

"아무한테나 뭐라고?"

"사랑 고백하고 그랬냐고?"

"하하!"

갓 쪄낸 찐빵처럼 현수의 벌린 입에서 흰 김이 무럭무럭 났다.

"기억 안 나? 너 한때 술만 취하면 벌떡 일어나서 사랑합니다! 하고 픽 쓰러졌잖아."

내가 그랬던가? 선혀 기억에 없었다.

"그때 P형은 없지 않았니?"

"없었지. 산타가 은근히 따돌리고 그랬으니까. 우리까지 왜 그랬나 몰라. 참 좋은 선배였는데. P형이 너 술버릇 가지고 뭐라 그러데?"

"아니, 그냥 알고 있더라고."

현수는 미간을 살짝 찌푸렸다. 피부가 굳어 있어 그것조차 매우 힘겨운 움직임처럼 보였다.

"산타가 얘기했겠지. 산타가 그런 짓을 잘했어. 후배들하고의 친밀감을 과시하는 얘기들. 눈 깜짝 안 하고 이간질도 잘 시키는 인간인데 뭐. 우리 얘기를 시시콜콜 떠들고 다닌 걸 나도 나중에 알았어."

우리 얘기라면 둘이 사귄 얘기겠다. 내가 아무리 아둔해도 그 정도는 알아들을 수 있었다. 그렇게 보자면, 내가 그 방에 혼자 갔던 걸, 자고 가겠다고까지 했던 걸 떠벌인 P형도 마찬가지 아닌가. 나는 단호하게 말했다.

"P형이 뭐라고 했건 나는 P형과 사귀지 않았어."

의도와 달리 혀가 굳어 있어 내 말은 내 귀에도 어떤 누명에 대한 절박한 호소처럼 들렸다.

"알았어. 알았다고. P형이 네 하숙방 위치를 잘 알고 있길래 자주 드나드는 사이인가 보다 생각한 것뿐이야."

하숙방? 그러니까 현수가 자주 드나드는 사이인 줄 알았다고 말한 그 방은 난곡의 그 방이 아니라 내 하숙방이었단 말인가? 현수는 P형에 관한 얘기를 몇 가지 늘어놓았다. 안타깝게도 요즘 근황이 아니라 모두 옛날 얘기들이었다. 그런데도 나는 생판 처음 듣는 얘기뿐이었다. 현수는 아무렇지도 않게 P형 방에 자주 드나들었나 보았다.

"언젠가 지나가다 들러서 밥을 해준 적이 있거든. 그런데 냄새가 너무 나더라고."

"그 방이 워낙 더러웠으니까."

"아니. 방이 아니라 밥솥에서."

"방이나 밥솥이나 다 더럽고 다 화분이 될 수 있지."

현수가 그 방에 들락거렸다는 사실에 나는 다소 삐딱한 마음이 되었다.

"너 취했냐? 무슨 소리 하고 있어?"

"글쎄 뭐가 어쨌다고!"

"밥을 했는데 밥솥에서 냄새가 나서 밥을 먹을 수가 없더라니까."

"그래서 뭐?"

산타가 밥솥에 닭을 삶고 나면 아무리 솥을 닦아도 며칠 동안 밥에서 닭 냄새가 났다 했다. 산타가 생선탕을 끓이고 나면 P형은 며칠 동안 생선 비린내가 나는 밥을 먹어야 했다고 했다. 그 다음부터 현수는 산타가 무슨 안주를 만들겠다고 날뛰면 자기가 먼저 긴장이 되더라고 했다. P형에게 또 무슨 냄새나는 밥을 먹이려나 싶어서.

"참 무던한 사람이었지. 언젠가 P형이 네가 시 쓰고 싶어한다는 얘길 하는데 부럽더라. 네 하숙집에 갔을 때 그런 얘기 했었다며? 야, 왔다, 먼저 타라."

나는 현수가 열어준 뒷문으로 얼떨결에 택시에 올라탔다. 마지막으로 물어야 할 것이 남아 있었다. 지금 묻지 않으면 영영 묻지 못할 것 같았다.

"잠깐만! 현수야!"

현수가 빙긋 웃었다. 어두운 가운데서도 나는 현수의 화장한 얼굴이 살얼음처럼 잔잔히 깨지면서 가는 주름들이 잡히는 것을 보았다.

왼쪽 눈이 충혈되고 입술 사이로 검붉은 와인 자국이 선명한 현수의 얼굴은 잘못 만들어진 중국 인형처럼 보였다.

"P형은 어떻게 지낸대?"

"몰라."

"정말 몰라?"

"아, 몰라, 몰라."

현수가 들고 있던 종이가방을 내 무릎 위에 얹더니 차문을 쾅 닫았다. 알고 있다는 뜻이었다.

기사는 말없이 요금계를 눌렀다. 택시 안은 어두웠다. 현수가 준 종이가방에는 우리가 미처 마시지 못한 와인 한 병과 클립 파일에 끼워진 연금보험증서가 들어 있었다. 나는 종이가방을 바닥에 세우고 두 손을 맞잡았다. 기분이 나쁘기는커녕 현수의 작은 영악을 엿본 것 같아 언젠가처럼 유쾌해졌다.

백미러가 검어 기사의 얼굴은 볼 수 없었다. 디지털시계는 01:45를 가리켰다. 조수석의 안전벨트는 센베처럼 말려 쇠고리에 걸쳐 있었다. 나는 머리를 받침대에 기댔다. 어깨에 힘이 풀리고 무릎에 감각이 없었다. 팔다리가 녹은 쇠고기처럼 너덜너덜해졌다. 차는 다리를 건너 강변도로로 접어들었다. 차창 밖으로 온몸에 노란 꼬마전구가 박힌 나무들이 휙휙 지나갔다. 어둠속 노랗게 점묘된 나무들의 윤곽선이 비현실적으로 보였다. 차가 속도를 내면서 차창을 스쳐가는 자잘한 노란빛은 밤바다를 타고 흐르는 잘디잔 야광 치어떼의 무리처럼 보였다. 언젠가도 이렇게 어두운 배경 위로 흐르는 치어떼의 형상을 물끄러미 바라보았던 기억이 났다.

현관문을 닫지 못할 만큼 항상 신발로 넘쳐나던 하숙집 현관은 거의 텅 비어 있었다. 집 안에는 아무도 없는 듯했다. 나는 친구와 방을 같이 쓰고 있었으므로 P형을 방으로 안내하는 대신 육중한 타원형 테이블이 놓인 식당으로 안내했다. 그게 주인아주머니가 언제 들이닥쳐도 나쁘지 않을 듯했다.

큼직한 황색 양은주전자에는 진하게 우린 보리차가 가득 들어 있었다. 나는 찬장에서 작은 냄비를 꺼내 물을 끓였다. 일회용 커피 믹스 두 개는 방에서 가져왔다. 그 당시 하숙생들은 모두 커피 믹스나 차 티백 같은 것을 각자 방에 갖춰놓고 먹었다. 찻잔 두 개에 커피를 탔다. P형과 나는 창가 가까운 테이블 끝부분에 마주보고 앉았다. 창 쪽에서 스며든 햇빛이 창틀 밑에 놓인 커다란 고무나무 화분을 지나 테이블 한쪽 면에 간신히 다다르려 애쓰고 있었다. 창가의 빛이 닿을락 말락 하는 타원형 테이블의 둥근 부분과 나와 P형 사이의 선분을 잇는다면 멋진 활이 하나 만들어질 각도였다.

커피에서 희미하게 음식 냄새가 나는 듯했다. 물을 끓인 냄비에 배어 있던 냄새였는지도 모르고, 어쩌면 테이블 중앙에 놓인 반찬그릇에서 풍기는 냄새였는지도 모른다. 반찬그릇들은 모기장 같은 푸른 망을 씌운 반구형 철사 틀 안에 옹기종기 모여 있었다. P형은 말없이 커피를 마시다 말고 문득 새장 같은 반구형 덮개를 살짝 들어올렸다. 반찬은 깻잎조림과 멸치볶음, 김구이 같은 것들이었다. P형이 덮개를 내려놓는 걸 보는 순간 왠지 나는 P형이 그 반찬들을 몹시 먹고 싶어한다는 느낌을 받았다.

P형은 내게 입학하기 전에 생각했던 꿈이라든가 입학한 후에 느낀 점이라든가 하는 것을 물었다. 나는 테이블 표면의 긁힌 자국을 문지르거나 고무나무의 두꺼운 녹색 잎 위에 내려앉은 얇은 먼지를 바라보며 천천히 대답을 했다. 나는 시를 쓰고 싶은데 아버지는 고등학교 영어교사가 되기를 바라신다는 것, 대학에 들어와서는 거의 시를 못 썼

는데 왠지 더 쓰고 싶지 않다는 것, 그렇다고 영어교사가 되기는 더 싫다는 것, 뭘 해야 할지 잘 모르겠다는 것, 사회구조나 현실상황 같은 것을 알 수 있는 공부를 하고 싶다는 것 등과 같은 내용이었다.

모레 저녁에 모임이 있어. 그때부터 참석하도록 해.

P형은 난곡행 버스 번호와 내려야 할 정류장을 말해주었다.

여섯시 정각에 정류장에서 보자.

P형은 마지막으로 반찬그릇을 덮은 반구형 망을 힐끗 쳐다본 다음 의자에서 일어났다. 나는 이 정도 얘기를 하기 위해 P형이 왜 내 하숙집까지 와야 했는지 알 수 없었다. 모레 저녁 여섯시 정각에 정류장에 도착해야 할 존재가 나 자신이 아니라 저 반찬들이 아닐까 싶은 느낌마저 들었다. 아무래도 P형이 점심을 먹지 못해 그런 것 같았지만 사실 P형은 밥이나 반찬에 대해서는 한마디도 하지 않았다. 내게 점심을 먹었냐고 물어봤고 반찬그릇 덮개를 살짝 들었다 놨을 뿐이었다. 그것은 아무 의미도 없는 말이거나 행동일 수 있었다. 그러나 나는 P형이 간 후에 서둘러 밥솥 뚜껑을 열어보았다. 밥은커녕 솥도 없었다. 그제서야 나는 밥솥의 코드가 빠져 있다는 것을 알았다. P형은 그것을 이미 보았는지도 모른다. 나는 이상한 혼란에 휩싸여 물을 끓인 냄비와 찻잔 두 개를 박박 닦아놓았다.

희미한 햇살이 서향 창을 타고 테이블의 반쯤까지 들어와 있었다. 반구형 덮개의 그물무늬가 반찬그릇 위에 어룽거렸고 검정색 테이블 표면 위엔 물 많은 행주로 닦은 얼룩의 점선들이 치어떼의 형상으로 남아 있었다. 식당 안은 너무 고요하고 천연덕스러워 아무도 다녀가지 않은 듯했다. 나는 조금 전에 P형이 앉았던 의자에 앉았다. 몸에서 기운이 빠져나가면서 나른한 느낌이 들었다. 조금 전 내가 앉아 있던 의자 뒤편 벽에는 매일 한 장씩 뜯어내는 일력이 걸려 있었다. 나는 두툼한 일력을 멍하니 올려다보았다. 4월 10일 황금당. 몇시쯤 되었는지 몰라도 무엇을 해야 할지 모를 애매한 시간이라는 것만은 분명했다.

그 말에 귀를 기울였네

택시가 갑자기 방향을 꺾는 바람에 목이 심하게 흔들렸다. 속도의 불규칙한 완급에 나는 급히 손잡이를 움켜쥐었다.

"어이구, 죄송합니다. 뭐가 휙 지나가는 것 같아서."

대체 무엇이 휙 지나갔을까, 생각하는데 내 입에서 뜬금없는 말이 튀어나왔다.

"그 방을 지나갑니까?"

"네? 어디요, 손님?"

"난곡을 지나가냐고요?"

"아, 난곡이요? 뭐 그렇게 가도 되죠."

택시기사의 얼굴은 여전히 보이지 않았다.

"거기 요즘 땅값 엄청 올랐죠. 그리로 가나 이리로 가나 거리는 비슷해요. 난곡 쪽으로 갈까요?"

"아뇨, 됐습니다, 그냥 가세요."

나는 현수처럼 말하고 있었다. 다행히 기사의 뒤통수에는 별로 괘씸해하는 기색이 없었다.

대학을 졸업하고 오랜 시간이 지난 뒤 나는 P형이 살았던 그 방에 찾아가본 적이 있다. 그때 그 동네는 재개발지구로 지정되어 한창 철거가 진행되고 있었다. 깨진 중국집 간판과 폐차된 차들, 산더미 같은 쓰레기들과 건물들의 검은 구멍은 그곳을 폐허처럼 보이게 했다.

그 방은 무너지지 않고 그대로 있었다. 그러나 이미 사람이 살지 않는지 초록색 철문은 반쯤 떨어져나갔고 주인집 현관문은 활짝 열려 있었다. 나는 철문 안쪽으로 발을 들여놓으려다 그만두었다. 다시는 혼자서 이 철문을 밀고 들어서지 않겠다고 이를 악물었던 기억이 떠올랐다. 곧 허물어질 듯한 시멘트 담장 너머로 그 방의 닫힌 쪽문이 보였다. 쪽문에 달린 두 장의 유리 중 하나는 깨져 있었다. 깨진 유리 안은 컴컴해서 아무것도 보이지 않았다. 유리 안쪽을 오래도록 들여다보고 있자니 방에서 어떤 소리가 들려오는 것 같았다. 소리에도 기울기가 있다면 한쪽이 비스듬히 기운 쇠잔한 소리였다. 곧 사라져갈 연약한 존재의 기침 같은, 멀리서 들려오는 종소리의 흔적 같은. 어쩌면 그것은 뒤집힌 화분 속에서 오래전에 죽은 식물의 뿌리가 말라 쪼그라들어가는 버석거림 같은 것이었는지 모른다.

찻잔이나 술잔, 밥공기 같은 것이 결코 화분이 될 수 없던 시절에도, 한쪽 모서리가 기운 사다리꼴의 그 방은 내게 충분히 훌륭한 화분이었다. 한때 나는 시루 속 콩나물처럼 동료들과 함께 그 방에서 쑥쑥 자라났다. 나와 동료들 사이에 건널 수 없는 간격이 존재함을 느낄 때마다 나는 미칠 듯이 괴로웠다. 그 당시의 나는 젊기 때문에 차이를 못 견딘다는 걸 알지 못했다. 젊기 때문에 차이를 과장하고 젊기 때문에 차이에 민감하다는 것을 몰랐다. 조사 하나, 어휘 하나에도 이고 살아야 할 하늘을 가르던 시절이었다.

술만 취하면 무턱대고 상대방에게 사랑을 고백하는 버릇이 있다고 나를 나무란 P형의 말은, 지금 생각해보면 P형이 내게 건넨 최초의 농담이었는지 모른다. 직접 본 적은 없지만 자신도 나의 대책없이 충동적인 술버릇을 알고 있다는 암시적인 표현이었는지 모른다. 그 말을 할 때 P형의 입가에 잡힌 주름은 비웃음이 아니라 장난기였는지 모른다. 내가 골목 모퉁이에 숨어서 지켜보았을 때 P형은 소주 한 병이 아니라 꽤 큰 봉지를 들고 숨차게 언덕을 뛰어오르고 있었다. 그 봉지 속엔 무엇이 들어 있었을까. P형과 나 사이에 가로놓인 장벽은 무엇이었을까. 어째서 나는 나보다 고작 한 살 많을 뿐인 스물한 살의 청년에게 무조건적인 신뢰와 절대적인 관용을 기대했던가. 그때는 상상조차 못했지만 어쩌면 P형은 내가 자고 가기를 바랐는지도 모른다. 그러나 이 모든 상상이 사실이었다고 해서 달라지는 건 없다. 어딘가 삐딱하다는 현수의 말은 정확했다. 바람 부는 날의 빗줄기처럼, 틀린 글자를 지우는 교정선처럼, 어떤 비스듬한 바이어스가 P형의 삶을 긋고 지나갔고 나는 그 빗금의 끄트머리에 걸려 있다 제풀에 떨어져 나온 것뿐이었다. 차라리 술 취해서 아무에게나 사랑을 고백하는 버릇을 가졌던 게 나았다. 현수의 말대로 차라리 음흉한 쪽인 게 나았다. 기억에 아무 흔적도 남기지 않은 그 많은 시간 속에서, 아둔하고 자존감만 높았던 나는, 나만 모르는 장소에서 나만 모르는 얼마나 많은 수치스런 행위를 반복했던 것일까.

내릴 곳이 가까웠다. 나는 머리를 매만지고 자이리톨을 씹고 콤팩트를 꺼냈다. 거울 속에 비친 내 얼굴은 현수 못지않게 나이가 들어 있었다. 나름대로 주의했음에도 내 입술에 역시 희미한 자줏빛 와인 선이 배어 있었다. 그토록 다른 성격에 그토록 다른 경로를 밟아 살아왔건만 우리는 같은 불량 기계에서 나온 중국 인형처럼 닮아 있었다. 콤팩트 뚜껑을 닫을 때 거울 표면 위로, 현수와 내가 함께 손잡고 그곳까지 가게 될, 노파의 초상 같은 것이 휙 지나갔다. 순간 나는 종이봉투 속에 든 연금보험증서를 떠올렸다. 전구를 감싸쥐었을 때처럼 손바닥이 따스해졌다. 보험증서는 마치 그곳까지 같이 가자는 현수 식의 초청장 같았다.

무엇인가가 완성되는 순간은 그것을 완전히 잃고, 잃었다는 것마저 완전히 잊고, 오랜 세월이 흐른 뒤 우연히 그 언저리를 헛짚는 순간이다. 택시기사가 보았다시피 무서운 속도로 내달리는 심야 택시의 묵시

록적인 관통 속에서 휙 지나가듯 내 첫사랑은 완성되었다. 그리고 완성된 순간 비스듬히 금이 가버렸다. 하지만 혹시 말이다, 사태는 너무 늦었고 나는 너무 늙었지만 말이다, 만약 산타가 아니라 P형이 그날 밤, 그 비스듬한 화분 방에서 몸을 살짝 기울여 내 귀를 버찌 열매처럼 빨갛게 물들이며 이렇게 속삭여주었다면 어땠을까.

너 요즘 고민이 뭐니? 나는 네가 너무 나를 닮아서 정말 걱정이다.

어쨌든 P형은 첫눈에 나를 알아보았고 마찌꼬바를 마찌꼬바라고 분명히 말할 줄 알았던 선배였으니 말이다.

권여선 소설가. 소설집 『분홍 리본의 시절』 등이 있다.

꽃 아래 잠든

조헌용

토끼가 죽었다. 새하얀.

나는 그것이 벚꽃이라고 생각했다. 분분히 떨어진 벚꽃 잎들이 바람을 타고 우우 몰려다니다가 어느 순간 길 한가운데로 와락 달려들었다. 바람이 열어놓은 꽃숲 사이로 햇살이 쏟아졌다. 부신 눈을 깜박거리는 사이 또 하나의 꽃무리가 차도로 달려들었다. 그것은 그러나 꽃무리가 아니었다. 차가 쿨렁거렸다. 꽃잎이 흩어지지도 않았다. 쉬 지나치지 못하고 나는 서둘러 브레이크를 밟고 길 한쪽에 차를 세웠다.

차가 지나온 자리에 토끼 한 마리가 죽어 있었다. 토끼는 어디에서 왔을까? 왜 하필이면 넓은 들을 두고 차도로 뛰어들어 목숨을 잃어야만 했을까? 나는 왜 토끼를 두고 벚꽃이라 생각했을까? 이제 글자가 아닌 사물까지 엉뚱하게 보이는 것일까? 그런 생각들이 내 머릿속을 비집고 들어설 즈음 토끼의 머리에서 빨간 핏물이 흘러나오기 시작했다. 새하얗던 토끼의 털이 금세 빨갛게 물들었다. 더 두고 보지 못하고 서둘러 몸을 돌렸다.

차도로 껑충 뛰어들어 빨갛게 죽어버린 새하얀 토끼처럼 사내는 그렇게 갑작스럽게 나타났다. 차를 세울 때까지만 해도 사람의 모습은 분명 어디에도 보이지 않았다. 그러나 내가 돌아선 어느 사이 사내는 죽은 토끼처럼 불쑥 달려들었다. 사내의 품에는 새하얀 털을 빨갛게 물들인 토끼가 안겨 있었다. 갑자기 알 수 없는 소름이 돋았지만 사내는 그저 누런 웃음을 헤죽 흘릴 뿐이었다. 사내는 내 어떤 허락도 없이 아주 익숙한 동작으로 조수석에 몸을 실었다.

"저기까지만……"

사내는 더 말이 없었다. 다만 품에 안았던 토끼를 조심스레 봉지에 싸서 발아래 내려놓을 뿐이었다. 나는 이 엉뚱한 불청객을 어떻게 해야 할까 망설이다가 그대로 차를 출발시켰다. 어쩌면 토끼는 사내의 애완동물일지도 몰랐다. 사내가 아주 잠깐 꽃에 취해 한눈을 파는 사이 토끼가 껑충 내 차로 뛰어들었는지도 모른다. 그렇다면 나는 사내에게 빚을 지고 있는 셈이었다. 그러므로 사내가 '저기까지' 차를 얻어타는 것은 당연한 일이라고 나는 애써 생각했다. 그렇게 생각하고 보니 모든 것들이 아주 당연한 일처럼 여겨졌다. 어느 봄날 새하얀 토끼가 뛰어든 일도, 토끼를 하얀 꽃송이들이라 여기며 치어버린 일도, 빨갛게 변해버린 토끼를 조심스레 안고 사내가 내 차에 올라 탄 것도 지극히 당연한 일이었다.

그제서야 나는 사내의 얼굴을 똑바로 바라볼 수 있었다. 소름 돋도록 무섭던 사내의 얼굴은 그러나 겁에 잔뜩 질린 토끼를 닮아 있는 것처럼 보였다. 유행이 지나버린 금테 안경과 갸름한 얼굴, 철 지난 회색 스웨터가 사내의 모습을 더욱 애처롭게 만들었다.

"저기…… 어디까지 가세요?"

얼마를 달렸을까. 벚꽃길이 끝났고 갈림길이 나타났다. 어디로 갈지 몰라 망설이다가 나는 사내에게 물었다. 그것은 그러나 딱히 사내에게만 던지는 물음이 아니었다. 어디로 가야 하는지, 어디까지 가야 하는지, 나는 알지 못했다. 굳이 알려고도 하지 않았다.

여러 해 전 함께 글공부를 하던 동무가 문학상을 받았다며 전화를 걸어왔고 바람에는 꽃향기가 묻어 있었다. 남쪽 어딘가에서 꽃이 한창이라고 했다.

개나리를 좇다 보니 산수유를 만났고, 다시 산수유를 좇다 보니 벚꽃이 지천이었다. 대전과 광주를 거쳐 구례와 진주를 지나 진해를 빠져나오는 길이었다. 불쑥 토끼가 뛰어들지 않았다면 내 길은 어디로 이어졌을까? 사내가 올라타고 나서야 나는 내가 지나온 길들에 대해서, 내가 가야 할 길들에 대해서 생각하기 시작했다. 그러나 길 한가운데 차를 세우고 무엇인가를 생각하기에는 아무래도 2차선 도로는 좁았다. 내가 어디로 가야 할지 몰라 우물쭈물하는 사이 나를 좇던 차들이, 나를 지나가는 많은 차들이 경적을 울렸고 나 또한 그대로 서 있지 못해 오른쪽으로 난 길을 따라 차를 돌렸다. 그리고 얼마 지나지 않아 거칠게 차를 세웠다. 이제 그만 사내가 내려줬으면 했다. 내가 길을 떠나고 사내가 차에 오르기까지의 모든 것이 당연한 일이라고 생각했지만 왜 그런지 알 수 없는 적의가 가슴속을 파고들었다.

"저기요, 저기 어디까지 가냐구요?"

고개를 돌려 물었을 때 사내는 꾸벅꾸벅 졸고 있었다. 나는 어이가 없어 다시 한번, 저기요, 소리쳤다. 그제서야 사내가 슬며시 나를 바라보며 처음 보였던 누런 웃음을 다시 한번 헤죽 토해놓았다.

"배 타고 가."

배 타고 가? 나는 사내가 토해놓은 이 엉뚱한 말을 이해하지 못해 고개를 갸웃거렸다. 다행히 사내의 말은 오래지 않아 해독되었다. 그것은 사실 내가 만든 미로였다. 토끼를 하얀 꽃무리로 보았던 것처럼 사내의 말은 나에게로 와서 다른 뜻이 되어버렸다.

"배, 안, 고, 프, 냐, 고?"

사내는 내가 앓고 있는 병을 알고 있기라도 한 것처럼 한 자 한 자또박또박 끊어서 말을 이었다.

사보를 만드는 회사였다. 2년 몇 개월 동안 나는 여러 회사의 사보를 동시에 만들며 바쁜 시간을 보냈다. 때로는 가보지도 않은 곳을 다녀온 것처럼 글을 써야 했고, 때로는 주먹으로 얼굴을 갈기고 싶은 이를 찬양하는 글을 써야 했다. 그때마다 내가 가지 않은 곳이 미치도록 그리웠고, 그때마다 번번이 주먹을 들어 내 얼굴을 툭툭 치고는 했다. 결코 유쾌하지 않았지만 그렇게 나쁘다는 생각이 들지 않았다. 40만이라는 엄청난 수의 청년실업 앞에서 나는 행복하기로 마음먹었다.

태백의 어느 즈음이었나 치악의 어느 즈음이었나, 한 번도 가지 않은 산을 오르다 말고 나는 지독한 몸살을 앓아야 했다. 세상의 모든 글자들이 제멋대로 움직이기 시작한 것은 그때부터였다. '학원'이라고 씌어져 있는 간판을 나는 '학생'이라고 읽었다. 샘물을 찬물이라고 읽었고 아버지를 아토피로 읽었다. 마침내는 마침표가 되었고, 되었고는 돼지가 되었다. 고개를 갸웃거리며 같은 글자를 몇 번이나 다시 읽어야 겨우 제 뜻을 이해할 수 있을 정도로 상태가 심각해졌을 때 나는 마침내 병원이 되었다. 스트레스와 강박관념에서 오는 난독증, 그것이 정신과 의사가 내게 내려준 병명이었다. 며칠 푹 쉬고 나면 괜찮아질 것이라고 처방전을 쓰며 의사는 말했지만 증상은 오히려 심해질 뿐이었다.

어쩔 수 없이 나는 회사를 그만두어야 했다. 사보와 난독증은 아무래도 어울리지 않는 궁합이었다.

시계를 보니 점심때가 한참이나 지나 있었다. 배에서 자꾸만 꼬르륵 소리가 들렸다. 허허, 나도 모르게 웃음이 흘러나왔다.

내게는 아직 미완성인 엉터리 캠핑카가 그래도 사내에게는 신기한 모양이었다. 짐칸에 만들어놓은 수납장에서 쌀을 꺼내고 수도를 틀어 쌀을 씻는 모습을 보며 사내는 몇 번이나 탄성을 질렀다.

"와, 멋지다. 이거. 별게 별게 다 있다. 멋지다!"

회사를 그만두고 받은 퇴직금으로 나는 중고차 한 대를 구입했다. 운전석에서 짐칸으로 옮겨 다닐 수 있는 워크스루밴이라는 짐차였다. 캠핑카를 장만하고 싶었으나 퇴직금으로는 어림도 없었다. 어쩔 수 없이 짐칸을 개조해 직접 캠핑카를 만들 생각이었다. 그러나 겨울이 막 끝날 무렵 사들인 차는 봄꽃이 지천으로 피었다는 소식이 들려올 때까지 여전히 짐차일 뿐이었다. 일은 더디고 힘들었지만 태어나 처음으로 못질을 하면서 나는 땀을 흘리며 하는 일이 얼마나 성스러운 것인지를 깨닫게 되었다. 여전히 아버지를 아토피로 읽었지만 난독증이 더이상 나를 힘들게 하지는 못했다. 그렇게 살아도 좋을 것만 같다고 생각할 때쯤 동무가 문학상을 받았다는 소식을 들었다. 까닭도 없이 눈물이 흘러나왔다. 화장실을 만들다 말고 나는 아직 완성되지 않은 차를 몰아 봄바람을 좇기 시작했다.

사내도 나처럼 바람을 좇는 것일까. 밥을 안치고 나서 시어터진 김치와 말라비틀어진 몇 가지 반찬을 꺼내고 있을 때 사내는 차에서 내려 두 팔을 크게 벌리고 킁킁 바람을 숨쉬더니 그대로 들길을 따라 걷기 시작했다. 저대로 떠나는 것일까, 사내가 떠나주기를 바라는 당연한 마음과 사내가 돌아오기를 바라는 이상한 마음 사이에서 나는 갈등했다. 사내의 모습이 점점 작아졌다. 그리고 마침내 사내가 점이 되었을 때 밥물이 끓어 넘쳤다. 뜸을 들이려 불을 줄이고 돌아서니 사내는 보이지 않았다. 바람이 차갑게 느껴졌다.

잠이 들었던지 몸을 흔드는 느낌에 깨어보니 사내가 돌아와 있었다.

"안, 갔, 어요?"

잠 뒤에 몰려오는 추위를 털어내며 내가 그렇게 묻자 사내는 예의 그 누런 웃음을 헤죽 토해놓았다.

"가기는. 밥 있는데 어딜? 배고파. 먹자, 응. 어서."

어느 사이 저것들을 다 장만한 것일까, 일어나보니 새로운 밥상이 차려져 있었다. 사내가 차려놓은 밥상에는 내가 내어놓았던 시어터진 김치는 보이지 않고 국이며 나물이며 쌈채까지 군침 도는 반찬들이 가득했다. 배에서 다시 한번 꼬르륵 소리가 들렸다. 더는 아무런 생각도 하지 않고 차려진 밥상을 열심히 비워나갔다. 어떤 나물에서는 매운맛이 돌았고 어떤 나물에서는 단맛이 돌았다. 차려진 것들 가운데 내가 알고 있는 것이라고는 흔하디 흔한 쑥과 냉이뿐이었다.

배가 부르고 나서야 나는 이 엉뚱한 사내를 다시 생각하기 시작했다. 저기까지라고 말했던 사내의 목적지는 더이상 궁금하지 않았다. 궁금한 것은 이제 사내 그 자체였다. 도대체 사내는 누구일까. 도무지 사내는 어느 사이 이렇게 푸짐한 밥상을 차려놓은 것일까. 나는 왜 아무런 거리낌도 없이 사내의 밥상을 냉큼 받아먹는 것일까.

"사람들 참 이상해. 뭐가 그렇게 복잡해. 그냥, 살아도 되는데…… 하긴 나도 죽기 전에는 몰랐으니…… 술 한잔 할래?"

나의 생각을 읽기라도 한 것처럼 사내가 엉뚱한 말을 하며 소주를 꺼내들었다. 밥을 다 비운 커다란 그릇에 소주를 가득 따라 부으며 사내는 다시 한번 누런 웃음을 흘렸다.

"바보처럼. 뜸도 하나 제대로 못 들이고. 근데 맛있지? 저기 가니까 벌써 지천이야. 마셔, 응."

사내가 늘어놓는 요상한 말처럼 사내의 정체를 알 것도 모를 것도 같았다. 하루를 또 이쯤에서 보내도 좋았으므로 나는 사내가 내민 술을 들이켰다.

"쓰지, 그거. 뭔지 알아? 씀바귀다. 토끼가 좋아하는데……"

그릇을 내려놓고 안주 삼아 이름 모를 쌈채 하나를 된장에 찍었을 때 사내는 그렇게 말을 이었다. 잊고 있었던 미안함이 슬며시 고개를 들고 일어섰다. 안경 너머 사내의 눈망울이 유난히 커 보였다. 미안한 마음을 감추려 사내의 빈 그릇에 이번에는 내가 술을 채웠다. 그렇게 시작한 술자리는 사내의 가방에 들어 있던 두 병의 소주와 내가 가지고 다니던 몇 병의 소주를 다 비우고서야 끝이 났다. 누구랄 것도 없이 노래를 서너 곡 불렀고 서로의 나이가 같다는 걸 알게 되었고 각자의 고향을 알게 되었다.

별빛이 흐르는 다리를 건너 바람 부는 갈대숲을 지나 아무도 없는 아무도 없는 쓸쓸한…… 노래를 부르다 말고 나는 사내를 바라보았다. 꾸벅꾸벅 졸고 있는 사내의 말을 나는 믿기로 했다. 사내의 말대로라면 사내는 가엾게도 몹쓸 병에 걸려 죽음을 선고 받았다. 봄이 가고 꽃이 지기 전에 사내는 지천으로 가득한 봄꽃을 호흡하고 싶었다. 살아 있고 싶었다. 요양 중이던 병원을 도망치듯 빠져나와 사내는 무작정 길에 올랐다고 했다.

아무렇게나 씌어진 삼류 주간지 기사처럼 사내의 말은 어설프기 그지없었다. 그러나 사내의 말이 비록 술 취해 토해놓은 엉너리에 지나지 않는다 해도 죽음이란 말은 난독증을 앓고 있는 나의 그것보다는 훨씬 비장하기 이를 데 없었다. 그래, 나는 사내와 함께 바다에나 가볼 생각이었다. 지난밤 술을 먹다 말고 사내와 나는 지도를 펼쳐들고 아직 가보지 않은 길들을 짚어보았다. 낙동강을 지나고 양산을 지나면 거기 바다가 펼쳐졌다. 그곳에서부터 7번 국도를 타고 포항과 영덕을 지나 강릉으로 접어들어도 좋을 것이다. 아무 곳에나 차를 세우고 파도 소리를 들으며 잠을 청해도 좋을 터였다.

낙동강에 접어들면서 때 늦은 개나리가 바람에 흔들렸다. 낙동강을 빠져나오면서 때 이른 진달래가 바람에 흔들렸다. 쓸쓸한 너의 아파트…… 사내가 깨어났는지 내 어설픈 노래에 화음이 붙었다. 지난밤에는 사내의 쓸쓸한 아파트에 내가 화음을 달고 찾아갔었다. 사내도 나도 참 못 부르는 노래였다. 그러거나 말거나 우리는 지난밤에 불렀던 제비꽃을 노래했고 진달래꽃을 노래했다. 나 보기가 역겨워 가실 때에는……

"토끼 묻어주자. 저, 어기……"

노래가 끝나고 갈대가 무성한 강변을 지날 때쯤 사내가 그렇게 말했다.

하얀 토끼 한 마리, 빨갛게 죽어버린. 하루가 지났을 뿐인데 참 오래 전 일처럼 내게는 아득하기만 했다. 사내가 가리키던 곳에 차를 세우고 나는 가만히 사내의 뒤를 따랐다. 사내는 그러나 갈대밭을 한참이나 지나고도 걸음을 멈추지 않았다. 강물이 들어 더는 갈 수 없는 곳에 이르러서야 사내는 겨우 걸음을 멈추고 나를 돌아보았다.

"나, 잠깐 좀 다녀올게, 강에. 땅 좀 파고 있어."

나는 다시 한번 남자에게 미안한 마음이 들어 열심히 땅을 파기 시작했다. 봄이 그 속에 아슴푸레 숨어 있었던지 여린 흙 내음이 코끝을 간질였다. 토끼를 안고 강변을 따라 휘적휘적 걸어갔던 사내는 토끼를 묻기에는 제법 큰 구덩이가 생기도록 돌아오지 않았다. 가만히 있기가 무르춤해 듬성듬성 서 있는 갈대를 꺾었다. 구덩이에 갈대를 깔다가 문득 병아리를 묻던 어린 날이 떠올라 나뭇잎을 뜯어다 깔고 꽃도 몇 송이 뜯어다 깔 때쯤 사내가 돌아왔다.

"뭐 해?"

도무지 알 수 없다는 표정으로 사내가 조그마한 종이상자를 땅에 묻기 시작했다.

"그러게 여기는 뭐 하러 왔니? 거기서 여기가 어디라고…… 이제, 여 있으면 더이상 차에 치이지도 않고 배고프지도 않고…… 행복, 해라."

오래지 않아 강변에 작은 무덤이 하나 생겼다. 사내도 나도 한동안 자리를 뜨지 않았다. 말을 꺼내지도 않았다. 스스, 갈대가 바람에 흔들리는 소리만 잠깐씩 사내와 내 주위를 맴돌다 멀어지곤 했다.

"미안, 해. 정말."

"뭐가?"

"토끼. 나 때문에 죽었잖아."

"그게 왜? 나한테…… 근데 토끼는 뭐가 답답해서 저 달을 도망쳤을까?"

도무지 쉽게 알아듣기 힘든 말들을 사내는 또다시 뱉어냈다. 어쩌면 사내의 말이 난독증을 앓는 내게 와서 암호가 되었는지도 모를 일이었다.

멀리 하늘에 초승달이 희미하게 떠올라 있었다.

바다로 가는 길을 멈추고 사내와 나는 강변에 모닥불을 피웠다. 희미하던 낮달이 밝아오고 별들이 총총 하늘에 가득했다.

"나는 부럽다. 토끼가. 저 손톱달이 가득 차올라 보름달이 되면 토끼는 껑충껑충 달로 갈 수 있거든. 나는 가지도 못하고 보지도 못하고…… 볼 수 없겠지? 돌아오는 보름달은……"

술 마시며 보냈던 지난밤과는 달리 사내와의 사이가 어색하기만 했다. 대답할 말을 찾지 못해 모닥불 곁에 사내를 남겨두고 먼저 잠자리에 든다며 슬며시 차로 돌아왔다. 어쩌자고 나는 사내에게 바다를 보러 가자고 술 취해 말했던 것일까, 한숨이 나왔지만 이미 늦은 뒤였다.

차 안에서 바라보는 사내의 그림자가 바람에 흔들렸다. 타다닥, 불똥들이 바람을 타고 자꾸만 하늘로 올라가 별이 되는 것만 같았다. 아무래도 잠이 오지 않았다. 소주라도 한잔 마시면 잠이 오려나 싶었지만 남아 있는 술이 없었다.

여기 있어 술 좀 사올게, 불 앞에 앉은 사내에게 건성으로 소리치고 차를 몰았다. 마을은 멀었다. 한 시간이나 걸려 다녀오니 여전히 사내는 불 앞에 앉아 노래를 흥얼거렸다. 다시 또 쓸쓸한 너의 아파트였다.

"어, 왔네. 안 그래도 마침 다 익었는데……"

소주 받아들며 사내가 잘 익은 고기를 내밀었다. 오징어를 뜯다 말고 나는 사내가 내민 고기를 받아들었다. 모닥불에 익은 고기는 맛이 좋았다. 연거푸 소주를 몇 잔이나 들이켜고 나서야 문득 사내가 내민 고기가 궁금했다. 혹 누가 약이라도 뿌려 잡은 고기를 사내가 훔친 것은 아니었을까, 이걸 먹어도 괜찮은 것일까, 갑자기 겁이 났다.

"근데 이게. 뭐, 야?"

"왜? 약이라도 뿌렸을까봐."

사내는 또 마음이라도 읽은 것처럼 그렇게 대답했다. 달리 할말이 없어 나는 꾸역꾸역 몇 잔 술에 고기를 더 밀어넣었다.

"그거. 토끼. 니가 죽인. 아까 머리랑 팔다리랑 묻어주고 남은 거. 맛있지? 역시 토끼고기는 끝내준다니까. 헤헤."

"뭐, 뭐라고…… 이, 이런 미친."

나는 더 말을 잇지 못했다. 꽃무리로 껑충 차에 뛰어들던 새하얀 토끼 한 마리가 내 머릿속을 뛰어다녔다. 머리가 으깨진 토끼 한 마리가 붉은 피를 흘리며 내 머릿속을 뛰어다녔다. 내 좁은 머릿속을 깡충깡충 뛰어다니며 두개골을 갉아먹는 토끼 한 마리, 새하얀 털을 붉게 물들이고…… 갑자기 헛구역질이 몇 번 나오더니 그대로 토악질이었다. 켁켁거리며 속엣것들을 쏟아내는 나를 보며 사내는 재미있다며 웃음을 참지 않았다. 나는 그런 사내가 미웠다. 이번에는 도무지 사내에 대한 적의를 참지 못했다. 사내에게 달려들어 사내를 깔아뭉갰다. 내 주먹이 사내의 얼굴에 몇 차례나 날아들도록 사내는 아무런 반항이 없었다. 나는 그만 흥이 꺾여 사내에게서 물러나 아직 남아 있는 소주를 병째 들이켰다.

소주를 마시는 내게 다가와 사내는 다시 또 토끼고기를 내밀었다.

"아마 고마워할걸. 이렇게라도 토끼는 우리랑 여행을 하잖아. 사람만 바보처럼 어둠속에 묻힌다. 다른 모든 생물들이 죽어서 다시 여행을 떠나는데 사람만 땅속에 묻혀서 진짜 끝이 되는 거야. 하여간 바보들…… 먹어. 토끼는. 너랑. 아주. 오래도록, 여행을 하고 싶어서. 니 차에. 뛰어든 건지도 모르잖아……"

사내는 말꼬리를 흐리며 슬며시 내 옆으로 바싹 다가섰다. 한심하게도 고기에서 풍기는 누린내에 입맛이 당겼다. 여전히 고기는 맛이 좋았다.

바다는 평범하기 이를 데 없었다.

하늘이 담긴 쪽빛 바다라고 나는 인터넷에 실린 글들을 훔쳐 어느 사보에 실었다. 항동에서 용한리로 이어지는 도로를 달리다보면 거기 하늘이 담긴 바다에서 사람들은 그리움을 낚는다고 나는 썼다. 혹시 시간이 넉넉하다면 구룡포에 들러 다시 도루묵이 될 수밖에 없었던 물고기의 사연을 들으며 세상사 허무함을 한잔 술로 달래도 좋을 것이라고 나는 또 썼다. 호미곶에 가면 거기 상생의 바다가 있다고 나는 썼고, 그곳에서 만난 인심 좋은 어부가 끓여주는 도루묵 매운탕에는 쪽빛의 바다가 담겨 있노라고 나는 소설을 써내려가듯 그렇게 거짓을 써내려갔다.

"나와봐. 나와봐. 안 내리고 뭐해? 진짜 끝내준다."

사내의 목소리가 나를 현실로 끄집어냈다. 바다를 앞에 두고 사내는 감탄했지만 내게는 그저 평범하기 이를 데 없는 항구일 뿐이었다. 그러나 글 속에 갇힌 바다에서는 결코 맡을 수 없었던 진한 비린내가 그곳에 가득했다. 온갖 미사여구로 치장했던 내 허튼 글이 부끄럽게 느껴졌다. 갑자기 배가 몹시도 고파왔다. 싱싱한 도루묵 매운탕에 술

한잔이 간절했다. 바다를 바라보며 눈 맞은 강아지처럼 좋아하는 사내를 그대로 두고 나는 가까운 어판장을 찾아 나섰다. 그러나 도루묵을 팔지 않느냐는 내 물음에 돌아오는 것은 지청구뿐이었다.

도루묵이 겨울 한철에 잡힌다는 것을 나는 포항에서 알게 되었다. 그것도 모르고 사시사철 도루묵을 먹을 수 있다고 써내려간 글을 보며 포항을 찾았을 사람들 생각에 얼굴이 화끈거렸다. 어쩌면 내 글들이 세상의 난독증을 불러오는 것인지도 모른다는 생각이 들었다. 빈손으로 돌아오는 발걸음이 무겁기만 했다.

사내는 그사이 사람들을 불러모아 술판을 벌이고 있었다. 어떤 이는 낚시꾼 차림이었고 어떤 이는 어부 차림이었다. 어설픈 못질을 하며 캠핑카를 만들 때 나는 감히 사람을 꿈꿨다. 잠시 차를 멈추고 머무르는 곳에서 사람들을 만나 그들과 함께 늙어가리라 나는 다짐했다. 세상의 수많은 사연들을 함께 나누고 싶었다. 그러나 보름이 넘는 시간 동안 내가 만난 사람이라고는 오직 사내뿐이었다. 나는 두려웠고 부끄러웠다. 무엇이 두렵고 무엇이 부끄러운지도 모르고 나는 그저 두렵고 부끄러웠다. 그런 나를 두고 사내는 사람들과 함께 술판을 벌이며 내 두려움을 나무라는 것만 같았다. 내 부끄러움을 놀리는 것만 같았다. 다시 한번 사내에 대한 알 수 없는 적의가 불끈 솟아올랐다.

"도, 도대체 남의 차에서, 지금, 뭐 하는 거야?"

모여 있던 사람들이 내 고함소리에 놀라 주춤거렸지만 사내는 여전히 그 누런 웃음을 흘릴 뿐이었다. 차에서 내린 사내가 내 손을 잡아끌었다.

"미안. 그냥. 물고기를 네뚜리로 버린다기에…… 회도 썰고 매운탕도 끓였는데…… 아깝잖아. 빨랑. 맛있어, 먹자."

"도대체 뭐 하는 거냐고, 응?"

나는 사내의 손을 거칠게 뿌리치며 다시 한번 고함을 질렀다. 모여 있던 사람들이 하나 둘 차에서 내려 겉인사를 하고는 뿔뿔이 흩어졌다. 저 조그마한 차에 저렇게 많은 사람들이 탈 수 있었을까, 대충 세어도 예닐곱은 되는 숫자였다.

"바보. 넌 그렇게도 니가 밉니?"

돌아가는 사람들에게 일일이 인사를 나누고 나서 사내가 나를 바라보며 작은 목소리로 그렇게 말했다. 문득 그동안 풀지 못했던 숙제들이 풀려나가는 기분이었다. 그런데도 가슴은 더욱더 답답해왔다.

"빨랑 와. 매운탕 다 식겠다."

심각하던 사내의 얼굴에 다시 웃음이 가득했다. 나만 여전히 잔뜩 찡그린 채 사내가 내민 매운탕과 회를 우걱우걱 입 안으로 집어넣었다. 소주는 하나도 쓰지 않았다.

새벽이라고 생각했으나 그것은 저녁 어스름이었다. 낙동강에서 보았던 초승달이 제법 반달 모양을 하고 있었다. 무거운 머리를 이끌고 바다에 나가보았다. 사내는 그곳에서 낚시를 하고 있었다. 정말이지 알 수 없는 사람이었다. 나는 이제 그에게서 멀어지고 싶었다. 달빛 아래 토끼를 묻는 것으로, 바다에 함께 온 것으로 사내와의 모든 부채는 청산한 셈이었다. 몹쓸 병에 걸렸다는 사내의 말이 끝내 가슴에 앙금으로 남았지만 그 또한 감정의 사치에 지나지 않는다고 나는 생각했다.

길이 어디로 이어지는 것인가에 대해 나는 더이상 고민하지 않기로 마음먹었다.

바다에 사내를 두고 길을 달린 지 오래지 않아 시를 벗어나고 있다는 표지판이 나타났다.

—다시 또 만나요. 꿈과 희망의 도시 포항입니다—

여간해서 달은 차 꽁무니를 놓치는 일이 없었다. 저만큼 멀어졌나 싶으면 어느새 다가와 슬쩍 유리창을 건드리고는 바다에 몸을 씻고 멀어졌다. 그때마다 바다가 은빛으로 흔들렸다.

다시 또 만나요, 꿈과 희망의 도시 포항입니다. 차가 스쳐 지나가는 그 짧은 시간에 표지판에 쓰인 글자들을 제대로 읽어냈다는 것이 믿기지 않아 나는 눈을 깜박거리며 고개를 흔들었다. 백점짜리 받아쓰기 시험지를 처음 받아드는 기분이었다. 다시, 또, 만나요, 꿈과, 희망을 또박또박 되뇌이다가 차를 돌렸다. 다시 한번 내가 본 글자들을 확인하고 싶었다.

차가 있던 자리에 사내는 우두망찰 쪼그리고 앉아 덜덜 떨고 있었다. 바보처럼 그렇게 사람들과 잘도 어울리더니, 사내에게 지청구라도 실컷 늘어놓고 싶었다. 그러나 누런 웃음을 보이며 아무렇지도 않게 "어, 왔네!" 사내는 말을 던졌다. 나는 도무지 아무런 말도 할 수 없었다. 여전히 익숙한 동작으로 사내는 차에 올랐다.

달빛으로 일렁이는 바다를 보며 와와 사내는 또 아무렇지도 않게 감탄사를 쏟아냈다. 표지판에는 분명 다시 또 만나요 꿈과 희망의 도시 포항입니다, 라는 문구가 쓰여 있었다.

남정을 지나고 강구를 지나는 동안 달은 더욱 부풀어 올랐다. 며칠 밤낮을 함께 보내며 너나들이하는 사이처럼 사내와도 가까워졌다. 그러나 잠깐 제대로 보이던 글자들은 다시 제멋대로였다.

나도 사내도 영덕에 왔으니 영덕대게를 한번 먹어보자고 했지만 바닥을 보이기 시작한 자금 사정이 그걸 허락하지 않았다. 아쉬운 대로 우리는 게맛살을 사다놓고 소주를 깔짝거렸다.

"너, 병 걸린 거 맞아? 만날 소주나 먹고……"

"바보. 믿었어. 그걸? 우습다. 사람들. 참 잘해줘. 죽는다고 하면. 밥도 주고 망설이면서 술도 주고. 너처럼 차도 태워주고 재워주기도 하고. 헤헤."

"에이, 이걸……"

나는 주먹을 살짝 들었다가는 내려놓았다. 사내의 말을 믿은 것은 아니었다. 죽는 것보다 죽지 않는 것이 분명 더 좋은 일이었다. 그런데도 나는 사내의 말이 사실이기를 바랐다. 어쨌거나 죽음은 난독증보다 비장했다.

아주 어렸을 때 나의 꿈은 딱지공장 사장이 되는 것이었다. 그런 이상한 꿈이 어디 있느냐고 동무들은 놀렸지만 내게는 그보다 멋진 꿈은 존재하지 않았다. 어린 나는 딱지치기만 하면 어김없이 잃어버리는 아이였다. 그래서일까, 딱지공장 사장이 되어 세상의 모든 딱지들을 다 모으리라고 나는 다짐했다. 학년이 바뀔 무렵 더이상 딱지 접을 종이를 찾지 못한 나는 학교에서 받은 교과서를 찢어 딱지를 만들었다. 책이 없는 나도, 딱지가 되어버린 책을 따버린 동무도 함께 벌을 받아야 했다. 매질 뒤에 선생님은 딱지를 풀어 책을 만들어 오라고 했다. 나는 수백 장의 종이들을 맞춰가며 하나의 책을 만들었다. 처음 몇 쪽은 일일이 풀질을 해가며 제대로 맞춰나갔다. 그러나 열 권이 넘는 책을 일일이 찾아 맞추는 일은 어린 내게 불가능한 일이었다. 나는 잔머리를 쓰기로 했다. 앞쪽 몇 장과 뒤쪽 몇 장만이 제대로 된 엉터리 책이 만들어졌다. 다시 한번 매질을 하고서 쯧쯧, 혀를 차며 선생님은 나에게 새로운 책을 내어주었다. 그러나 나는 내가 만든 책에 푹 빠져버렸다. 그 속에서 이야기는 자기 멋대로 살아 움직였다. 홍길동이 도덕책 속에 나와 나쁜 아이를 나무라더니 악당과 함께 산수 문제를 풀고 할아버지에게 용돈을 받았다. 그런 이야기들이 나를 끌어들었다. 어쩌면 내 미로는 그때부터 시작되었는지도 몰랐다.

"미친 놈, 그렇다고 죽음을 팔아 처먹냐. 너는 나보다 더 비겁한 놈이다."

문득 딱지공장 사장을 꿈꾸던 날들이 떠올라 피식 웃음을 흘리며 사내에게 괜한 면박을 놓았다. 그러거나 말거나 사내는 여전히 웃는 얼굴이었다.

"헤. 근데 있잖아. 할말 있어. 너한테. 진짜."

"또 뭐?"

"나. 아니야. 거짓말. 걸렸다는 거, 죽을병. 사실은."

갑자기 목소리를 낮추고 사내가 주위를 둘러보았다.

"이거. 지켜야 해. 꼭. 알았지, 비밀이다. 사실은…… 나, 죽었다. 십 년 전에. 죽을병 걸려서."

"미친 놈. 그럼 니가 유령이야?"

"에이, 없어. 세상에. 유령 같은 거. 음, 그냥, 많이 아팠을 때. 십 년 전에. 몹쓸 병이 걸렸을 때. 하고 싶은 게 많았거든. 이제 곧 죽을 거니까. 사람들도 만나고 싶고. 술도 먹고 싶고. 노래도 부르고 싶고. 그리고, 음. 꽃이 미치도록 보고 싶었어. 마지막으로 죽기 전에. 그러니까 그때 진짜진짜 하고 싶었던 일들을 내가 막 생각했을 거 아냐, 그치? 그 생각들이 뭉쳐서 이렇게 너를 만나고 있는 거야."

피식, 웃음만 흘러나왔다. 도무지 어이가 없었다. 그러나 사내의 표정은 진지했다. 사내를 만나 처음으로 보는 심각한 얼굴이었다. 별 시덥잖은 이야기로 사람을 놀린다고 생각하면서도 등꼴이 갑자기 오싹했다.

내가 만든 책 속의 이야기처럼 제멋대로인 사내의 이야기를 듣는 동안 해가 지고 달이 떠올랐다.

퍽퍽한 게맛살을 먹다 말고 사내가 갑자기 벌떡 일어나 내 손을 잡아끌었다.

"대게 먹자. 영덕까지 왔는데……"

"돈 없다니까."

나는 말꼬리를 흐렸지만 사내는 막무가내였다. 사내의 걸음이 씩씩했다. 그러나 대게를 파는 횟집과 식당을 몇 곳이나 지나도록 사내는 걸음을 멈추지 않았다. 한참을 더 걸은 뒤에야 사내는 걸음을 멈췄다. 지나가는 사람에게 대게가 잘 보이도록 밖으로 수족관을 만들어놓은 커다란 횟집을 저만치 앞에 두고 사내가 갑자기 달리기 시작했다. 얼마 지나지 않아 사내는 대게 한 마리를 가슴에 품고 달려왔다. 그 뒤에 하얀 주방옷을 입은 남자 한 명이 씩씩거리며 사내를 쫓아왔다. 에이씨, 나는 까닭도 없이 욕을 하며 앞서 달렸다. 골목을 돌아돌아 차가 있는 곳을 일부러 지나쳐 바다가 보이는 곳까지 무작정 달리다보니 사내도 쫓아오는 남자도 보이지 않았다. 어찌해야 좋을지를 몰라 그곳에서 한참을 숨어 있었다. 별똥별 하나가 떨어졌고 달이 아주 조금 서쪽으로 기울었다.

"뭐 해? 여기서. 한참 찾았잖아."

"어, 으응. 괜찮아?"

"하여간 바보. 그럼 괜찮지. 싸 가지고 왔잖아. 기다리다 안 와서."

손에 든 것들을 흔들어 보이며 사내가 그렇게 말했다. 쫓아오는 남자를 따돌리고 차로 돌아가니 내가 보이지 않았다고 했다. 대게를 찌고 소주를 사서 돌아올 때까지 내가 오지 않았다며 사내는 겁쟁이라고 나를 놀렸다. 달리 변명할 말을 찾지 못해 사내에게 소원을 빌기 위해 별똥별을 기다렸을 뿐이라며 궁색한 변명을 늘어놓았다.

"소원은. 그래서. 빌었어?

"아니, 기다리고 있었다니까."

"그래 알아. 아는데, 하여간 바보. 하여간 겁쟁이. 먹자. 먹으면서 기다리지 뭐."

대게도 소주도 무척이나 달았다. 사내도 나도 금세 취해 비틀거렸다. 술이 떨어지고 마땅히 더 나눌 이야기도 떨어지고 어쩔 수 없이 우리는 차가 있는 곳으로 돌아가야 했다. 사내가 노래를 불렀다.

별빛이 흐르는 다리를 건너 바람 부는 갈대숲을 지나 아무도 없는

아무도 없는 쓸쓸한…… 사내는 또 아파트였다. 울고 웃고 싶소 내 마음을 만져주…… 행복의 나라를 부르다 말고 나는 불쑥 세상이 무서워졌다. 딱지를 풀어 만든 책을 읽으며 나는 글쟁이를 꿈꿨다. 그리고 오랜 세월이 흘러 어찌어찌 글쟁이가 되었지만 내가 할 수 있는 이야기란 많지 않았다. 산수 문제를 푸는 홍길동은 각박한 세상에서 살아갈 수 없었다. 홍길동이 살기 위해서는 산수가 아닌 더욱 복잡한 문제를 풀어야만 했다. 그리하여 홍길동이 살지 못하는 세상에서 나는 한때 요절을 꿈꾸기도 했다. 요절을 하면 내 엉터리 글도 빛이 될까. 그러나 요절할 나이도 이미 지난 뒤였다. 겁쟁이, 겁쟁이, 사내의 말이 자꾸만 신경에 거슬렸다. 그러고 보면 나는 한 번도 세상에 당당한 적이 없었다. 때로는 돈을 핑계로 때로는 주위의 시선을 핑계로 나는 늘 세상에서 한 발 물러나 있었는지도 몰랐다. 갑자기 사내가 또 미워졌다.

"야, 너, 도대체 정체가 뭐야? 응. 너는 누구냐고? 진짜 유령이야?"

"에이, 없다니까. 유령 같은 거. 근데, 왜?"

"씨이, 아무튼 죽었다며. 그냥 말야, 죽으면 어떤 기분일까 싶어서……"

"똑같애. 엄마하고. 자궁 속에 있을 때하고 똑같애. 어둠속에 있으면서도 어둠을 몰라. 죽음도 자궁도. 하나는 기억을 찾아나가는 거고, 하나는 기억을 지워가는 거고……"

어쩌면 아직 요절이 늦지 않았을지도 모른다는 생각이 들었다. 나는 바다로 달려갔다. 아니 그것은 내가 아니었다. 내 안에 숨어 있는 또 다른 내가 겁쟁이 나를 이기는 것일까, 내 안의 겁쟁이가 나를 이기는 것일까. 참으로 순식간에 벌어진 일이었고 무모한 도전이었다. 온몸이 바다에 잠겨들었다. 이대로 있으면 그래 어머니의 자궁을 떠올릴 수 있을까, 아주 잠깐, 정말이지 아주 잠깐 나는 행복했다. 곧이어 사내가 뛰어드는 소리가 들렸다. 풍덩, 그 소리가 다시 나를 현실로 끌어들였다. 무서웠다. 사는 것도 죽는 것도 모두가 무서웠다. 글을 쓴다는 것도, 글을 쓰지 못한다는 것도, 글을 제대로 읽지 못한다는 것도 무서웠다. 살고 싶었다. 나는 뭍으로 헤엄쳐나갔다.

"야이, 바보새끼야. 이 씨발새끼. 이 개새끼야."

사내가 내 머리채를 잡아끌며 욕을 퍼부었다. 썰물 때였는지 다행히 바다는 깊지 않았다.

술기운은 여전한데 으슬으슬 몸이 떨려왔다. 몸을 씻을 생각도 하지 못하고 옷만 벗어던진 채 나는 그대로 이불 속으로 들어갔다. 전기장판의 온도를 으뜸으로 높였지만 여간해서 추위는 가시지 않았다. 뒤따라온 사내도 옷만 훌렁 벗어던진 채 이불 속으로 들어왔다.

"최고가, 되고, 싶어? 그런 거, 아니었잖아. 그, 그냥 좋아했잖아. 즐거워, 했잖아. 부족하지도 부끄럽지도 않아. 너의 글도, 너의 차도. 좀 모자라면 어때. 좀 늦으면 어때. 한 발 한 발 가는 거야. 그럼…… 그럼…… 그래도 너는 살아 있잖아. 그, 그래도, 너, 너는……"

사내가 나를 끌어 자신의 품에 안으며 말했다. 나도 모르게 눈물이 흘러나왔다.

"죽지 마. 죽지 마. 무슨 일이 있어도 죽지는 마. 글써야지. 글쓰고 싶다며. 하여간 바보. 하여간 겁쟁이…… 글써야지……"

사내가 이끄는 대로 나는 그의 품에 안겨 훌쩍훌쩍 울음을 흘렸다. 사내에게서 저 깊은 바닷속에서 전해지던 깊은 고요가 느껴졌다. 사내의 품은 따뜻했다.

이틀을 끙끙 앓는 동안 이제나저제나 사내가 그만 떠나주기를 바랐다. 술 취해 멍청하게 바다로 뛰어든 것도 사내의 품에 안겨 울음을 터뜨린 것도 부끄럽기만 했다. 해서 사내가 떠나주기를 그리하여 내 부끄러움이 감춰지기를 나는 바랐다. 그러나 사내는 좀처럼 떠나지 않았다. 어쩔 수 없이 겨우 몸을 추스르고 일어나 차를 몰았다. 이제 그만 바다를 벗어나고 싶었다.

"고마, 워. 근데 진짜 어디로 가니? 난 이제 그만 돌아갈까 싶어."

아주 조그마한 목소리로 내가 물었다. 여전히 사내는 누런 웃음이었다.

"아무 곳이나…… 사실 나도 이제 곧 없어질 거야. 실컷 해봤잖아. 너 때문에. 해보고 싶었던 일들. 있지, 난 이런 길이 좋다. 꼬불꼬불 아무렇게나 이어진 길. 아무 곳에서나 차를 돌릴 수 있는 길. 이제 곧 고속도로에 접어들겠지. 아마, 우리가 가야 할 길은 잘 닦인 곳은 아닌 거 같아. 나, 이제 아무 곳에나 내려줘."

한동안 사내도 나도 아무런 말을 하지 않았다. 오래지 않아 고속도로를 알리는 이정표가 나왔다. 서운해 IC 4.6km를 다시 읽으니 서안동 IC 4.6km였다.

"참. 있지…… 아니다. 그냥, 잘가."

"어, 잘가."

사내가 다 하지 못한 말들은 무엇이었을까. 그러나 내가 사내에게 남겨둔 말처럼 그것은 수수께끼로 남겨도 좋을 것 같았다. 속도를 높이다 말고 길 옆 들을 보니 하얀 토끼 한 마리가 깡총거리며 어딘가로 가고 있었다. 후면경을 보니 사내는 보이지 않고 얼마 남지 않은 꽃잎들만 바람에 날렸다. 봄이 또 그렇게 멀어지고 있었다.

조헌용 소설가. 소설집 『파도는 잠들지 않는다』가 있다.

구멍

윤성희

*

결혼한 지 삼십 년 만에 부모님은 처음으로 해외여행을 떠났다. 부모님의 결혼기념일 선물을 마련하기 위해 나는 지난 한 달 동안 라디오에 갖은 편지를 보냈다. 채택된 사연은 이런 이야기였다. 국밥집에서 일을 하던 어머니와 바퀴공장에서 일을 하던 아버지가 만난 것은 스물두 살 무렵이었다. 아버지를 짝사랑했던 어머니는 주인 몰래 아버지의 국에 고기를 더 넣어주었다. 수육을 그릇 바닥에 깐 다음 국을 푸면 아무도 눈치채지 못했다. 심지어 아버지마저도. 설거지를 하느라 퉁퉁 불은 어머니의 손을 볼 때마다 아버지는 돼지오줌보에 바람을 불어넣어 공처럼 가지고 놀던 어린 시절이 떠올랐다. 그러면 한바탕 운동을 하고 난 뒤처럼 온몸이 나른해졌고, 두 손을 가랑이 사이에 집어넣고 몸을 동그랗게 말아 잠을 자고 싶다는 생각이 들었다. 어느 날 혼자 밥을 먹던 아버지는 깍두기를 가져다주던 어머니의 손을 잡고는 말했다. "같이 잡시다." 공장 사장이었던 할아버지는 두 분의 결혼을 반대했다. 어머니의 눈 밑에 난 점이 마음에 안 든다는 거였다. 하지만 이미 어머니의 뱃속에는 꼼지락거리는 오빠가 있었다. 아들을 낳고 마음이 든든해진 어머니는 할아버지에게 이런 말을 했다. "아버님! 이 점이 마음에 안 들면 병원비를 주세요. 제일 좋은 병원에 가서 빼게요." 그렇게 어머니를 당당하게 만들었던 오빠가 죽은 것은 일곱 살 때였다고 한다. 그리고 그로부터 사 년이 지난 후 내가 태어났다. 나를 임신하기 전 어머니는 이런 꿈을 꾸었다. 일곱 살인 오빠가 마당에 앉아서 혼자 공기놀이를 하고 있었다. 놀란 어머니가 맨발로 달려나갔다. 너 여기 웬일이니. 오빠가 대답했다. 전 이 마당에서 삼 년 동안 혼자 놀았어요. 너무 심심해요. 잠에서 깬 어머니가 입을 벌린 채 자고 있는 아버지를 깨웠다. 어머니의 이야기를 들은 후 아버지가 말했다. "둘째를 낳아야겠어." 그래서 내가 태어났다. 이 사연을 읽은 사회자는 이렇게 말을 덧붙였다. "죽은 오빠가 생명의 은인이네요." 어쨌든 죽은 오빠 덕에 부모님은 동남아 4박 5일 여행권을 선물받았다.

여행을 떠나기 일주일 전부터 어머니는 짐을 쌌다. 가장 먼저 챙긴 것은 허리 찜질기였다. 그건 왜? 라고 내가 말하려는데 어머니가 먼저 입을 열었다. "난 이것 없으면 못 잔다. 너도 나이 들어봐라." 그 밖에 관절염에 좋다는 파스 스무 장, 박카스 한 박스, 종합 비타민, 감자팩, 자명종 등등을 챙겼다. 자명종은 필요 없다고, 호텔에서 깨워준다고, 몇 번이나 말을 해도 소용없었다. "내가 영어를 못하는데 몇시에 깨워달라고 어떻게 말하냐?" 어머니는 버럭 화를 냈다. 입 짧은 아버지를 위해 김과 고추장과 참치캔도 챙겼다. 아버지는 어머니 몰래 팩소주 다섯 병을 가방에 집어넣었다. 트렁크는 캐나다 이민을 갔다 오 년 만에 대머리가 되어 돌아온 외삼촌에게 빌린 것이었다. 외삼촌은 트렁크의 자물쇠 번호를 잊지 말라고 몇 번이나 당부를 했다. "내 생일이야. 4월 28일. 0428. 알았지?" 어머니가 기억력이 그다지 좋지 않기는 하지만 그날을 잊을 리는 없었다. 외삼촌이 결혼하기 전까지 미역국을 끓여준 사람은 어머니였으니까. 어머니는 본인의 생일은 지나쳐도 집안의 희망이었던 오라버니의 생일만은 잊지 않았다. 집을 나서기 전에 어머니는 두 팔을 벌려 나를 껴안았다. "잘 갔다 올게. 고맙다, 우리 효녀." 그 옆에 서 있던 아버지가 말했다. "내 혈압약 챙겼어?"

여행의 마지막 날, 아버지는 호텔방에서 아껴두었던 팩소주를 마셨다. 어머니는 여행지에서 샀던 물건들을 챙겼다. 중국풍의 다기 세트, 꽃무늬가 새겨진 커피잔, 세 종류의 원두커피, 눈이 세 개 달린 목각인형, 붉은색 구슬로 만든 커튼, 손잡이가 자기로 된 거울, 호텔에서 신던 슬리퍼, 호텔 욕실에 있던 일회용 칫솔과 비누, 뼈를 자라게 한다는 가루약, 관절에 좋다는 알약, 가짜 나이키 운동화 등등이었다. 어머니가 물건을 살 때마다 아버지는 잔소리를 했다. 그럴 때마다 어머니는 말했다. "당신이랑은 다시는 여행 안 다닐 거야." 여행중 아버지와 어머니는 딱 두 번 의견 일치를 보았다. 한 번은 식당에서도 물을 사먹어야 된다는 사실을 알게 되었을 때였다. "역시 내 나라가 최고야." 두 분은 동시에 말했다. 또 다른 한 번은 탁자를 살 때였다. 부모님은 재래시장의 뒷골목에서 타일로 장식된 탁자를 발견했다. "저거 사자." 역시 두 분은 동시에 말했다. 탁자는 물건 값보다 더 비싼 운반비를 치러야 했다. 짐 정리를 마친 어머니는 침대에 누워 허리 찜질을 하기 시작했다. 아버지는 마지막 잔을 마시면서 속으로 다짐을 했다. 일 년에 한 번씩은 꼭 여행을 다녀야겠어. 갑자기 어머니가 침대에서 벌떡 일어나더니 전화기를 들었다. "뭐 하게?" 아버지가 물었다. "집에 전화하게." 어머니는 가이드가 적어준 대로 전화기 버튼을 눌렀다. "공항으로 가다 교통사고가 났어요. 당연히 외국으로 도망을 못 갔죠." 전화를 받은 내가 말해주었다. "그리고 남편은 위암 말기래요." 뭐야, 여기까지 와서 드라마 타령이야, 하는 아버지의 소리가 들려왔다. 나는 거실을 둘러보며 내일 아침에는 청소를 해야겠네, 하고 생각했다. "맞다. 토요일." 아버지의 소리가 아까보다 더 크게 들려왔다. 어머니로부터 전화기를 빼앗은 아버지가 내게 물었다. "거기 몇시냐?" 나는 대답했다. "이제 막 드라마가 끝났어요." 전화기 저편에서 희미한 한숨 소리가 들리는 것 같았다. 아버지는 잘 있으라는 말도 없이 전화기를 끊었다. "복권 사는 걸 잊었어." 아버지가 말했다. 어머니는 아버지의 목소리가 이상하다고 느꼈다. 어머니에게 사랑한다고 말할 적에도 목소리가 떨리지 않던 사람이었다. 어머니는 정리했던 가방을 뒤져 혈압약을 꺼냈다. 그리고 아버지의 입을 억지로 벌려 혈압약을 먹였다.

*

매주 토요일이면 아버지는 로또 복권을 샀다. 정확히 말하면 2004년 9월 25일부터였다. 그해, 나는 맹장수술을 했고 어머니는 늘어나는 뱃살을 고민하다 러닝머신을 샀다. 캐나다로 간 외삼촌은 종종 전화를 걸어서는 외롭다고 말했다. "돈을 벌려면 외로워야지." 어머니는 외삼촌에게 말했다. 그때마다 아버지는 고개를 갸웃거렸다. 어머니는 하루에 한 시간씩 달리기를 했지만 뱃살은 줄어들지 않았다. 나는 아이스크림을 끊으라고 말했다. 어머니는 아이스크림을 처음 먹어본 그때를 잊을 수가 없었다. 국밥집에서 일을 하기 전 어머니는 옆마을 방씨네서 식모살이를 했었다. 그 집에는 아이를 낳은 후 산후통을 심하게 앓고 있던 며느리가 있었다. 어머니는 기저귀를 빨면서 죽어도 아이 따위는 낳지 않을 거라는 결심을 했다. 어느 여름날, 방씨네 식구들은 마루에 둘러앉아 아이스크림을 먹었다. 칭얼거리던 아이도 아이스크림을 입에 넣어주자 텔레비전 선전에 나오는 아기들처럼 웃었다. "난 한 숟가락밖에 못 먹었단다." 어머니는 그날 이후로 방씨네 식구들에게 섭섭한 마음이 들기 시작했는데 시간이 지나도 그 마음이 사라지지 않았다. 어머니는 아이스크림 한 숟가락에 일곱 살 이후로 가슴 어딘가에 걸려 있던 묵직한 돌덩어리가 녹아내리는 것을 느꼈다. "단 한 숟가락만 먹었을 뿐이었는데 말이다." 아버지가 같이 잡시다, 라고 말했을 때 어머니는 아이스크림 먹으러 가요, 라고 대답했다. 어머니가 처음으로 배운 영어 단어는 투게더였다. "난 어떤 일이 있어도 아이스크림을 끊을 수는 없어." 어머니가 말했다. 뱃살이 줄어든 것은 어머니가 아니라 아버지였다. 러닝머신을 쳐다보면서 할부금을 갚으려면 몇 달이 남았는지를 생각하면 저절로 살이 빠진다고 아버지는 말했다. 그제야 어머니는 아버지의 공장이 다른 사람에게 넘어가기 직전이라는 것을 알았다. 아버지는 채권자들을 피해 아무 연고도 없는 지방으로 도피를 했다. 역전여인숙 301호의 텔레비전은 채널이 하나밖에 잡히지 않았다. 아버지는 야구경기를 보기 위해 안테나를 이리저리 움직이다 포기를 하고 여인숙 천장의 얼룩을 바라보면서 긴긴 밤을 보냈다. 아버지 말에 의하면, 숫자는, 잠 못 이루던 그 밤들에 만들어졌다. 갚아야 할 빚과 갚을 수 있는 빚을 계산하다보면 누구나 머릿속에 숫자가 빙빙 돌기 마련이겠지만.

"그날 이후로 단 한 주도 잊은 적이 없었어." 아버지가 입을 열었다. 트렁크는 수화물 꼬리표가 붙어 있는 채로 거실에 놓여 있었다. 어머니는, 여행중에 산, 챙이 넓은 모자를 화장실 문고리에 걸어두었다. 눈 밑 기미가 조금 더 짙어진 것 같았다. 역전여인숙 301호에서 돌아온 후, 아버지는 친구의 도움으로 지우개를 만드는 공장의 공장장이 되었다. 아버지는 여인숙에 누워 도와달라고 말할 수 있는 친구가 있는지를 곰곰이 생각해보았다. 아침이 되어도 생각나는 친구가 없었다. "너도 후회하기 전에 친구들 관리 잘해라." 나는 그 순간을 놓치지 않고 그러려면 용돈이 더 필요해요, 하고 말했다. 어머니가 나를 째려보았다. 아침을 거르고 점심도 거른 후, 아버지는 가까스로 한 명의 친구를 생각해냈다. 고등학교 2학년 때 아버지는 정학을 맞은 적이 있었다. 아버지의 짝은 늘 죽고 싶다는 말을 입에 달고 사는 아이였다. "그 말을 하도 듣다보니 언제부터인가 나도 모르게 그 말을 따라 하게 되더라." 아버지는 무심코 내뱉는 말 한마디가 언젠가 자신의 삶을 지배하게 될 것이라고 여겼다. 그래서 아버지는 짝의 말버릇을 고쳐주기로 결심을 했다. 짝의 어머니는 원치 않는 임신으로 아이를 낳았는데 그 때문에 자신의 인생이 꼬이기 시작했다고 생각했다. 아버지는 짝에게 가짜 자살극을 벌이자고 했다. 아버지가 대신 유서를 썼다. "그놈보다 내가 국어 점수가 더 좋았거든." 말끝마다 욕을 달고 사는 생선장수의 마음을 움직이기 위해서는 멋진 구절들이 필요했다. 아버지는 세계문학전집들을 읽었고, 그 때문에 유서를 완성하는 데 한 달이나 걸렸다. 유서를 쓰는 동안 아버지는 약간의 우울증을 앓았다. 유서를 우편으로 보낸 뒤, 아버지는 짝을 공장 창고에 숨겨주었다. 우울증으로 밥맛을 잃은 아버지는 도시락을 창고에 숨은 짝에게 주었다. 짝은 도시락 통을 돌려주면서 넌 좋겠다, 음식 잘하는 엄마를 두어서, 라고 말했다. 아들이 죽었다고 생각한 생선장수 아주머니는 손님이 와도 생선을 팔지 않았다. 생선들이 썩어나가기 시작했다. 가짜 자살극 이후에 생선장수는 더이상 아들에게 욕을 하지 않았다. 대신 아들의 친구에게 욕을 했다. "결국 그 생선 값을 내가 물어줘야 했단다." 아버지는 전화를 해서 그때 그 생선 값을 돌려주지 않겠느냐고 물었다. 전화기 저편에서 친구는 말했다. "그게 얼마나 되었는데?" 친구는 비록 직원이 세 명밖에 되지 않는 작은 공장이지만 맡아서 해보지 않겠냐고 말했다. "십 년 후에 열 배로 늘려놓을게." 아버지는 대답했다. 전화를 끊고 아버지는 역전추어탕에 전화를 걸어 통추어탕 한 그릇과 소주 한 병을 주문했다. 추어탕을 먹으면서 아버지는 김칫 국물이 묻어 있는 신문을 읽었다. 배달될 때 그릇을 덮고 있던 신문이었다. 신문은 24일자였다. 오늘 신문이면 더 좋았을 텐데, 하고 아버지는 생각했다. 그때 머릿속에서 무엇인가가 반짝였다. 아버지는 가방을 뒤져 볼펜을 찾아냈다. 그러고는 24라는 숫자에 동그라미를 쳤다. "그건 그 친구의 번호였어. 고등학교 2학년 때. 내 짝은 24번, 나는 25번이었지." 아버지는 추어탕 한 그릇과 소주 반병을 마셨다. "웬일로 소주를 남겼어?" 어머니가 물었다. "글쎄. 뭐라고 설명할 수 없지만, 나머지 반병은, 훗날을 위해 남겨두어야 될 것만 같았어."

어릴 적 아버지의 꿈은 시계 수리공이 되는 거였다. 공고를 다닐 적에 학교에서 아버지만큼 시계를 잘 고치는 학생은 없었다. "니 아버지는 시계 초침 소리를 좋아하지." 어머니는 결혼기념일마다 아버지에게 시계를 사주었다. 할아버지는 아버지가 공장을 이어받길 원했다. 공장은 자전거 바퀴와 리어카 바퀴를 만들었다. 할아버지는 무엇이든 굴러가는 것을 만들어야 인생도 잘 굴러가는 법이라고 말했다. 할아버지는 전쟁 통에 손가락 세 개를 잃어버렸는데 아침마다 늦잠을 자는 아버지에게 마디가 잘린 손가락을 보여주면서 말했다. "내가 이런 손가락으로도 성공할 수 있었던 것은 일찍 일어나기 때문이란다." 아버지는 훗날 자식이 생기면 절대 잔소리를 하지 않겠다고 다짐을 했다. 물론 그 다짐은 지켜지지 않았지만. 아버지는 신문의 빈 공간에 3이라는 숫자를 적었다. 그건 할아버지의 잘린 손가락 수였다. 아버지가 할아버지에게 공장을 팔자고 했을 때 할아버지는 목침을 집어던졌다. 아버지는 재빨리 몸을 움직여 목침을 피했다. "내가 운동신경이 좋거든." 그러자 옆에 앉아 있던 어머니가 아버지의 무릎에 손을 올려놓았다. “당신이 목침을 피해서 어떤 일이 벌어졌는지 잊었어?” 아버지를 빗나간 목침은 거실에 걸려 있던 벽시계를 맞추었다. 벽시계의 유리는 산산조각이 났다. 며칠이 지난 후 나는 걸음마를 배우다가 마루 틈에 박혀 있던 유릿조각을 밟았다. “그럼 이 상처가 그때 그 상처예요?” 나는 양말을 벗어 발뒤꿈치의 상처를 가리켰다. “니 엄마가 제대로 치우질 않아서 그렇단다.” 아버지는 밤새 부서진 벽시계를 고쳤다. 하지만 시계 종소리만은 고치지 못했다. 시계를 다 고친 후, 아버지는 할아버지에게 두 손을 내밀었다. “이 손을 보세요. 저도 손톱이 다섯 번이나 빠졌다고요.” 아버지는 할아버지의 공장을 팔았다. 할아버지가 아끼던 땅을 담보로 잡힌 후 자동차 브레이크 페달을 만드는 공장을 인수했다. 할아버지는 노인정에서 십원짜리 화투를 치며 노년을 보냈다. “만약 니 할아버지 손이 정상이었다면 틀림없이 도박꾼이 되었을 거야.” 아버지의 말에 나도 엄마도 고개를 끄덕였다. 화투를 칠 때 할아버지의 눈빛은 언제나 반짝였다. 돌아가시기 몇 년 전부터 할아버지는 나를 죽은 오빠와 헷갈려했다. 나는 할아버지를 위해 일부러 남자 목소리로 대답해주곤 했다. “미안하다, 미안해.” 어머니가 내 머리를 쓰다듬어주었다. 그 오빠가 태어난 날은 4월 9일이었다. “그날은 공장 직원들끼리 싸움을 했지. 직원들이 서로 그만둔다고 난리를 피웠단다.” 할아버지는 아버지를 공장 한복판에 세워놓은 채 한 시간 이상 잔소리를 해댔다. 할아버지의 억양이 높아지려고 할 때 사무실에서 전화벨 소리가 들려왔다. 전화를 받은 직원이 소리쳤다. “아들이랍니다.” 그 소리를 들은 아버지는 할아버지에게 말했다. “이제 그만 혼내세요. 저도 애 아버지가 됐으니까.” 공장 직원들이 웃었다. 아버지는 그때의 웃음소리가 다시 들리는 것만 같았다. 그만두겠다고 한 직원들이 이렇게 좋은 날을 망칠 순 없죠, 라고 말하며 서로 화해를 했다. 아버지는 신문지 위에 4와 9의 숫자를 커다랗게 썼다. 아버지가 좋아하는 개그맨의 얼굴 위로 숫자 9가 새겨졌다.

"다른 숫자는 뭐예요?" "너는 몰라도 아마 네 엄마는 맞출 수 있을지도 모르겠다." 아버지가 자리에서 일어나 트렁크를 열었다. "힌트를 줘야지." 어머니가 말했다. 아버지는 트렁크에서 붉은 구슬로 만든 커튼을 꺼냈다. 그러고는 어디에 달아야 하나, 라고 말하며 집 안을 둘러보았다. "부엌에요." 내가 말했다. "그래도 조금이라도 힌트를 줘." 어머니가 다시 말했다. "당신이 가장 기뻐했던 것 중 하나!" 아버지가 부엌 입구에 못을 박았다. 구슬 커튼을 달면서 나는 말했다. "공부 그만두고 주술사가 될까봐요." 아버지가 구슬들을 흔들었다. 어머니가 아, 하고 이마를 치더니 가방을 뒤지기 시작했다. "이거 너 주려고 산 거야. 뼈를 자라게 한다더라." 이상한 냄새가 나는 가루약이었다. "고작?" 부모님이 고개를 끄덕였다. 나는 고맙다는 말을 하지 않았다. 가방을 뒤져보니 마음에 드는 물건이 하나도 없었다. 나는 무릎과 팔꿈치가 그려진 약병을 가리켰다. "이게 뭐예요? 비아그라죠?" 어머니는 손잡이가 자기로 된 거울을 꺼내 얼굴을 들여다보았다. "주름이 늘었어. 그건 그렇고 나는 기뻤던 일들이 별로 없는 것 같은데……" 아버지가 눈이 세 개 달린 목각인형을 거실 장식장에 올려놓았다. "우리가 처음으로 마련한 아파트. 이게 마지막 힌트야." 어머니는 거울을 내게 건네주면서 말했다. "이거 너 시집갈 때 물려주마." 나는 거울 보는 것을 싫어했기 때문에 조금도 물려받고 싶은 생각이 없었다. 게다가 디자인도 내 취향이 아니었다. 하지만 할 수 없이 고맙다고 대답했다. 호텔에서 신던 슬리퍼는 거실 입구에 가지런히 놓여졌다. 어머니가 외삼촌에게 전화를 해서는 선물은 기대도 하지 말라고 했다. 가방 비밀번호가 맞지 않아서 어머니는 밤을 새야 했다. 친척들의 생일을 다 찍어봤지만 허사였다. 결국 어머니가 선택한 것은 0001번부터 시작해서

번호를 하나씩 더하는 방법이었다. "그래서 찾아낸 번호가 뭔지 알아요? 7749에요." 전화기 저편에서 외삼촌이 대답했다. "내가 7749라고 안 그랬니?" 전화를 끊은 어머니의 눈에 눈물 한 방울이 맺혔다. "오빠도 이제 늙은 거야. 그 총명하던 사람이." 나는 재빨리 휴지 한 장을 어머니에게 건네주었다. 어머니가 코를 풀었다. "아, 생각났다. 105동 304호." 아버지가 딩동댕, 하고 말했다. 이사를 가는 날 어머니는 아버지에게 이젠 더이상 연탄을 안 갈아도 되는 거지? 라고 몇 번이나 물었다. 하나밖에 없는 아들의 목숨을 앗아간 것은 연탄가스였다. 역전여인숙 302호에서 여자의 신음소리가 들려왔다. 아버지는 조용히 해, 하고 소리쳤다. 주먹으로 벽을 몇 번 치기도 했다. 아버지는 신문지에 15와 34라는 숫자를 적었다. 잠시 후 누군가가 301호의 방문을 발로 걷어찼다. "너 나와봐." 아버지는 아무 대답도 하지 않았다. 소리가 밖으로 새어나갈까봐 이불로 입을 막고 기침을 했다. 한참이 지난 후 아버지는 15라는 숫자에 가위표를 치고 34라는 숫자에 동그라미를 그렸다.

나는 커다란 양푼에 밥을 펐다. 그 위에 김치를 송송 썰어 얹은 다음 고추장을 듬뿍 얹었다. 숟가락 세 개를 꽂아서 거실로 가져갔다. "넌 어떻게 우리 마음을 이렇게 잘 아냐?" 아버지가 숟가락을 들었다. "참기름이 빠졌다." 어머니 말에 나는 다시 부엌으로 달려갔다. "그래서 말이에요. 정말 한 주도 빼먹지 않고 복권을 샀어요?" 아버지가 밥을 비비면서 응, 하고 대답했다. "이상한 게 있네." 어머니는 콩을 골라 아버지 쪽으로 밀었다. "로또는 숫자가 여섯 개 아냐? 근데 당신이 말한 숫자는 다섯 개 같은데. 3. 4. 9. 24. 34. 내가 뭘 빼먹었나." 어머니가 고개를 갸웃거렸다. 아버지가 어머니에게 새끼손가락을 내밀었다. "약속해줘. 화내지 않겠다고." 어머니는 약속을 하지 않았다. "부산으로 출장을 가던 중이었어." 아버지는 부산으로 가는 새마을호를 탔다. 옆자리에는 갓난아이를 안은 여자가 앉아 있었는데, 여자는 몸을 창가 쪽으로 돌리고는 아버지의 눈치를 봐가면서 아이에게 젖을 먹였다. 아버지는 양복 윗도리를 벗어 칸막이를 만들어주었다. 마침내 젖을 다 먹인 여자가 아버지에게 고맙다며 귤을 하나 내밀었다. 귤을 먹으면서 아버지는 무슨 이유에선지 딸이 자신에게 말을 건네지 않는다는 이야기를 했다. "죄송해요. 그땐 사춘기였어요." 내 입에서 밥풀이 튀어나왔다. 여자는 아버지 쪽으로 고개를 약간 숙이고 이야기를 들어주었다. 아버지는 부산에 도착할 때까지 쉬지 않고 이야기를 했다. "당신은 원래 말이 없잖아." 어머니가 아버지의 숟가락을 툭 건드렸다. 부산역에 도착하자 여자는 아버지에게 가벼운 목례를 했다. 어디 가서 식사라도, 라는 말이 아버지의 목구멍을 간질였다. "왜 그런지 모르겠지만 그 여자랑 밥을 먹고 싶었단다." 아버지가 망설이는 사이 여자는 지하철 역 쪽으로 걸어갔다. 사람들 사이로 여자의 뒷모습이 보였다가 사라졌다가 다시 보였다. 아버지는 달려가 그 여인을 와락 안고 싶은 충동이 일었다. "정말?" 어머니가 말끝을 올렸다. "아버지, 대답 잘 해야 해요." "브레이크 페달을 만들면서 나는 살면서 중요한 게 뭔지 알게 되었지. 그건 잘 멈추는 일이거든." 여자에게 달려가는 대신 아버지는 기차표를 만지작거렸다. 아버지는 오랫동안 그날의 기차표를 버리지 않았다. 좌석번호가 38이었다. 아버지는 가끔 혼자 극장을 갔는데 그럴 때면 꼭 38번 좌석에 앉아 영화를 보았다. "내가 보기엔 전혀 행운의 숫자가 아니야. 하. 하." 어머니는 입을 크게 벌리고 웃었다. "억지로 웃는 거 다 보여요." 내 말에 웃음을 멈춘 어머니는 밥을 더 먹을까, 라고 중얼거렸다. "아냐. 행운의 숫자가 맞아. 이번 주 당첨 번호였거든." 어머니가 들고 있던 숟가락을 놓쳤다. 숟가락이 바지를 스쳐 거실 바닥으로 떨어졌다. "하. 하. 하." 아버지가 고개를 뒤로 젖히고는 과장되게 웃었다. 나는 오른손으로 오른빰을 때렸다. 해가 졌지만 거실 불을 켜지 않았다. 양푼에 남은 밥이 말라 딱딱해질 때까지 우리들은 숟가락을 든 채 그대로 앉아 있었다.

*

아버지는 식구들에게 신선한 물을 먹여야 한다며 약수터를 다니기 시작했다. 기상시간을 여섯시로 앞당겼다. "재수를 하려면 건강해야 한다." 아버지는 자고 있는 나를 깨워 약수터로 가자고 했지만 그때마다 나는 내일부터, 라고 말을 했다. 아버지의 아침 식단은 언제나 똑같았다. 누룽지 끓인 밥과 오징어 젓갈과 무말랭이. 가끔은 돼지고기로 만든 장조림이 추가되기도 했다. 점심은 다른 약속이 없는 한 공장 식당에서 돼지고기를 넣은 김치찌개를 먹을 것이다. 오후가 되면 어머니에게 전화를 해서 몇시에 퇴근할 예정인지를 알렸다. 저녁식사 후에는 키를 자라게 한다는 이상한 가루약을 한 숟가락씩 드셨다. "나도 키가 작은 편이잖니." 그리고 거실 소파에 누워 텔레비전을 보다 잠이 들었다. 아버지는 더이상 뉴스를 보지 않았다. 아버지는 신문지국에 전화를 걸어 사설이 마음에 들지 않아 더이상 신문을 볼 수 없다고 말했다. 지국장은 삼 개월 무료 혜택을 받았기 때문에 의무적으로 일 년은 구독해야 한다고 대답했다. "돈 돌려주면 될 거 아냐." 아버지가 소리를 질렀다. 뉴스를 보는 대신 아버지는 케이블에서 방영하는 외국 드라마들을 보기 시작했다. 〈PD수첩〉 할 시간이에요, 라고 말해도 아버지는 드라마 보는 것을 멈추지 않았다. 아버지는 즐겨 보는 드라마들의 방송시간표를 적어 텔레비전 옆에 붙였다. 어느 날 아버지는 퇴근길에 카스텔라를 사가지고 왔다. "재수 그만두고 제빵학원에 다닐까봐요." 어머니가 과일이 담긴 접시를 아버지 쪽으로 밀었다. "이런 생각을 하는 놈에겐 과일도 아까워." 아버지는 내게 이제는 카스텔라를 먹을 수 있겠냐고 물었다. "무슨 소리에요?" "넌 예전에 카스텔라를 안 먹었어. 그러니까 그때가 여덟 살이었나……" 아버지가 코를 긁었다. 내가 어렸을 적에 아버지는 자고 있는 나를 깨워 카스텔라를 먹인 적이 있었다. 거나하게 술에 취한 아버지는 집으로 돌아오는 길에 이런 생각이 문득 들었다고 한다. '오늘 아침에 왜 미역국을 먹었지?' 아버지는 비틀거리는 발걸음을 애써 추스르며 무슨 날인지를 생각해보려고 애썼다. 마침 눈앞에 제과점이 보였다. 문을 닫으려는 제과점을 향해 달려가면서 아버지는 가족을 위해 멋진 케이크를 사야겠다고 마음먹었다. 제과점에는 케이크가 남아 있지 않았다. 할 수 없이 카스텔라를 사면서 아버지는 종업원에게 아내의 생일이라고 말했다. 아버지는 카스텔라에 긴 초 네 개와 작은 초 한 개를 꽂고는 자고 있는 나와 어머니를 깨웠다. "아빠 그런데 왜 나이가 이렇게 많아요?" 나는 눈을 비비며 말했다. 아버지가 자식의 나이를 마흔한 살이라고 착각했다고 믿었던 나는 너무 상심한 나머지 카스텔라 한 통과 카스텔라를 감싸고 있던 종이와 다섯 개의 초를 모조리 먹어치웠다. "설마 제가 초까지 먹었겠어요. 안 그래요, 엄마?" 어머니가 카스텔라를 먹으면서 말했다. "맛있네. 그리고 언제 당신이 카스텔라를 사왔어? 단팥빵도 안 사왔어." 아버지가 어머니의 포크를 빼앗았다. "당신 먹지 마. 내가 다 먹을 거야." 아버지는 카스텔라를 씹지도 않고 삼켰다. 나는 오렌지주스를 꺼내 얼른 아버지에게 건네주었다. 아버지는 주먹으로 가슴을 쳤다. "오늘 버스정류장에서 말이다, 은행나무를 봤어." 카스텔라를 다 먹은 후 아버지가 다시 입을 열었다. 아버지는 집으로 오는 버스가 왔는데도 타지 않았다고 한다. 다음 버스도 타지 않았다. 다섯 대의 버스를 보낸 후 아버지는 고개를 들어 하늘을 보았다. 잎이 하나도 남아 있지 않은 나무가 보였다. 무슨 나무일까? 아버지는 마음속으로 생각했다. "은행나무네요." 아버지 옆에 서 있던 사람이 말했다. 아버지는 고개를 돌려 옆 사람을 보았다. 그도 고개를 들고 나무를 보고 있었다. 그 남자가 보고 있는 나무에는 노란 은행잎이 가득 달려 있었다. "이상하지 않니. 두 그루의 나무가 나란히 서 있는데, 한 그루에는 잎이 가득하고 다른 한 그루에는 잎이 하나도 남아 있지 않고." 어머니가 아버지 이마에 손을 대보았다. "감기 기운이 있는 거 아냐? 그리고 지금은 5월이야." 아버지가 카스텔라 종이를 반으로 접었다. "얘가 또래 아이들보다 통통해진 건 그때부터였어. 그날 이후로 넌 카스텔라를 안 먹었잖아." 나는 아버지 앞에 놓인 카스텔라 종이를 내 앞으로 가져왔다. 그러고는 종이를 두 번 더 접었다. "걱정 말아요. 이젠 다 잘 먹어요." 나는 종이를 먹었다. "집이 너무 지저분해. 도배를 해야겠어." 아버지가 거실 천장에 난 얼룩을 가리켰다. "뱉어." 어머니가 말했다. 나는 씹고 있던 종이를 꿀꺽 삼켜버렸다.

아버지가 벽지를 골랐다. 어머니는 허리와 무릎에 파스를 붙이면서 나이 들어 이게 뭔 고생이야, 하고 구시렁거렸다. "내가 다 알아서 할게." 줄자로 거실 벽을 재던 아버지가 소리쳤다. "너는 풀칠 담당." "네." 나는 뒤꿈치를 붙이고는 거수경례를 했다. 베란다로 가서 분홍색 플라스틱 대야를 꺼내왔다. 도배 풀에 물을 섞어 국자로 저었다. "묽게 해라." 아버지가 벽지를 잘랐다. 나는 손가락으로 풀을 찍어 맛을 보았다. "그거 먹으면 안 된다." 어머니가 말했다. "변비에 걸릴지도 몰라." 나는 붓에 풀을 묻혀서는 벽지 뒷면에 거짓말, 이라고 썼다. 그러고는 그 위에 풀을 덧칠해서 글자를 지웠다. 아버지가 위를 잡고 어머니가 아래를 잡았다. 아버지가 의자 위로 올라가 벽지를 붙였다. 어머니가 얼른 빗자루로 벽을 쓸었다. 대나무 한 그루가 거실에 자리를 잡았다. "근사해요." 나는 박수를 쳤다. 하지만 다음이 문제였다.

무늬를 맞추는 일이 생각보다 쉽지 않았다. 아무리 해도 대나무 잎이 연결되지 않았다. "괜찮아요. 잎들이 이 뒤로 숨었다고 생각하죠." 나는 아버지가 무늬를 맞춰가며 도배를 하자고 할까봐 마음이 조마조마했다. 아버지는 무엇이 마음에 들지 않는지 얼굴을 찌푸렸다. "다시 바를까?" 그러자 어머니가 벽과 벽지 사이의 공간을 가리키며 말했다. "무늬 맞출 생각 하지 말고 똑바로 바르기나 해." 나는 벽지마다 풀로 글자를 써넣었다. 거짓말 다음에는 어머니의 이름을 썼다. 다음에는 아버지의 이름을. 오빠의 이름은 쓰지 않았다. 용돈 백 퍼센트 인상이라고 쓰기도 하고, 삼수는 안 돼! 라고 쓰기도 했다. 거실 벽을 바르고 나자 한나절이 지났다. "배고파요." 아버지는 이사를 하거나 도배를 하는 날은 반드시 자장면을 먹어야 한다고 했다. 그런 법이 어디 있는데, 하고 어머니가 되물었다. "몰랐어? 그건 초등학교 4학년 교과서에 나와." 점심을 먹은 후 거실 천장을 바르기 시작했다. 천장 벽지에는 하늘, 바다, 구름, 따위의 글자들을 적기로 했다. 집에 있는 의자를 다 동원해도 천장까지 팔이 닿지 않았다. "이제 아셨죠? 키가 작은 것은 유전이에요." 아버지는 다용도실에서 교자상을 꺼냈다. 상을 편 다음 그 위에 의자를 올리자 어머니가 안 된다고 소리쳤다. "이게 얼마나 비싼 건데. 무형문화재가 만든 거란 말야." 아버지가 의자 위에 올라섰다. "또 사주면 되잖아. 모두 다 내 돈으로 산 거면서." 아버지의 말에 어머니가 들고 있던 빗자루와 마른걸레를 던졌다. "난 안 해." 어머니는 안방으로 들어가 방문을 잠갔다. "나 혼자서 할 수 있어." 하지만 한 시간이 넘도록 아버지는 벽지 한 장을 붙이지 못했다. 두 팔을 벌려 천장 벽지를 받쳐든 채 아버지는 내게 말했다. "좀 도와줘." 아버지의 얼굴이 이내 벌게졌다. 나는 베란다로 가서 카메라 삼각대를 꺼내왔다. 다리를 길게 늘인 삼각대로 벽지를 받쳤다. "이러면 팔이 다섯 개인 것과 같아요." 내가 말했다. "이럴 때는 머리가 잘 돌아가면서, 공부는 왜 그렇게 못하냐?" 나는 삼각대 다리 하나를 움직여 아버지의 엉덩이를 찔렀다.

그날 새벽이었다. 물을 마시려고 나왔더니 아버지가 텔레비전을 보고 있었다. 나는 아버지 옆에 앉아 아버지와 같이 텔레비전을 보았다. "재미있어요?" 아버지가 팔짱을 낀 채 나를 내려다보았다. "그렇게 멍청한 질문이 어디 있냐?" 아버지가 말했다. "재미없다면 내가 이 새벽에 왜 이걸 보고 있겠냐." 텔레비전 위에는 눈이 세 개 달린 목각인형이 앉아 있었다. "저 인형이 왜 저기 있어요?" 아버지가 텔레비전에 눈을 떼지 않은 채 검지를 입술에 대고 조용히 하라고 표시를 했다. 아버지는 한참 후에야 다시 말을 하기 시작했다. "중요한 장면이었어. 아! 저 인형. 내가 저기에 갖다놨다." 나는 인형의 눈을 노려보았다. 마음속으로 육십을 셀 동안 눈을 한 번도 깜빡이지 않았다. "인형 눈동자 색이 모두 다르네요." 아버지는 그걸 알아차렸구나, 라고 말하며 내 머리를 쓰다듬었다. "저 드라마는 말이다, 기적이란 게 없단다." "드라마에서 기적은 중요하지 않아요. 우연이 중요해요." 아버지가 채널을 다른 곳으로 돌렸다. "아버지?" 나는 조용히 아버지를 불렀다. "왜." 거실이 아까보다 조금 환해졌다. 해가 뜨기 전 안개에 싸인 대나무 숲에 와 있는 기분이 들었다. 나는 심호흡을 했다. 도배풀 냄새만 맡아졌다. "제 원망 안 해보셨어요? 제가 여행만 안 보내드렸어도 복권을 샀을 텐데." "내가 공장에서 무얼 만드는지 알지?" 나는 고개를 끄덕이려 했지만 이상하게 고개가 움직이지 않았다. "지우개를 만들면서 나는 인생에서 중요한 게 무엇인지 알았단다. 그건 잘 지우는 거란다." 아버지는 리모컨을 눌러 텔레비전을 껐다. "그런데, 솔직히, 잘 지워지지가 않아." 나는 오줌이, 라고 말하면서 자리에서 일어났다. 그러고는 화장실로 달려갔다. 오줌은 나오지 않았지만 마음속으로 삼십 초를 센 다음 변기 물을 내렸다.

아침이 되자 아버지는 누룽지 끓인 밥에 오징어 젓갈과 무말랭이를 얹어 식사를 했다. "다녀올게." 아버지는 현관에 서서 거실을 향해 큰 소리로 말했다. 설거지를 하던 어머니가 뒤도 돌아보지 않고 갔다 와, 하고 대답했다. 나는 잠결에 현관문이 열렸다가 닫히는 소리를 들었다. 점심 때 회사에서 집으로 전화가 왔다. 직원은 아버지가 출근을 하지 않았다고 말했다. 저녁이 되자 어머니가 회사로 전화를 걸어 아직도 출근하지 않았느냐고 물었다. 사흘 뒤, 아버지의 휴대폰이 편지함에서 발견되었다. 그리고 동남아의 어느 재래시장에서 산 탁자가 배달되었다. 어머니는 탁자를 거실 한복판에 놓았다. "아무리 생각해도 이게 아니었던 것 같아." 어머니는 다른 탁자가 배달된 것 같다고 말했다. "이것보다 훨씬 예뻤단다." 어머니는 꽃무늬가 새겨진 커피잔을 꺼냈다. 나는 소파에 누워 대나무의 수를 세고 또 셌다. 벽지는 들뜨기 시작했다. "내가 그 이야기 해줬니. 우리 엄마가 어떻게 돌아가셨는지." 나는 모서리가 벌어진 천장 벽지를 보면서 아니, 라고 대답했다. 어머니는 내게 외할머니 이야기를 해준 적이 없었다. 그러고 보니 다이어트를 하겠다며 무리하게 밥을 굶던 내게 어머니는 이런 말을 한 적이 있었다. "내가 가장 예뻤을 때 우리 엄마는 내 곁에 없었지. 지금 내가 니 곁에 있어 다행이야." 그때 내가 뭐라고 대답했던가. "나 안 예뻐." 그렇게 대답했지만 실은 이런 말이 하고 싶었다. 내가 엄마를 가장 필요로 할 때도 내 곁에 있어줘. "내가 할머니 이야기 해줄게." 어머니는 커피 한 모금을 마시고 난 뒤 입을 열었다. 외할머니는 어릴 적 천연두를 심하게 앓았다. 얼굴에 난 마마자국만 아니었어도 애 딸린 홀아비에게 시집을 오진 않았을 거라고 어머니는 말했다. 그 덕에 어머니가 태어나긴 했지만. "그럼 외삼촌은 누구 아들이야?" 나는 어쩐지 둘이 닮지 않았더라, 하고 마음속으로 생각했다. "우리 아빠 아들이지." 어머니가 대꾸했다. 암튼, 외증조할머니, 즉 엄마의 할머니는 외할머니를 무척이나 구박했다. "구박당한 이야기는 일일이 안 해도 되지? 드라마에서 보는 거랑 비슷해." 외할머니는 늘 부엌 부뚜막에 앉아 혼자서 밥을 먹었다. "지금도 그 생각만 하면 눈물이 나. 난 엄마랑 한 번도 마주 앉아 밥을 먹어본 적이 없어." 뒤뜰에는 커다란 우물이 있었는데 물맛이 어찌나 좋았는지 일부러 물을 마시러 찾아오는 사람이 있을 정도였다. 어느 봄날이었다. 어쩐 일인지 식구들이 모두 외출하고 집에는 어머니와 외할머니 단 둘만이 남아 있었다. 둘은 뒤뜰에서 햇볕을 쬐며 공기놀이를 했다. 그러면 살이 토실하게 오른 닭이 다가와 공기놀이를 방해하곤 했다. 옆집에는 절름발이 과부가 살았는데, 개를 다섯 마리나 키웠다. 그중에서 점박이라고 불리는 놈은 가끔 목사리를 풀고 외할머니의 뒤뜰로 도망을 오곤 했다. 그날도 그랬다. 갑작스럽게 나타난 개에 놀란 닭이 날갯짓을 했다. "닭이 못 난다고 하지. 하지만 난 그때 봤어. 닭이 날았단다. 내 키보다 더 높았던 우물 위로 말이야." 폐병을 앓아 몸이 부실한 아들을 먹이기 위해 시어머니가 애지중지 키우던 토종닭이었다. 그 닭이 우물에 빠지자 외할머니 머릿속에는 오직 한 가지 생각밖에 들지 않았다. '혼나기 전에 얼른 닭을 찾아와야 해.' 외할머니는 허리에 밧줄을 묶은 다음 우물 아래로 내려갔다. 우물 밖에서 어머니가 소리쳤다. "엄마, 괜찮아?" "괜찮아." 외할머니의 목소리가 아주 먼 곳에서 들려왔다. "엄마, 닭은 찾았어?" 우물에서 무슨 소리가 들렸는데 외할머니의 목소리는 아니었다. "왜, 닭이 없어?" 이번에는 아무 소리도 들리지 않았다. "내가 할머니한테 잘 말할게. 내가 그랬다고." 어머니는 우물 옆 감나무에 묶어놓은 밧줄을 흔들었다. 줄이 힘없이 흔들렸다. 나중에 우물 속에서 시체를 건졌을 때, 외할머니는 닭을 두 손으로 꼭 껴안고 있었다고 한다.

"걱정 마라. 그걸 견뎠는데 이쯤이야. 게다가 닭고기도 잘 먹잖니." 어머니가 말했다. 갑자기 천장에서 벽지 한 장이 뚝 떨어졌다. 벽지가 소파에 누워 있는 내 몸을 반쯤 덮어주었다. "이불 같아." 나는 중얼거렸다.

윤성희 소설가. 소설집 『거기, 당신?』 등이 있다.

무방향 버스
— 리믹스, 「고아떤 뺑덕어멈」

김중혁

집에는 예전부터 식구들이 '큰책'이라고 부르던 낡고 두툼한 장부가 있었다. 거죽에는 푸른 헝겊이 둘러쳐져 있고 팔절지보다 세로가 뼘가웃쯤 더 자란 크기였는데, 두께 역시 우람해서 여느 백과사전 부럽지 않을 정도의 모양새였다. 큰책은 처음에는 외상 장부로 쓰였다. 어머니는 내가 열세 살 때쯤 구멍가게를 시작했는데, 큰책을 외상 장부로 쓰면 장사가 더 잘될 것이라는 믿음 때문에 거기에다 외상 내역을 적기 시작했다. 하지만 어머니는 내가 중학교에 입학했을 무렵 '외상 장부로 쓰기에는 너무 크고 두꺼워서'라며 큰책을 내게 물려주었다. 그 이유가 정말 외상 장부로 쓰기에 적당하지 않았기 때문인지, 아니면 중학생이 된 내게 아무런 선물도 해주지 못하는 미안함 때문이었는지는 여전히 알 수 없지만 나는 큰책을 받아들고 뛸 듯이 기뻐했다.

나는 오랫동안 큰책에 눈독을 들이고 있었다. 어머니가 가게를 비우고 없을 때면 오랫동안 큰책을 손으로 쓰다듬어보곤 했다. 푸른 헝

* 소설의 첫번째 문장과 두번째 문장, 그리고 마지막의 두 문장은 김소진의 단편 「고아떤 뺑덕어멈」에서 인용한 것입니다.

겉이 둘러쳐진 모양새도 마음에 들었고, 오래 쓴 듯한 낡은 느낌도 좋았다. 하지만 무엇보다 내가 큰책을 갖고 싶었던 이유는 종이의 질감 때문이었다. 큰책의 종이를 손으로 만지고 있노라면 우주 어딘가에 있는 우둘투둘한 행성의 표면을 쓰다듬는 듯한 기분이 들었다. 때로는 초록색의 보드라운 잔디 표면을 손으로 훑는 듯하기도 했고, 동물의 털을 매만지는 느낌이 들기도 했다. 사랑하는 여자의 얼굴을 어루만지듯 나는 큰책 속의 페이지를 쓰다듬었다.

큰책이 내 것이 된 후부터는 거기에다 일기를 썼다. 어머니가 써놓았던 외상 내역을 다 찢어버리고 나만의 일기장을 만들고 싶었지만 무려 삼사십 쪽에 달하는 종이를 찢어버리고 나면 책 꼴이 형편없어질 게 뻔했기 때문에 큰책의 뒤쪽에서부터 일기를 써내려갔다. 종이를 묶어놓은 방식이 고서(古書)와 비슷했기 때문에 오히려 큰책의 뒤쪽 페이지에서부터 세로쓰기를 하는 게 큰책과 더 어울려 보이기도 했다. 방바닥에 큰책을 펼쳐놓고 일기를 써내려가고 있으면 옛 시대의 문장가가 된 듯한 우쭐한 기분에 마음이 들떴다.

큰책에 대한 사랑은 그리 오래가지 않았다. 한 달쯤은 하루도 빼놓지 않고 일기를 썼지만 조금씩 일기 쓰는 날의 간격이 넓어졌고, 1학년 여름방학 즈음에는 일기는커녕 큰책을 거들떠보는 일도 거의 없어졌다. 중학생 남자아이에겐 일기보다 중요한 일이 발에 채일 정도로 많았다. 큰책은 책상 위 책장에 가지런히 꽂혀 있었지만 그건 이제 외상 장부나 일기장이 아닌 장식품에 불과했다.

고등학교를 졸업하기 전까지는 그래도 가끔 큰책을 들추곤 했다. 시험공부를 하다 머리를 식힐 때나, 멋진 시구(詩句)가 생각나 끼적거릴 종이가 필요할 때면 책장에서 큰책을 빼들었다. 여자친구에게 색다른 연애편지를 쓸 때 큰책의 한 페이지를 찢어낸 적도 여러 번 있었다. 큰책을 펼쳐들면 언제나 첫 장부터 적힌 외상 내역을 눈으로 한번 훑게 마련이었다. 외상 내역에 적힌 이름들은, 이름이라기보다 해독 불가능한 암호에 가까웠다. '깨소금네집, 홀아비 이씨, 감나무집 새아기, 샛골목 끝집 홍씨, 꼬불한 파마머리' 같은 암호가 몇 장에 걸쳐 펼쳐져 있었다. 이름 아래쪽에는 그들이 외상을 한 품목도 적혀 있었는데 그것 역시 암호 같아 보이긴 마찬가지였다. '코올라 패트 2병, 하타이 2개, 코피 한 박스, 보름달 3봉다리' 같은 정체불명의 이름들이 물건의 가격과 함께 삐뚤빼뚤 적혀 있었다. 어떤 품목에는 빨간 줄이 그어져 있었다. 아마도 빨간 줄은 외상값을 갚았다는 표지일 것이다.

고등학교 때에는 그런 일이 많이 줄었지만 중학교 때만 해도 어머니 대신 가게를 보는 날이 많았는데 그럴 때 가장 난감한 것이 외상 장부 기입 요령이었다. 어머니는 큰책을 내게 준 후로는 얇고 날렵한 노트를 외상 장부로 쓰고 있었는데 외상 장부에 적힌 이름은 아무런 순서 기준도 없었고 특별한 정렬 방식도 없었다. 가나다 순서도 아니었고 가까운 집부터 먼 집의 순으로 적어간 것도 아니었다. 어떤 이름 아래쪽에는 외상 항목이 전혀 없는 것으로 보아 물건을 사러 가게에 들른 순서도 아니었다. 어째서 외상을 한 번도 하지 않은 사람의 이름을 외상 장부에 적어둔 것인지 알 길이 없었다.

물건을 사고 '애야, 장부에 그어놓아라' 라고 얘기하는 손님들이 있을 때면, 장부에 무슨 이름으로 등록되어 있으세요, 라고 묻곤 했다. 하지만 손님 역시 장부에서 자신의 이름을 찾기가 쉽지 않았다. 장부를 몇 번 뒤적이다가는 '그럼 그냥 놔둬, 내가 나중에 어머니한테 말씀드릴게' 라는 사람도 있었고, 종이쪽지에다 자신의 이름과 외상 품목을 적어서 내게 건네는 사람도 있었다. 가게를 맡은 나는, 나름의 책임감이 발동해 손님의 인상착의를 꼼꼼하게 관찰한 후 어머니에게 보고했다. 가게로 돌아온 어머니와 나는 손님을 알아맞히는 의례를 치러야 했다.

"키는 좀 작고?"

"네, 얼굴이 좀 가느다랗고 벌렁코였어요."

"목소리가 째지지 않디?"

"그건 모르겠고 절더러 애기야, 라고 불렀어요."

"그러면 언덕배기가 맞네. 그 집 이름이 최옥분이었나부네."

정답을 맞혔는지는 확인할 길이 없었다. 나는 내 임무를 수행했고, 뒷일은 어머니가 알아서 할 것이었다. 고등학교를 졸업한 나는 다른 도시의 대학에 진학하게 됐고 큰책을 뒤적일 일도 없게 됐다. 대학의 자취방에 큰책을 가져갈까 싶은 생각이 잠깐 들기도 했지만 내 몸 하나 겨우 뉠 수 있는 작은 방에 큰책은 아무래도 무리였다. 자취방에 엎드려 책을 읽거나 리포트를 쓸 때 큰책의 모습이 가끔 눈앞으로 어른거릴 때도 있었지만 그럴 때마다 나는 나도 모르게 도리질을 치고 있었다. '큰책을 여기다 펼쳐놓으면 아마 방바닥의 반은 차지할 거야.' 머릿속에서는 큰책이 내 자취방을 뒤덮는 장면이 그려졌다. 물론 팔절지의 두 배보다는 큰 방이었지만 내 머릿속의 큰책은 그 정도로 어마어마한 부피였던 것이다.

어머니가 사라진 것은 대학 4학년 때였다. 자취방 바닥에 온갖 자료들을 흩뜨려놓고 졸업논문을 쓰고 있을 때 아버지에게서 전화가 걸려왔다. 아버지의 말은 간단했다. 어머니가 사라졌으니 빨리 내려와봐야겠다는 얘기였다. 무언가 더 묻고 싶었지만 무언가 묻고 있을 만큼 내 마음이 차분하지 않았고, 무언가 질문을 던져서 아버지와의 전화통화를 길게 하고 싶지도 않았다. 나는 방바닥에 어지럽혀진 종이들을 십분에 걸쳐 차곡차곡 정리한 다음 자취방을 나섰다.

나는 기차를 타고 집으로 향하면서 어머니가 사라진 것은 분명 아버지 때문일 것이라고 생각했다. 지금껏 어머니와 관련된 비극의 밑바닥에는 언제나 아버지가 있었다. 어머니가 구멍가게를 차릴 수밖에 없었던 것도, 사람들 눈에는 잘 띄지 않지만 왼쪽 다리를 절게 된 것도, 한글을 제대로 읽고 쓸 수 없게 된 것도 모두 아버지 때문이었듯 지금 어디론가 사라진 것도 아버지 때문일 것이라고 생각했다. 기차 안에 있던 두 시간 동안 아버지와 어머니를 줄곧 생각했더니 기차에서 내릴 즈음에는 내 분노의 한계가 비등점까지 치밀어올라 있었다. 이대로라면 집에 도착하자마자 아버지의 얼굴을 주먹으로 한 대 후려갈길지도 모르겠다는 생각이 들었다.

닫혀 있는 가게 옆문을 통해 안채로 들어섰을 때의 그 적막한 공기는 아직까지 잊혀지지 않는다. 누군가가 거대한 철판으로 집 주위를 힘껏 내리누르는 게 아닐까 싶을 정도로 공기의 밀도가 높았다. 너무 비좁아서 숨쉴 틈이 없었다. 헤집고 들어갈 틈이 없었다. 나는 마당에서 담배를 한 대 피웠다.

"너 왔구나? 왜 안 들어오고?"

등뒤에서 누나의 목소리가 들렸다. 나는 담배를 비벼 껐다.

"많이 놀랐지?"

누나와 나는 언덕 아래의 버스 종점을 내려다보았다. 좁은 집의 구석구석을 끔찍하게 싫어했지만 언덕 아래로 내려다보이는 풍경만큼은 예외였다. 버스 종점의 풍경을 보고 있으면 시간이 느껴지질 않았다. 새로운 버스가 들어오고, 또 다른 버스가 출발하는 모습은 내 마음에 최면을 걸었다. 그래, 아무 생각 하지 말고 버스들이 움직이는 모습을 자세히 내려다봐, 거기에 대답이 들어 있어. 그런 목소리가 들렸다. 낮은 담에 팔을 기대고 버스를 관찰하고 있으면 가끔 어떤 대답이 들리는 것처럼 느껴지기도 했다.

"어머닌 어디로 가버리신 걸까?"

버스 종점에서 눈을 떼지 않은 채 누나가 중얼거렸다.

"어떻게 된 거야? 언제 사라지신 건데?"

나 역시 버스 종점에서 눈을 떼지 않았다.

"아버지 얘기론 그저께 아침에 잠깐 어딜 다녀오겠다고 하셨대. 그러곤 연락이 없으셔. 사고 같은 걸 당한 건 아니겠지? 불안해."

"경찰엔?"

"연락했지. 아직 사고 접수된 건 없대. 실종신고는 했고, 아까 경찰이 와서 이것저것 물어보고 갔어. 아무 일 없겠지? 그렇겠지?"

누나가 나를 돌아보았지만 나는 버스 종점에서 눈을 떼지 않았다. 해줄 말이 없었다. 버스 종점에 대답이 들어 있기라도 한 것처럼 나는 움직이는 버스들의 진행 방향과 주차돼 있는 버스들의 간격을 유심히 바라보았다.

"넌 어때? 졸업이 얼마 안 남았지? 직장은 알아보고 있어?"

"졸업은 해서 뭐 해, 젠장. 누나는 어때?"

"난 뭐 그냥 똑같지. 가정주부가 별일 있고 말고 할 게 있나."

문이 열리고 아버지가 방에서 나왔다. 아버지를 만나면 주먹으로 한 대 후려갈겨주고 싶었지만 막상 얼굴을 보니 아무런 감정도 생기지 않았다.

"왔구나. 나는 경찰서에 좀 다녀오마."

목소리에 힘이 없었다. 어머니가 사라진 이유가 아버지 당신 때문이라고 생각하고 있는 듯한 눈치였다. 아버지의 힘없는 목소리가 기뻤다. 그렇게라도 고통을 받아야 한다고 생각했다. 혹시 어머니는 아버지에게 고통을 주기 위해 사라진 것은 아닐까. 그렇다면, 누나와 내게는 너무 잔인한 일이다. 누나가 방에 들어간 후 나는 다시 담배를 꺼내 물었다.

그날 저녁에야 큰책이 사라졌다는 사실을 알았다. 그렇게 커다란 책이 사라졌는데 어떻게 모를 수 있었을까. 그렇게 생각하고 보니 방의 커다란 부분이 사라져버린 것 같은 느낌이 들기도 했다. 내 방은 어던지 모르게 허전해 보였고 생기가 없어 보였다. 내 방이라고 해봤자 자취방보다 조금 넓은 크기였지만 전에는 이처럼 휑한 느낌이 없었다. 큰책이 사라지고 나자 세상이 조금 달라 보였다.

"누나, 혹시 여기 꽂혀 있던 큰책 치웠어?"

"큰책? 나 그거 본 지 십 년은 넘은 거 같다."

"그럼 아버지가 치웠나?"

"나야 모르지."

내 방의 구석구석과 안방의 구석구석과 가게의 구석구석까지 뒤져 보았지만 큰책은 보이지 않았다. 잊고 있었던 사진과 바닥에 떨어진 천 원짜리 한 장을 발견했지만 큰책은 없었다. 나는 사라진 어머니를 찾는 심정으로 큰책을 찾았다. 어쩌면 어머니를 찾는 것보다 더 절실한 마음으로 큰책을 찾았던 것 같기도 하다. 큰책을 찾기만 하면 모든 게 해결될 것처럼, 어머니가 큰책의 갈피에 꽂힌 채 사라지기라도 한 것처럼 내 마음은 절실했다.

아버지는 밤 열시가 되어서야 돌아왔다. 시간이 3배속으로 흐르는 비밀통로를 간신히 통과한 사람처럼, 아버지는 몇 시간 만에 부쩍 늙은 것 같았다. 그래도 나는 기뻤다. 그렇게 얼른 늙어서 어머니에게 빚진 걸 갚았으면 싶은 마음이 컸다.

"아직 아무런 성과가 없다더구나. 일단 기다려보자."

신발을 벗으며 아버지가 말했다.

"아버지, 혹시 큰책 봤어요?"

"큰책은 이제 네 거 아니냐."

"그러니까요. 혹시 큰책 안 가져갔어요?"

"나는 만진 적이 없는데……"

나도 모르는 사이, 내가 큰책을 자취방에 가져갔던가. 누굴 주었던가. 비밀스러운 장소에 숨겨두었던가. 하지만 내 기억 속의 큰책은 언제나 책장에 꽂혀 있었다. 그렇다면 어머니가 큰책을 가져갔다고 생각할 수밖에 없었다.

"아무래도 어머니가 큰책을 들고 간 것 같아."

방바닥에 누워 있던 누나가 몸을 일으켰다.

"엄마가 그걸 왜?"

"몰라. 아무리 찾아봐도 큰책이 없어."

"네가 어디 잘못 뒀겠지. 엄마가 그걸 왜 들고 갔겠어. 그렇게 무거운 걸."

"나도 이유는 모르겠지만 어머니밖에는 큰책을 만질 사람이 없잖아."

누나에게 이야기를 하면서도 내 눈은 계속 큰책을 찾고 있었다. 큰책이 사라진 것과 어머니가 사라진 이유가 연결되어 있지 않기를, 나는 바라고 있었다. 만약 두 가지 일이 연결되어 있다면, 아무리 생각해봐도, 좋은 징조는 아니었다.

"큰책에 뭐가 있는데?"

"어머니가 적어두었던 외상 내역이랑 내 일기, 뭐 그런 거……"

"그럼 어머니가 어딘가 먼길을 떠나면서 네 일기가 너무너무 소중해서 들고 간 거란 말야? 아니면 외상값 받으러 나가셨다가 이틀째 들어오지 않는 거란 말야?"

"내가 그걸 어떻게 알아. 아무튼 어머니가 사라졌고, 큰책 역시 보이지 않는다는 얘길 하는 거잖아."

"그리고 큰책이 사라진 게 그저께라고 생각할 수도 없어. 네가 이 집에 붙어사는 것도 아니고…… 큰책이 사라진 건 한 달 전일 수도 있고 두 달 전일 수도 있어."

누나의 말이 맞았지만 내 머릿속에는 두 가지 사라짐이 세상의 그 어느 고리보다 단단하게 연결돼 있었다. 만약 큰책이 어머니보다 먼저 사라진 것이라면, 분명 어머니가 내게 연락을 해주었을 것이다. 나와 어떤 상의도 없이 큰책을 사라지게 한다는 것은, 아무리 생각해도 있을 수 없는 일이었다. 나는 어머니와 마지막으로 통화했던 일주일 전을 떠올렸다. 아무 일도 없었다. 고요할 정도로 아무 일도 없었다. 너무 고요한 통화여서 정확히 어떤 말을 주고받았는지도 기억나지 않았다. '별일 없죠?' 로 시작해서 '안녕히 계세요' 로 끝나는 무덤덤한 통화였다. 어머니와의 통화 속에서 어떤 단서를 찾아보려고 했지만 그 속은 막 정리를 끝낸 씨름판의 모래들처럼 가지런하고 빈틈이 없었다. 작은 돌멩이 하나 보이지 않았다.

다음날 첫번째 목격자가 나타났다. 목격자 아주머니의 설명에 따르면 어머니는 그날 오후 넋이 나간 사람처럼 동네 골목을 걸어가고 있었다고 한다. 경찰은 아주머니의 말을 꼼꼼하게 받아 적었다.

"혹시 큰책을 들고 있지 않았어요? 겉에는 파란색 헝겊이 둘러쳐져 있는데……"

나는 큰책의 크기를 양손으로 어림짐작해 보였다.

"큰책이라…… 아 그러고 보니 왼쪽 옆구리에다 뭘 끼고 있긴 했지. 그게 책이었나? 너무 후닥닥 지나가는 바람에 인사도 못했으니 그런 걸 자세히 기억할 수가 있나. 책이라면 책일 수도 있겠네. 크기도 비슷한 것 같고……"

경찰은 메모를 하지 않을 때면 볼펜으로 수첩을 톡톡 두드렸다. 위압적으로 보이기도 했고 안달을 부리는 것처럼 보이기도 했다. 경찰의 시선이 이번엔 아버지에게 향했다.

"뭘 들고 나가셨는지 기억하시겠어요? 그렇게 커다란 책을 들고 나갔으면 기억이 나실 텐데."

"과일 상자를 정리하고 있을 때라서…… 죄송합니다."

죄송합니다, 라는 아버지의 대답은 모두를 향한 것처럼 들렸다. 목격자 아주머니와 나와 누나와 경찰 모두에게 죄송하다는 듯한 말투였다.

목격자 아주머니의 대답에서 알아낸 사실은 많지 않았다. 어머니가 골목 끝을 향해 어디론가 서둘러 갔다는 것. 큰책이라 짐작되는 무언가를 옆구리에 끼고 있었다는 것. 그뿐이었다. 어디로 갔는지는 여전히 알 길이 없었다. 골목 끝을 지나면 언덕길이 이어지고 언덕길을 지나면 비탈이 심한 내리막길이 나오고 그 길을 지나 아래로 내려서면 큰길이 펼쳐진다. 큰길을 통해서라면 어디로든 갈 수 있다. 지구 끝까지라도 갈 수 있다.

큰책에 대한 이야기를 늘어놓았지만 경찰은 그다지 관심을 보이지 않았다. 어머니가 들고 간 것이 큰책이라고 단정하기도 힘드니 어찌 보면 당연한 반응이었다. 하지만 내 확신은 굳어졌다. 어머니는 분명 큰책을 들고 간 것이다. 왜일까? 대답은 알 수 없었다. 경찰은 어머니가 사라진 골목 끝으로 가서는 몇 집에 들어가 소식을 탐문했지만 역시 성과는 없었다. '좀더 기다려볼 수밖에 없네요.' 경찰은 그 말만 남기고 돌아갔다.

"큰책에 분명 뭔가가 있어."

텔레비전을 보던 누나가 고개를 돌렸다. 나는 화가 나 있었다. 어째서 아무도 큰책에 관심을 가지지 않는 것일까. 아무런 단서도 없는 상황에서 왜 큰책에 주목하지 않는 것일까. 하지만 누나의 한쪽 귀는 여전히 텔레비전을 향하고 있었다.

"뭔가가 있다니까."

내가 고함을 지르자 누나의 두 귀가 온전히 내게로 향했다.

"도대체 뭐가 있다는 거야?"

"어머니는 큰책 때문에 집을 나가신 거야."

"말도 안 되는 소리 좀 그만 해."

"큰책 속에 뭔가 단서가 있을 거야. 젠장, 큰책이 없으니 확인할 길도 없고. 누나는 어머니가 사라졌는데 텔레비전이나 보고 있을 거야?"

"내가 뭔가 할 일이 있으면 알려줘. 나도 집구석 엉망으로 팽개쳐놓고 여기서 텔레비전이나 보고 있는 내가 너무 싫으니까."

나는 마당으로 나가 담배를 물었다. 헤드라이트를 환하게 밝힌 버스들이 종점의 어둠 사이로 부드럽게 들어오고 있었다. 버스가 아니라 동물 같았다. 두 눈에서 뿜어져나오는 빛들의 얽힘이 장관이었다. 불빛들이 겹치고 흩어지는 모습은 불규칙적이고 종잡을 수 없었지만 그 모든 움직임을 장악하는 누군가가 있는 듯했다. 종점의 풍경을 수없이 내려다보았지만 전에는 느끼지 못했던 움직임이었다. 눈에 보이는 길 외에, 또 다른 길이 있는 것은 아닐까.

나는 눈을 감고 큰책의 페이지를 떠올려보았다. 허공 속에다 사각형의 큰책을 그리고 첫 페이지를 넘겼다. 이름과 숫자들이 빼곡하게 적혀 있었다. 그 이름들을 기억해내기 위해 나는 눈을 더 깊게 감았다. 너무 멀어서 이름들이 보이지 않았다. 조금만 더 가까이 다가갈 수 있다면 그 이름들이 보일 것 같았다. 이름이 문제가 아니다. 이름과 이름, 숫자와 숫자 사이에 내가 몰랐던 무언가가 있을 것이다. 보지 못하고 지나친 무언가가 있을 것이다. 하지만 더 가까이 다가갈 수는 없었다. 어른거릴 뿐이었다. 빵, 하는 소리에 눈을 떴다. 버스의 경적이었다.

"잠깐만 들어와볼래?"

미닫이를 열고 고개만 내민 채 누나가 나를 불렀다. 텔레비전은 꺼져 있었고 누나의 손에는 작은 노트 하나가 들려 있었다.

"그게 뭐야?"

"외상 장부."

"그건 왜?"

"큰책에 뭔가 있을 것 같다고 그랬지? 그럼 이게 도움이 될지도 모르겠다."

"그건 외상 장부잖아?"

"엄마가 시켜서 내가 여기에다 큰책의 외상 내역을 옮겨 적었거든. 사실 제대로 기억은 나지 않아. 뭘 어떻게 옮겨 적었는지, 제대로 옮겨 적었는지, 빼먹은 게 없는지 잘 모르겠지만 그래도 하루 종일 꼼꼼하게 옮겼던 기억이 나."

"그걸 왜 이제야 얘기해?"

"나도 까맣게 잊고 있었어. 고등학교 2학년 때였나? 엄마가 이걸 시키는데 내가 짜증을 좀 냈지. 공부도 해야 되는데 뭘 이런 걸 시켜, 그러면서 말야. 그런데 어디까지가 큰책에서 옮겨 적은 건지 모르겠어."

"앞쪽만 보면 되지 않을까? 큰책을 오랫동안 쓴 건 아니니까."

누나와 나는 외상 장부에 적힌 이름과 숫자를 살펴봤다. 대부분의 이름과 숫자에 빨간 줄이 그어져 있었다. 빨간 줄이 그어져 있지 않은 이름은 겨우 열 개 정도였다.

"이 사람들을 찾아가볼까?"

"설마 엄마가 외상값 받으러 갔다가 돌아오지 않은 거라고 생각하는 거야?"

"내 생각엔 그래. 그리고 지금은 우리가 할 수 있는 일이 없잖아."

"맘대로 해라."

누나와 나는 각자 다섯 명의 이름을 들고 골목길로 나섰다. 몇 년 만에 걸어보는 골목길이었다. 벽의 질감, 바닥의 흔적, 가로등의 높이, 나무의 그늘, 대문의 색깔, 바람의 흐름, 소리의 굴곡이 모두 다시 느껴졌다. 골목에 얽힌 추억 같은 건 전혀 없었는데, 그 모든 기억들이, 다시 생각해보니 추억이었다. 어머니와 함께 골목길을 걸어본 적이 있었던가. 기억나지 않았다. 이제 다 컸네, 혼자 골목길을 누비면서 어미가 받아내지 못한 외상값 받아낼 생각을 다 하고…… 어둠속에서 어머니의 목소리가 들리는 것 같았다.

첫번째로 만난 사람은 '파란대문 새댁'이었다. 파란대문은 전혀 변하지 않았지만 새댁은 이미 새댁이 아니었다. 파란대문 새댁은 외상값을 전혀 기억하지 못하고 있었다.

"그래? 그런 건 예전에 갚았겠지. 그게 몇 년 전 일인데. 그래서 너 지금 외상값을 받으러 온 거니?"

"아뇨. 혹시 어머니가 오시지 않았나 여쭤보려구요."

"어머니 일은 안됐다. 여기 오셨다면 내가 벌써 얘길 해줬지."

두번째와 세번째 집 역시 마찬가지였다. 네번째와 다섯번째 집은 이사를 간 후였다. 어디로 이사를 갔는지 알아내볼까 싶기도 했지만 무모한 일이라는 생각이 들었다. 누나의 탐문수사 역시 결과가 없긴 마찬가지였다. 어머니를 본 사람은 아무도 없었다.

"아휴 창피해. 나만 바보 됐잖아, 이 바보야. 육칠 년 전 외상값 받으러 다니는 내 꼴이 이게 뭐니?"

"그래도 뭔가 해보긴 했잖아."

"그래, 뭔가 해보긴 했으니 참 다행이겠다."

그날 밤 어머니의 외상 장부를 이리저리 뒤져보다가 이상한 숫자를 발견했다. 사람의 이름은 없고 숫자만 가득 적혀 있는 페이지가 있었다.

"잘 기억이 안 나는데…… 어머니가 외상값을 더해놓은 게 아닐까?"

"숫자가 이상하잖아. 163, 192, 913, 243, 1…… 더한 것도 아니고, 뺀 것도 아니고, 합산도 없어. 그리고 1은 뭐야. 163이 1630원이라고 치면 10원도 외상을 하나?"

"좀 이상하긴 하네. 난 왜 그런 걸 베껴 쓰면서도 이상하다는 걸 몰랐을까?"

"생각이 없잖아."

"내가?"

"생각이 없어 보였어. 고등학교 땐 확실히."

"그러는 넌 깊기도 하다."

"누나보단 나았지."

"생각이 깊으셔서 어머니가 외상값 받으려고 집 나갔다는 생각을 다 해냈네."

"그런 생각이라도 하는 게 어디야?"

"그래, 난 생각이 없어서, 바보 같은 네 생각을 믿어줬지."

나는 담배를 물고 밖으로 나갔다. "또 생각하시게? 뭐라도 제대로 된 생각을 좀 해봐라. 담뱃값 아깝지 않게……" 누나의 목소리가 나를 따라나섰지만 나는 소리 나게 문을 닫아버렸다.

버스 종점은 어둠속에 숨어 있었다. 거대한 동물들이 숨소리도 내지 않고 잠들어 있었다. 줄을 맞춰서, 흐트러짐 없이 가만히 엎드려 있었다. 나는 언덕 아래의 버스 종점을 향해 담배연기를 내뿜었다. 연기는 종점까지 다다르지 못하고 언덕 곳곳으로 흩어졌다. 집과 버스 종점 사이의 언덕에는 아카시아 나무가 듬성듬성 자라 있었다. 아무도 돌보지 않는 언덕이었다. 어렸을 때 그 언덕에다 무수히 많은 것들을 집어던졌다. 어머니 몰래 가게의 음료수를 마시고 빈병을 언덕에다 버리기도 했고, 수많은 담배꽁초를 버렸고, 성적표를 버리기도 했으며, 헤어지자는 여자 친구의 편지를 찢어서 버리기도 했다. 그 많은 것들이 아직도 그곳에 쌓여 있을지 모르겠다. 아무도 돌보지 않는 언덕이니, 어쩌면 그럴지도 모르겠다. 언덕 곳곳을 탐색해보면 내가 그토록 버리고 싶었던 것들을 다시 찾아올 수 있을지도 모른다.

그때 버스 한 대가 헤드라이트를 켜고 종점으로 들어왔다. 마지막 심야버스였다. 심야버스의 번호를 보는 순간 머릿속으로 수많은 숫자들이 지나갔다. 마지막 심야버스가 헤드라이트로 비추는 곳곳에 어머니가 큰책에 적어놓았던 숫자가 눈에 띄었다. 마지막 심야버스는 913을 비췄고, 163을 비췄고, 243을 비췄다. 그리고 1번도 보였다. 나는 담배를 끄고 방으로 들어갔다.

"누나, 버스 번호였어."

"뭐가?"

"아까 그 숫자 말야. 버스번호라고. 913, 163, 243, 1."

"그런 거 같네. 그래서 그게 뭐?"

"어머니가 큰책에다 버스 번호를 적어놓은 게 이상하잖아."

나는 외상 장부를 펼치고 우리가 보지 않았던 뒤쪽 페이지를 보았다. 숫자들의 순서는 달랐지만 비슷한 간격으로 버스 번호가 적힌 페이지가 나타났다. 숫자가 적힌 페이지 사이의 간격은 4쪽 정도, 일주일 간격이었다. 어머니는 왜 일주일에 한 번 외상 장부에다 버스 번호를 적었을까. 버스 번호의 의미는 무엇일까. 어째서 일주일일까. 버스 번호의 순서에 어떤 의미가 있는 것일까. 그 번호를 왜 큰책에다 적은 것일까. 머릿속이 흔들렸다. 누구에게도 물어볼 수 없는 일이었다. 어머니 외에 그 비밀을 알 만한 사람이 없었다.

밤새 비밀의 의미를 생각했지만 아무것도 짐작할 수 없었다. 다음날 아침이 되었을 때는 온갖 물음표들이 저희들끼리 고리로 묶인 채 단단하게 머릿속을 지배하고 있었다. 아버지에게는 말을 걸고 싶지 않았지만 달리 물어볼 곳이 없었다. 아버지는 일찍 일어나 어딘가와 통화를 하고 있었다. 아마 어머니의 행방을 묻는 누군가의 전화이거나 아버지가 누군가에게 전화를 걸어 어머니의 행방을 묻는 통화였을 것이다. 아버지가 수화기를 내려놓자마자 물었다.

"혹시 어머니가 일주일에 한 번씩 어딜 간 적이 있었어요?"

"어딜?"

"몰라요. 어디든요."

"글쎄다."

"잘 생각해보세요."

"무슨 일인데 그러냐?"

"저도 잘 모르겠어요. 어딜 간 적이 있어요?"

"일주일에 한 번인지, 두 번인지는 모르겠지만 도나스를 납품하러 나갔지. 밖으로 나간 건 그게 전부일 거다. 왜 그러냐?"

"어디로 납품하는데요?"

"요 아래 종점인데 무슨……"

나는 아버지의 말을 다 듣지도 않고 집을 나왔다. 내 오른손에는 외상 장부가 들려 있었다. 언덕을 뛰어내려가면 간단히 종점에 도착할 수 있겠지만 종점에는 굵직한 철사로 만든 울타리가 있기 때문에 다른 길로 돌아갈 수밖에 없었다. 나는 빠른 속도로 걸었다. 걷고 있는 내 심장이 필요 이상으로 빨리 뛰었다. 무언가 드러날 것 같은 불안함, 내가 모르는 게 숨어 있을 것 같은 두려움, 아무것도 아닐지 모른다는 떨림이 뒤죽박죽으로 뒤섞여 심장을 빨리 움직이게 하고 있었다. 나는 숨을 고르고 버스 종점으로 향했다. 시간이 지날수록 발걸음이 느려졌다. 등뒤에 있는 커다란 힘이 나를 잡아당기고 있었다.

종점에 도착했을 때는 다리가 후들대었다. 다리의 힘이 약해서인지 너무 긴장해서인지 알 수 없었다. 나는 버스 종점의 사무실로 들어갔다. 사무실에서는 야릇한 냄새가 났다. 한 가지 냄새가 아니었다. 성격과 식성이 다른 열 명 정도의 사람이 매일 점심마다 제각각 다른 메뉴를 먹고, 한 번도 환기를 하지 않은 채 일주일을 지내면 이런 냄새가 나지 않을까 싶었다. 아마 어머니가 납품했던 '도나스'의 냄새도 어딘가에 숨어 있었을 것이다. 그리고 그 모든 냄새의 밑바닥에는 기름 냄새가 깔려 있었다.

"무슨 일로 왔어요?"

문 앞에 앉아 있던 여직원은 냄새 때문인지 목소리가 신경질적이었다. 그런 곳에서 근무해야 한다면 나라도 신경질을 낼 수밖에 없을 것 같았다. 내가 용건을 얘기하자 여직원은 자신의 담당이 아니라며 강과장에게 물어보라고 했다. 강과장은 자리에 없었다. 냄새를 참지 못하고 자리를 비운 것이라고 생각했다. 나는 소파에 앉아 강과장을 기다렸다. 냄새를 참는 게 힘들었지만 십 분쯤 지나자 그럭저럭 견딜 만했다.

"저기 오시네요."

창밖으로 머리가 반쯤 벗겨진 남자의 얼굴이 보였다. 나는 소파에서 일어났다. 사무실로 들어온 강과장은 여직원과 뭔가 얘기를 나누었다. 나에 대해서도 얘기를 하는 눈치였다.

"학생, 뭐 물어볼 게 있으면 따라와. 내가 나가봐야 하거든."

나는 강과장을 따라나섰다. 사방에서 들리는 엔진 소리 때문에 제대로 된 대화를 나눌 수 있을지 걱정이었다. 강과장은 버스와 버스 사이의 골목길을 헤집고 다녔다. 그는 걸으면서 오른발로 버스 바퀴를 툭툭 차댔다. 앞장서서 가던 그는 왼쪽으로 고개를 조금 돌리며 내게 물었다.

"뭘 물어보고 싶다고 했지?"

"저희 어머니요."

"어머니가 누군데?"

"여기 사무실에 도나스 납품하시는……"

"그래, 알지. 그런데 무슨 일이 있나?"

"어머니가 사라지셨어요."

강과장은 말없이 버스 사이로 걸어갔다. 그는 지나는 길에 누군가와 얘기를 나눴다. 그는 버스 안으로 올라갔다 내려왔다. 그는 바퀴를 계속 차댔다. 그는 야외에 있는 칠판에다 뭐라고 적었다. 그는 전화기로 누군가에게 얘기를 했다. 나는 그 옆에 바싹 붙어 있었다. 그가 혼자 중얼거리는 소리라도 놓치지 않으려는 듯 귓속의 안테나를 꺼내 그의 방향으로 돌려놓았다.

"지금이 제일 바쁜 시간이거든. 이제 좀 앉아서 얘기할 수 있겠다."

강과장은 유난히 한산한 버스 정류장 앞 의자에 앉았다. 나도 그 옆에 앉았다. 다른 정류장에는 사람이 많았지만 그곳에는 단 한 명의 승객도 보이지 않았다.

"이 정류장 첫차는 오후에야 출발하거든. 어머니가 사라지셨다고?"

나는 설명했다. 어머니와 사라진 날의 목격자와 큰책과 외상 장부와 버스 번호에 대해서 얘기했다. 강과장은 별 대꾸 없이 내 말을 묵묵히 들어주었다. 가끔 고개만 주억거릴 뿐이었다.

외상 장부에 대해 얘기할 때는 직접 페이지를 열어 버스 번호를 보여주었다.

"여기 나오는 번호들은 확실히 우리 회사 버스들이군."

그가 인정을 해주자 마음이 한결 가벼웠다.

"그러면 여기 나오는 버스 번호들의 순서에 무슨 의미가 있나요?"

그는 외상 장부를 보았다. 버스 번호가 적힌 페이지들을 앞뒤로 비교하면서 오랫동안 장부를 들여다보았다.

"그냥 버스가 종점으로 들어온 순서이거나 나간 순서인 것 같은데, 그런 걸 뭐 하러 적어두셨을까?"

"혹시 최근에 어머니한테 이상한 점은 없었어요?"

"잠깐만 기다려봐라. 청소하는 정씨가 알지도 모르겠구나."

강과장은 누군가를 불렀다. 정씨라는 사람은, 강과장이 정씨라고 불러도 괜찮은 것인가 싶을 정도로 나이가 많은 할아버지였다. 아니면 어떤 일 때문에 갑자기 세 배 속도로 외모가 변질된 것인지도 몰랐다.

어머니를 분실한 아버지의 시간처럼 말이다. 강과장은 정씨에게 어머니에 대해 설명했고, 정씨는 고개를 끄덕였다.

"여기에 많이 앉아 있었습니다."

정씨가 들고 있던 빗자루로 의자를 가리키며 말했다.

"어머니가 여기에 앉아서 뭘 하셨어요?"

"버스를 봤습니다."

"그냥 버스만 보고 있었어요? 아니면 뭘 적었어요? 다른 행동은 안 했어요?"

"버스를 봤고, 도나스도 먹었습니다."

정씨는 약간 정신이 없는 사람이었다. 머리에 쓰고 있는 낡은 모자와 이마 사이로 땀방울이 맺힌 게 보였다. 강과장이 정씨의 손목을 붙들고 물었다.

"혹시 요 며칠 사이에 도나스 아줌마 본 적 있어요? 잘 한번 생각해 봐요."

정씨는 손바닥으로 이마를 닦았다. 모자가 벗겨질 뻔했다. 모자를 다시 눌러 썼다. 뭔가를 다짐하는 듯한 행동이었다.

"도나스 아줌마는 238번 버스를 타고 간 것 같습니다."

"그게 며칠 전이에요?"

내가 물었다.

"삼 일이나 사 일 전인 것 같습니다."

정씨는 나에게도 꼬박꼬박 존댓말을 썼다. 반드시 존댓말을 써야 하는 곳에서 혹독한 고문을 받은 듯했다.

"그런데 타고 간 것 같은 건 뭐예요? 버스 번호를 잘 못 봤어요?"

강과장이 다그치듯 물었다. 정씨는 강과장을 두려워하는 듯한 눈치였다.

"버스 번호가 붙어 있지 않았습니다. 번호는 없었지만 238번 버스

였습니다."

"번호가 없었는데 238번이라는 건 어떻게 아셨어요?"

나는 정씨의 말을 이해할 수 없었다. 정씨는 계속 이마의 땀을 닦아내고 있었다. 연신 땀을 흘리는 것으로 봐서 뭔가 거짓말을 하는 게 아닌가 싶은 생각이 들기도 했지만 거짓말을 할 이유가 없었다.

"정씨, 틀림없어요?"

"확실합니다. 238번입니다."

강과장은 정씨를 돌려보냈다. 그리고 무언가 골똘하게 생각했다. 도대체 무슨 생각을 하고 있는지 궁금했지만 질문을 할 수가 없었다.

"아주 가끔 이런 일이 생긴단다."

강과장은 체념한 듯한 표정으로 내게 말했다.

"이런 일이라는 게 뭐죠?"

"믿지 못하겠지만 말이다, 너도 버스회사에서 일을 해보면 알겠지만 가끔 무방향 버스라는 게 생겨날 때가 있어. 똑같은 노선을 계속 반복하던 버스가 어느 날 감쪽같이 사라지는 거야."

"무방향 버스요?"

"정식 이름은 아니고 이쪽 바닥에서 부르는 이름이지."

"누가 버스를 훔쳐가는 건가요?"

"글쎄, 도난이라고 보긴 어렵겠지. 이건 말야, 누가 그걸 사라지게 했냐가 중요한 것이 아니라 어떤 버스가 사라졌냐가 중요한 문제야."

"그게 238번이라서 문제가 되는 건가요?"

"저기 버스를 자세히 봐라. 158번이 보이지? 너는 저 번호를 보고 158번이란 걸 알겠지만 우리는 번호를 보지 않고도 알 수 있어. 버스의 모습만 멀리서 봐도 아 저건 158번, 저건 238번, 다 알 수 있지. 오랫동안 일을 하다보면 저절로 체득하게 되는 거야."

"번호를 보지 않고 어떻게 알 수 있죠?"

"한 대의 버스는 매일 똑같은 길을 지나게 되어 있어. 똑같은 건물을 지나고, 똑같은 다리를 지나고, 똑같은 비포장도로를 지나고, 똑같은 사람들을 만나지. 그렇게 매일 똑같은 일이 반복되면 버스에는 어떤 '정형'이 만들어지고, 버스의 생김새 역시 일정한 방식으로 변모하게 되는 거다. 사람이 환경에 의해 변해가듯 버스 역시 마찬가지란다. 먼지가 많은 도로를 지나는 버스는 먼지의 틀 같은 것이 곳곳에 스며들 수밖에 없지 않겠니. 그런 일들이 오랫동안 지속되면 버스 역시 나름대로 지치는 거다."

"그럼 238번은 어떤 버스인데요?"

"십 년 동안 한 번도 길이 바뀌지 않은 버스야. 가끔씩이라도 노선이 바뀌는 버스들은 그나마 무방향 버스가 될 확률이 아주 낮지. 하지만 238번 같은 경우는 말야, 새로운 길도 생기지 않았고 별다른 변화가 없었기 때문에 많이 힘들었을 게다. 무방향 버스가 될 만하지."

농담을 하고 있나 싶어 강과장의 옆얼굴을 자세히 들여다보았지만 그의 얼굴은 진지했다. 그는 셔츠 주머니에서 담배를 꺼내 물었다. 나에게도 담배를 권했다. 담배 향이 진했다.

"너희 어머니는 아마 무방향 버스의 존재를 알고 있었던 모양이다. 그렇게 무방향 버스를 타고 사라지는 사람들이 가끔 있어. 하지만 무방향 버스를 알아차리는 건 쉽지 않은 일이야. 오랫동안 지켜보지 않으면 안 되거든."

"무방향 버스를 타고 어디로 사라지는 거죠?"

"거참, 그걸 내가 어떻게 알겠니. 나도 타본 적이 없는데."

나는 종점에 늘어서 있는 버스를 바라보았다. 아무런 표정이 없었다. 저 버스들 사이에서 어떻게 무방향 버스를 찾아낼 수 있단 말일까.

"내가 도울 수 있는 일이 없겠구나. 그냥 기다려봐라."

"경찰에게 그 말을 해주시면 도움이 될 거예요."

"도움이 될 거라고? 바보 같은 소리 마라. 누가 이런 말을 믿겠니? 네가 무방향 버스의 존재를 믿은 건 어머니를 찾고 싶은 마음이 간절하기 때문이야. 지나가는 사람에게 그런 말을 했다간 아마 미친놈으로 오해받을 거다."

강과장의 말이 맞았다. 나는 집으로 돌아와서 누구에게도 그 말을 하지 못했다. 아버지에게도, 누나에게도 아무 말을 할 수 없었다. 무방향 버스라는 게 있대요, 라고 얘길 꺼냈다면 아버지와 누나는 아마도 나를 병원에 입원시켰을 것이다.

어머니는 끝내 돌아오지 않았다. 나는 대학을 졸업하고 잡지사에 취직을 했다. 누나는 여전히 가정주부로 잘 살고 있으며 아버지는 어머니 대신 구멍가게를 꾸려가고 있다. 어머니가 사라졌지만 아무것도 변하는 게 없었다. 아버지는 신문에 실종자 광고를 내면서 어머니를 찾으려는 노력을 계속했지만 나는 더이상 아무런 일도 하지 않았다. 무방향 버스를 타고 간 거니까, 라고 혼자 생각하면 그건 나름대로 잘된 일인지도 모르겠다는 생각이 들기도 했다. 회사에 출근하기 위해 버스를 기다리고 있을 때 가끔 어머니 생각이 나곤 한다. 그리고 혹시 이 버스는 무방향 버스가 아닐까 생각한다. 버스 번호가 제대로 달려 있으니 무방향 버스일 리 없지만 그런 생각이 들 때가 있다. 버스를 유심히 관찰하는 버릇도 생겼다. 강과장의 말처럼 버스에는 각각 다른 표정이 있었다. 그걸 표정이라고 말하기에는 뭔가 이상하지만 모든 버스는 조금씩 달랐다. 나 역시 오랫동안 버스를 관찰하고 있으면 무방향 버스를 감별해내는 능력이 생길는지도 모른다.

버스에 타면 맨 뒷좌석에 혼자 앉아 큰책에다 뭔가를 적고 있는 어머니를 상상하곤 했다. 버스 안에는 어머니와 나뿐이다. 운전사도 보이지 않는다. 어디로도 향하지 않는 버스를 함께 타고, 어머니와 나는 아무런 말도 나누지 않고, 그저 묵묵히 앉아 있는 그런 풍경을 상상하곤 했다. 어머니는 왜 큰책에다 버스 번호를 적었을까. 그건 아직도 알 수 없다. 추측만 할 수 있을 뿐이다. 어머니는 아마도 도나스를 납품한 후 남겨진 도나스 하나를 들고 종점의 어느 정류장 의자에 앉았을 것이다. 거기 앉아서 버스를 바라보았을 것이다. 도나스를 먹으면서 버스를 유심히 지켜보았을 것이다. 버스에 타는 사람들을 부러워하면서, 버스의 뒤꽁무니를 지켜보았을 것이다. 버스가 출발하는 순서를 알게 되고, 버스와 인사를 하게 되고, 돌아오는 버스를 알게 되었을 것이다. 그리고 집에 돌아와서는 시간이 날 때마다 언덕 아래 종점의 버스들을 하염없이 바라보았을 것이다. 어머니는 저녁 무렵 큰책에다 버스의 번호들을 적어내려갔을 것이다. 외운 것이 아니라 자연스럽게, 자신의 이름을 쓰듯 버스의 번호들을 적었을 것이다. 큰책은 어머니의 일기장이었을 것이다. 버스 번호들에는 아무런 의미가 없어도 그 숫자들은 어머니의 일기였을 것이다.

퇴근버스의 뒷자리에 앉아 나도 모르게 어머니에게 질문을 던질 때가 있다.

"어머니, 왜 무방향 버스를 타신 거예요?"

그러면 어머니가 대답했다.

"너도 알게 될 거야."

"저도 곧 타게 될 거라고요?"

"아니, 알게 될 거라고."

"뭘 알게 되는 거예요?"

"그건 모르지."

"어디 불편한 데는 없으세요?"

"버스에서 내다보이는 풍경이 참 좋구나."

"큰책은 잘 간직하고 계시죠?"

"그럼, 잘 쓰고 있지. 열심히 쓰고 있단다."

"버스 번호 같은 거요?"

"응, 버스 번호 같은 거. 내가 그 동안 적어놓은 거 볼래?"

"뭘 적었는데요?"

"자, 봐라."

"큰책에는 아무것도 없네요, 어머니."

"그렇겠지."

김중혁 소설가. 소설집 『펭귄 뉴스』가 있다.

V

2000년대 비평이 김소진에게

김소진과 1990년대

유희석

1. 머리말

백년 남짓한 한국의 현대문학사에서 잊을 수 없는 일화를 남기고 요절한 작가들은 적지 않다. 결코 순탄치 않았던 20세기 한반도의 역사현실 자체가 그런 일화들의 산실이기도 했으니, 그중에는 이상(李箱)의 '레몬' 처럼 훗날 전설로 비화해 호사가들의 말밥에 오르는 경우도 드물지 않다. 그러나 그런 거품 아닌 거품 속에서 오직 작품으로만 기려질 이는 과연 얼마나 될까. 작가가 살다간 생의 자취를 오롯이 살려놓는 문학은 원래가 많지 않은 법인데, 천수를 채우지 못한 바에랴. 시대와의 '불화' 를 견디고 작품으로 생명을 이어가는 것이야말로 한 작가가 문학사에 이름을 올리는 가장 명예로운 방식이라면, 그렇게 생명을 새로이 얻는 과정에서 '텍스트' 에 스민 작가 개인의 삶을 독자의 것으로 만드는 '보편적인 작품' 은 더욱 드물지 않을까. 그런 의미에서도 서른다섯의 나이로 타계한 김소진(1963~1997)을 완전히 만개한 작가라고 말할 수는 없을 것이다. 어떤 면에서는 추모하는 지면일수록 그같은 평가는 삼가야 할 터이다. 더 멋진 이야기들을 쓸 수 있었고 또 써야만 했던 작가로 그가 기억되는 한 후대 독자의 안타까움도 그만큼 진정성을 잃지 않을 것이기 때문이다.

실제로 그가 남긴 수많은 이야기는 망자에 대한 형식적 의례를 불필요하게 만든다. 한껏 펼치지는 못했을지언정 그는 어떤 요절작가 못지않게 독자로 하여금 완전히 꽃피웠을 때의 흐드러진 모습을 상상케 하는 드문 소설가인 것이다. 이것이 결코 빈말이 아님은, 십 년 전의 그의 이야기들이 여전히 오늘의 현실에 대한 발언이라는 사실에서도 확인된다. 물론 시간 앞에서는 어떤 단언도 금물이고 십 년이라는 세월이 한 작가의 '현재성'을 보증해주기에는 너무 짧지만, 나는 그의 이야기를 읽으면서 앞으로 한 세대, 아니 그 이상을 충분히 버틸 작품의 생명력을 실감한다. 이 느낌, 단명한 작가가 독자에게 주는 이 느낌이야말로 비평의 출발점이 되어야 마땅하겠거니와, 김소진의 문학에 새로운 생명을 불어넣어주겠다고 나선 독자라면 그런 느낌을 '평가'로 풀어내는 작업을 지향해야 한다고 믿는다.

2. 1990년대와 '장석조네 사람들'의 세계

1991년에 「쥐잡기」로 데뷔해서 「눈사람 속의 검은 항아리」(1997)로 유명을 달리했으니 김소진이 한국문학사에 앞으로도 1990년대 작가로 기록될 것은 확실하다.[1)] 세칭 세기말은 1997년 IMF 사태로 사실상 종지부를 찍었지만, 어지러웠던 그 시절이 역사에 기록되는 방식은 무

---

1) 인용 텍스트는 문학동네에서 여섯 권으로 묶은 『김소진 전집』(2002)으로 삼는다. 순서대로 열거하면 이렇다. 『장석조네 사람들』(장편); 『열린 사회와 그 적들』(중단편); 『자전거 도둑』(중단편); 『신풍근배커리 약사』(중단편); 『바람 부는 쪽으로 가라』(짧은 소설); 『그리운 동방』(산문).

척이나 다양할 것이다. 문학 분야에서도 1990년대는 1980년대의 규정적 언설들을 부정함으로써 존재증명을 확인하고자 했던 시대로 정리될 듯하다. 사회주의를 비롯한 모든 변혁이념에 종언을 고하면서 그 종언의 역사를 추념하는 후일담이 대세를 이루었기 때문이다. 회한, 전향, 탈주 등이 세기말의 정신을 수놓았으니, 대내외적으로 1987년 6·10 항쟁과 현실사회주의의 붕괴(1989), 문민정부의 등장(1993) 같은 사건들이 꼬리를 물면서 한반도 정세에 대대적인 지각변동이 일어난 새로운 시대로 90년대를 규정해온 것이 문학담론의 관례이기도 했다. 리얼리즘과 모더니즘의 옹호자들이 각축을 벌이면서 90년대는 혁명의 시대로서의 80년대와 대극적인 방식으로 정의되었고, 리얼리스트는 후자를 창조적 열정의 상승기로, 전자를 하강기로—모더니스트는 그 정반대로—맞세우곤 했다.

그러나 역사가 단절과 연속 중 어느 하나에 의지하여 전개되는 서사(敍事)는 아닐 것이다. 실상 1990년대만 해도 모든 '진보적인 것'에 저주의 낙인을 찍으려는 충동이 들끓었던 만큼이나 1980년대의 혁명적 열정을 지켜내려고 안간힘을 썼던 시대이기도 했다. 김소진을 그러한 90년대 작가로 규정할 때 가장 먼저 눈에 띄는 점은, 그가 그 시절을 풍미한 후일담과는 사뭇 다른 종류의 이야기를 남겼다는 사실이다. 물론 그의 작품도 1980년대의 변혁운동에 투신한 인물들이 90년대에 어떤 식으로 변신하는가를 다각도로 증언한다. 하지만 그런 증언도 김소진 가족사의 어떤—정신적 외상(外傷)의 근원이자 치유를 위한 회귀점이라는 이율배반적 성격을 띠는—원형적 체험을 떠나서는 큰 의미가 없다. 감수성 예민한 한 소년의 무의식에 잠긴 외상으로서의 체험은 민중의 해방이니 평등한 세상이니 하는 80년대의 이념과 그 반테제로서의 세기말의 탈이념으로 환원될 수 없는 것이다.

햇수로 7년에 불과한 그의 공식 활동이 남긴 적지 않은 작품 가운데 가장 오래, 널리 읽히리라고 짐작되는 것들은 극도로 사적인 가계(家系), 특히 실향(失鄕)으로 삶의 의지를 상실한 아버지와 그런 아버지를 대신해 '억척어멈'으로 생계를 꾸려간 어머니의 세계에 직간접으로 뿌리를 내린 텍스트들이 아닐까 싶다. 부모의 삶에 대한 그의 내밀한 기억은 실로 눈물겨운 바 있다. 누구와도 함께 나누기 힘든 가족사의 수치와 김소진 개인의 아픔과 모멸감이 지면 위에 발가벗겨져 있다. 어느 누군들 그런 수치와 모멸감이 없으랴 그러나 장식과 과장이 없는 수치와 모멸감이기에, 그리고 그런 것들을 자기를 키워온 시간으로 거짓 없이 고백하는 작가이기에 우리는 작품의 진실을 신뢰할 수 있다. 한 땀식 겨우겨우 의식의 표면에 수놓은 그의 가족사 풍경은 한 개인의 무의식 깊이 가라앉은 욕망의 비밀을 담고 있다. 그의 가계사 재현에서 과연 모든 위대한 문학은 개인적이라는 주장을 끌어낼 수도 있을 법하다.

다른 한편 부모의 세계와 그 세계를 기억하는 자아의 무의식에도 '역사'의 그늘이 짙게 드리워지고, 그 그늘은 가계의 범위를 넘어선 사회사적 성격을 띤다. 김소진이 회상하는 아버지의 무능과 어머니의 억척스러움은 아이러니컬하게도 산업역군 시대의 가정(家庭)에서 자주 목격된 성적 역할분담이기도 했다. 동시에 집요한 회상으로 재현되는 아버지의 한스런 과거는 분단의 상처와 분리할 수 없고, 흐벅진 민중적 언어로 구현되는 어머니의 걸쌈스러운 현재는 여성이 각박한 세정(細情)에서 생존을 위한 싸움터로 내몰린 생활의 일부로 그려진다. 한마디로 「쥐잡기」와 「용두각을 찾아서」(1992)에서 되살려진 아버지와 어머니의 생존투쟁은 20세기 중반의 한국 근대사를 떠나서는 온당하게 이해할 수 없다. 이들은 각각 거제도 포로수용소에서 동족살육이라는 방식으로 표출된 '분단모순'의 산 증인으로서, 개발독재 시대에 가장(家長) 노릇을 도맡아 해야 했던 수많은 억척어멈들의 자화상으로서 그의 작품에 올올히 살아 숨쉬고 있다.

김소진의 가족이 철원을 떠나 서울 미아리 산동네에 정착하는 과정은 알다시피 1960·70년대 도시에서 흔하게 벌어진, 계급의 지리적 구역화가 관철되는 풍경이기도 했다. 각자 다른 이유지만 알고보면 기구하게도 한 배를 탄 '뜨내기들'은 김소진의 소설세계에서 개별적인 생명력을 부여받는다. 김소진 소설세계의 고향이라고 해야 할 미아리 산동네는 함경도를 포함한 전국 각지의 사투리들이 내남없이 뒤섞여 입말의 잔치를 벌이는 곳이기도 하다. 딱히 토속적이지도 그렇다고 도시적이랄 수도 없는 시공간의 기억을 집약한 것이 바로 『장석조네 사람들』(1993~1995)이다. 10개의 중단편으로 이뤄진 이 연작은 김소진이 만났던 삶의 자취들을 가장 집중적으로 되살려낸 것으로 판단된다.

여섯 권으로 갈무리한 전집을 통독해보면, 그는 어떤 면에서는 죽을 때까지 '장석조네 사람들의 세계'를 벗어나지 못한 듯하다. 「춘하 돌아오다」(1992)를 필두로 「그리운 동방」(1992), 「고아떤 뺑덕어멈」(1993), 「개흘레꾼」(1994), 「첫눈」(1994), 「아버지의 자리」(1994), 「원색생물학습도감」(1995), 「부엌」(1996), 「건널목에서」(1996) 등은 1980년대 문학에서도 흔치 않았던, 서민들의 생활 속에서 부대끼면서 '역사'와 만나는 한 인간의 내면적 아픔과 고독을 고스란히 드러낸다. "테제도 그렇다고 안티테제도 아니"라고(「개흘레꾼」, 『열린 사회와 그 적들』, 398쪽) 항변한 아버지라는 존재와 화해하는 김소진의 기억은 끈질기게 과거로 회귀하면서 현재의 '나'를 교란하고 교정한다. 미완성 장편 「동물원」의 한 대목처럼 그 기억은 "명백한 사진을 이길 수 있는 경우"다(「동물원」, 『신풍근배커리 약사』, 379쪽). 사진을 이기는 기억, 미아리 산동네 사람들을 독자의 뇌리에 잊힐 수 없는 형상으로 각인하는 것은 그런 기억의 힘일 것이다.

하지만 그것은 과거 사실을 기계적으로 재구성한다거나 사실에 대한 기억을 다시 기억하는 식의 서사는 아니다. 가령 『장석조네 사람들』에 실린 「비운의 육손이 형」에서 육손이와 「수습일기」(1991)의 육손이를 비교할 때 독자가 느끼는 것은, 인물과 인물이 속한 상황을 비추는 각광의 각도에 따라 삶의 음영(陰影)에 얼마나 미묘한 차이가 발생할 수 있는가 하는 점이다. 과거를 현재의 일부로, 현재를 과거의 일부로 재구성하는 김소진의 서사는 그가 처한 어떤 특정한 상황적 계기를 통해 발생하지만 그 계기가 촉발한 기억이 궁극적으로 가리키는 것은 미래의 시간이다. 너무도 명명백백한 사진을 이길 수 있는 미래를 향한 기억이 서사적 창조성으로 이어지는 것은 그만큼 자연스럽다. 서사적 필요에 따라 인물을 재단하지도 않고 그렇다고 그런 필요를 무시하지도 않는 그의 절묘한 기억이 『장석조네 사람들』에 고도로 집중되었다는 것은 이 작품이 미래의 독자를 만날 자격이 있다는 뜻이다. 『장석조네 사람들』을 논하면서 진정석은 "김소진이 미아리를 쓴 것이 아니라, 미아리가 그의 손을 빌려 그 스스로를 썼다고 말할 수 있을지 모른다"(『장석조네 사람들』 해설 「지속되는 삶 끝나지 않은 이야기」, 274쪽)라고 말한 바 있는데, 표현을 달리 해본다면 고유명사로 존재했던 장석조네 사람들이 보통명사로 되살아나면서 미아리가 그 본연의 모습을 드러낸다고 말할 수 있다.

그런 생명을 부여받은 '장석조네 사람들'에게는 각각 1970년대와 1980년대에 걸쳐 있는 이문구의 『우리동네』(1977~1981)나 양귀자의 『원미동 사람들』(1986~1987)과도 다른 시대적 육체가 주어진다. 상대적으로 전자에 비하면 토속성은 분명히 떨어지고 후자에 비하면 도시 생활의 실감도 희석된 이야기가 바로 『장석조네 사람들』이다. 그렇다고 해서 지식인의 회색빛 자전소설도 아니다. 이 연작에는 작가의 개인사를 고스란히 노출한 두 편의 이야기, 즉 「비운의 육손이 형」과 「두 장의 사진으로 남은 아버지」가 들어 있다. 마치 '잘 만들어진 항아리'에 금간 흔적처럼 느껴지는 이 단편들에서 독자는 장석조네 사람들과는 완전히 하나가 될 수 없는 지식인 김소진을 발견하면서도 민중문학에 흔히 기대하는 소설적 흥취와 생명력을 곳곳에서 실감한다.

그렇다면 장석조를 비롯해 성금네, 겐짱 박씨 형제, 춘하, 육손이 형, 양은장수 최씨, 뚱땡이 홍남댁, 일금뱅이 상호 등이 리얼리즘의 본령에 속하는 살아 있는 형상들이라는 것도 새로운 주장이 아니다. 이들 인물 하나하나는 "나는 천사를 본 적이 없기 때문에 천사를 그릴 수 없다"는 쿠르베의 정신이 구체화된 모습이다. 1970년대 당시 미아리 산동네 사람만이 아니라 21세기 오늘의 민중들이 겪는 희노애락의 표정까지도 거기에 고스란히 담겨 있다. 다음 절에서 짚어보겠지만, 작가의 극히 개인적인 가계(家系)와 그에 연관된 미아리 달동네의 무수한 인간군상에 대한 기억이 20세기 한반도 근대사의 비극과 맞닿는 것도 우연만은 아니다.

이렇게 보면 90년대의 어느 작가 못지않게 정직하게 자기의 뿌리를 성찰한 김소진이 민중을 이념형으로 표상하지 않은 것은 당연해 보인다. 하긴 혼성모방이니 표절이니 문학권력이니 하는 언설들이 횡행했던 세기말에, '세계화'라는 말에 들뜬 작가들이 이색적인 소재를 찾아 외국을 헤매고 돌아다닐 무렵인 90년대에 '민중'이라는 말도 덩달아 너덜거리는 푯대로 떠돌고 있었으니 그렇게 표상하지 않았다는 것 자체가 대단한 일일 수는 없다. 그러나 사실주의 차원에서조차 고유명사로서의 인물을 감흥을 일으키는 보통명사로서 재현하는 것은 결코 쉽지 않으며, 그런 재현에 성공함으로써 '존재'를 온전히 드러내는 문학도 흔하게 만날 수 있는 것은 아니다. 최선의 집단의지를 민중으로 표상한 80년대는 물론이고 그에 대한 전면적 반동으로 개인의 무제한적 자유의지를 내세운 90년대에도 그런 문학은 흔하지 않았다. 먹고사는 문제를 두고 벌어지는 삶의 온갖 음영들을 『장석조네 사람들』처럼 갈고 닦은 언어로 정확하게 잡아내는 것도 만만한 일이 아니다. 변소의 체험에서 선명하게 갈라지는 '흑백'의 차이를 그토록 위트 있게 형상화하는 「함경도 욕쟁이 아즈망」을 읽어보라.

그런 맥락에서도 그의 언어예술이 도덕적 정의에 매달려 가난을 추상화하거나 미화하지 않았다는 점은 강조함직하다. 그의 가난은 인간성의 깊은 빈곤을 드러내면서도 그 밑바닥에서 치고 올라오는 인간다움의 모습도 동시에 그려낸다.

> "저 인간은 그저 깨끗한 별을 보면서도 자기가 팔아묵을 물건하고 관련을 지으니 그만큼 마음이 검드럽고 추잡스런 때가 묻었다는 증표구말구."
>
> "그려, 난 본시 그런 놈인께로. 하지만 그런 생각이 자꾸만 나부러. 저 모든 별들이 하나하나 내 지게 위에 얹혀 황금빛으로 빛나는 양은그릇이 되면 좋겠다는 생각 있잖은개벼. 가슴이 을매나 후들후들 떨리는 생각이여, 잉. 자네도 한분 내처럼 그렇게 생각을 먹어보드라구. 얼매나 황홀한겨? 내가 물건 하나를 팔아도 그게 시시껍절하게 파는 게 아니라구. 그래 잘 가그라이 양푼아, 냄비여, 쟁개비여, 솥이여, 국자여! 함시롱 말이여…… 그 심정을 박씨가 알는지 몰러. 별을 보고 아름답다고 헌 사람의 심정이라믄 알겄제. 난 하나하나 그렇게 떠나보낸다구. 그래, 가서 그 집 부엌에서 부디 천대받지 말고 오롯이 빛나고 있어라. 그 집 살림을 본때 있게 빛내거라 이 말이지. 아따 오랜만에 별을 본께로 맴이 갤비뼈 속에서 갈피를 못 잡고 꽤나 싸돌아댕겼쌓네 그려, 잉."
> (「별을 세는 남자들」, 『장석조네 사람들』, 115~116쪽)

많은 평자들이 언급한 바 있는 이 맑고 고운 순정(純情)—이것이야말로 작품의 '민중성'이요 작가의 품성이라고 해야 하겠는데, 이런 순정은 장석조네 사람들의 세계에서 희비극적으로 변주된다. 어느 특정한 작품을 잡아 논하기 어려울 정도로 '별을 세는 사람들'의 순박한 마음은 『장석조네 사람들』 도처에서 빛을 발하고 있다. 하지만 이 연작의 맨 마지막에 배치된 「빵」은 김소진이 그런 마음도 결코 단순하게 드러내는 작가가 아님을 느끼게 하는 이야기라는 점에서 지면을 할애해도 좋을 듯하다.

이 중편을 무난한 표현으로 정리한다면, 곽서기와 장석조의 협잡으로 대변되는 착취계급에 대한 민중들의 저항과 훈훈한 연대가 되지 않을까 싶다. 무난한 만큼 이런 식의 규정이 틀린 것은 아니다. 그렇다고 작품의 섬세한 결을 정확하게 표현한 것도 못된다. 노름꾼인 양세종과 "땡깡을 부릴 때면 항상 군화를 신고 있었던"(209쪽) 해병대 출신 권대용의 걸진 대화로 시작하는 이야기는 1980년대 민족문학이 요구한 계급적으로 각성한 노동자가 등장하지 않는다. 썩은 밀가루를 배급받은 산동네 사람들의 분노가 생생하고 전표 조작 따위를 이용해 배를 불리는 곽서기나 그와 실컷 붙어먹다가 '큰 물'에서 놀려고 그의 뒤통수를 때리는 장석조 같은 인물의 비열함도 여지없이 폭로되지만 계급적 각성 같은 것은 찾아보기 어렵다.

그렇다고 작가가 작품의 '뒤편'에서 팔짱끼고 삶을 '있는 그대로' 재현하는 식의 정태적 자연주의로 떨어지는 것도 아니다. 작품에는 '지배계급'에 기회주의적으로 붙어먹고 사는 경비 노태식도 있고, 월남전 참전용사인 상호처럼 정당하게 항의할 줄 아는 정의로운 인물도 있고, 안 되는 줄 뻔히 알면서도 밀가루 몇 포대와 지폐 몇 장에 넘어가고 마는 나약하고도 착한 고영만도 있고, 또 길노인네와 그의 며느리처럼 민중적 넉넉함과 인내를 체화한 인물도 있다. 요는, 가진 것 없는 그네들끼리 살아가는 데서 자연스럽게 움트는 연대의식뿐만 아니라, "뭉쳐놓으면 하늘이라도 갈아치울 듯하지만 개중에서 큰소리치는 사람 몇만 입막음을 해놓으면 또 들쥐들 모양 뿔뿔이 흩어지는"(235~236쪽) 그네들의 모습까지 「빵」은 재현한다는 사실이다. 김소진은 빵에 얽힌 사람들의 포한(抱恨) 어린 숱한 사연들을 구수하고 다채롭게 들려주면서도 그런 포한들과 결코 무관할 수 없는 미국이라는 강대국의 횡포까지도 넌지시 내비친다.

단순한 세태 묘사에 그치기 십상인 이런 이야기가 오늘 우리네 삶에까지 잇닿는 진실을 담을 수 있는 것은 역시 인간 자체를 보는 작가의 복합적인 시선 때문이다. 기자 이력(1990~1995)을 가진 작가답게 그의 시선은 조감(鳥瞰)하는 순간에도 '겹눈'의 미세함이 작동한다. 이주노동자의 각박한 현실을 포착한 「달개비꽃」(1995)도 시대의 흐름에 예민하게 반응한 경우지만, 그의 취재 경험은 작품에 다양한 방식으로 녹아들어가 있다.

알다시피 장석조네 사람들의 세계에 대한 김소진의 '고별사'는 「눈사람 속의 검은 항아리」이다. 거기에 기록된, 드난살이의 인간적 표정이 서려 있는 1970년대 미아리 산동네와의 작별은 20세기 후반 탈향(脫鄕)하여 뿔뿔이 도시로 흩어진 달동네 서민의 시난고난한 삶에 바치는 결의(決意)에 찬 비가라 할 만하다. 서울 변두리의 무수한 달동네의 운명이 그러했듯이 장석조네 사람들의 세계는 1990년대에 재개발로 사라질 운명이었다. "이 동네가 포크레인의 날카로운 삽질에 깎여가면 내 허약한 기억도 퍼내어질 것"이라고 술회했던(「눈사람 속의 검은 항아리」, 『신풍근배커리 약사』, 315쪽) 그에게 애석하게도 달동네의 소멸 이후에 등장하는 새로운 삶의 현장들을 기록할 시간은 주어지지 않았다. 또한 '장석조네 사람들의 세계'에서는 세태소설의 진솔하고도 인간미 넘치는 풍경마저 넘어선 어떤 창작적 모험이 아쉬워지는 때가 없는 것은 아니다. 하지만 그런 아쉬움 속에서도 '장석조네 사람들의 세계'에서 성장한 김소진의 또 다른 모습, 즉 시대의 모순을 성찰하는 지식인 작가로서의 면모는 기억할 만하다. 그에게 그 세계와의 결별은 삶의 새로운 이정표를 찾는 길로 이어진다.

3. 미래에 대한 기억—김소진 문학의 현재성

앞서 90년대 작가로서 김소진에게서 두드러지게 눈에 띄는 점을 세기말의 문단을 도배하다시피 한 후일담의 부재로 규정한 바 있다. 좀 더 엄밀하게 말한다면 반후일담적 후일담을 남겼다는 것이 정확한 표현일 게다. 지난 시대의 변혁의 꿈과 그 참담한 실패에 대한 자기변명적 회한과 패배의식이 주를 이루는 이야기가 후일담이라면, 김소진은 그런 회한과 의식을 일면 인정하면서도 끝내는 거스르는 '방황'을 부각하기 때문이다. 인간은 추구하는 한 방황할 수밖에 없는 운명이라는 고전적 경구를 생각나게 하는 그의 반후일담적 후일담은 90년대의 여느 회고담처럼 누추해진 이상(理想)의 실체를 담담하게 드러내지만, '기층민중적 가족사'에서 기원한—'개흘레꾼'을 아버지로 둔—울분과 설움은 초연이나 투항과는 사뭇 다른 정서를 독자에게 불러일으킨다. 90년대의 정치현실을 작품화하는 문제에 관한 한 김소진이 1980년대의 지식인 사회를 갈라놓은 민족해방(NL; National Liberation)과 민중민주(PD; People's Democracy)의 화려한 이상을 '액면가'로 믿지 못한 것은 자연스럽게 보인다. 그의 일면 촌스러우면서도 완강하게 지적인 체질은 회의주의와 통할지언정 맹목을 부르는 우상숭배와는 맞지 않았다. 그런 체질도 어떤 면에서는 '장석조네 사람들의 세계'에서 강화된 것으로 짐작된다. 한편으로 주체사상으로 경도된 민족해방을 신봉하기에는 실향민 아버지가 증언하는 분단의 역사는 너무도 꼬여버렸고 다른 한편으로 민중민주의 화려한 수사를 믿기에는 어머니의 생활세계 자체가 너무도 직접적인 현실이었던 것이다. 요컨대 1980년대를 회고하면서 1990년대 현재를 사유한 그의 그런 체질은 양대 변혁이념과 일정한 거리를 두면서 단련된 것으로 판단된다.

이렇게 보면 80년대의 이념으로 90년대를 재단하거나 역으로 90년대의 탈이념으로 80년대를 돌아보는 것이 습성화되었던 세기말의 창작계에서 그는 '제3의 길'이라고 표현할 만한 창작방향을 모색했다고 볼 여지도 있다. 가령 「신풍근배커리 약사」(1996)만 해도 이념과 탈이념 사이에서 중심을 잡으려는 '곡예'의 일면을 보여준다. 운동권 학생인 재덕의 할아버지인 신풍근 씨와 작은아버지가 각기 들려주는 상반된 가족사의 '틈새'부터가 그러하다. 한쪽에서는 국난에 맞서 거병한 지사로, 다른 쪽에서는 난세에 출세를 위해서 출병한 기회주의자로 직계 조상을 '기억하는' 이야기에서 독자는 역사의 각색과 그런 각색이 은폐하기도 드러내기도 하는 '인간적 진실'을 생각할 수밖에 없지 않을까. 어느 쪽도 완전히 진실을 독점할 수 없는 '상황의 진실' 자체에 대한 집념은 소설가 김소진 특유의 것이다. 지식인소설로 분류될 수 있는 그의 작품에서 그런 집념이 낳은 성취는 관념이 낼 수 있는 광휘(光輝)와는 다르다. 단적으로 빵집 주인으로서 연세대 사태 당시(1996년 7월)에 신풍근 씨가 보여준—"너랑 맞설지도 모르는 젊은이한테 기껏 너를 주려고 갖고 갔던 빵을 먹이고는 그 꾸역꾸역 먹는 전경들 모습을 보니깐 맴이 이상"하다고 말하는(289쪽)—행적은 '민중적'이라는 수식어를 받기에 충분하다.

그러나 김소진이 얼마나 민중적인 작가인가를 논하자는 뜻은 아니다. 민중성이라는 개념 자체도 80년대를 거치면서 오염된 면이 있을 뿐더러 민중을 대타적으로 설정하는 시대도 지나간 것이다. 다만, 『장석조네 사람들』도 말해주듯이 그는 철저하게 '몸'으로 살면서 얻은 소재들을 이야기로 가공한—그로써 독자로 하여금 80년대와 90년대라는 거대한 두 시대의 심연 어딘가에서 자기를 발견하도록 하는—이야기꾼임을 주목하자는 것이다. 그가 리얼리스트이고 그의 작품이 '민중문학'이라는 것과 친연성이 있다면, 모더니즘의 대척점에서가 아니라 바로 그런 두 시대의 틈새에서 해명해야 할 것이다.

실제로 '장석조네 사람들의 세계'에 뿌리를 박았지만 현대적 감수성의 소유자이기도 했던 김소진의 복합적인 면모를 드러내는 작품은 적지 않다. 그의 시야가 입체적임을 실감하게 하는 「늪이 있는 마을」(1994)도 그중 하나이고, 「처용단장處容斷章」(1993)이나 「임존성(任存城) 가는 길」(1993)도 '역사'를 현재에 접목하는 솜씨가 약여한 서사다. 실재했던 각성한 개인들과 이들의 (실패한) 변혁운동을 소재로 채택한 작가들은 물론 적지 않으며, 이 두 작품 역시 역사소설의 범주에 넣을 수도 있을 것이다. 김소진의 특장은, 과거의 역사적 사건을 통해 자신의 '비루한 생활'을 낱낱이 들춰보면서 1990년대의 정치적 현실까지를 은유적으로 포착하는 데 있다. 민중의 실제 생활에 스며들어 그들의 꿈과 희망을 노래한 예인(藝人) 처용의 비극을 상상적으로 재구성하거나, 무인(武人) 흑치상지가 백제 부흥운동을 펼친 임존성에 관한 기사가 어이없게 필화로 번진 사건을 통해 참다운 지식인상을 성찰하는 이야기는 변혁이념이 퇴색한 1990년대라는 시대적 맥락에 놓일 때 본래의 빛을 발한다.

역사현실을 상상적으로 가공했지만 종국에는 작가의 당대적 상황으로 귀착하는 이야기의 패턴은 1990년대 현실에서 시작하여 과거로 돌아가다가 작가의 현재로 되돌아오는 서사와 유비를 이룬다. 「자전거 도둑」(1995)만큼 기억의 서사가 끊기고 이어지는 단층들을 뚜렷하게 드러내는 작품도 드문데, 「혁명 기념일」(1993), 「경복여관에서 꿈꾸기」(1996), 「울프강의 세월」(1996) 등도 1980년대와는 사뭇 달라진 1990년대 상황에서 과거로 '시간여행'을 함으로써 미래를 예감하는 서사다. 80년대라는 과거와 90년대라는 현재가 삼투되는 순간에 기억의 화인(火印)들이 명멸한다. 바로 그 순간을 앞으로 올 시간을 향해 투사하는 이야기들은 변혁이념에 투신했으나 현실과 시간에 굴복해버린, 또는 이념의 시대에 존재를 맡긴 지식인들을 하나씩 호출한다. 예컨대 「혁명 기념일」의 윤석주, 「경복여관에서 꿈꾸기」의 현칠교, 「울프강의 세월」의 '울프강' 등이 그러하다. 이들은 모두 각자의 처지에서 변모한 현실에 '적응'하는 모습을 적나라하게 드러낸다. 소설가나 대학의 시간강사로 등장하는 주인공이 이들의 — 때로는 변절에 가까운 — 변모를 증언하는 정조(情調)에는 단죄나 체념, 낭만적 회고가 어쩔 수 없이 끼어들어간다. 하지만 작품 자체는 퇴행적인 정서를 비판적으로 성찰하는 사유에 가깝다. 시대의 변화와 그에 따른 이들의 변신을 어쩔 수 없이 추인하고 주인공 역시 그런 현실을 부정할 수만은 없는 비루한 처지임을 실토하지만, 작품 자체는 독자로 하여금 어느 날 느닷없이 발견하는 이들 지식인의 '변모'를 비판적으로 성찰하게 한다.

그렇다면 "지금은 딱히 뭐라고 이름 붙일 만한 시대도 아"니라고 말하는(「경복여관에서 꿈꾸기」) 김소진이 미래로 열린 기억의 서사로써 오늘날 우리에게 무엇을 말하고 있는가? '민주주의의 역설'이라고 대답한다면 지나친 예단일까? 그런 역설을 풍자적으로 묘파한 작품 가운데 하나가 「열린 사회와 그 적들」(1991)이다. 성균관대생 김귀정의 의문사(1991)를 둘러싸고 벌어지는 시민사회 내부의 모습을 관찰한 이 단편은 표면적으로는 사인 진상규명을 두고 학생시위대와 공권력이 대결하는 형국이지만 실제 이야기는 그 사이에 끼어서 소외되는 하루살이 인생들, 재복을 비롯해 박상선, 표천식, 전을룡, 강종천 등의 밑바닥 삶이 주를 이룬다. 이들이 어떤 식으로 양편에서 '적'으로 오인되는가를 세밀하게 포착하는 김소진은 변혁운동의 관료화 징후와 그에 따른 '밥풀때기들'의 주변화를 감지한다. 좀더 적극적인 독법이라면, 문민정부(1993~1997) 이후 민주주의의 '형식'이 사회에 점차적으로 안착되는 것과 동시에 심화되는 반민주주의적 민주주의의 상황을 읽어낼 수도 있을 것이다.

'민주불량배'로 낙인찍힌 이들이 문민정부의 출범을 앞둔 시점인 1991년에 변혁세력과 기성체제 모두에 의해 불온시되는 것도 1987년 6월 항쟁과 이후 민주세력의 분열이라는 역사가 남긴 후과와 무연할 수 없지 않을까. 그렇게 주변으로 밀려난 이들이 오늘날 양극화 현실의 어떤 그늘 밑에 있는가는 자명하다. 하지만 작품에서 중요한 것은 무엇이 '열린 사회'이며 누가 적인가에 대한 작품의 물음 자체가 소외된 민중에 대한 연민 이상의 진실도 함께 말해준다는 사실이다.

> "여기서 열린 사회라는 건 계급이나 종족 그리고 이데올로기라는 신화가 더 이상 개인에게 굴레가 되지 않고 개개인이 사회의 진정한 주인으로서 질적으로 더 많은 자유와 민주주의, 물질적 풍요와 평등을 이룰 수 있는 마당이며 소수에 의한 지배가 아니라 이성적으로 눈뜬 다수에 의한 착실하고도 양심적인 사회운영이 기본원리로 받아들여지는 사회를 가리키는 것이오."
>
> "당신네들 지금 자꾸 어려운 말을 씀시롱 머릿속을 헷갈리게 하는데 한번 물어나 봅시다. 우리, 우리 하는데 도대체 거기에 낄 수 있는 축은 누가 되는 거요? 이데올로기의 신화니 이성적 원리니 하며 거창하게 빗어내는 사회라면 우리 같은 못 배우고 빽줄 없는 떨거지들은 여전히 찬밥 신세를 면치 못할 게 불 보듯 뻔한데 뭐가 진정한 사회란 거요?" (「열린 사회와 그 적들」, 『열린 사회와 그 적들』, 86쪽)

"여전히 찬밥 신세를 면치 못"하는 이들의 말이 사실이고 작가의 심정적 공감은 물론 독자의 마음도 그런 '밥풀때기'에 기울 법하다. 그러나 그런 공감이 전부는 아니다. 가진 것 없고 못 배운 이들의 삶을 다독이는 '작품의 정신'은 관변(官邊)언어와 민중언어 사이 어딘가에 위태롭게 걸려 있다. 이를테면 대책위 집행위원 현대영의 발언이 운동권 논리에서 주조된 상투어라고 전적으로 허위는 아니듯이, 빽도 줄도 없는 민초들의 — 생활현장의 실감이 실린 — 호소라고 해서 도덕적 정당성을 선점할 수 있는 것도 아니라는 말이다. 하루하루가 힘겨운 이들의 사연을 자상하게 들려주면서도 작품의 결말 자체는 어느 쪽도 확실한 대안이 아님을 일러준다. 두 인물의 대화에서 수습되지 않는 틈새는 어떤 면에서 21세기로 이월되어 더 벌어져버린 듯하다. 작품은 대치의 현장에서 실족사한 박상선이라는 인물에 대한 '객관적인' 신문기사로 마무리된다. 이런 식의 마무리는 역설적으로 1990년대의 작가 김소진에게 1980년대가 지울 수 없는 기억의 거처임을 재차 확인해준다. 그에게 1990년대는 1980년대와 단절된 만큼이나 근원적으로 연속적일 수밖에 없었던 것이다.

그런 단절과 연속성의 양상은 김소진 소설에서 실제로 끈질기게 반추된다. 가령 80년대와 90년대를 마주 세우면서 두 시대의 차이를 다양한 각도로 조명한 경장편 『양파』(1996)도 그러한데, 마지막으로 기존 평문들이 기이하게도 거의 주목하지 않은 중편 「목마른 뿌리」(1996)로 논의를 마무리하고자 한다.

김소진의 기억의 서사에 관한 한 전작을 통틀어 이 작품만큼 작가의 추억과 기억이 미래를 향하고 있음을 극적으로 보여주는 예는 없다. 이 작품이 미래를 기억한 이야기라면, 그것은 가족사의 해원(解冤)을 담는다는 점에서 과거의 '장석조네 사람들의 세계'와 맞닿아 있다. 작품의 발상은 흥미롭게도 한반도가 1999년에 통일되었다는 데서 시작한다. 월드컵이 열리는 2002년, 그러니까 아버지를 여의고

(1985년) 17년이 지난 시점에서 북의 이복형을 만나는 것으로 막을 여는 이 중편은 김소진이 정세인식에서도 결코 소박한 민족주의에 안주한 지식인이 아님을 확인해준다. 물론 미래의 청사진을 얼마나 정확하게 제시하는가가 작가의 성취를 가늠하는 잣대는 될 수 없다. 사실세계의 정확한 '사회학적 분석'이 문학의 최고 경지도 아닐 것이다. 그렇다고 문학적 창조성도 그런 분석이 부정확하거나 역사인식이 터무니없다면 그것도 훌륭한 작가의 자질이 못됨이 분명하지만, 일정한 경지에 오른 예술작품은 사실의 사실성과 역사인식을 그 자체 내에 내포하기 마련이다.

「목마른 뿌리」도 바로 이 점을 실증하는 하나의 예인데, 작가 개인사의 해원에 초점을 맞추면서 통일 이후의 현실을 대국적으로 상상한 이 중편은 한반도의 평화를 생각하는 데 의미심장한 암시를 준다는 점에서도 시사적이다. 작품의 극적 갈등은 북의 이복형 김태섭이 죽은 어머니의 유해를 남쪽 아버지의 묏자리와 함께 모시겠다는 말에서 시작한다. 이복형의 '작은 어머니'가 되는, 소설가인 화자 김호영의 어머니가 그 말에 펄쩍 뛰면서 일어나는 파문은 여러 각도로 기록된다. 사실 한 아버지에게서 남과 북에 두 가족이 형성된 상황 자체는 이산가족에서 심심치 않게 일어난 것이다. 하지만 두 집안의 화해를 상상하는 이 중편의 균형감각은 근래 활발하게 창작되는 '통일소설'을 생각하는 데도 시사하는 바가 많다. 김소진은 우선 남편의 월남으로 인해 '동요계층'으로 떨어져 갖은 박대를 당한 북의 어머니 최옥분의 한스런 사연을 들려준다. 동시에 최옥분 집안이 기본계층으로 상승할 수 있었던 것도 이복형이 작은아버지와 함께 남파되어 암약한 공로를 인정받았기 때문이라는 상황 설정을 하는데, 이 점 또한 있었음직한 사실의 제시다.

다른 한편 남편이 북에 남겨준 자식이 통일된 어느 날 그야말로 느닷없이 나타나 어머니의 유골을 아버지와 합장하겠다고 나서는 데 대한 남쪽 어머니의 반응도 여실하다. "지금 내가 이 지경을 당할 까닭이 어디 있단 말이냐, 도대체?"라고(「목마른 뿌리」, 『신풍근배커리 약사』, 21~22쪽) 푸념하는 심사는 남북통일이 아무리 중차대할지언정 그런 거대한 역사적 흐름 속에 속절없이 묻힐 수만은 없는 것이며, 묻혀서도 안 된다. 양쪽에 끼여 곤혹스러워하는 소설가인 '나'의 형편은 곧 김소진이 상상한 정황이기도 하다. 각기 다른 체제에서 상이한 삶의 궤적을 지닌 두 한 많은 어머니의 과거와 현재를 공정하게 다독거리는 일은 그 자체로 통일 이후에도 상당 기간 남을 것임이 분명한 분단의 상처를 어루만지는 것이 된다.

그런데 이런 서사에서 특히 흥미로운 것은 한반도의 교착된 정세가 풀리는 방식이다. 김소진은 가공의 이복형 김태섭의 말을 빌려 북의 체제 붕괴를 시사한다—"남쪽이야 나라 외부적 사정도 북쪽보다 훨씬 나았고…… 우리 북쪽은 결정적으로 내부와의 싸움에서 이기질 못하고 맥없이 주저앉은 게지."(36~37쪽) 그러나 그는 다른 한편으로 통일을 이해타산적으로 생각하지 않는 북한 인민들의 미덕을 강조하면서 "그렇게들 얄팍하게 생각했더라믄 통일이래 이렇게 별 소동 없이 순조롭게 이뤄졌겠나 말이디?"(36쪽)라고 반문함으로써 분단체제가 큰 무리 없이 무너졌음을 암시한다. 요컨대 북의 붕괴가 한반도에 파국을 불러온 것으로 그려지지는 않는데, 엄밀하게 말하면 흡수통일에 가까운 형국이다. 하지만 이때도 그 실제 내용을 들여다볼라치면 소위 친북파와 반북파 모두가 그리 썩 내켜하지는 않을 듯하다.

"내레 한마디 더 함세. 남쪽 인민들도 이런 점을 놓쳐서는 아니 됨둥. 통일의 분위기는 거스르기 어려운 기세로 북쪽 인민들 코앞에 박두해 있고 대등하고도 최선의 꼴을 갖춘 통일은 못 되지만 그것조차도 아니

될 땐 파국을 면키 어려운 시점에서 북쪽 인민들이 나름대로 현명한 선택을 한 것은 남쪽 체제와 인민을 위해서라도 아주 다행한 일이 아님둥? 삼 년 전 분단의 철조망이 일거에 걷힐 때만 해도 북쪽 인민들 사이에선 민족 내부가 합치지 않으면 일본을 위시해서 한반도의 사대 열강들의 과거 역사처럼 밀실 담합이나 장난질에 나서서 민족이 또 결정적 상처를 받을 것이란 말이 피다하게 퍼져 있었어. 그럴 바에야 일단 하나로 합치고 보자는 인식들이 세를 얻어서리……" (38쪽)

물론 "파국을 면키 어려운 시점에서 북쪽 인민들이 나름대로 현명한 선택을 한 것"의 실제 내용은 구체적으로 드러나 있지 않다. 이것 자체가 작품의 결함이 될 수 없음은 앞서도 지적한 바 있지만, 적어도 텍스트에 드러난 작가의 의도는 1996년 상황에서 북녘의 실상과 한계를 있는 그대로 인정하면서 남측 주도의 일방적인 흡수통일도 견제하는 데 있다고 판단된다. 북의 '붕괴'가 따랐지만 절충적으로 이룩된 듯한 통일된 한반도는 그야말로 독자의 상상에 맡겨진다. 그러나 윗녘에서 어머니의 유골상자를 가져와 고인이 된 아랫녘의 아버지와 합장하고 싶다는 김태섭의 희망을 갈무리하는 서사의 원숙함은 김소진이 2000년 6·15 남북공동선언 이후의 국면에서 「목마른 뿌리」 이상의 '통일문학'을 쓸 수 있었음을 말해주는 증좌라 해도 지나친 평가는 아닐 것이다. 작품은 이렇게 마무리된다.

"형님! 이번엔 제가 태형이 방학하면 데리고 찾아가 뵐게요!"

그가 고개를 끄덕이며 어서 차 안으로 들어가라는 손짓을 해보였다. 그가 올 때처럼 갈 때도 역시 햇살이 그의 등을 따사롭게 감싸고 있었다. 나는 그의 모습이 사라질 때까지 꼼짝 않고 서 있었다. 메마른 먼지바람이 나를 오랫동안 감싸 입술이 버석버석 말랐지만 난 갈증을 느낄 수 없었다. 단비를 잔뜩 머금은 나무의 뿌리처럼 내 몸 안에서 뭔가 알 수 없는 축축함이 샘솟듯 힘차게 차오르는 느낌 때문이었다.(63쪽)

4. 글을 맺으며

21세기 한반도의 상황을 그린 「목마른 뿌리」의 마지막 문장을 읽으며 재차 실감하는 것은, "뭔가 알 수 없는 축축함이 샘솟듯 힘차게 차오르는" 미래야말로 과거에 붙박인 듯한 김소진의 추념(追念) 서사가 향하는 궁극적 지향점이라는 사실이다. 그가 기대한 도래할 시대에 관한 한 우리는 1987년 6월 항쟁 스무 돌을 맞는 2007년 오늘의 상황도 아직은 아니라고 말해야 할지 모른다. 실제로 그때의 변혁적 기대와 열기를 배반했다고 생각하는 사람도 적지 않고, 배반과 망각의 기미가 도처에서 목격되는 것이다. 그러나 김소진을 읽는 시간은 그런 배반과 망각의 시간을 부정한다. "뭔가 알 수 없는 축축함이 샘솟듯 힘차게 차오르는" 미래를 있을 수 있는 현실로 만드는 것은 결국 우리의 몫으로 남는다.

그렇다면 옥절(玉折)한 작가를 읽는 독자는 '별 세는 사람들'의 마음을 더 닮아야 하지 않을까. '장석조네 사람들의 세계'를 끝내 떠나지 않았던 김소진이 단절과 탈주의 언어들이 난무한 1990년대 현실에서 자신의 개인사를 되살림으로써 대승적인 미래를 기약했기 때문에 더욱 그렇다. 김소진의 독자는 그의 작품에 위태롭게 뿌리를 내린 '목마른 뿌리들'의 존재를 온전하게 증언해야 하는 숙제를 떠안은 셈이다. 하지만 그런 숙제도 모든 개인에게 기계적으로 부과될 수 있는 것은 아니겠다. 다만 좀더 많은 독자들이 김소진의 작품을 즐겁게 읽어주고 그렇게 읽어주는 과정에서 "뭔가 알 수 없는 축축함이 샘솟듯 힘차게 차오르는" 앞날을 느낄 수 있다면, 그런 읽기는 우리의 현재에서 잊어서는 안 되는 과거와 있음직한 미래를 예감하고 앞당기는, 그런 뜻에서 역사적이라는 형용어가 부끄럽지 않을 행위가 될 수 있을 것이다.

유희석 문학평론가. 평론집 『근대 극복의 이정표들』이 있다.

비루한 것들의 리얼리즘

김형중

1991년 봄

김소진의 단편 「열린 사회와 그 적들」(1991)은 1991년 봄, 몰락하는 사회주의에 대한 격렬한 애도 과정(소위 분신정국이라 불렸던)에 있던 서울, 그곳의 한 병원을 무대로 한 작품이다. 그 병원엔 4월 어느 날 경찰의 과잉진압에 의해 사망한 김귀정의 시신이 안치되어 있다. 많은 시민과 학생들이 이 병원에 모여 혹시나 있을지도 모를 공권력의 시신 탈취를 막기 위해 철야 농성 중에 있다.

그러나 이 작품의 주된 갈등은 공권력과 시민 사이에서 발생하지 않는다. 시민과 시민 사이에서, 정확히는 지식인들과 '밥풀때기'들 사이에서 발생한다. 주로 시민운동가이거나 학생인 전자의 사람들은 한국 사회를 포퍼의 논지에 따라 '열린 사회'로 가는 과도기로 이해한다. 수습대책위원장 현대영이란 자의 장황한 연설풍 대사에 따르면, 한국은 "계급이나 종족 그리고 이데올로기라는 신화가 더 이상 개인에게 굴레가 되지 않고 개개인이 사회의 진정한 주인으로서 질적으로 더 많은 자유와 민주주의, 물질적 풍요와 평등을 이룰 수 있는 마당이며 소수에 의한 지배가 아니라 이성적으로 눈뜬 다수에 의한 착실하고 도 양심적인 사회 운영이 기본 원리로 받아들여지는 사회"로 가는 과도기에 있다. 그런 이유로 그들은 시위에 참여한 시민들에게 폭력 시위나, 비조직적인 일탈 행위, 과격한 언사나 행동을 자제할 것을 요청한다. 그들은 소위 '밥풀때기'들을 민주불량배, 서리 시위군, 끄나풀들이라며 시위대에서 배제하고, 심지어 경찰에 그들의 명단을 넘겨주기까지 한다.

반면 '밥풀때기'들은 그 신원부터 이들과 다르다. 인기 없는 거리의 악사 브루스 박, 프레스에 왼손목이 잘린 강종천씨, 고물 줍는 거렁뱅이 전을룡씨, 날품팔이 정재복씨 등이 그들이다. 그들은 지도부의 지식인들과 달리 삼당야합의 주범이 보낸 화환을 길바닥에 내동댕이치기도 하고, 병원 마당에 군불을 지펴 소주 추렴을 하기도 하고, "배고픈 사람 구제하는 건 고사하구 재벌들 돈 대줘서 땅투기나 허게 하는 은행"을 불사르자고 서슴없이 외치기도 하는 사람들이다. 그 두 그룹간의 갈등이 작품을 이끌어간다.

작가는 전자의 인물들에게는 딱딱한 표정과 언어, 그리고 80년대적 어법으로 말하자면 '개량주의'적 세계관을 부여한다. 반면 후자의 인물들에게는 작가 특유의 걸쭉한 기층 언어와 단순하지만 사태를 꿰뚫어보는 혜안, 그리고 비타협적 투지를 부여한다. 결국 '지식인/기층민중'이라는 이 낯익은 이분대립이 이 작품을 아직 80년대 문학의 자장권에서 완전히 자유롭지 못한 작품으로 읽게 만들 여지를 제공하는 바, 김소진이 결정적으로 80년대 문학과 결별하는 지점에 대해서는 일단 논의를 미뤄두자. 다만 여기서 확인해둘 것은, 작가가 그토록 격렬했던 91년 봄을 소설화하면서도, 삼인칭을 포기하지 않는다는 점이다. 그저 소설의 한 기교로서의 시점만을 말하는 것이 아니다. 인물들 각자에게 고유한 성격을, 특히 밥풀때기 그룹에 속하는 인물들에게 독자적인 사연과 말투와 표정과 행동을 부여하는 작가의 태도는 여전히 냉정하고 차분하다(그리고 무엇보다도 바흐친적인 의미에서 '다성적'이다. 이에 대해서는 다음 절에서 논하기로 한다). 작가는 사태를 냉정하게 관찰하고 기술하는 역할에 머무를 뿐, 자신의 주관을 쉽사리 노출하지도, 그렇다고 특정 인물과 자신을 동일시하지도 않는다. 기자였고, 지식인이었던 작가의 이력 탓이기도 하겠지만, 그는 대부분의 진보적 주체들을 열병에 걸리게 했던 91년 봄에도 여전히 제 속의 원한을 인물과 사건과 문체를 통해 승화시키는 방식으로만 소설을 쓴다.

사실 1991년 봄은, 정치·사회사적으로만 아니라 문학사적으로도 중요한 분기점에 해당한다. 91년 봄은 사회적으로는 '사회주의적 근대화'가 아닌 다른 방식의 대안을 사유해야 한다는 절박함을, 그리고 문학적으로는 작가들로 하여금 어떤 방식으로건 80년대에 대한 나름의 태도를 결정하고 새로운 문학을 고안해야 한다는 심리적 강제를 부여했을 것이다. 김소진 역시, 그런 절박함에서 자유롭지 못했을 터인데, 그럼에도 표면상 그의 작품은 여전히 전통적인 소설 문법을 크게 벗어나지 않는다. 그는 여전히 문학적 승화 이전의 날것들(욕망이 되었건, 하위문화가 되었건)을 소설에서 생경하게 드러내는 법이 없다.

반대편에 백민석(그리고 그의 세대 작가들)의 예가 있다. 우연치 않게, 91년 봄 서울 거리에는 백민석의 주인공들도 활보하고 있었다. 흥미로운 점은 이들의 나이가 작가의 실제 나이와 같거나 비슷하다는 점이다. 그들은 모두 대학생의 신분으로 91년 5월을 맞았고, 작가 역시 같은 나이에 91년 5월을 겪었다. 가령 백민석의 소설 『내가 사랑한 캔디』의 71년생 주인공은 그즈음, 한 해 재수를 하는 바람에 대학 1학년에 재학 중이었다. 그는 김귀정이 죽어가고 있을 때 바로 그 옆 골목에 있기도 했는데, 시위 중 고등학교 동창 한 명을 발견한다. 동창은 소위 백골단이라 불리던 사복체포조 한 명을 피곤죽으로 만들고 있었다. 이유를 묻자, 그 친구는 "누굴 죽이고 싶었는데, 핑곗거리가 생긴 거"라고 대답한다. 그러니까 백민석의 인물이 경찰에게 가하는 폭력에는 '민주화의 염원'도 '역사의식'도(작가가 종종 거대한 가치들에 대해 퍼붓는 악담과 냉소 그대로) 담겨 있지 않다고 말할 수 있겠다. 그의 폭력은 승화 이전의 날것 그대로인바, 작가 백민석의 이후 작품이 내용에 있어서나 형식에 있어서나 승화와는 거리가 먼 폭력과 엽기의 세계에 이르게 된다는 사실은 우리가 익히 아는 바다. 김소진과 다르게 백민석의 91년 5월 체험은 그의 문학이 탈승화된 날것의 폭력과 권위 일반에 대한 극렬한 저항의 형태를 띠게 되는 계기를 이룬다.

비슷한 예로 김종광의 경우가 있다. 『71년생 다인이』의 주인공 양다인(그녀의 나이 또한 작가의 나이와 같다)도 같은 시기 시위를 주동하고 있었다. 시국과 상관없이 '오월의 여왕 선발대회'나 벌이고 있는 학우들 앞에 나선 그녀는 포효한다. "민주 언론인 여러분! 지금 조국은 싸우고 있습니다. 경대, 승희, 세용이, 철수, 이들이 대체 누굽니까. 이들을 벌써 잊으셨단 말입니까? 정녕 이들이 뿌린 피를 헛되이 할 것입니까? 여러분, 싸움은 끝나지 않았습니다. 백만 학도의 사랑, 투쟁, 영광은 이 시간에도 계속되고 있습니다. 여러분, 경대의 죽음을 헛되이 하지 맙시다!" 이어진 그녀의 분신 시도는 다소 우스운 실패로 끝나지만, 확실한 것은 작가 김종광이 자신의 세대에 속한 인물에게 자신이 겪은 경험담을 말하게 함으로써 김소진과 같은 '거리 두기'를 고집하지 않고 있다는 점이다. 다소 사정은 다르지만 같은 시기 아크로폴리스와의 결별을 선언하고 영화적 상징계로 귀의한 김경욱의 주인공(『아크로폴리스』), 군대에 있었으나 사회주의권의 종말에서 한 시대의 종언을 직감하고 포스트모던 소설가가 되기를 마다하지 않았던 김연수의 주인공(『가면을 가리키며 걷기』)도 예외는 아니다. 70년대 초반생이자, 현재는 한국 소설의 가장 중요한 흐름을 형성하고 있는 이들 작가들에게 91년 5월은 바로 자신들의 직접 체험이었고, 자신들 세대의 운명과 직접적인 관련이 있었으며, 그런 이유로 거리를 둔 관찰과 치밀한 성격화에 의해서만 가능한 리얼리즘적 승화의 대상이 아니었던 것이다. 이후 그들의 글쓰기는 한국 소설의 전통적 문법과 결별하게 되는바, 때로는 어마어마한 파괴력을 갖춘 엽기 취향으로(백민석), 때로는 영화를 비롯한 영상 이미지에의 매혹으로(김경욱), 때로는 바흐친적 다성소설 형식으로(김종광), 때로는 포스트모던 기법의 다양한 활용(김연수)으로 변주된다. 그들은 80년대 한국 소설이 취해온 전통적 문법에 대한 급진적인 해체의 길에 들어섰던 것이다.

그렇다면 이렇게 말할 수도 있겠다. 91년 5월에, 우리 소설에도 두 갈래의 길이 있었다고. 70년대 초반생의 많은 작가들이 그 두 갈래길 중 사람들이 많이 다니지 않은 듯싶은 길을 갔다. 그것은 전통적인 소설 문법을 해체하고 새로운 시대, 새로운 세대의 감수성과 세계관을 준비하는 길이기도 했다. 그러나 김소진은 다른 길을 갔다. 그 길은 이미 많은 사람들이 다녔던 길 같았지만, 정작 당시로서는 이제 더 이상 출구가 없는 막다른 길처럼 보였고, 그런 이유로 이제는 그 누구도 가려고 하지 않을 것 같은 그런 길이었다.

비체, 비루한 것, abject

1996년, 한 단편에서 작가 최인석은 다음과 같이 쓴다.

나는 이제 세상에 존재하는 유일한 혁명은 오늘날의 나 같은 자들, 범죄자들, 일탈자들, 건달들, 깡패들, 그러니까 마르크스가 혁명에 유해한 존재라고 규정한 룸펜 프롤레타리아들에 의해서만 이루어질 수 있다고 확신한다. 모든 부패한 공무원들, 모든 더러운 정치인들, 처자식을 버리는 모든 애비들, 모든 미치광이들, 모든 부랑인들, 모든 일탈자들, 모든 마약중독자와 알코올중독자들이야말로 나의 동지들이다.(「숨은 길」)

최인석 소설의 화자들이 항용 그렇듯이 위 구절의 화자 또한 로베르적인 의미에서 다소 망상적인 업둥이 기질이 있음을 인정해야 하겠지만, 어쨌거나 90년대 한국 소설에 나타난 주인공의 변화를 위 구절처럼 적절하게 요약한 작품의 예를 달리 찾기는 힘들 것이다. 최인석만 아니라, 90년대 한국 소설에 대해 논할 때 항상 맨 앞자리를 차지하는 장정일에게서도, 90년대 중반 격렬한 하위문화적 상상력으로 무장한 채 혜성처럼 등장한 백민석에게서도, 속어와 비어를 서슴지 않으며 자주 껌을 십고 침을 뱉는 양아치들을 자신의 주요한 단골 등장인물로 삼은 김영하나 성석제에게서도 이러한 현상은 나타난다. 황종연이 「비루한 것의 카니발」(『문학동네』, 1999년 겨울호)이라 불렀던 그 현상, 80년대 내내 문학적 담론의 바깥에서 혁명에 저해되는 존재라는 이유로, 조직화되기 힘들다는 이유로, 말하자면 쓸모없는 존재들이라 내버려졌던 비체(abject)들의 대대적인 등장이 90년대 한국 소설의 가장 중요한 변화였음은 이제 주지의 사실이다. 그러나 장정일과 최인석의 주인공들을 주로 다루고, 김영하와 백민석과 전경린과 신경숙을 부차적으로 언급하면서 황종연이 어떤 이유에서인지 거론하지 않은 주인공들이 바로 김소진의 주인공들이다.

사실상 김소진의 주인공들처럼 '비루한 것'(황종연은 크리스테바의 abject 개념을 이렇게 번역한다)이라는 명명에 적절한 예도 그리 많지 않다. 최인석의 작품이 발표되기 한 해 전에 출간한 연작 장편『장석조네 사람들』(1995)이 그 결정판이거니와, 김소진은 80년대적 주인공들이 내장했던 영웅적 면모와는 완전히 상이한 주인공들을 자신의 작품 속에 불러온다.

황종연이 '비루한 것'이라 번역한 'abject'는, 크리스테바의 어법에 따르면 'object'와의 대비 속에서 읽을 때 그 의미가 분명해진다. 확연한 존재감을 갖는 물체나 객체와 달리, abject는 주체도 객체도 아닌, 명명과 편입을 거부당한 비체(非體)다. 라깡의 거울단계보다도 선행하면서, 견고한 면적과 부피도 갖지 못한 채 경계 없이 모호한 그 비체는, 상징계에 편입된 적이 없기 때문에 오히려 상징계를 위협한다. 부권적 상징계의 질서 내에 있지 않으므로 기호계의 모성적 울림을 가진 이 비체들은, 예를 들자면 '눈물, 침, 똥, 오줌, 토사물, 질 분비물'처럼 버려지고 배제당한, 그러나 불쾌한 만큼 매혹적인 것들과 관련된다.

비유적으로 이해할 때, 『장석조네 사람들』에 등장하는 주인공들(「두 장의 사진으로 남은 아버지」의 화자 '나'와, 집주인이자 배면의 권력자인 장석조 씨를 제외하고)은 모두 이 비체들에 가깝다. 그들은 80년대 내내 버려진 존재들, 권력자와 민중 사이에서 변혁의 객체도 변혁의 주체도 아니었던 존재들, 80년대적 상징계 밖에 있으면서 사실은 그 상징계를 위협하던 존재들이다. 양은장수 최씨도, 겐짱 박씨도, 육손이 광수 형도, 폐병쟁이 진씨도, 함경도 욕쟁이 아즈망도 모두 그들의 모호한 계급적 성향을 이유로, 신체적 기형을 이유로, 몸에 지닌 병을 이유로, 그들이 어긴 윤리적 기준을 이유로 배제당하고 버려진 존재들이다.

사실 등단작인 「쥐잡기」(1991)에 처음 등장했다가 이후 그의 작품 곳곳에서 출현하는 아버지, 고작 수용소에서 기르던 쥐 한 마리의 행방을 따라 남에 남기로 작정한 아버지, 그리고 평생을 변변한 가장 노릇 한 번 하지 못한 채, 개흘레꾼 소리나 듣고, 구멍가게나 지키다가, 아들의 등록금을 춘하의 허벅지에 바치기도 했던 그 아버지에 대한 연민과 동일시는, 처음부터 김소진이 바로 그 비루한 세계에 한없이 매혹당한 작가였다는 판단을 가능하게 한다. 빨치산도 아니고 사상범도 아닌 이 초라하고 무기력한 아버지의 세계는 김소진에게는 증오의 대상인 만큼이나 연민과 동일시의 대상이기도 하다. 그렇지 않고서야 「춘하 돌아오다」(1992)에서 아버지의 욕망 대상이었던 춘하에게 허벅지를 내놓으라고 소리지르는 아들 화자의 태도를 이해하기는 힘들다.

개흘레꾼 아버지에 대한 동일시는 그가 속한 비루한 세계에 대한 애정과 연민으로 이어진다. 연작 『장석조네 사람들』, 그리고 나머지 삼인칭 소설 대부분(흔히 지식인 소설의 계열로 분류되는 일인칭 시점의 소설을 제외한)의 무대가 되는 서울 변두리 길음천 주변의 빈민촌은 그러므로 김소진식 비체들의 태반이 된다. 거기서 나고 자라고, 흘러들어오고, 야반도주하고, 술 마시고, 싸움질 하는 비루한 주인공들의 세계야말로 등단작 「쥐잡기」에서부터 마지막 작품 「눈사람 속의 검은 항아리」(1997)에 이르기까지 김소진의 소설을 낳은 자궁인 것이다.

그렇게 볼 때, 김소진은 전형적으로 90년대적인 작가다. 그는 90년대를 빛낸 다른 작가들과 마찬가지로 비루한 것들이 이제 당당히 한국문학의 주무대에 등장할 것이고, 등장해야 한다는 사실, 그들이야말로 전대의 '민중'을 대신할 새로운 주인공들이란 사실을 일찌감치, 사실은 그 누구보다도 일찍 이해한 작가였던 것이다. 다만 김소진의 비체들이 90년대 다른 작가들의 비루한 주인공들과 다른 점이 있다면, 그들이 항상 삼인칭으로, 객관적 관찰의 대상으로, 그리고 소설적 언어에 의해 승화되고 성격화된 형태로 등장한다는 점이다. 그러니까 김소진은 소설의 전통적인 문법을 버리지 않은 채로, 황종연의 어법를 빌리자면 '탈승화'의 방식으로가 아니라 '승화'의 방식으로, 그들을 호명한다.

그는 시대의 흐름을 누구보다 먼저 읽고 있었다. 그러나 그는 다른 많은 작가들과 달리 단절의 방식이 아닌 연속의 방식으로, 그 흐름을 고독하게 뚫고 가려 했다. 굳이 이름 붙이자면, 작가 김소진은 '비루한 것들의 리얼리즘'을 꿈꾸었던 것이 아닐까?

기층언어의 카니발

김소진이 탈승화적 방식보다 승화적 방식으로 90년대 소설을 개척하고자 했다는 말은 주로 그의 언어미학을 염두에 두고 하는 말이다. 김소진이 우리말 용례 사전을 베껴 적어가면서 외웠다는 일화는 유명하다. 그 흔적은 김소진 특유의 언어 운용에 고스란히 남아 있다. 사라져가는 사어들(그러나 「춘하 돌아오다」의 기자 화자처럼 그는 결코 죽어가고 있다고 생각하지 않았던 우리말들)을 공들여 살려 쓰는 예는 너무 허다해서 인용하기 멋쩍을 지경이고, 기층에 속하는 주인공들의 입에서 흘러나오는 구어체의 걸쭉함은 타의 추종을 불허한다. 아무데서나 뽑은 예다.

"후후, 아직 익숙지 않아서 그러시는 모양인데, 총알택시란 게 마냥 다 그렇습니다. 이 안으로 맘먹고 기어든 바에야 거추장스러운 쓸개고 간이고 전부 떼놓는 게 좋죠. 재수 옴붙어 첫대바기로 올라타면 이십 분도 좋고 삼십 분도 좋은 건 양반이고 운전사 손짓 하나로 좌석이 앞뒤로 바뀌기 일쑵니다. 심지어 목숨까지도 저당잡힐 당조짐을 스스로 일러바치지 않으면 낭패를 봅니다. 곳곳에서 콩알만해질 간덩이는 적당히 알코올에 적셔두는 게 좋구요. 한밤중에 들입다 밟아대는데, 속도계 바늘이 반 바퀴를 홱 돌아 일백오십 킬로에서 파르르 떠니 일 초에 약 사십이 미터를 내빼는 거 아닙니까? 바퀴에 돌멩이 하나 걸려도 머리가 택시 천장에 가 닿죠. 고무타이어 타는 매캐한 냄새가 코끝을 찌르며 차가 저만치 가 서야지만 비로소 얼어붙은 종지뼈를 펴고 멍해진 머리를 뒤흔들면서 호주머니를 뒤져 자칫 저승길 가는 노잣돈에 보탰을지도 모를 오천 원짜리를 꺼내는 게 바로 이 총알택시 타는 묘미 아니겠습니까?"(「적리」, 1992)

이처럼 소설이 기본적으로 '읽는' 장르임을 고려할 때, 김소진의 소설은 바로 그 읽기의 묘미에 충실하다. 소설이 기본적으로 언어의 예술임을 고려할 때, 김소진의 소설은 그 특유의 문체로 하여 미학적 자질을 부여받는다. 아마도 이 점이 탈승화의 길을 택한 90년대의 다른 작가들과 김소진을 구별하게 하는 지점일 것이다. 그는 소설이 각고의 연마에서 비롯되는 언어예술이란 점을 잊지 않는다. 그리고 그 연마의 결과 그가 도달한 지점이 바로 바흐친적인 의미에서의 '다성소설' 형식이다.

김소진의 많은 소설들에서 주인공은 복수의 형태로 등장한다. 특정한 중심인물 주변으로 서사를 모으고, 그에게 특권적인 발언권을 부여하고, 그로 하여금 소설의 주제를 대변하게 하는 무소불위의 권력을 김소진은 행사하지 않는다. 또 김소진의 인물들은 비록 그가 잠시 단 한마디의 대사를 위해 등장하더라도, 이즈음 흔한 식으로 익명의 이니셜(가령 K, H, Y 같은)로 호명되지 않는다. 그들에게는 항상 고유명사로서의 이름 석 자가 따라다니고, 그들 나름의 사연과 인생관과 어법을 부여받으며, 단역이라도 강렬한 인상을 남긴 후에야 소설 밖으로 나간다. 가령 「사랑니 앓기」(1992)에서 룸살롱 '야래향'에 모인 인물들 중 소설의 서사를 위해 필요한 인물은 화자인 나, 곧 '성병룡' 뿐이다. 그러나 조활 차장, 강남원 과장, 최기상 대리, 엄용섭 대리 등등의 인물들 모두에게 고유명사가 부여되고, 충분히 인상에 남을 만큼 개성적인 대사와 내력이 부여된다. 그들 각자는 모두 독립된 소우주다.

말할 것도 없이 『장석조네 사람들』은 그처럼 위계 없는 소설 쓰기의 진수를 보여주는데, 연작의 다른 편에서 주연이었던 사람이 다른 연작에서는 조연으로, 어떤 연작에서는 조연이었던 사람이 다른 연작에서는 주연으로 자리를 바꾼다. 장석조네 기차식 주택에 모여 사는 모든 사람들이 그들의 독자적인 사연과 어법과 성격으로 인하여 하나같이 소우주를 이루고 이 소우주들의 변주와 교향악적 화성이 전체로서의 연작 장편을 이룬다. 작가는 그들의 언어를 마치 그저 기록할 뿐이라는 듯, 개입을 최소화하고, 설사 그들 중 누군가가 자신의 의도에 반하더라도 그를 작품 밖으로 내쫓는 법이 없다. 그들은 모두 바흐친적인 의미에서 '독자적으로 말하는' 자들이다. 마치 김소진의 작품을 읽었다는 듯이(아니면 역으로 김소진이 바흐친을 읽었던지) 바흐친은 이렇게 말한 적이 있다.

산문작가의 언어는 작가, 즉 작가의 궁극적 의도에 때로는 접근하고 때로는 멀어지면서 펼쳐진다. 언어의 어떤 측면들은 작가의 의미 및 표현상의 의도를 (시에서처럼) 직접 드러내지만, 또 다른 측면들은 그것을 굴절시킨다. 그는 자신을 자신이 사용하는 어떠한 말과도 전적으로 동일시하지 않으며, 오히려 그것들 하나하나에 특정한 방식으로—유머러스하게, 아이러니칼하게, 혹은 패러디적으로 등—강조를 준다. 개중에 어떤 부분은 작가의 궁극적 의도로부터 대단히 멀리 떨어져서 그의 의도를 더욱 철저히 굴절시키기도 한다. 작가의 의도를 전적으로 거부하는 경우도 있다. 그리하여 작가는 그 속에서 (그것의 저자로서) 자신을 표현하는 것이 아니라, 오히려 그것을 독특한 하나의 발언물로서 제시한다. 그 말은 그와는 전적으로 소원한 어떤 것으로 기능하는 것이다. 그러므로 다양한 언어의 층들, 즉 장르나 직업, 신분에 따른 언어들, 세계관이나 사조, 개성에 따른 언어들, 그리고 사회적 의미의 방언들이 소설 속에 들어옴과 더불어 그것들은 소설의 내부에 자신들 고유의 특별한 질서를 수립하고 독특한 예술적 체계를 성립시키는데, 바로 이러한 체계가 작가가 의도한 주제를 교향시키는 것이다.(바흐친, 『문학과 미학의 제문제』; 우리말 번역본은 창비판 『장편소설과 민중언어』)

김소진의 소설에 절묘하게 어울리는 언급이거니와, 바흐친이 묘사한 소설의 이런 특징은 그의 또 다른 개념인 '카니발'과 적절히 조응한다. 거지가 왕비를 겁탈하고, 신하가 왕을 모욕하며, 주인과 노예의 구분이 완전히 사라지는, 디오니소스제와도 같은 해방 상태는 바흐친이 다성적 소설에 기대했던 최대치가 아닐는지. 그럴 때 기층의 언어들은 단성적이고 위압적인 지배언어를 무화하고, 인민주의적 해방 상태를 상징적으로 재현한다. 말의 난장이다.

90년대 초엽 김소진의 문학이 향하던 지점이 바로 거기였던 것으로 보인다. 권위적이고 단성적인 시민운동가 현대영의 말에 맞서 해방적이고 비위계적인 구어들의 난장을 연출하던 「열린 사회와 그 적들」의 '밥풀때기'들에 대해서는 이미 언급한 바 있거니와, 『장석조네 사람들』의 마지막 연작 「빵」에서 취로사업에 대한 대가로 밀가루 배급을 요구하며 관의 창고 앞에 모인 얼추 50명의 '말하는 자들'이야말로 바흐친적 카니발의 주인공들이다. 물이 바랜 예비군복 바지를 허벅지까지 감아올린 권대용 씨, 노름 좋아하는 양세종 씨, 느림보 성낙도 씨, 월남 파병군인 상호, 딸기코 오병세 씨, 속 깊은 길노인, 김치 잘 담그는 철수 엄마, 술 좋아하는 둘남 아배, 고물장수 고영만 씨, 상이군인 연성만 씨 등등(채 이름을 못 부른 인물들에게는 사죄를!)의 입에서 뱉어지는 말들의 홍수는 그들과 맞서고 있는 관청 서기와 장석조 씨의 단성적인 행정언어를 순식간에 무화시킨다. 동사무소 서기 곽가와 방범 최만술, 그리고 배면의 권력자 장석조는 이들에 비하면 차라리 벙어리에 가깝다. 여기에 다음의 장면을 더 인용한다면 사족일지도 모르겠다. 「지하생활자들」에서 서울역 지하도에 모인 날품팔이, 노숙자, 행려병자들(그러니까 비체들)이 청원경찰과 벌이는 말싸움 장면이다.

"당신 어디서 많이 봤던 얼굴인데 어디 주민등록증 좀 꺼내봅시다."

"맞아요. 저그 붙어 있는 저 일 계급 특진시켜줄 사람들 사진을 잘 들여다보믄 뭔가 나올지도 몰러요. 낄낄."

곁에서 누군가 기다란 긴급현상수배자 전단이 붙은 벽을 가리키며 설레발을 놓았다.

"청원들도 일 계급 특진이 있나 웅?"

"당신보고 묻지 않았으니깐 나서지 말앗!"

"아따, 행님들하고 얼굴을 맞추긴 어디서 맞췄다고 이러실까. 보아하니 구멍 같이 판 동서지간도 아닌 듯한데. 오늘 같은 날은 서로 피곤하게들 굴지 맙시다 이거."

곱슬머리에다 광대뼈가 유난히 두드러져 보이는 사내가 불심검문을 당하자 겉으로는 사람 좋은 체 히물거리면서도 주위에 구경꾼들이 서넛씩 꾀어들자 은근히 뻣뻣드름한 자세를 들이대고 나섰다.

"당신 웬 잔말이 그리 많아. 검문에 응하지 않겠다 이거야? 신분이 확실하다면 왜 주민증을 못 내놓겠다는 거야. 보자보자 해주니 이젠 아예 상투 끝자락에까지 기어오르겠다는 반죽들이여 어째서."

"헐헐, 웬 뜬금없는 까탈이실까, 점잖으신 분들께서. 허릅숭이 날품팔이 하나를 앞에 두시고설랑. 드리지요. 아암, 힘없는 백성이 정중히 드려야 합지요. 그런데 한 말씀 더 드리자면 장터거리에 수염 난 것은 죄다 자기 할애비라고 우기는 사람한테는 옥수수마저도 저거 할애비처럼 보이는 건갸벼?"

그러자 주위에 몰려섰던 사람들이 서로의 어깨를 툭툭 치며 와르르 웃음을 터뜨렸다. 얼굴이 시뻘게진 제복은 신경질적으로 받아든 주민증을 살펴보지도 않고 광대뼈의 가슴팍에다 냅다 후리듯 되던졌다.(「지하생활자들」, 1993)

김소진 소설 속에 술판, 노름판, 아편 파티, 혼례와 같은 카니발적 상황이 빈번히 등장하는 점도 그러고 보면 따로 분석을 요하거니와, 비루하기 그지없는 비체적 존재들이 말의 난장으로 행정권력을 무화시키는 이 카니발적 장면은 우리 문학사에서 두고두고 거론해 마땅한 장면일 것이다.

비루한 것들의 리얼리즘

김소진이 연출한 이 장면들을 두고 달리 어떤 명명이 가능할까? '제복의 굴욕?' '말의 반란?' 혹은 '산문적 언어의 혁명?' 명칭이야 어찌 되었건 김소진이 이르렀던 그 지점은 우리 소설사에서는 분명 각별한 지점이었음에 틀림없다.

왜냐하면 그가 갔던 그 길, 91년 봄 이후 대부분의 작가들이 너무 낯익다는 이유로 포기해버린 그 길, 종종 막다른 골목으로 보이기도 했던 그 길이, 실은 우리 소설이 가야만 했던 또 하나의 길이었을지도 모르기 때문이다. 그 길이야말로, 어쩌면 십 년이 넘게 선언만 난무할 뿐 실현의 조짐은 보이지 않는 '갱신된 리얼리즘', 그러니까 80년대 이후의 급격한 사회적 변화에도 '적응한 리얼리즘'으로 향하는 최단거리의 지름길이었을지도 모르기 때문이다. 그렇다면 이렇게 말하는 것도 과장은 아니겠다.

지금으로부터 십수 년도 더 된 오래전에, 그러니까 리얼리즘과 모더니즘의 회통이니, 모더니즘의 세례를 충분히 받은 리얼리즘이니 하는 거대한 말들보다 먼저, 김소진의 '비루한 것들의 리얼리즘'이 있었다.

김형중 문학평론가. 평론집 『변장한 유토피아』 등이 있다.

민주주의와 그 적들

—1991년 밥풀때기, 그리고…… 2000년대에 다시 읽는 김소진

김영찬

1. 나와 밥풀때기, 그리고 시차(視差)

김소진의 소설은 '사이'(in-between)의 소설이다. 돌아보자. 투박하고 리얼한 밑바닥 민중의 삶과 언어를 소설의 중핵으로 끌어안았다는 점에서 우리는 얼핏 그의 소설에 드리워진 '80년대'를 보았고, 그럼에도 불구하고 관념성이라는 불가피한 폐해와 거리가 멀었다는 점에서 그것과의 의미 있는 단절을 보았다. 또 한편 그의 소설에서 섬세한 개인의 내면과 허무주의의 기미를 엿본 이는 그것을 근거로 그의 소설을 비루한 개인의 욕망과 상처의 아우라로 꽃핀 저 '90년대'의 징후로 편입시키고픈 유혹도 있었겠지만, 내면에 달라붙어 웅성대는 밑바닥 타자의 목소리들은 그 유혹을 지긋이 거절하는 것이기도 했다. 그의 소설은 영락없는 지식인적 자의식을 수줍게 달고 있으면서도 달동네와 주변부 하류 인생들의 누추하고 비루한 삶과 함께하며 빛나고 있었다. 더 나아간다면, 김소진 소설의 개성은 기억과 현실, 환각과 일상, '날것'과 관념, 지식인과 '양아치'의 사이에서 그 양편의 감각이 뒤섞이면서 만들어내는 특이한 그 어떤 것이라고도 할 수 있겠다. 김소진

의 소설은 그렇게 모든 '이것'과 '저것'의 사이에서 그 둘과 관계하면서도 바로 그것을 통해 그 모두를 거리화하고 반성하는 소설이었다. 그러니, 다시 한번 말하자. 저 소설은 '사이'의 소설이다.

그 '사이'란 물론 모든 굳어지고 고정된 경계를, 그것을 다시 고착화하는 통념과 권력을 문제시하고 심문하는 위치를 일컫는 다른 이름이다. 이쯤에서, 비평에 응당 따라야 할 객관적 위치를 잠시 모르는 체하고 조심스럽게 고백하자면, 그것을 통해 당시 김소진 소설이 안겨주었던 강한 시차(視差)의 충격을 나는 지금도 기억한다. 다름아닌 「열린 사회와 그 적들」(1991)이라는 소설을 둘러싼 이야기다. 이 작품은 내겐 개인적으로 각별할 수밖에 없는 소설인데, 무엇보다 그렇지 않겠는가. 이십대의 나 자신이 그가 소설에서 그렸던 문제의 바로 그 시간 그 현장을 지키고 있었음을 생각해보면 말이다. 같은 과 후배의 죽음에 대한 의분, 영정 속 김귀정의 처연하도록 맑은 얼굴을 보고 품었던 뒤늦은 회한과 안타까움, 언제 공격해들어올지 모르는 전경들과 대치한 싸늘한 봄밤의 긴장과 두려움, 그 현장을 나는 이런 복잡한 감정들의 뒤얽힘과 함께 기억한다. 그리고 거기에는, '밥풀때기'들이 있었다.

그 시절 '밥풀때기'라고 불렸던 이들에 대해 '우리'가 품었던 의문은 대략은 이런 것이었겠다. 저들은 대체 누구인가? 술에 취해 건들대며 담배 한 개비를 구걸하면서 위협적으로 말을 붙여오던 저들은, 우리의 주위를 어지럽히며 불량하게 어슬렁대던 저들은, 그럼에도 가당찮게도 저 스스로 민주시민이자 민주투사임을 자처하며 우리의 불안과 긴장의 밤 속으로 침입해 어물쩍 섞여들던 저들은. 돌이켜보면 그때 그들은 '우리'와 '적'이라는 자명하고도 안정된 구도를 균열시키며 틈입해들어온 무질서한 찌꺼기였으며(애초 '밥풀때기'라는 말 자체가 남겨진 밥의 찌꺼기를 뜻하는 것이 아닌가), 당연히 '민중'이라는 우리의 순결한 관념적 형상을 어지럽히며 불량하게 일탈하는 잉여였으며, 우리의 선한 의지와 정의에 의해 구축된 질서를 균열시키고 더럽히는 얼룩이었다. 그 모든 까닭에 우리의 입장에서 그들은, 짜증을 불러일으키는 불편한 존재들이었다.

그리고 그해 가을, 김소진의 「열린 사회와 그 적들」이 있었다. 그런데 내가 당연히 찾아 읽었던 그 소설은 흥미롭게도 '우리의 판'에 불편한 존재로 침입해들어온 저들의 목소리를 다름아닌 저들의 입으로 들려주는 것이 아닌가. 나 자신이 밥풀때기들을 겪으며 가졌던 생각과 감각이 전혀 다른 위치에서 상대화되는 데서 오는 인식의 반전이 이때 모종의 반성적 계기로 들이닥쳤다고 한다면 그것은 너무 진부한 말이 될 것이다. 물론 일면 그러기도 했을 테지만, 오히려 넘겨버릴 수 없는 것은 그럼에도 불구하고 소설을 읽으면서 당시의 나로서는 딱히 꼬집어 정의하기 힘들었던 모종의 혼란과 당혹이 있었다는 사실이다. 그것을 두고 강한 시차의 충격에 의해 경험적 감각의 자명함이 흔들리는 문학적 체험의 여진(餘震)이라고 한다면 그럴 수도 있겠다. 돌아보면 과연 문학에 스며들어온 저들 '밥풀때기'의 생 목소리는 나의 경험의 자료를 전혀 다른 자리에서 전도된 방식으로 재구성해놓았을 뿐 아니라, 나아가 80년대 민중문학의 독서를 통해 익숙해진 저 문학적 민중상의 기대지평을 미묘하게 배반하고 있었다. 그리고 무엇보다 이런 것이겠다. 1991년 김소진의 「열린 사회와 그 적들」을 읽고 내가 느낀 버성긴 이질감은 아마도 당시로서는 나 자신이, 소설이 출로를 열어주고 있는 저 '밥풀때기의 목소리'를 의미 있는 좌표 속에 정확히 위치짓고 의미화할 수 있는 언어를 알지 못했기 때문이기도 할 것이다. ……밥풀때기의 목소리라니.

2. 저들의 목소리, 적들의 이야기

「열린 사회와 그 적들」은 1991년 봄 열사 김귀정의 시신을 독재정권으로부터 지키기 위해 백병원에 모여들어 전경과 대치했던 사람들에 대한 이야기다. 작가가 그려놓은 그 공간은 크게 보면 서로 다른 두 개의 목소리가 갈등하고 충돌하는 현장이다. 한편에는 시민대책위원회를 포함한 '시민 학생'의 목소리가 있고, 다른 한편에는 물론 밥풀때기들의 그것이 있다. 달리 말한다면, 한편에는 '민주시민'들과 그들의 '질서'가 있고 다른 한편에는 "민주 시민을 가장한 폭력배들"(『열린 사회와 그 적들』, 문학동네, 2002, 77쪽)과 그들의 '무질서'가 있다. 한편에는 합리적 담론과 비폭력의 이성이, 한편에는 날것의 육성과 대책 없는 소란이 있다. 그 둘은 소설에서 사사건건 대립하며 충돌하는 것인데, 정확히 말하면 그것은 밥풀때기들의 난데없는 침입으로 인해 발생한 거추장스런 소동이다.

그때 그 현장에서 우리가 실제 품었던 의문은 소설에서 다시 반복된다. 저들은 대체 누구인가? 민주화운동의 현장에 난데없이 끼어든 저 불량한 밥풀때기들은 대체 무슨 짓을 하고 있는 것인가? 김소진의 소설이 들려주는 것은 바로 그 이야기다. 무슨 짓을 하고 있는가에 대해서는 이미 소설에서 현장을 지휘하는 '민주시민'의 한 사람이 이렇게 정리한 바 있다.

> "같이 애써주시는 건 충심으로 고맙게 여기고 있지만 어디까지나 하나의 조직이 꾸려진 이상 그에 걸맞은 규칙과 체계가 있는 법이지요. (……) 민주화운동 세력은 일반 국민이나 시민들과, 말하자면 물고기와 물의 관계를 맺고 있습니다. 민주화운동 세력은 물고기가 물을 떠나서 살 수 없듯 우리 민족민주 세력은 대중의 지지 없이는 존립할 수 없

죠. 그런데 자신과 의견이 맞지 않는다고 아무한테나 심한 욕설을 퍼부어서 토론 분위기를 망치거나 국민대회가 다 끝났는데도 계속 지나가는 차량에 돌을 던지며 시민들의 일상생활에 불편을 주는 것, 그리고 같이 죽자는 말로 공포 분위기를 부추기는 일이 솔직히 많지 않았습니까?(78~80쪽)

이를테면 그들은, 주어진 규칙과 체계를 따르지 않는 자들이다. 그들은 일사불란한 질서를 어지럽히는 자들이고, 합리적인 토론을 방해하는 상스런 말과 태도를 거리낌없이 토해내는 불량한 자들이며, 쓸데없이 공포 분위기를 부추기고 시민들의 일상생활에 불편을 초래하는 자들이다. 그러니 '민주시민'의 입장에서 보자면, 이들은 "초대되지도 않은 곳에 끼어들어서" "판 깨는 짓거리"(71쪽)를 하는 자들일 뿐이다. 따라서 그들은 당연히 판의 청결한 질서를 유지하기 위해 "정화"를 해야 하는 자들이다. "이제는 **우리 시민들이** 나서서 저런 밥풀때기에 대해 분명한 선을 긋고"(71쪽, 강조는 인용자) 운운하는 말이 나오는 것도 그러고 보면 일견 당연한 일이겠다. "당신들 도대체 누구, 아니 어느 기관의 조종을 받고 이런 망나니짓을 하는 거요?"(71쪽)라는 물음도 마찬가지다. 당연히 그 말들은 얼핏 '우리'와 가까운 듯하면서도 '우리'가 아닌 존재, 응당 지켜야 할 규칙과 체계를 박차고 튕겨나가는 밥풀때기라는 이질적이고 낯선 잉여의 존재가 불러일으키는 불편함에 대한 반응이다.

여기까지라면 크게 다를 것은 없다. 흥미로운 것은 김소진의 소설이 그렇게 그때 그 장소에서 '우리-시민'의 판에 초대받지 않은 객으로 침입해들어온 불편하고 이질적인 존재를 오히려 거꾸로 현장의 주인공으로 들어앉혀놓는다는 점이다. 그 자리바꿈을 통해 작가는 억압되었던 저 밥풀때기들의 목소리를 소설 속에 거침없이 풀어놓는다. 그가 그렇게 풀어놓는 밥풀때기들의 목소리에는 언뜻 '상식적'인 반응이라 여겨졌던 '우리-시민'의 야박한 질타와 배척에 의해 밀려나는 밥풀때기들의 억울과 항변이 묻어 있고, 그들이 내내 겪어왔던 밑바닥 존재로서의 참담한 사연의 고백이 그것에 힘을 실어준다. 중요한 것은 체제와 시스템의 바깥으로 무력하게 밀려난 저들은 심지어 저들이 동조하는 '민주화세력'에 의해서도 어찌 됐든 똑같이 밀려나고 있었다는 사실이며, 김소진의 소설이 바로 그 지점을 포착하고 있었다는 사실이다. 그것을 통해 이 소설은, 보이지 않던 것을 보이게 만들어놓는다.

그럼으로써 발생하는 효과는 자명하다. '민주화세력'이라 자칭했던 '우리-시민 학생'측의 시선과 논리는 어느 순간 저들의 입장에서 비판적으로 상대화된다. 다시 말해 이 소설은, 구석으로 몰린 저 밥풀때기들을 '우리'의 범주 안으로 선뜻 포용할 수 없는 소위 민주화세력의 옹색함은 물론 이성적 가치지향이나 합리적 토론 속에서 작동하는 배제의 논리에 대해서도 통렬한 비판의 효과를 발휘한다. 그리고 그렇게 밀려나는 밥풀때기들에 대한 작가 특유의 연민과 애정이 그것을 뒷받침하고 있다는 것도 함께 이야기할 수 있겠다. 실제로 김소진은 소설에서 겉으로 망나니 양아치 같아 보이는 밥풀때기들의 숨겨진 삶의 아픔과 처연한 삶의 내력을 들추어 보여주고 있다. 그리고 그들을 바라보는 소위 '민주시민'들의 편견에서 오는 착시(錯視)를 밥풀때기들의 눈과 입으로 친절하게 지적해주고 있기도 하다. 예컨대 "공포 분위기를 부추기는" 것으로 보였던 밥풀때기들의 행태는 들여다보면, 실상은 이렇다는 것이다.

"낮에 핏방울 튄 런닝구 입구 댕기다가 주의를 받은 친구가 바로 저기 누워 있는 상선이가 맞기는 허지만 자해한 거는 아뉴. 최루탄과 파편이 살 속을 파고든 거라니까유. 아, 남은 거라곤 몸띵이밖에 없는 사람들이 워치케 지 손으로 몸을 상하게 허겄슈."(80쪽)

이쯤에서 정리해보자. 「열린 사회와 그 적들」을 관통하고 있는 것은 그처럼 어느 쪽에도 발붙이지 못한 채 이중으로 배제되고 소외된 하류 인생들에 대한 깊은 이해와 연민이며, 그들을 포용하기는커녕 오히려 문을 닫고 바깥으로 밀어내버리는 이른바 '열린 사회'의 허구성에 대한 통렬한 비판이다.

그러나 이렇게 이야기하는 데서 그친다면 그것은 이 소설이 일러주는 진실을 절반만 말한 것일 뿐이다. 이제껏 감추어져왔던 이 소설의 진정한 문제성은 오히려 나머지 절반에 있다. 다음 대화를 보자.

"(……) 분명히 말해두지만, 우리는 다만 자유와 평등 그리고 평화를 위해 싸우려 할 뿐이란 말이오."

"아, 그러니깐 그런 걸 위해서라도 열심히 싸워야 한다는 거 아뇨? 아무도 용감하게 나서서 싸우지도 않는데 누가 거저 나서서 그런 자유와 평화를 선떡 돌리듯 집어준답디까? 이마빡이 터지도록 허벌나게 싸워도 될까 말까 한데……"

"그렇게 책임성 없는 말이 어디 있소? 모든 걸 적대시하고 파괴하려고만 하는 건 기회주의자의 또다른 측면일 뿐이오. 민주화시위도 이제는 마구잡이식으로 하는 게 아니고, 그렇다고 딱히 이렇다 할 규칙이 있는 건 아니지만, 아무튼 어느 정도 룰을 지켜야 하는 경기나 마찬가지란 말이오."

"뭐요? 그러면 이게 무슨 심심풀이 고스톱판이오 아니면 섰다판이란 말이오 잉? 목심을 걸고 뛰어든 판인데. 그러면 내 말 좀 듣소. 저쪽은 항상 단풍잎 두 장짜리 장땡들고 판쓸이를 헐려고 대들 판국인데 그

깟 룰인지 뭔지 지켜감시롱 시위는 애당초 혀서 뭣 할라까나 잉? 아, 안 그렇소?" (85쪽)

한편에는 평화적 룰과 책임의 논리가 있고, 다른 한편에는 룰을 무시하는 무책임한 폭력과 파괴의 논리가 있다. 뒤의 것이 밥풀때기의 논리라는 것은 두말할 것도 없다. 여기에서 우리가 관심 있게 보아야 하는 것은 민주화 시위의 방법론을 둘러싼 해묵은 논쟁과 대립의 판본도 아니며, 밥풀때기의 투박한 항변이 평화시위론자의 허점을 의외로 정확하게 찌르고 있다는 당연한 사실도 아니다. 그보다 중요한 것은, 그들이 응당 지켜야 할 것으로 여겨지는 정당한 규칙과 룰을 무시한다는 바로 그 사실 자체이며, 또 그것이 현실의 핵심으로 육박해들어가 규칙과 룰 자체의 당위와 정당성을 근원에서 심문하는 의미 있는 문제제기와 연동되고 있다는 점이다. 그러고 보면 규칙과 체계를 어지럽히는 밥풀때기들의 예의 불량함과 무질서는 오히려 그런 맥락에서 거슬러올라가 재의미화할 수도 있을 것이다. "은행을 불싸지르러 가자" (80쪽)는 밥풀때기의 과격하고 황당한 주장도 그 연장선상에 있는 것이다.

그렇게 폭력과 무질서를 선동하는 밥풀때기들의 행태를 보다 못한 '민주시민' 은 험상궂게 말한다. "이따위로 나오면 우리는 당신들을 적으로 규정할 수밖에 없어." (86쪽) 여기에서 우리는 자칭 민주화세력이라 했던 '우리-시민' 이 가졌던 체제유지적 한계와 '우리/적' 의 편리한 이분법에 대한 비판을 읽을 수도 있을 테지만, 그렇게 읽는 것은 너무 단순하다. 눈 밝은 독자라면 오히려 바로 그 말이야말로 문자 그대로의 진실을 은연중 누설하고 있는 것임을 눈치챌 것이다. 다시 말해 그것은 '민주주의' 의 입장에서 밥풀때기가 갖는 적대적 위상을 정확하게 환기하고 있는 것이다. 무엇보다 민주주의의 최소한의 정의가

'형식적인 게임의 규칙에 대한 무조건적인 고수' (슬라보예 지젝, 『이라크』)에 있다는 것을 떠올려본다면 사태는 좀더 분명해질 것이다. 밥풀때기들은 바로 그 민주주의의 게임의 규칙을 고수하기를 한사코 거부하는 자들이 아닌가. 그러니 "당신들을 적으로 규정할 수밖에" 없다는 한 '민주시민'의 경고는 진실을 환기하는 것이긴 해도 그 자체 별 효과가 있을 수는 없다. 그러지 않아도 저들은 이미-항상 '적'이기 때문이다. 이쯤이면 명확해졌을 것이다. 우리가 소설에서 건져내 읽어야 하는 메시지의 핵심은 다시 한번 말하면 정확히 이런 것이다. 밥풀때기들은 민주주의의 적이다. …… 무슨 얘긴가?

3. 오래된 미래 혹은, ……증상들

(자유주의적) 민주주의는 이해관계와 이데올로기 등의 복수성과 다양성을 인정하지만 그 자신의 게임의 규칙을 거부하는 자들, 규칙의 기준에 적합하지 않은 자들을 배제한다. 민주주의의 '보편성'은 그 배제와 예외를 통해서만 작동한다. 배제의 대상에는 물론 형식적 민주주의의 범주 속에서는 해결할 수 없는 근원적인 '적대'(antagonism)도 포함되는 것이겠다. 민주주의는 적대를 합리적인 '대항'으로 정화(淨化)하고 번역해 '게임의 규칙' 속으로 해소하고 수렴하는 가운데서 비로소 성립한다. 김소진의 소설에서 밥풀때기란 저 게임의 규칙을 준수하지 않는 자들일 뿐만 아니라, 민주주의의 문제틀 속에서는 결코 해결되지 않는 적대를 끈질기게 환기시키는 자들이다. 예컨대 "은행을 불싸지르러 가자"는 그들의 선동부터가 그렇다. 그것을 그들은 "돈우루다 돌아가는 자본주의 사회"에서 "돈줄을 거머쥔 은행을 호령할 수 없다믄 되레 없애는 게 뭔가 시상이 변하는 데 보탬이 될 거란 밑천 짧

은 생각"(81쪽)에서 나온 것이라 변명하지만, 그 "밑천 짧은 생각"이야말로 환원할 수 없는 적대의 성감대를 정확히 건드리고 있는 것이다. 뿐인가. 민주화시위도 "어느 정도 룰을 지켜야 하는 경기나 마찬가지"라는 말에 대한 밥풀때기의 거친 항변을 우리는 이미 앞의 인용문에서 보았다. 다시 꺼내보자면 이렇다. "저쪽은 항상 단풍잎 두 장짜리 장땡들고 판쓸이를 헐려고 대들 판국인데 그깟 룰인지 뭔지 지켜감시롱 시위는 애당초 혀서 뭣 할라까나 잉?"

저들의 불량한 '양아치적' 규칙 위반은 그렇게 민주주의라는 매끄러운 판의 질서를 깨고 그 밖으로 달아나는 것이다. 무엇보다 밥풀때기 그들 자신이 규칙으로 통제할 수 없고 정의할 수 없는 잉여들이며, 민주주의의 합리적인 대항의 규칙을 어지럽히고 폭력적으로 무너뜨리는 존재들이다. 그들은 애초 민주주의가 필연적으로 버리고 남겨놓을 수밖에 없는 찌꺼기이며, 바로 그 찌꺼기의 자격으로 규칙의 정당성을 교란하고, 또 그럼으로써 민주주의의 은폐된(은폐되어야 하는) 결여를 증거하는 자들이다. 그리하여 민주주의가 그들을 배제하며, 그들이 민주주의를 거부한다. '열린 사회와 그 적들'이라는 소설의 제목이 뜻하는 것은 바로 그것이다. 그들은 민주주의의 적이다.

소설이 우리에게 말해주는 것은 결국 작품 속 한 '민주시민'이 역설하는 진정한 열린 사회, 즉 "이성적으로 눈뜬 다수에 의한 착실하고도 양심적인 사회 운영이 기본 원리로 받아들여지는 사회"(86쪽)란 저 민주주의의 적들을, 밥풀때기를 배제함으로써만 비로소 성립한다는(성립할 수 있다는) 진실이다. 무엇보다 그들은 이성적으로 눈뜰 기회도 가망도 없이 내내 그렇게 살아갈 존재들이다. 그리고 (작가의 목소리가 어느새 겹쳐 있긴 하지만) 그들은 알고 있다. "우리 같은 못 배우고 빽줄 없는 떨거지들은 여전히 찬밥 신세를 면치 못할 게 불 보듯 뻔한데 뭐가 진정한 사회란 거요?"(같은 곳) 와중에 병든 브루스 박 상선은 질기디질긴 잠꼬대를 쏟아낸다.

> "저놈 잡아라…… 적이다 적…… 난 시민이야…… 문 좀 열어달라고…… 나 좀…… 헉헉…… 내게도 열어줘…… 아으……"
>
> "제발 그만둬. 이 바보 멍충이야. 열리긴 뭐가 열렸다는 거야. 다 닫혔어. 다 닫혔다구."(82쪽)

이를 두고, '진정한 사회'는 아직 도래하지 않았으며 참된 열린 사회는 혹은 민주주의는, 자의든 타의든 '시민'이 되지 못한 저들의 목소리를 끌어안는 것이고 또 저들에게 문을 열어주는 것이다, 라는 것이 작가의 메시지라고 읽을 수도 있을 것이다. 그러나 짐작했을 테지만 미안하게도 그것은 정확한 독법이 아니다. 오히려 가혹할지 모르지만 우리는 이를 앞으로도 변치 않을 문자 그대로의 현실로 받아들여야 한다. 다시 말하면, 진실은 이런 것이다. 민주주의는 (혹은 열린 사회는) 그들에게 영원히 문을 열어주지 않을 것이며 또 그럼으로써만 비로소 존재할 수 있을 것이다. 김소진은 이로써 자유, 평등, 민주주의 등이 갖는 보편성의 원리를 그 안에서 작동시키는 배제의 논리를 문제삼고 있는 것이다. 이 소설은 단순히 배제의 대상인 밥풀때기들의 삶과 언어에 대한 깊은 이해와 연민에서 그치는 것이 아니라, 그것을 딛고 경유해 민주주의가 안고 있는 근원적인 결여와 곤경을 들추어내고 있는 셈이다(좀더 시야를 좁혀본다면 그런 의미에서 우리는 이 소설을 포스트-IMF시대 '민주화'의 필연적 한계에 대한 앞지른 문학적 비판으로 읽을 수도 있겠다).

그러니 저 밥풀때기들은 민주주의의 필연적인 실패를, 체제와 시스템의 실패를 제 몸으로 보여주는 증상이다. 낯설고 이질적인 언어와 행동으로 규칙과 체계를 끊임없이 일탈하는 저들, 그럼으로써 그 규칙과 체제의 결여를 근원에서 문제삼고 폭로하는 저들, 자신을 밀어내는 강고한 체제 안으로 자신의 이질적인 목소리를 밀어넣으려는 불가능한 시도를 계속하는 저들, 그리하여 민주주의의 적으로 존재하는 저들. 이것은 물론 밥풀때기 스스로 의도한 것이라기보다는 그들의 존재방식 자체에서 비롯되는 사건이다. 그런 의미에서 저 밥풀때기들의 존재방식이 우리에게 문득, 제대로 된 문학의 그것을 환기시킨다는 것은 전혀 놀라운 일이 아니다. 돌이켜 따져보면 그 모든 것은 "못 먹게 돼 쓸모가 없어진 밥알 부스러기"들이었기에 그러했을 터, 거기에 애당초 쓸모를 갖지 않는 잉여로서 문학의 이미지를 겹쳐보는 것이 잘못이랄 수는 없겠다. 오히려 더 나아가 약간의 비약이 허용된다면, 우리는 다시 이렇게 말할 수도 있을 것이다. 그럼으로써 저들 밥풀때기는, 이 소설 속에서 문학의 역할을 상징적으로 떠맡아 연출하고 있는 것이다. 김소진의 「열린 사회와 그 적들」을 그런 맥락에서 '소설로 쓴 소설론'으로 확장해 읽고픈 유혹을 이길 수 없는 것도 그 때문이다. 혹 이것이 과장이라 생각한다면, 내내 달동네 밥풀때기에 대한 기억과 함께했던, 차라리 한 몸이었던 김소진의 문학을 잠시 떠올려보는 것으로 대신해도 좋다.

돌아보면 김소진의 소설 「열린 사회와 그 적들」을 지배하는 것은 어쩌면 앞으로 도래할 그 어떤 사회도 그것이 진정한 것이든 아니든 간에 그들에게 결코 문을 열어주지 않으리라는 비관이라 할 수도 있을 것이다. 그런 가운데 소설을 관통하는 밥풀때기들에 대한 작가의 애정 어린 시선에서 우리는 짐작한다. 그 비관과 함께하는 것은, 그럼에도 불구하고 나의 문학은 그들의 편에 있을 것이다, 라는 비극적인 다짐이다. 그것은 달리 말하면 그들 실패의 증상들과 함께하겠다는, 그리고 그 불가능을 기꺼이 떠안겠다는 윤리적 선택이다. 마침 김소진은 이렇게 말해놓았다. 이것은 어쩌면 중요한 무언가를 잠시 망각하고 있을지도 모를 지금 2000년대 일각의 젊은 문학에 그가 넌지시 건네주는, 문학의 오래된 미래에 관한 이야기이기도 하다.

> 문학을 생각하면 오로지 눈앞이 캄캄해질 뿐이다. 지치고 상처 입은 이들의 깊고 가없는 삶과 꿈의 언저리에 손톱만큼이나 가 닿을 수 있을까. 혼신의 힘을 다 쏟아 좋은 얘기를 쓸 각오를 다질 뿐이다.('신춘문예 당선소감')

김영찬 문학평론가. 평론집 『비평극장의 유령들』이 있다.

아버지의 진실

이경재

1. 잃어버린 원고를 찾아서

객쩍은 소리로 시작하자면, 십여 년 전 처음으로 비평이라는 형식의 글을 써본 적이 있다. 그때 대상이 바로 김소진이었다. 십 년이 지난 지금, 그때의 글을 아무리 찾으려고 해도 찾을 수 없었다. 몇 번의 이사와 몇 번의 컴퓨터 교체를 통해 그 원고와 파일은 어느새 사라져 버리고 만 것이다. 십 년이란 시간의 흐름 속에서 파일 하나를 지켜내지 못했다. 고작 십 년이라는 시간 만에 처음으로 비평적 충동을 불러일으켰던 개인적으로도 의미 깊은 작가를 잊어버리고 있었던 것이다. 덥석 청탁서를 받아놓고 원고를 찾지 못해 허둥거리는 모습이 나 하나만의 모습이라면 얼마나 좋을까? 혹 지금의 우리는 집단적으로 김소진이라는 이름의 폴더를 잃어버린 것은 아닐까 하는 두려움이 들기도 한다. 이 글은 투명하고 고결한 김소진의 문학세계를 되짚어보는 일이자, 개인적으로는 십 년 전에 잃어버린 파일을 찾아가는 과정이기도 하다.

모든 위대한 작품이나 작가는 독특할 수밖에 없다는 일반론을 고려

하더라도 김소진의 소설세계[1]는 독특하다. 어떠한 문예적 개념이나 시대정신으로도 그의 소설은 쉽게 포괄되지 않는다. 김소진의 소설이 일관되게 보여주고 있는 미아리 산동네를 배경으로 하고 있는 하층민들의 삶을 생각한다면, 그의 소설은 리얼리즘의 범주로 설명이 가능해 보인다. 그러나 그가 그리고 있는 하층민들의 삶이 그의 소설이 발표되던 90년대가 아닌 유년 시절의 회상 속에서만 존재한다는 점을 생각한다면, 그의 소설을 전통적인 의미의 리얼리즘으로 이름 붙이기도 힘들다. 마지막 발표 작품인 「눈사람 속의 검은 항아리」가 선명하게 보여주듯이, 기억과 회상 속에서 자신의 유년을 추억하는 글쓰기란 리얼리즘의 범주와는 썩 거리가 먼 것이기 때문이다. 또한 그가 등단하며 활발하게 문학 활동을 하던 90년대의 소설들이 보여주던 내면에의 침잠과 최첨단의 포스트모던적 삶의 풍속 등을 생각한다면, 그의 소설은 당대적 문학 경향과도 일정한 차별성을 보여주고 있다. 그야말로 '김소진적인 것' 으로밖에 설명될 수밖에 없는 고유한 성질을 지니고 있는 것이 김소진의 소설이다.

'김소진적인 것' 을 생각할 때, 가장 먼저 눈에 띄는 것은 그의 소설에 등장하는 '아버지' 의 존재이다. 김소진처럼 작품활동 전 기간에 걸쳐 아버지에 대한 철저한 탐구를 보인 작가도 드물다. 「쥐잡기」「춘하돌아오다」「개흘레꾼」「고아떤 뺑덕어멈」「첫눈」「두 장의 사진으로 남은 아버지」「아버지의 자리」「자전거 도둑」「원색생물학습도감」 등의 작품은 아버지에 대한 탐구가 소설의 주제에 연결되어 있다. 그리고 이들 작품을 김소진 소설의 대표작이라고 부를 수 있다면, 김소진

1) 이 글은 『열린 사회와 그 적들』(솔, 1993); 『고아떤 뺑덕어멈』(솔, 1995); 『장석조네 사람들』(고려원, 1995); 『자전거 도둑』(강, 1996); 『눈사람 속의 검은 항아리』(강, 1997)를 주요 텍스트로 삼고 있다. 인용할 경우 그 단편이 실린 작품집의 쪽수만 기록하기로 한다.

소설에서 아버지가 가지는 의미에 대한 탐색은 그의 소설세계를 이해하는 첩경이 될 수 있을 것이다.

2. 아버지의 상처, 아들의 상처

아버지에 대한 끊이지 않는 탐구를 보여준 김소진이지만, 아버지는 매 작품마다 조금씩 다르게 표현되었으므로, '아버지'의 일관되고 전체적인 모습을 그려보는 것은 쉬운 일이 아니다. 이것은 단지 아버지를 바라보는 입장이나 감정의 상이함만을 의미하는 것은 아니다. 객관적인 사실에서도 아버지는 다양한 모습으로 그려지고 있다. 「쥐잡기」 「개흘레꾼」 「고아떤 뺑덕어멈」 「첫눈」 「두 장의 사진으로 남은 아버지」 「목마른 뿌리」에서 아버지는 이북에 부모와 처자를 남겨두고 남쪽에 남은 실향민으로 그려지고 있으며, 그 남쪽을 선택하는 과정을 두고 「쥐잡기」 「개흘레꾼」 「두 장의 사진으로 남은 아버지」 「첫눈」은 거제도 포로수용소에 머물다 남쪽을 택한 것으로 되어 있다. 또한 이때 남쪽을 택한 이유는 흰쥐 혹은 우익 포로들의 테러, 앙꼬빵 등으로 다양하게 제시되고 있으며, 「고아떤 뺑덕어멈」과 「목마른 뿌리」에서는 미군이 원산을 점령하자 생존을 위해 미군을 돕다가 상황이 역전되어 남쪽을 택한 것으로 되어 있다. 기억 속의 아버지는 파편적인 모습으로 존재하는 것이다. 이것은 아버지의 모습을 일관성 있는 의식 아래 서사화하고 있지 못함을 보여주는 것이기도 하다.

수미일관한 모습으로 그려낼 수 없는 아버지이지만 김소진 소설 속의 아버지들에게는 공통점이 하나 있다. 우선은, 말투와 상황 등을 미루어볼 때 이북에서 내려온 뿌리뽑힌 사람이라는 것이며, 동시에 부모와 처자를 이북에 남겨두고 자신만 남쪽에 남게 된 것에 대해 엄청난 부담감을 지니고 있는 인물이다. 그리하여 김소진 소설 속의 아버지들은 기회만 있으면, 끊임없이 아들에게 자신이 남쪽에 남게 된 이유와 그럴 수밖에 없었던 상황에 대한 진술을 반복한다. 쥐 때문이었든 앙꼬빵 때문이었든 미군에 부역했기 때문이었든, 남쪽에 남을 수밖에 없었던 이유를 밝히는 것이 자신의 커다란 임무인 양 끊임없이 진술한다. 아버지의 기억을 끊임없이 토해내는 김소진에게 무엇과도 바꿀 수 없는 트라우마가 아버지라면, 부모와 처자식을 북쪽에 남겨놓을 수밖에 없었던 이유를 반복해서 진술하는 아버지에게 트라우마는 남쪽에 남은 것이다.

부모와 처자가 있는 북쪽 대신 남쪽을 택하게 된 이유가 각기 다르게 기억되는 것 자체가, 아버지에게는 남쪽에 남은 것이 하나의 상처임을 증명하는 것이다. 사건, 특히나 전쟁과 같은 폭력적인 사건은 표상 불가능하다. 사건이란 그것에 대해 이야기할 수 없다는 점, 즉 재현되는 것의 불가능성을 그 본질로 하는 것이다.[2)] 아버지가 남쪽을 택하게 된 계기는 쥐 때문일 수도, 우익 포로의 테러 때문일 수도, 앙꼬빵 때문일 수도 있다. 어쩌면 그 모든 이유와는 아무 상관 없는 다른 이유 때문일 수도 있다. 부모와 처자를 버리고 완전히 다른 존재로 태어나는 일생일대의 결단이 "호각 소리 하나로"(「쥐잡기」, 26쪽) 이루어지는 폭력적인 상황을 무슨 수로 온전하게 재현해낼 수 있단 말인가?

그러한 강박은 기본적인 소설의 원칙마저 무색케 하는 「목마른 뿌리」와 같은 가상 역사소설을 탄생시키기까지 한다. 월드컵 경기가 한창 열리고 있는 2002년을 배경으로 하고 있는 이 작품에서 남북은 이미 통일이 된 상태이다. 남쪽의 동생을 찾아온 북쪽의 형은 통일 이전 공작원으로 남파되어 아버지에게 북으로 함께 가자고 했을 때, 아버지

2) 오카 마리, 『기억 서사』, 김병구 옮김, 소명출판사, 2004, 56쪽.

에게 들었던 말을 다음과 같이 말하고 있다.

> 봇도랑 같은 눈물을 흘리시면서. 당신이래 북쪽을 발써 잊었다구 말이디. 저 어린 것과 고생만 하는 에미를 보라면서 말이야. 그러니 함께 갈 수 없다고 하시며 가슴을 쥐어뜯었드랬디…… 허지만서두 나중에 지켜보니 그거이 옳은 결정이라는 생각이 들었디. 그럴 수밖에 없었던 게, 철조망 이쪽 저쪽을 오간다고 해서 문제가 해결될 일도 아니고.(338쪽)

아버지는 어떻게 해서든 북쪽의 가족들에게 자신의 선택에 대한 이해와 용서를 구하고자 하는 것이다. 가족을 두고 남쪽에 남게 된 것은 아버지에게도 결정적인 삶의 장애로 남게 되는데, 그는 현실적인 육체는 분명 존재하지만 사회적인 주체 위치를 상실한 상징적 죽음을 당한 존재로 머물게 되기 때문이다. 아버지의 모습에서 당당한 사회적 위상을 지닌 주체의 모습은 발견되지 않는다. 이 사회에서 아버지의 주체 위치는 희미하기 이를 데 없는 영정사진의 이미지를 통해 반복해서(「쥐잡기」「두 장의 사진으로 남은 아버지」「목마른 뿌리」) 나타난다. 아버지가 죽었을 때 영정에 쓸 사진이 없어 주민등록증에 붙어 있던 흑백 증명사진을 확대하여 마련한 틀사진은 "우중충한 기분을 줄 뿐 아니라 윤곽마저 희미하게 어룽거려 마치 급조된 몽타주 속의 인물을 연상"시킬 뿐이다. 얼룽덜룽하게 그 형체조차 분명치 않은 그 사진이란 남쪽 사회에서 아버지가 가졌던 사회적 위치를 상징적으로 보여주는 것이다.

상징적 죽음을 당한 존재이기에 김소진 소설에서 아버지는 입법자로서의 아버지와는 거리가 멀어도 한참 멀다. "그저 하릴없이 암내 난 개 목에 낡아빠진 개줄을 걸고 다니며 상대 수캐를 고르고 한적한 돌산 같은 데로 올라가 흘레를 붙여주는 일을 보람차게 수행하는 사람"

(44쪽)으로서의 아버지(「개흘레꾼」), 아들의 과외비로 떠돌이 약장수 여자의 몸을 사는 아버지(「고아떤 뻥덕어멈」), 아들의 중학교 등록금을 춘하의 아랫도리에 갖다바치고는 그것을 돌려받기 위해 사람들 앞에서 온갖 수모를 당하는 아버지(「춘하 돌아오다」), 아들에게 도둑질을 시키고는 주인에게 들키자 모르는 척 아들의 따귀를 올려붙이는 아버지(「자전거 도둑」), 옆집 아낙의 알몸을 몰래 훔쳐보는 아버지(「첫눈」), 폐가에서 외간 여자와 정사 나누는 것을 아들의 시선 앞에 그대로 노출시키는 아버지(「원색생물학습도감」)가 김소진 소설에 등장하는 아버지의 구체적인 모습인 것이다.

이 모습은 포도주에 취한 노아가 옷을 벗은 채로 잠이 들자, 이를 감추기 위해 셋째아들 야벳이 외투를 덮어주지만 그 외투가 벗겨진 모습에 해당한다고 할 수 있다. 김소진 소설에서 아버지는 외설적 초자아(Obscene Superego)의 형상으로 그려지고 있는 것이다. 예외적으로 「두 장의 사진으로 남은 아버지」에서의 아버지는 아들에 의해 거의 유일하게 "당신의 운명과 어떤 식으로든지 피하지 않고 정직하게 맞닥뜨려 대결하고 싶었던"(138쪽) 모습으로 의미 부여되지만, 그것 역시도 청중 한 명 없는 유세장에서의 유세 장면 등을 통해 생뚱맞은 객기쯤으로 그려지고 만다. 이처럼 김소진 소설에서 '아버지'는 분단이 가져온 한 인간의 신산스런 삶과 그러한 삶에 이어진 또하나의 고통스런 삶(아들의 삶)을 설득력 있게 드러내는 유의미한 형상이다.

3. '개흘레꾼'에서 '개' 되기, 그 진실

처음으로 아들은 아버지의 삶을 「개흘레꾼」에서 "내게 아버지란 존재는 이도 저도 아닌 개흘레꾼에 불과했다"(44~45쪽)는 명제로 정리한다. 이때 '이도 저도 아닌' 이란 "아버지는 테제도 그렇다고 안티테제도 아니었다"(44쪽)는 의미이며, 이때의 테제에 해당하는 아버지란 작품 속 장명숙의 아버지가 그러하듯이 '사회주의 활동을 한 아버지' 이고, 안티테제에 해당하는 것은 석주 형의 아버지가 그러하듯이 '자본가인 아버지' 이다. 주지하듯이 이데올로기란 이분법적 구도를 그 본질로 한다. 이때 각 편은 자신들의 견해야말로 어떠한 이데올로기의 거짓도 간파할 수 있는 진리의 위치에 서 있다고 장담하지만, 그러한 이분법적 구도 속에서 어느 쪽도 이데올로기에서 자유로운 위치에 설 수는 없다. 김소진의 아버지는 이러한 이분법적 구도 속에서 멀리 벗어나 있는 존재인 것이다.

본격적으로 아버지를 다루고 있는 마지막 작품인 「원색생물학습도감」에서 아버지는 개흘레꾼에서 한 단계 더 나아간다. 이 작품에서 아버지는 "개미에서부터 시작해 각종 애벌레들, 메뚜기, 잠자리, 벌, 땅강아지, 각종 거미 등 지표 및 지상 이 미터 범위에서 꿈틀거리는 모든 것들"(137쪽)을 입에 넣으며, 아들이 린치를 당하고 돌아온 날 밤에 "개 혓바닥처럼 내 상처들을 핥아"(151쪽)준다. '개흘레꾼' 이 '개' 가 된 것이다. 이 순간, 아이러니하게도 아버지는 김소진 소설에서 거의 유일하게 아들 앞에서 훈계조의 자기 목소리를 내는 존재로 격상된다. '법이나 이름으로서의 아버지' 도 아니며, '상상적 동일시의 대상이 되는 자애로운 아버지' 도 아닌 외설적인 실재계의 아버지라고 할 수 있는 김소진의 아버지가, 한 번도 독립적인 시점 인물로 등장하지 못하고 언제나 아들의 시선에 의해서만 포착되는[3] 초라한 아버지가 '버러지' 의 상태로 퇴화해서는 아들에게 아버지다운 모습을 연출하는 것이다. 그 목소리를 직접 들어보면 이렇다.

---

3) 서영채, 「이야기꾼으로서의 소설가」, 『문학동네』 1997년 가을호, 165쪽.

아버지…… 죽고 싶어요.

아무 말 하지 말라니깐 그러네 응?

세상이 너무 무서워요, 아버지. 가르쳐주세요.

나는 내가 아버지한테 무엇을 가르쳐달라고 조르는지 스스로도 알지 못했다. 어쩌면 아버지가 내게 고통 없이 죽는 법을 알려줄지도 모른다는 생각이 들었다.

사내란 모름지기 한때는 웅크리며 견디는 법을 배워야 한단다. 말하자면 풍뎅이처럼…… 알간? 그게 필요할 때가 있는 게 인생이야. 그렇게 해서라도 살다보믄 거저 맹탕으로 걷어치우는 것보담 낫단다. 버러지가 돼도 좋다는 데까지 가봐야 한다이.

그럼 나한테도 그 벌레들을 주세요!(151쪽)

이때의 아버지는 상징적 의미작용의 망으로는 포섭되지 않는 생물의 차원에 놓인 아버지이다. 아버지에게 인간으로서의 의미나 가치가 개입될 여지는 존재하지 않는다. "버러지가 돼도 좋다는 데까지 가봐야 한다이"라는 아버지의 말에 그토록 모질게 아버지를 부정해왔던 아들은 "그럼 나한테도 그 벌레들을 주세요!"라며 순종적인 태도로 아버지를 바라보고 있다. 아버지는 모든 의미화나 상징화를 벗어난 자리에서 비로소 상징적 아버지로서의 외양을 갖추게 된다. 이것은 아들이 아버지에게 부여한 상징적 자리가 역설적으로 존재하는 것임을 보여주는 것이다. 그리고 이 자리는 분단과 전쟁이라는 이분법적 이데올로기의 폭력을 지나서 도달한 자리이기에, 이데올로기의 비판을 가능케 하는 빈자리로서의 기능을 수행한다고 볼 수 있다. 아버지가 받은 이데올로기로부터의 상처에 비례하여 아버지가 도달한 자리의 비정상성은 더욱 커진다고 볼 수 있다.

4. '실재하는 것'의 비환원성

김소진 소설에서 '아버지'는 개인들의 삶의 가능성을 규정하는 표상체계 혹은 이야기체계로부터 벗어난 빈 지대에 위치함으로써 자신을 완성한다고 말할 수 있다. 그의 소설에서 또하나의 주요한 인물인 육손이 형도 이와 같은 맥락에서 이해할 수 있다. 「수습일기」의 육손이, 「춘하 돌아오다」의 상호, 「그리운 동방」의 광수, 「비운의 육손이 형」의 강광수로 이름만 바뀌어 등장하는 육손이 형도 아버지와 마찬가지로 이데올로기 비판을 위한 새로운 문학적 형상이라고 볼 수 있다. 육손이 형을 이해하기 위해서는 먼저 김소진이 육손이 형을 배치하는 사회역사적 지리지를 살펴보는 일이 필요하다. 김소진의 첫번째 작품집인 『열린 사회와 그 적들』에서는 일정한 틀로 표상되거나 환원될 수 없는 현실과 인간들에 대한 탐구가 집중적으로 이루어진다. 이것은 현실에 대한 강력한 해석력을 지니던 대타자가 균열을 일으키던 90년대 초반의 상황과 밀접한 관련을 맺고 있는 것으로 보인다. 「개흘레꾼」에서 테제에 해당하는 아버지상이 사회주의 활동을 한 모습이었던 것처럼, 『열린 사회와 그 적들』에서 실재를 의미화하려는 대타자로 설정되는 것은 80년대의 변혁이념들이다.

「열린 사회와 그 적들」은 열사의 시신을 지키는 병원을 무대로 밥풀때기들과 지식인들의 갈등을 그리고 있다. 무턱대고 병원에 돌을 던지고, 거물 정치인이 보낸 화환을 내팽개치는 밥풀때기들은 지식인들에 의해 "적으로 규정"(87쪽)된다. 열사의 시신을 지킨다는 공동 목표를 가지고 있음에도 지식인들과 밥풀때기들은 동지가 되지 못한 채 적대와 분열을 거듭하는 것이다. 그것의 절정은 다음과 같은 모습으로 드러난다.

"여기서 열린 사회라는 건 계급이나 종족 그리고 이데올로기라는 신화가 더이상 개인에게 굴레가 되지 않고 개개인이 사회의 진정한 주인으로서 질적으로 더 많은 자유와 민주주의, 물질적 풍요와 평등을 이룰 수 있는 마당이며 소수에 의한 지배가 아니라 이성적으로 눈뜬 다수에 의한 착실하고도 양심적인 사회 운영이 기본 원리로 받아들여지는 사회를 가리키는 것이오."

"당신네들 지금 자꾸 어려운 말을 씀시롱 머릿속을 헷갈리게 하는데 한번 물어나 봅시다. 우리, 우리 하는데 도대체 거기에 낄 수 있는 축은 누가 되는 거요? 이데올로기의 신화니 이성적 원리니 하며 거창하게 빚어내는 사회라면 우리 같은 못 배우고 빽줄 없는 떨거지들은 여전히 찬밥 신세를 면치 못할 게 불 보듯 뻔한데 뭐가 진정한 사회란 거요?" (86쪽)

지식인들에게 밥풀때기들은 도저히 이해할 수 없는 군중에 불과하다. 아버지가 테제도 그렇다고 안티테제도 아니었듯이, 이들 역시도 폭력정권에 봉사하는 것은 아니지만 우리일 수도 없는 인간들인 것이다. 이들은 정치적 표상체계 너머에 존재한다. 지식인들과 밥풀때기들의 대립은 정치의 갈등적 성격과 적대감을 제거하는 것이 사실상 불가능함을 보여주는 것이 아닐 수 없다. 밥풀때기들과 지식인들 사이의 합리적 합의가 불가능한 상황에서 가능한 행위는 지식인들이 밥풀때기들을 '적'으로 규정했듯이, 다른 집단에 대한 배제행위이다. 분명히 존재하는 이와 같은 적대감의 제거될 수 없는 속성을 무시한 채 보편적인 합리적 합의를 주장하는 것은, 필연적인 경계와 배제의 형태를 중립성 혹은 합리성이라는 가장 아래 감춘다는 점에서 더욱더 위험하다.[4)]

「그리운 동방」에서는 보다 직접적으로 지식인들의 이념 편향에 대하여 공격하고 있다. 해고 노동자 출신인 아내는 오랜 모색 끝에 삼선조명을 "완벽하고도 구체적인 변혁의 한 기지"(151쪽)로 만들 꿈에 부풀어 있다. 그는 "자본론이나 정치팸플릿 같은 걸 사람들이랑 함께 공부"하라는 '나'의 말에 "그거야말로 깡그리 척결돼야 할 인텔리 잔재"(151쪽)라고 호기롭게 외친다. 그와 함께 "지식인들이란 항상 현실을 처음부터 끝까지 다 틀어쥐고 욕심을 부리려 들잖아요. 이론이라는 집을 지어놓고 모든 현실이 그 안에 들어와 살림나기를 바라지만 그건 어디까지나 머릿속에서만 존재하는 허구의 집"(151쪽)이라며 현실과 유리된 지식인의 근본적 속성에 대한 비판을 늘어놓는다. 그러나 아내는 자신보다 훨씬 현장의 분위기를 훤히 꿰고 있으며 노동자들의 심리 파악도 뛰어난 사장에 의해 패배하고 만다. 지식인은 아니지만 "민주노조 강화론에 자신의 이론적 텃밭을 일구었"(151쪽)던 아내 역시 "이 교활한 자본가라니! 그리고 줏대도 자존심도 없는 노동자들 같으니라구!"(154쪽)라고 이를 갈며 현실에 패배한 자신을 인정할 수밖에 없는 것이다.

「열린 사회와 그 적들」의 밥풀때기나 「그리운 동방」의 삼선조명 노동자들 중의 한 명에 해당하는 인물이 바로 김소진의 여러 소설에서 반복해서 등장하는 육손이 형이라고 볼 수 있다. 육손이 형은 기본적으로 이 사회의 하층민으로 규정할 수 있는 존재이다. 그러나 그는 엄격한 계급적 시각이나 여타의 정치담론을 통해 명확하게 규정될 수 있는 존재가 아니다. 그는 공식적인 역사담론과 정치적 재현에서 벗어나 있는 것이다. 삶의 전모가 비교적 온전하게 드러나고 있는 「비운의 육손이 형」에서 그러한 성격은 분명하게 드러난다. 똥지게꾼의 아들로

4) 샹탈 무페, 『민주주의의 역설』, 이행 옮김, 인간사랑, 2006, 43쪽. 사회적 적대는 상이한 형태를 띨 수 있으며, 그것들이 제거될 수 있다고 믿는 것은 환상에 불과하다.

태어났으나 거대한 체격과 완력을 지닌 강광수는, 그 특이성으로 인해 온갖 삶을 편력하게 된다. "육손이 형, 흑표범, 역발산, 인간 백정, 용팔이, 뻴기꾼, 장기 매매자, 행려병자…… 그리고 광수 형"(76쪽)으로서의 삶을 살게 되는 것이다. 이 사회의 모순으로 인해 누구보다 힘든 삶을 사는 그이지만, 운동권 학생들은 그를 "짐승 같은 놈"(59쪽)으로 규정하여 테러의 대상으로 삼기도 한다. 실제로 그는 삼청교육대 출신의 백골단 노릇을 하거나 소규모 정치 브로커 노릇을 하기 때문이다. 일관된 정치적 정체성이 결여된 존재인 것이다.

그런데 육손이 형을 일정한 틀에 맞춰 재단하려는 쪽은 꼭 지식인들만은 아니다. 그것은 폭력적이며 억압적인 공권력이기도 한데, 그것은 「수습일기」의 주반장을 통해 구체화된다. 주반장은 강병호를 "폭력조직 육손이파의 두목"(56쪽)으로 만들기 위해 고문을 서슴지 않는다. 주반장은 자신의 출세를 위해 육손이 형의 목소리를 전유하고, 그럼으로써 그를 침묵시키려고 시도한다. 육손이 형과 같은 존재에 대한 탐구는 「지하생활자들」로 이어진다. 이 작품에서는 "꼭 무슨 쯩이 있어야지 대한민국 백성인 줄 알아본단 말여?"(168쪽)라고 말하는, '쯩' 조차 가지지 못한 서울역 지하도에서 살아가는 노숙자들이 등장하고 있다.

5. 한 잔의 향기로운 술

이상에서 살펴본 아버지와 육손이 형의 삶이란 결국 이데올로기에 대한 비판적 성격을 갖는다고 할 수 있다. 아버지는 자신의 삶이 아들에게 불러일으키는 연민과, 때로는 과장되게 그려진 자연 상태의 모습을 통해서 그것을 실행한다. 육손이 형 계열의 작품 역시도 어떠한 개념화나 전체화에 저항하는 모습을 통해 이데올로기에 대한 부정의 태도를 견지하고 있다. 김소진의 문학은 아버지나 육손이 형 계열의 인물 탐구를 통해 환원론이나 결정론에 대한 부정을 보여주고 있다. 「비운의 육손이 형」에서 육손이 형이 '나'에게 남기는 생전의 마지막 말은 육손이 형이 이르고자 하는 궁극적 지향점이 '아버지'와 크게 차이 나지 않음을 보여준다.

> 사람들이 날 다 들춰보고 나면 땅속에다 잘 묻어준다고 했는데 말이야. 그래서 내가 시체를 해부용으로 기증하는 데 동의했지. 그냥 죽으면 재로 날려버릴 것 같아서. 땅속에 묻히면 얼마나 좋아, 그지? 나는 내 이 몸뚱어리가 썩어가서 한 잔의 향기로운 술로 빚어져 땅속으로…… 땅속으로 한없이 빨려들어가는 모습을 지켜보고 싶어. 그래서 의사 선생한테 해부할 때도 눈만은 다치게 하지 말아달라고 신신당부를 드렸지, 쿨럭쿨럭.(76쪽)

자신의 시체마저 해부용으로 기증하면서까지 이루고자 했던 소박한 꿈, 즉 땅속에 묻혀서 썩기를 원하는 이 소박한 꿈마저 현실에서는 쉽게 이루어지지 않는다. 육손이 형의 시신은 "원무과 사람들이 일을 잘못 처리하는 바람에 그만 화장터로"(77쪽) 가고 만 것이다. 아버지도 「개흘레꾼」에서 끝내 "셰퍼드"(60쪽)에 물려죽고 만다. 이 작품에서 아버지는 "자연의 법칙을 어기"(49쪽)는 셰퍼드를 보통의 개와 구분하여 흘레붙이는 것조차 거부했었다. 이 셰퍼드란 수용소에서 아버지의 성기를 물어뜯던 개와 동류이다. 이 세상을 폭력과 고통으로 물들이는 이데올로기적 광기에 맞서 '버러지'가, 혹은 '향기로운 술'이 되고자 하는 소박한 소망마저 이 사회에서는 쉽게 허락되지 않는 것이다. 그 작은 소망조차 이루어질 수 없는 현실의 무게가 크면 클수록, 아버지와 광수 형의 꿈은 더욱 소중할 수밖에 없다. 온몸을 던져서 누구도 뒤돌아보지 않던 그 꿈을 세상에 드러낸 것에 김소진 문학의 의의가 있을 것이다.

이경재 문학평론가. 2006년 문화일보 신춘문예에 평론 「바다를 건너가는 두 가지 방정식」이 당선되며 평론활동을 시작했다.

VI

풍자, 기자, 그리고 미아리

풍자가 아니면 해탈이다

—작가 김소진 10주기에 부쳐

임우기

작가 김소진. 그가 간 지도 어언 십 년. 십 년이란 세월이 지금의 우리를 바라본다. 시간의 시선은 냉혹하다. 냉혹한 것은 언젠가 선뜻 다가올 우리들의 죽음 때문만이 아니다. 이 순간에도 한국 사회의 허공에 부유하는 수많은 유령들이 저마다의 가야 할 길로 들지 못한 채 산 자들의 의식에 달라붙어, 세상은 아비규환을 이루고 있기 때문이다. 돌아갈 곳을 찾지 못하는 인간들의 마음이야말로 마음이 앓고 있는 가장 무서운 역병이요 유령이다. 한국문학이나 문화는 썩었고 유령들은 야단법석이다. 도대체 왜 문학을 하는가. 왜 이 지경에 이르렀는가. 돈 때문인가, 권력 때문인가. 문학이 비로소 문학일 수 있는 것은, 예술이 예술일 수 있는 것은, 이 의식의 유령들, 마음에 달라붙어 어디로도 돌아가지 못하는 요괴들이 파놓은 환부를 끝장을 볼 때까지 싸울 수 있어서다. 마음의 환부를 끊임없이 응시하고 그 아픔의 현실을 일깨워 그 아픔을 가까스로, 그러고는 마침내 뛰어넘는 싸움. 상처로부터의 자유를, 더 크고 깊은 자유를 마침내 쟁취하는 의식. 최소한 문학이라는 것의 존재 이유는 거기에 있다.

십 년이란 세월이 무심하고 냉혹한 것이 아니라, 십 년이란 세월이 우리의 의식과 무의식의 몰골을 풍자하는 이 역풍자의 시간들이 무심하고 냉혹하다. 십 년이고 백 년이고가 문제가 아니라, 인간세계의 모든 풍자들이 인간에 대한 시간의 풍자로, 인간에 대한 역사의 풍자로, 나아가선 저 나무들의, 개미나 지렁이 바퀴벌레 같은 버러지들의, 셰퍼드나 황구 같은 개들의 인간에 대한 풍자로 뒤바뀌는 이 역풍자. 작가 김소진은 이렇게 썼다.

> 아버지는 원색생물학습도감을 보면서 그날의 요리를 연구하고 있는 노련한 요리사 같기도 했다. (……) 나는 나중에 아버지가 최초로 벌레를 혹은 어떤 딱딱한 곤충을 집어먹었을 상황을 상상해보지 않을 수 없었다. 그 최초의 희생물은 어떤 종류였을까? 배추벌레였을까? 개미였을까? 아니면 거미였을까? (……) 산 밑에서는 저녁밥 짓는 마을의 움직임이 손에 잡힐 듯 보이고 아버지는 잔뼈가 굵은 함경도 고향 마을을 닮았을지도 모를 그 노을을 바라보며 서서히 자신을 잊기 시작한다. 어디서 억센 산동네 아이들이 뛰노는 소리가 아스라이 들려온다. 삼팔선을 사이에 두고 양쪽에서 거의 비슷하게 약 이십몇 년간의 세월을 보낸 자신의 짐승과도 같은 삶이 가이없이 느껴지는 숨 막히는 순간을 맞이한다.
>
> 나는 버러지 같은 인생이야! 지금 뒤집어쓰고 있는 이 사람의 형용은 내가 아니다. 껍데기다. 아욱, 차라리 버러지가 되고 싶다. 저 버러지의 꿈틀거림을 따라 하고 싶다. 이 인생의 길 없음이여! 아버지는 발작적으로 손을 뻗어 땅 위를 훑어 무언가를 집어삼켰다.(「원색생물학습도감」, 1995)

아버지가 버러지를 먹는 데에는, 이른바 북에다 가족을 두고 월남하여 극심한 가난 속에서 겨우 연명하는 자신을 '버러지'로 여기는

'삼팔따라지'의 자의식이 깊이 작용하고 있다. 이 작품에서 '나'는 불량 학생들에게 집단 린치를 당해 온몸이 만신창이가 되는데, "개 혓바닥처럼 내 상처들을 핥아"준 후, 아버지 왈,

> 사내란 모름지기 한때는 웅크리며 견디는 법을 배워야 한단다. 말하자면 풍뎅이처럼…… 알간? (……) 버러지가 돼도 좋다는 데까지 가봐야 한다이.

이러한 아버지의 훈계에 대해 아들인 '나'가 대꾸한다.

> 그럼 나한테도 그 벌레들을 주세요!

버러지가 사람의 삶을 지탱시키고 훈계시키는 이 역풍자의 장면은, 삶이 가짜다, 라는 의식에서 나온 것이다. 세상이 가짜고 자기 인생도 가짜였다는 의식(「마라토너」, 1996). 그리하여 가짜인 삶이란 진짜보다 못한 게 아니라 버러지보다 못한 것이 된다. 이러한 짐승보다도 못한 삶이라는 자의식과 그래서 나오게 된 역풍자의 문학성은 「개흘레꾼」에서도 그대로 이어진다. 북에 부모님과 갓 결혼한 아내, 이름조차 확인 못 한 갓난 아들을 두고 "피복 군수물자 담당요원으로 남하했다가 미군의 포로가 되어 거제도 수용소에 있었던" 아버지는 "좌익 쪽에서는 자본주의 물이 머릿속에 꽉 들어서 구제불능"이라고 하는, 한마디로 "이쪽저쪽에서 서로들 반동이라고" 하는 삶을 사는 위인이다. 그 아버지는 "쓰레기 치우는 청소부 생활을 하다가" "누가 붙여달라고 한 것도 아닌데 어떻게 알았는지 암내 난 개들이 있는 집을 용하게도 알아내서 찾아가 흘레를 붙여주겠다고 자청"하는 개흘레꾼이 된다.

여기서 흥미로운 것은, 아버지가 사람들처럼 개들의 궁합을 따져

흘레를 붙인다는 사실이다. 그리고 "동네에서 암캐를 기르는 집이라면 모두들" 씨를 받고 싶어하는 "쌀가게 임씨 아저씨네 맏이인 원이형이 키우는 송아지만한 셰퍼드(개 이름이 '히틀러' 다)"에 대해 개흘레꾼 아버지는 그 히틀러란 개를 "맘속에서 완전히 내놓고 있었고" "아주 돼먹지 않은 놈"이라고 생각하고 있다는 사실이다. 자신은 개 같은, 아니 개만도 못한 삶을 살아가지만, 인간 사회 그러니까 이 부패한 개만도 못한 인간 세계가 아닌 실제 개 세계에서 '궁합' 을 따지는 아버지의 행위는 인간에 대한 개의 역풍자 의식과 맥을 같이하는 것이다. 그래서 '개의 궁합' 을 따지는 아버지는 그 변두리 동네 개 세계에서의 실력자이자 권력자인 송아지만한 셰퍼드 히틀러를 "맘속에서 내놓은" 것이고 마침내 히틀러는 (아버지에 의해) 제거되고 마는 것이다. 386세대로서 작가 김소진의 문학이 지닌 주목할 특징은 먼저 여기서 찾아진다. 운동권 학생이 늘상 등장하는 그의 소설은 기본적으로 좋은 권력과 나쁜 권력 그리고 권력투쟁의 문제를 중심 테마로 다루고 있지만, 항시 인간의 자존과 존엄의 문제, 즉 인간이 된다는 것의 도리를 중요한 기준으로 고민하고 있다는 점. 따라서 "결국 개에 물려죽은 아버지" 그리고 '아버지는 개흘레꾼이었다' 는 명제는 개만도 못한 인생살이에 대한 침통한 풍자이면서 동시에 인간과 사회에 대한 개들의 통렬한 풍자가 되고 있는 셈이다. 쥐가 인간을 풍자했듯이. 그리하여 그의 데뷔작 「쥐잡기」(1991)에서 주인공 민홍이 "이 세상 어느 집구석이 쥐새끼 한 마리에게 이토록 유린당할 수 있단 말인가"라고 통탄했듯이. 「원색학습생물도감」에서 버러지가 인간세상을 풍자했듯이.

'아버지는 빨갱이(남로당)였다' 라는 해방 후 한국문학의 한 맥락을 이뤘던 명제가 김소진에 이르러 '아버지는 개흘레꾼이었다' 는 명제로 급전직하한 배경엔 물론 그에 걸맞은 한국 사회에 대한 작가의 현실관이 개입되어 있다. 이념에 의해 돈에 의해 권력투쟁에 의해 썩을 만큼 썩어, 버러지와 짐승만도 못한 삶이 널려 있다는 사회의식. 김소진 소설에 자주 등장하는, 하나같이 이 사회로부터 소외된 인간들, 예를 들면, 도둑, 강도, 밥풀때기, 노숙자, 취로사업장의 막일꾼, 착취당하는 외국인 노동자, 작부, 폐병쟁이, 변두리 구멍가게 주인, 판자촌에서 집단으로 살아가는 막막한 잉여 인생들은, 타락한 지식인들이나 운동가들과 함께, 쥐나 개, 하물며 미물에 불과한 지렁이만도 못한 삶이 널려 있다는 이러한 작가의 현실관에서 나온 것이다. 김소진의 소설은 근본적으로 이 '짐승보다 못한' 인간들의 세상에 대한 짐승의 역풍자의 세계를 보여준다. 오죽했으면 작중화자는 자신의 아버지를 '개흘레꾼'이라고 불렀을까. 개만도 못한 삶을, 개와 같은 수준으로 살고 있으면서도 이를 의식하지 못하는, 반성하지 못하는 한국 사회의 현실. 김소진 소설은 우리의 삶이 남루와 비루를 넘어 짐승보다 못하다는 것을 계속해서 환기시킨다.

하지만 김소진의 소설은 짐승이 인간을 역풍자하는 데 그치지 않는다. 곧잘 그의 작품은 지식의 창고라는 책과 인간이 쌓은 역사학(시간)의 내용들을 현실은 늘 배신하고 조롱한다는 점을 풍자한다. 작가 표현대로라면, "십 년 공부가 도로아미타불되는" 것이 한국 사회의 현실이라는 것이다. 그러나 김소진 소설은 현실이 인간의 지식과 역사를 조롱하고 풍자하는 데 그치는 것이 아니라 책과 역사가 삶을 조롱하고 풍자하고 있다는 점에 주목한다. 그래서 그의 소설은 오늘의 우리들 삶이란 인간의 지식이나 역사, 현실의 세계 어디에서도 아무런 희망을 찾을 수 없다는 절망적 인식으로 안내한다. 인간이 만들고 세운 세계에서 인간은 철저히 소외되고 결국 인간은 풍자의 대상으로 남게 된 것이다. 짐승만도 못한 삶에 대한 김소진의 현실의식과 그에 따른 풍자의식은 일단 여기서 출발한다. 김소진의 첫 창작집 표제작이기도 한

「열린 사회와 그 적들」은 우선 현대의 고전으로 일컬어지는 동명의 책 저자인 칼 포퍼나 소위 우익 지식인들의 사회이론이 지닌 허구성과 모순에 대한 풍자지만, 한술 더 떠 책과 역사가 우리의 의식(소설이나 문학을 포함하여)과 삶의 현실을 비판하고 조롱하는 역풍자성을 잘 보여준다. 인간과 문학이 사회 모순을 풍자하는 것이 아니라, 병든 지식과 의식들이 삶과 문학을 거꾸로 비판하는 이 역풍자성. 김소진은 『열린 사회와 그 적들』과 소위 운동권의 부도덕성과 밥풀때기들의 비참한 삶을 서로 병치시키며 다큐멘터리 기법으로 리얼하게 묘파함으로써 이 병든 세상의 주인이 바로 저 유명한 우익 교과서인 『열린 사회와 그 적들』임을 고발한다. 그러나 작가가 풍자하는 것은 『열린 사회와 그 적들』뿐이 아니다. 오히려 『열린 사회와 그 적들』이 소위 운동권의 진보적 지식인들을 풍자하고, 그럼으로써 서로 한통속임을 다시 풍자한다는 데 그의 소설이 품고 있는 역사 현실적 깊이와 진면목이 있다. 소외된 삶을 죽음에 이르게 하는 병든 지식들이 삶을, 나아가 문학을 풍자의 대상으로 삼고 있는 것이다.

『동방견문록』이나 마르크스의 저술 따위는 물론, 이탈리아 네오리얼리즘 영화의 고전 〈자전거 도둑〉과 신라 때의 「처용가」 등 작가가 풍자적으로 패러디한 작품들은 역방향에서, 그러니까 『동방견문록』 쪽과 마르크스의 저작 쪽이, 〈자전거 도둑〉과 「처용가」가 지금 이곳에서의 우리 삶과 소설을 풍자하는 것이다. 이렇듯 김소진이 의도적으로 패러디한 몇몇 작품들은 우리의 삶이 부패한 현실에 대한 풍자의 주체로 설 수 없는 절망적인 상황에 놓여 있음을 보여주며, 자신의 소설조차 풍자의 주체가 아니라 풍자의 대상이 되어버린 현실에 대해 문학적으로 깊이 고뇌하고 있음을 보여준다. 이것이 그 자신 386세대 운동권 출신으로서 작가 김소진의 소설적 풍자의식이 지닌 불행한 자의식이라 할 수 있다. 그리하여, 마침내 그는 한국 사회와 역사의 부조리에 대한 비판과 풍자를 넘어 자신이 몸 바쳤던 '운동'의 이론과 현실에 대해서도 근본적인 비판을 가하고 날카로운 풍자를 감행해야 했던 것이다. 그렇게 하지 않았다면, 김소진 문학에서 그의 '운동'도 타락하고 아울러 그의 문학도 타락의 길로 내몰렸을지 모른다. 바꿔 말해 김소진의 문학과 삶을 향한 풍자-역풍자는 오늘의 삶과 문학의 타락에 대항하여 자기 정직성의 끝장까지 '온몸으로 나아가는' 힘든 싸움이었다.

인간의 존엄성은 고사하고 최소한 사람으로서의 자존심마저 무너지고 마는 현실세계가 바로 김소진이 그린 우리네 삶의 세계였다. 다시 말하지만, 386세대 작가로서 김소진의 소설에는 운동권 내부의 부도덕성에 대한 심각한 반성과 날카로운 비판이 작품 곳곳에 드러나 있다. 김소진은 권력욕이 사회적 삶의 바탕을 이루고 종족보존의 욕망이나 성적 욕망과 함께 인간 욕망의 기초를 이룬다고 본다. 그러나 여기까지라면 김소진 문학 또한 다른 여타 문학과 별반 다를 바가 없다 할 것이다. 그가 젊은 나이에 세상을 떠났음에도, 여러 가지 문학적 성과를 남겨놓고 있음은 경이에 가깝다. 언어적 회고주의나 문체주의적 나르시시즘에 떨어지지 않는, 찰지면서도 감칠맛 나는 문장이 잘 곰삭고 있던 즈음하여, 그는 문득 우리 곁을 떠났다. 그러나 그가 남긴 문장들은 겨레말의 귀한 창고로서 받아들일 만하다.

아울러 그의 소설이 우리에게 단연 소중한 의미를 지니는 이유는 그의 문학이 유행하는 내용이나 감각을 좇지 않고, 자기 삶의 내부에 도사린 이념의 상흔과 요괴 같은 욕망의 무리들과 온몸으로 처절하게 사투했다는 사실, 그래서 마침내는 그악스런 이념과 전쟁과 가난의 구경(究竟)에 도달했다는 사실에 있다. 사회악의 내용과 형식들을 고발했다는 사실 자체가 아니라 온몸을 던져, 자신의 불행을 통째로 던져, 이념과 전쟁과 가난과 운동이 자기 삶의 피할 수 없는 조건임을 폭로했다는 것. 그럼으로써 그의 소설은 그 자체가 "풍자가 아니면 해탈"의 경지를 고민하게 되었던 것이다. 바로 이 경지에 김소진 소설이 지닌 문학적 경이가 있다. 그가 자기 소설의 기본 형식으로 확신했던 '풍자'를 통해 '해탈'의 의미를 고민했다는 사실. 이로써 그는 작가이면서 동시에 피지 못한 사상가의 면모를 지니고 있었던 것이다.

이와 같은 맥락에서 볼 때, 「처용단장」은 주목될 만한 의미를 지닌 작품이다. 「처용단장」은 운동권 출신 작중화자를 가운데 두고 같은 운동권 출신 아내와 운동권 선배 사이의 부정(不貞)을 모티프로 삼고 있다. 김소진 소설이 흔히 잘 쓰는 고전의 패러디는 여기서도 빛을 발한다. 「처용가」가 바로 그 경우에 해당하는데, 김소진 특유의 386세대다운 세계 인식, 즉 처용을 권력투쟁의 과정에서 등장한 역사적 인물로 재해석하여 한국 사회에서의 진보적 지식인의 초상을 풍자하면서도, 그 풍자는 정치적 의미 차원을 넘어, '짐승보다 못한' 삶과 욕망의 초월 문제를 제시하고 있다.

> 가짜 돈다발이 그들먹한 어느 이름 모를 사내의 가방을 떠메고 터덜터덜 집으로 돌아오는 오늘따라, 난 나를 천년 세월 저편의 처용으로 만들어놓고 남도 땅끝으로 꽁꽁 숨어버린 친구의 얼굴이 불현듯 보고 싶어 건몸이 달아올랐다. 희조, 네가 먼저 이 세상에서 물러설 이유는 없었다. 이상하게도 그가 밉다는 생각이 전혀 들지 않았다. 오히려 뭔지 알 수 없는 느꺼운 감정이 명치 끝으로 막 밀려드는 거였다. 그러자 이제 산다는 것의 서러움을 조금은 알 듯한 나이를 먹어버렸다는 생각이 뜬금없이 들었다. 그래, 나는 서른 살 나이의 처용이다, 쓰발.
>
> 하지만 오늘 밤을 넘겨서까지 질질 끌어서는 안 될 일이었다. 나는 아내에게 한 가지 분명한 소식을 전해줘야겠다고 맘먹었다. 삐조새의

목에 감긴 줄을 비로소 풀어주겠노라고. 우리는 더이상 안 돼, 정말이지…… 암만 애써도.

집으로 돌아가면 아내는 정성 들인 저녁밥상을 차려놓고 날 기다리고 있을 것이다. 흰 앞치마 속으로 두 손을 파묻은 아내는 청실홍실주를 눈짓으로 가리키며 헤실피 웃을 테지. 아내가 이번에 새로 개발해낸 뒷맛이 부드러운 매실주의 이름은 청실홍실이었다. 부부 금실의 상징이었다. 아내는 그 술 이름을 제안한 덕으로 거금 오십만 원의 상금을 거머쥐었다. 금실 좋은 부부들만이 마셔야 할 그 청실홍실주가 우리의 밥상에 오른다는 것은 왠지 어색한 일이긴 했으나 그것은 아내의 신호이기도 했다. 그 병마개를 비틀어 따느냐 마느냐는 전적으로 나의 소관이었다. 나는 병마개를 비틀면서 매번 아내가 삐조새라고 부른 민물가마우지에 대해 생각했다. 아주 짧은 순간이었지만.

내가 청실홍실병을 거머쥐고 슬그머니 식탁 아래로 내려놓으면 아내는 어두운 표정을 지을 것이다. 나는 대문이 보이는 길목으로 접어들자 우뚝 발걸음을 멈췄다. 풍자냐, 해탈이냐. 나는 그 숨막히는 길목에 오늘도 우두커니 서 있는 셈이었다.

그래, 나는 서른 살의 처용이다. 하루에 한 번쯤은 해탈을 할 나이다. 그런데 해탈은 어떻게 하는 거지. 나는 짐짓 힘차게 대문을 주먹으로 쾅쾅 두드리며 소리내어 아내의 이름을 길목이 떠나갈 듯 크게 불러제꼈다.

—라 · 윤 · 미, 나오라! 서 · 영 · 태 왔다!(「처용단장」, 1993, 밑줄 강조는 인용자)

"그런데 해탈을 어떻게 하는 거지?"라고 작가는 자신에게 반문하고 있다. 이 반문에 대한 해답은 무엇인가. 신라 때 처용이 춤을 추어 아내와 통정하는 역신을 감복시켰다면, 오늘의 처용은 부정을 저지른 아내 앞에서 "풍자냐, 해탈이냐"를 번민하고 있다. 그러나 김소진에게 풍자와 해탈은 이미 하나가 되어가고 있다. 자기 집 앞 "숨막히는 길목"에서 아내의 이름을 "길목이 떠나갈 듯 크게 불러제"끼는 오늘의 처용에게 해탈과 풍자가 하나일 수 있는 것은, 그는 작가로서 해탈을 풍자하였고, 거꾸로 풍자를 해탈하는 비범함을 터득하고 있었던 까닭이다. 풍자의 리얼리스트적 공격성에 영성을 품게 하고 해탈의 종교적 초월성에 역사적 현실성을 품게 하는 것. 그의 「원색학습생물도감」의 결론 부분에서도 표현되고 있는 바, '몸속의 돌멩이도 죽어서는 사리가 된다' 는 깨달음! 돌멩이가 사리로 뒤바뀌는 이 역설적 풍자야말로 김소진이 마침내 도달한 구경의 세계였던 셈이다. 우리는 이쯤에서 김소진이 인용했던 시인 김수영의 시를 돌아다보지 않을 수 없다. 한국전쟁에서 아우를 잃고 난 십 년 후인 1961년에 쓴 시 「누이야 장하고나!」 그리고 시인이 아낀 자작시 「미인」과 시작(詩作) 노트.

누이야
諷刺가 아니면 解脫이다
너는 이 말의 뜻을 아느냐
너의 방에 걸어놓은 오빠의 寫眞
나에게는 '동생의 寫眞' 을 보고도
나는 몇 번이고 그의 鎭魂歌를 피해왔다
그전에 돌아간 아버지의 鎭魂歌가 우스꽝스러웠던 것을 생각하고
그래서 나는 그 寫眞을 十년 만에 곰곰이 正視하면서
이내 거북해서 너의 방을 뛰쳐나오고 말았다
十년이란 한 사람이 준 傷處를 다스리기에는 너무나 짧은 歲月이다

누이야

諷刺가 아니면 解脫이다
네가 그렇고
내가 그렇고
네가 아니면 내가 그렇다
우스운 것이 사람의 죽음이다
우스워하지 않고서 생각할 수 없는 것이 사람의 죽음이다
八月의 하늘은 높다
높다는 것도 이렇게 웃음을 자아낸다

(……)

'누이야 장하고나!'
나는 쾌활한 마음으로 말할 수 있다
이 광대한 여름날의 착잡한 숲속에
홀로 서서
나는 突風처럼 너한테 말할 수 있다
모든 산봉우리를 걸쳐온 突風처럼
당돌하고 시원하게
都會에서 달아나온 나는 말할 수 있다
'누이야 장하고나!'

(「누이야 장하고나!」)

美人을 보고 좋다고들 하지만
美人은 자기 얼굴이 싫을 거야
그렇지 않고야 미인일까

美人이면 미인일수록 그럴 것이니
미인과 앉은 방에선 무심코
따놓는 방문이나 창문이
담배연기만 내보내려는 것은
아니렷다

이 시의 맨 끝의 '—아니렷다'가 反語이고 동시에 이 시 전체가 반어가 돼야 한다. Y여사가 미인이 아니라는 반어가 아니라, 천사같이 아름답다는 것을 강조하기 위한 반어이고, 담배연기가 '神的'인 '微風'이라는 것을 암시하기 위한 반어다.(『김수영 전집 2』, 263쪽, 밑줄 강조는 인용자)

하이데거의 「릴케론」에 감화되어 시인 김수영은 「미인」을 썼고, 위처럼 시작 노트를 남겼다. 시인은 '한 줄기 나풀거리는 산들바람이 신의 언어'임을 반어적으로 표현하기 위해 「미인」을 썼다고 노트했다. 풍자와 해탈의 통일은 바로 신적인 언어로서의 바람, 미풍의 생명성에 대한 깨달음이었다. 살랑대며 날아가는 나비의 가엾고 가벼운 날갯짓처럼, 삼라만상의 무상함을 깨닫고 만물이 보여주는 신의 현현을 온몸으로 느끼는 것! 그러니까 "모든 산봉우리를 걸쳐온 突風"이나 "무심코 따놓은 방문이나 창문"으로 불어오는 한 줄기 미풍의 생명성을 미(美)요 미인이라고 반어적으로 풍자적으로 쓴 시가 바로 위의 시인 셈이다. "모든 산봉우리를 걸쳐온 突風"이 6·25 때 죽은 동생의 풍자 같은 역사를 해탈케 하고, 미인이 "무심코 따놓은 방문이나 창문"으로 불어든 미풍에서 '신의 언어'를 깨닫는 시인. 적어도 「누이야 장하고나!」나 「미인」에서 확인되는 시인 김수영의 반어와 풍자의 시 정신은 벌레(김소진이 풍자한 바, 아버지가 주워 먹던 벌레! 인생을 풍자했던 버러지!)가 나비로 변태하여 마침내 새 삶으로 부활하고 화생(化生)하는 우주적 자유, 곧 '신의 입김'인 바람에서 나온 것이다. 그리고 시인 김수영의 「누이야 장하고나!」와 신라 때 「처용가」로부터 작가 김소진은 부활이 바로 반어이자 풍자이며 자신이 추구할 소설적 이상임을 배운 것이 아닐까? 어머니 몸속에 박힌 돌멩이가 사리로 바뀌는 부활의 뜻을.

그런데 작가는 부활하기 위해서는 자신의 그악스럽고 고통스런 이념적 삶으로부터 벗어나야 했다. 작가 자신의 남루한 역사를 매듭지어야 다시 새로이 시작할 수가 있었던 것이다. 그러니까, 「처용단장」의 마지막 대목, "나는 대문이 보이는 길목으로 접어들자 우뚝 발걸음을 멈췄다. 풍자냐, 해탈이냐. 나는 그 숨막히는 길목에 오늘도 우두커니 서 있는 셈이었다. 그래, 나는 서른 살의 처용이다. 하루에 한 번쯤은 해탈을 할 나이다. 그런데 해탈은 어떻게 하는 거지. 나는 짐짓 힘차게 대문을 주먹으로 쾅쾅 두드리며 소리내어 아내의 이름을 길목이 떠나갈 듯 크게 불러제꼈다. —라 · 윤 · 미, 나오라! 서 · 영 · 태 왔다!"는 활기 넘치는 문장은 가난한 운동권 시절과 부정하고 누추한 삶에 대한 결의에 찬 매듭이자 새로운 시작의 선언이었던 셈이다. 처용의 풍자는 처용의 해탈과 한 몸을 이루면서 작가는 새 얼굴을 한 처용으로 부활하고, 마침 풍자와 해탈의 통일을 깨달은 시인 김수영과 조우하게 된 것이다.

데뷔작 「쥐잡기」 이래 줄기차게 추구해온 김소진 소설의 진경, 즉 풍자 정신은 그냥 풍자가 아니라 해탈하는 풍자였고 그런 의미에서 시인 김수영은 단순한 인용자가 아니라 김소진의 진정한 문학적 선배였던 것이다. 시인 김수영을 가두고 있는 소시민적 이해로부터 김수영을 구출해내는 것이 중요하고 시급한 만큼, 작가 김소진의 문학을 이념적 리얼리스트의 해석으로부터 구출해내는 것이 중요하고 시급하다 할 것이다.

우리의 작가 김소진의 10주기를 추모하면서 우리는 다시 풍자와 해탈의 깊은 뜻을 여기 되새기지 않을 수 없다.

누이야
諷刺가 아니면 解脫이다
너는 이 말의 뜻을 아느냐

임우기 문학평론가. 평론집 『그늘에 대하여』 등이 있다.

기자가 쓴 소설들, 소설가가 그린 기자들

— 김소진 문학과 기자

최재봉

1

연보에서 확인할 수 있다시피 김소진은 1990년 3월 초부터 1995년 6월 말까지 한겨레신문사의 기자로 근무했다. 경향신문 신춘문예로 등단했을 때 그는 입사 2년차의 기자였고, 첫 소설집 『열린 사회와 그 적들』(1993)을 낼 때도, 두번째 소설집 『고아떤 뺑덕어멈』(1995)을 낼 때도, 그리고 연작 장편 『장석조네 사람들』(1995)을 낼 때도 그는 신문기자였다. 그러니까 그는 만 오 년 사 개월의 기자 생활 동안 세 권의 소설책을 낸 것이다. 그사이에 그는 결혼을 하고 아이도 낳았다.

알 만한 이는 다 알겠지만, 기자란 그리 한가한 직업이 아니다. 한가하기는커녕 대한민국에서 가장 바쁜 직업으로 둘째가라면 서러워할 법한 게 바로 기자 노릇이다. 김소진이 그 바쁜 기자 일을 하면서 그토록 왕성한 필력을 보여준 것은 놀라운 일이다. 물론 그는 애초에 교열부 기자로 입사했으며, 퇴사하기 전해 가을 문화부로 옮길 때까지 줄곧 교열부에서 일을 했으므로 취재 파트에 비해서는 상대적으로 여유 있는 처지이기는 했다. 그렇다고는 해도 기자 시절 작가로서 그의 생산력이 웬만한 전업 소설가의 그것을 훌쩍 넘어서는 수준이었다는 사실은 놀랍기만 하다.

2

이 글은 김소진 소설의 왕성한 생산력의 비밀을 파헤치고자 씌어지는 것은 아니다. 기자이자 작가로서 김소진의 소설에 등장하는 기자 캐릭터의 유형과 그들이 김소진의 문학세계에서 차지하는 의미를 짚어보려는 것이다. 김소진의 소설에는 적지 않은 수의 기자 캐릭터가 등장한다. 그들은 대체로 '기자 김소진'의 경력을 좇아 경찰서 수습기자→교열기자→문화부 기자로 변모해가는 양상을 보인다(교열기자는 보통 일선 사건 현장에서 취재를 하거나 기사를 쓰지는 않지만, 처음 입사해서는 다른 취재기자들과 마찬가지로 경찰서를 출입하며 기자교육을 받는 '수습' 과정을 거친다. 김소진은 교열기자로 입사했지만, 입사 초기의 몇 달 동안은 경찰서를 출입하며 사건을 취재하고 기사를 쓰기도 했다).

대체로 첫 소설집 『열린 사회와 그 적들』에 기자가 등장하는 작품들이 집중되어 있는데, 그 가운데서도 초기작에는 경찰서 수습기자가 주로 등장하다가 뒤로 갈수록 교열기자로 그 '신분'이 바뀌는 것을 알 수 있다. 두번째 소설집 『고아떤 뺑덕어멈』에는 기자 주인공이 거의 사라지는데, 이 소설집에 수록된 작품 중 가장 먼저 발표된 「파애」만은 예외적으로 교열기자를 등장시키고 있어 첫 소설집과의 연속성을 보여준다. 세번째 책인 『장석조네 사람들』에는 기자가 아예 등장하지 않지만, 첫 소설집에서 기자인 화자와 마주쳤던 어린 시절의 '육손이 형'이 여기서 다시 등장한다. 신문사를 그만둔 이듬해 봄에 낸 소설집

『자전거 도둑』에서는 표제작의 주인공이 기자 직업을 가진 인물로 나오긴 하지만, 소설 속에서 그 직업이 별다른 의미를 지니지는 않는다. 함께 수록된 「길」에는 신문사 경제부 기자를 하는 인물이 주인공의 대학 동창으로 등장하는데, 이는 김소진이 기자라는 직업을 객관화하게 되었다는 증거로 볼 수 있다. 연작 형식의 『장석조네 사람들』을 제한다면 김소진의 유일한 장편은 1996년 여름에 낸 『양파』다(김소진은 1996년 겨울호와 이듬해 봄호 『실천문학』에 장편소설 「동물원」을 2회에 걸쳐 연재하지만, 그의 갑작스러운 죽음으로 이 작품은 미완으로 중단된다). 이 소설에는 문화부 여기자가 비중 있는 인물로 등장하는데, 이는 김소진의 기자 생활 말년의 문화부 체험을 반영한 것으로 짐작된다.

3

첫 소설집 『열린 사회와 그 적들』에는 등단작 「쥐잡기」와, 소설집의 '볼륨'을 맞추느라 미발표인 채로 수록한 「임존성 가는 길」 등 모두 열한 편이 발표순으로 실려 있다. 이 가운데 무려 여섯 편 내지 일곱 편에 기자가 등장할 정도로 김소진의 초기 소설에서 기자의 비중은 막중하다. 그중에서도 제목에서부터 기자 신분을 표방한 「수습일기」는 김소진이 등단 이후 「키 작은 쑥부쟁이」에 이어 두번째로 발표한 작품이다. 이 작품에서 주인공인 수습기자 송호선은 경찰서 보호실에서 어릴 적 한 동네에 살았던 '육손이 형'과 마주친다. 육손이 형은 폭력조직의 두목으로 붙들려 와 있는 것인데, 보호실에 수감된 사람들을 상대로 취재를 하던 호선에게 자신이 혹독한 고문을 당하고 있음을 호소한다. 처음 말을 걸어올 때만 해도 육손이 형은 호선을 몰라보는 것처럼 행동했지만, 소설 말미에 가면 그가 진작부터 호선을 알아보고 있었음이 드러난다. 어린 시절의 육손이 형이라는 존재는 『장석조네 사람들』에 실린 「비운의 육손이 형」의 주인공으로 다시 등장하거니와, 「수습일기」의 주인공 호선을 작가 자신의 가탁으로 이해한다면 경찰서 보호실이란 바로 작가 김소진이 유년기의 배경이었던 민중과 마주치는 장소가 되는 셈이다. 그리고, 이야기를 조금 더 진전시키자면, 보호실은 곧 김소진의 소설이 되지 않겠는가. 김소진이 어릴 적 이웃과 동무들을 만나는 공간이 바로 자신이 쓰는 소설 속에서였으니까. 그렇다면 「수습일기」의 마지막 장면에서 호선이 "현기증을 이기지 못하"는 상황은 호선이 기자로서 느끼는 어지럼증이자 김소진이 소설가로서 곱씹는 일종의 무력감을 상징하는 것일 터이다.

첫 소설집의 표제작인 「열린 사회와 그 적들」에도 기자가 등장한다. 물론 이 소설에서 기자는 주인공과 같은 비중 있는 인물은 아니고, 말미에 삽화처럼 잠깐 등장할 뿐이다. 소설 주인공은 '밥풀때기'로 불렸던 우리 사회 최하층민들의 몫이다. 그러나 잠깐 등장하는 기자가 「수습일기」 때와 마찬가지로 경찰서를 출입하는 초짜 기자이며, 밥풀때기 중 한 사람의 변사 사고를 기사로 작성한다는 점에서 그는 「수습일기」의 호선과 비슷한 위치를 차지한다. 아마도 실족사로 짐작되는 사건을 두 줄짜리 기사(기자 사회의 '전문' 용어로 이때의 '줄'은 '문장'에 해당한다. 그러니까 두 줄짜리 기사란 두 문장으로 이루어진 기사를 이른다)로 만들어 전화기에 대고 부르는 기자의 모습에서는 사건기사라는 객관적 '보고'와 (소설적) 진실 사이의 거리에 대한 작가의 문제의식이 엿보이는 듯하다. 현실 속에서 작가는 이제 수습을 마치고 본업인 교열부에 배속되게 된다.

다음 작품인 「적리」에서부터 교열기자가 등장한다. 주인공인 순태는 아내의 성화에 못 이겨 자신이 사는 동네의 잦은 단수에 항의하는 주민 시위를 직접 '두 줄짜리' 기사로 쓰게 된다. 그런가 하면 시장에서 노점상을 하는 어머니가 단속반원들에게 잔허리를 밟혀 병원에 입원하게 되자 같은 병실에 있던 사람들은 교열기자와 취재기자의 차이에 아랑곳없이 순태에게 요구한다. "어머니를 저렇게 만든 놈들을 신문에 좌악 까발려서 매장을 시켜버려요." 이 대목에서 신문기자 아들에 대한 사람들의 요구와 기대는 작가에 대한 사회의 기대를 대신하는 것으로 보아도 무방할 테다. 신문이 사회 정의를 세우듯이 소설 속에서, 또는 소설을 통해, 문학적 정의(poetic justice)가 관철되기를 바라는 마음 말이다.

다음 작품 「춘하 돌아오다」에도 교열기자가 등장한다. 이 소설에는 교열기자인 주인공 병문이 문화부 기자 신현수와 '고갱이'라는 낱말을 놓고 실랑이를 벌이는 흥미로운 삽화가 소개된다. 아마도 작가 자신의 체험을 반영한 것일 듯싶은데, 쟁점은 '고갱이'라는 말이 죽은 말이냐 산 말이냐 하는 것이다. "이건 죽은 말 아닌가? 뭐 하러 이런 죽은 말을 굳이 갖다붙일 필요가 있을까? 그냥 진수, 진수를 보여줬다, 해도 독자들이 다 알아들을 것을 (……) 고갱이인지 고쟁이인지 누가 알겠어"라는 문화부 기자의 주장과 "그래, 그걸 누가 안다구 하더냐? 쓰발. 하지만 우린 말이야, 어릴 적에 울 엄마가 배추 다듬으면 서로 무릎걸음으로 몰려들어 배추고갱이 나 좀 달라고 얼마나 댕겼는지, 신현수 니가 알기나 하냐? 쓰발" 하는 병문의 (추후에 술을 마신 상태에서 혼잣말로 제기하는) 항의가 맞서는 형국이다. 이 장면이 흥미로운 것은 교열기자로서 김소진의 업무 형태의 일단을 보여준다는 점 말고도 김소진 소설의 두드러진 문체적 특징인 토속어 지향과 그에 대한 작가적 신념을 알려준다는 데에 있다. 김소진은 어릴 적 자주 들었던 어머니 말(母語)을 한갓 죽은 말(死語)로 치부하는 현실에 맞서 어머니 말을 (되)살려 쓰는 것을 작가로서 자신의 중차대한 임무의 하나로 삼았던 것이다.

「그리운 동방」에서 한때 재야운동단체에서 격주로 타블로이드 8면짜리 신문을 만들었던 주인공 부부를 두고 '기자' 운운하기란 면구스러운 노릇일지도 모르겠다. 그러나 재야운동단체 소속으로서 할 만한 여러 일들 가운데서 굳이 신문 제작(취재, 원고 청탁, 편집, 교열, 인쇄, 포장, 발송 등등 일체의 과정을 포함하는 의미에서)을 특정한 데에는 기자라는 작가의 신분이 한 몫을 한 것이 아닐까 싶다.

마지막으로 「용두각을 찾아서」와 「임존성 가는 길」에 다시 교열기자가 등장한다. 「용두각을 찾아서」에는 야근 기자들이 시내판을 끝낸 뒤 신문사 편집국 안에서 조촐한 술판을 벌이며 이런저런 대화를 나누는 장면이 사실적으로 그려진다. 「임존성 가는 길」에는 소설 쓰는 교열기자 세현이 관찰자로 등장해서 주인공 격인 특집부 한기돈 위원을 부각시킨다. 한기돈 위원은 두번째 소설집 『고아떤 뺑덕어멈』의 첫 작품 「파애」에도 '특집부장 한선배'로 등장하거니와 그가 세현과, 마찬가지로 교열기자인 「파애」의 주인공 '나'에게 임존성의 존재와 의미를 소개한다는 사실이 두 사람이 동일인이라는 강력한 증거가 된다(한기돈 위원 또는 한선배의 실제 모델은 한겨레신문사에서 김소진과 함께 근무했던 현이섭 미디어오늘 대표다. 김소진은 1996년 여름 교열부 선배 최인호 및 현이섭 선배와 함께 중국 여행을 다녀왔을 정도로 그와 친했다. 「임존성 가는 길」에 그려져 있다시피, 80년 언론인 대량해직 사태 때 직장에서 떨려났던 현이섭 선배는 후배들을 흔히 '귀공'이라 불렀으며 고전과 역사에 해박했다).

앞서 언급한 대로 「파애」를 제하고 『고아떤 뺑덕어멈』의 다른 수록작들에는 기자 캐릭터가 등장하지 않는다. 그런 점에서 「파애」는 『고아떤 뺑덕어멈』보다는 첫 소설집 『열린 사회와 그 적들』에 더 가까운 작품이라 할 수도 있겠다. 김소진의 세번째 소설책인 『장석조네 사람들』은 60, 70년대 서울 변두리 산동네의 이웃들을 되살려낸 작품집인

만큼 경찰 수습이든 교열기자든 기자가 등장하지는 않는다. 그러나 여기 수록된 「비운의 육손이 형」이라는 작품만은 이 글의 논지와 관련해서 주목할 만하다. 이 작품의 주인공인 '육손이 강광수'는 「수습일기」의 '육손이 형' 강병호와 동일인으로 짐작되기 때문이다. 어릴 적 한 동네에 살았던 두 사람이 세월이 흐른 뒤에 얄궂은 상황에서 재회한다는 설정에서 두 작품은 동일한 구조를 지니고 있다. 「수습일기」에서 강병호와 수습기자 송호선이 경찰서 보호실에서 마주쳤다면, 이 작품에서 강광수와 '나'(경록)는 시위 대학생과 진압에 나선 백골단원의 신분이 되어 다시 만난다. 두 사람은 몇 년 뒤 재야 공정선거감시단 요원과 여당에 고용된 정치깡패로서도 만나며, 마지막으로는 죽음을 앞둔 광수의 병상에서 또다시 서로를 마주한다. 마지막 만남 때에도 '나'의 신분은 출판사 기획위원이지 기자는 아니었다. 그럼에도 이 소설은, 「수습일기」와 마찬가지로, 민중과 지식인이 만나는 양상을 포착하고 있으며, 더 나아가, 비록 취재기자와 범죄 용의자 또는 시위 대학생과 진압 요원으로 신분이 어긋나게 되긴 했지만 양자가 본래는 동일한 뿌리를 지닌 존재임을 보여준다는 점에서 의미를 지닌다.

다음의 두 소설집 『자전거 도둑』과 『눈사람 속의 검은 항아리』에는 이렇다 할 기자 캐릭터가 등장하지 않는다. 『자전거 도둑』의 표제작 주인공은 다만 신분이 기자로 설정되어 있을 뿐이며, 같이 수록된 「길」에는 신문사 경제부 기자인 대학 동창이 삽화처럼 등장할 따름이다. 소설가인 김소진 자신을 대신해서 세상사를 관찰하고 그에 참예하던 기자 주인공이 사라지고, 기자라는 직업이 여러 직업의 하나로 객관화하는 셈이다. 김소진 사후에 나온 마지막 소설집 『눈사람 속의 검은 항아리』에는 아예 신문기자 캐릭터가 등장하지 않는다. 기자가 있다면 「신풍근배커리 약사」에서 학보사 기자인, 주인공 재덕의 여자 친구 현경 정도가 있을 뿐이다. 그렇지만 '민초에게 듣는 이야기'라는 기획을 마련해서 어른들을 찾아다니는 현경의 모습에는 '기자 김소진'의 그림자가 희미하게 드리워져 있다.

김소진의 유일한 장편소설 『양파』에는 문화부 여기자 감수녕이 주인공인 의사 채운지의 친구로서 비중 있게 나온다. 소설은 두 사람이 기자들을 위한 영화 시사회에 가는 장면으로 시작되며, '야마'(주제)와 특종 같은 기자 사회의 용어가 등장하고, '기자란 기회주의자의 준말'이라는 기자들의 자조적 농담도 소개된다. "같은 상황을 두고서 개인적 혹은 사회적 기회에 따라 어쩔 땐 씹고 어쩔 땐 빨아주는 게 바로 기자거든요." (수녕의 설명에 등장하는 '씹다'가 '비판하다'는 뜻이고, '빨아주다'가 '칭찬하다, 아부하다'는 뜻의 언론계 쪽 사투리라는 부연설명이 필요할지도 모르겠다.) 감수녕과 함께, 운지의 남편인 함승익 역시 감수녕과 같은 신문사에 근무하다가 정치에 입문한 인물로 그려진다. 젊은 시절 탄광에 위장취업해 노동운동에 투신했던 승익은 기자 시절에는 언론통제 수단으로 쓰이던 보도지침 문서를 빼돌렸다가 당국의 수배를 받고 결국은 체포되어 혹독한 고문을 당했던 전력을 지니고 있다. 그랬던 그가 기자를 그만둔 지금은, 기자 시절 자신이 집요하게 공격했던, 아마도 도덕적으로 커다란 흠결이 있는 정치권 유력 인사의 끈을 잡고 정치인으로 변신하고자 동분서주하고 있다. 이런 변신 혹은 변절에 관한 승익 자신의 변명이 소설 속에서 충분하지는 않은 편이다. 작가는 아마도 선과 악의 구분이 갈수록 불분명해지고 노골적인 변절이 난무하는 90년대 중반의 세태를 승익의 캐릭터에 담고자 했던 것으로 보인다.

4

김소진이 오로지 기자 신분으로만 소설을 썼던 것은 아니다. 연보에 따르면 그는 이미 대학 시절부터 소설을 쓰기 시작했으며 대학 3학년이던 1984넌에 과 학회지에 소설과 시를 발표했다. 신춘문예 등단작 역시 대학 복학생 시절 학교 신문 현상문예에 응모했던 작품을 개작한 것이었다. 아마도 등단 이후—그러니까 이미 신문사에 재직하고 있던 시절—발표한 초기 소설들의 상당수는 신문사 입사 이전에 써두었던 습작품을 개작한 것이었을 것이다. 대부분의 초짜 작가들 사정이 그러하니까. 당연한 말이지만, 신문사를 그만둔 뒤에도 김소진의 소설 쓰기는 계속됐다. 그는 소설(만)을 쓰고자 전업을 택한 것이었으니까. 신문사를 그만두고 전업작가가 된 이듬해인 1996년 그는 방언을 쏟아놓기라도 하듯 엄청난 양의 소설을 써냈다. 세 편의 중편과 여덟 편의 단편, 한 편의 장편과 한 편의 장편동화, 그리고 또다른 장편의 1회분 분재가 이해 그가 거둔 원고지 농사의 소출이었다. 그는 이와 함께 콩트집을 한 권 냈고, 문학잡지의 편집위원으로 참여했으며, 대학 문창과에 출강을 시작했다. 기자에서 전업작가로의 변신에 완벽하게 성공한 것이었다. 전업작가로서 이런 왕성한 활동은 해를 넘겨서도 계속되던 참이었다. 그에게 저 몹쓸 병마가 찾아오기 전까지는 말이다.

기자 시절의 김소진이 오로지 기자가 나오는 소설만을 썼던 것도 아니다. 상대적으로 초기 소설에 많은 수의 기자가 등장하며, 나중으로 갈수록 기자의 등장 빈도와 비중이 줄어드는 것이 엄연한 사실이다. 그럼에도 김소진 소설의 기자 캐릭터는 그의 문학세계 전반을 해명하는 유용한 틀이 될 수 있다는 것이 내 판단이다. 이 허술한 글에서는 물론 그런 측면을 치밀하게 파고들지는 못했다. 다만 스케치를 하듯 김소진 소설 속의 기자 캐릭터들을 일별해보았을 따름이다. 누군가 좀더 정치한 안목을 지닌 이가 제대로 된 분석을 해주었으면 하는 바람을 남긴다.

글을 쓰는 내내 신문사 시절 소진의 이런저런 모습들이 떠올라서 고통스러운 동시에 행복했다. 교열기자라는 것이 그다지 눈에 뜨이는 자리는 아니었지만, 그는 성실하고 모범적인 직장 동료였다. 문화부로 옮겨와서, 그로서는 생소한 공연 분야를 맡았을 때 그가 기자로서 특출난 능력을 보여준 것은 아니었다. 그렇지만 기자 업무에 소홀함이 없이 작가로서도 꾸준한 활동을 펼친 것만으로도 그는 존경해 마땅한 사람이었다. 직장인 신문사에서 그는 결코 소설 씁네 하는 내색을 하지 않았다. 그럼에도 수습 시절의 경찰서 출입 경험과 교열기자로서의 사 년 남짓한 세월, 그리고 문화부에서 보낸 기자 생활의 마지막 날들은 소진의 소설 여기저기에 손금처럼 혹은 주름처럼 아로새겨져 있다. 그 손금 혹은 주름을 잘 더듬어보면 김소진 소설의 '고갱이'를 맛볼 수도 있다. 이 글이 훗날의 그런 작업을 위한 참고자료로라도 쓰일 수 있다면 다행이겠다.

최재봉 한겨레신문 문학전문기자. 지은 책으로 『최재봉 기자의 글마을 통신』 등이 있다.

기억의 성소
—김소진과 미아리

정홍수

토요일 오후, 길을 나선다. 작품 속의 민홍처럼 신도시에서 경의선 기차를 타고 나와 신촌에서 미아리행 버스에 몸을 싣지는 않았다. 내가 일하는 사무실에서는 지하철을 한 번 갈아타면 된다. 오랜만의 걸음인데도 길음역은 그리 설지 않다. 한참 된 이야기지만 민홍이 찾아가는 길음동 산동네 초입에서 나도 잠깐 산 적이 있다. 그 무렵 '방우학생' 이던 대학 동기 김소진을 길음시장통에서 우연히 만나기도 했다. 1987년 어름이었지 싶다. 그날 처음으로 김소진의 뒤를 따라 산동네 길을 올랐다. 몇 년 뒤 등단작 「쥐잡기」의 무대로 재견하게 될 김소진의 그 산동네 집에서 무슨 이야기를 나누었는지는 기억에 없다. 허름한 대학노트에 촘촘히 정리해놓은 김소진판 우리말사전은 기억에 있다. 김소진이 떠난 뒤 모 방송국의 문학기행 프로그램 촬영차 소설가 한창훈과 함께 그곳을 다시 찾은 적이 있다. 1997년 한여름이었다. 소설 속 '미아리 셋집' 은 문이 닫혀 있었다. 좁은 골목으로 면한 자그마한 창문까지 꼭꼭 닫혀 있는 것으로 보아 사람이 살고 있는 것 같지 않았다. 민홍으로부터 삼만원을 송금받아 보일러를 고치고 겨울을 난 셋집 사람도 재개발이 임박하면서 떠났던 게 아닐까. 그날 민홍은 이

집에 들르지 않았다. 골방 이불 보따리에 끼워져 있던 아버지 영정 사진은 나중에 가져갔을까. 그날 돌산 마을버스 종점에서 내려다본 산동네는 소설 속에서 민홍이 바라본 풍경과 크게 다르지 않았다.

> 구 경계선인 한길을 따라 걸어 내려가려니까 왼쪽으로는 임마누엘 교회 하나와 구멍가게 한 채를 빼놓고는 이미 철거가 다 끝난 폐허의 등성이뿐이었다. 미처 챙겨가지 못한 망가진 가재도구들이 제멋대로 누워 있는 벽돌 무더기 사이로 사람들이 자근자근 밟고 다녔을 골목길들이 호젓한 산길처럼 구불구불 뻗어나 서로 얽히고 설켜 있었다.(「눈사람 속의 검은 항아리」, 『눈사람 속의 검은 항아리』, 강, 1997, 17쪽)

그러나 1997년 한여름 내가 갔을 때는 소설 속의 시간으로부터 적어도 반년은 지났을 무렵이었다. 왼쪽 미아동 방향의 잔해들 위로 교회나 구멍가게를 본 것 같지는 않다. 오른편 정릉 쪽으로 또 하나의 '폐허의 등성이'를 보았을 뿐. 무너진 집터 한가운데 앉아 벽돌 위에 프라이팬을 걸고 낮술을 마시는 사내들도 볼 수 없었다. "폐허와 술"이 빚어내는 "묘한 활력"을 목도하는 행운은 역시 이방인의 몫은 아니었다. 마찬가지로 나에겐 민홍처럼 그 폐허의 등성이에서 기억의 육체가 사라져가는 것을 슬퍼할 수 있는 권리 따위는 없었다. '눈사람 속의 검은 항아리'는 그만의 진실이고 허구일 테니까. 나는 다만 그 사내들처럼 낮술을 마시고 있지는 않았을까. 기억의 육체가 사라져가자 자신의 육신도 거기에 겹쳐버린 너무 조급한 죽음을 옆에 두고 지글거리는 태양 아래에서 폐허의 구경꾼이 되어 마시는 낮술이 어찌 달지 않았을까. 그 '묘한 활력'을 나도 민홍에게 설명할 길이 없다는 게 안타까움이라면 안타까움이었겠다.

그러니까 이번의 산동네 순례는 세번째인 셈. 다시 팔 년이 지났다.

날은 을씨년스러웠다. 바람도 만만찮았다. 속도 부글거렸다. 지속적인 술 탓이었다. 길음역을 나오자마자 다시 역사로 종종걸음을 쳤다. 길음시장통 초입은 길이 전보다 넓어진 느낌이었지만 크게 변한 것 같지는 않았다. 산동네 쪽 입구로 들어가자 낯선 풍경이 앞을 막아섰다. 예전의 산동네는 사라지고 없었다. 대규모 고층 아파트 단지가 눈앞을 메우고 있었다. 길 오른쪽으로는 '길음 ○지구 재개발아파트' 라는 플래카드와 함께 공사가 한창이었다. 다시 배가 아파왔다. 전철역까지 돌아가기에는 급했다. 두리번거리는데 "반쯤 부서진 집들"과 "세로로 절반쯤 깨진 큼직한 항아리" 대신 번듯한 아파트 상가가 눈에 들어왔다. 내겐 민홍이 초등학교 시절을 보낸 한 지붕 아홉 가구 장석조네 집에서의 그 아득하고 피로했던 기억이 없는 탓이리라. 잠시 후 숨을 고르고 차분히 살펴보니 옛 동네가 죄다 없어진 것은 아니었다. 아파트의 숲 사이로 산동네의 낮고 작은 집들이 일부 남아 있었는데 마지막 재개발을 앞두고 있는 듯했다. 두 시간가량 오르고 내리며 이곳저곳을 헤맸다. 마지막 달동네의 증거로 남아 있는 작은 등성이에서는 발길이 느려졌다. 한두 사람이 겨우 빠져나갈 만한 좁은 골목길. 시멘트 계단. 그 집이 그 집 같은 곳들. 재개발조합 이사 선거가 있는지 후보들 벽보가 눈에 띄었다. 아주 오래 전의 풍경 같았다. 그러나 골목을 조금 돌아다니다보면 금방 좁은 길이 끝나면서 훤한 아파트 단지가 기다리고 있었다. 아파트 벽면에는 요즘 유행하는 최신 아파트 브랜드 명이 적혀 있었다. 쾌적해 보였다. 마을버스를 타고 돌산 종점에도 올라보았다. 사방이 온통 아파트 숲이었다. 저쪽 어딘가에 장석조네 기찻집이나 민홍의 '미아리 셋집' 이 있었겠지만, 나로서는 가늠이 되지 않았다. 민홍이라면 그곳이 어딘지 바로 손으로 가리켰을 것이다. 왜 아니겠는가. "여태껏 나를 지탱해왔던 기억, 그 기억을 지탱해온 육체인 산동네"가 아닌가. 그러나 민홍 역시 손을 들어 그곳을 가리키는 것

말고 달리 무슨 방도가 있을 것인가. 그날 눈사람 속에 금간 검은 항아리를 숨기고는 "개똥 천지 돌산길을 돌아나와, 눈이 질척거리는 시장거리, 연탄재가 어지럽게 뒹구는 인수교회 뒤쪽의 좁은 골목길들을 혼자 떠돌다 (……) 길음천변의 음산한 텍사스 거리를 겁 없이 걸어다녔"던 민홍은 바로 그 순간 기억의 순금 지대를 자기도 모르게 지나고 있지 않았을까. 그것은 또, 항아리를 덮고 있던 눈이 한낮의 해를 이기지 못하고 녹아내릴 수밖에 없는 사정과 정확히 대응되지 않겠는가. 해질 녘 집에 돌아오니 눈사람은 깨끗이 치워져 있고 어머니며 기찻집 사람 누구도 자신을 거들떠보지 않았던 것.

> 나는 나를 둘러싼 세계가 너무도 낯설게 느껴졌다. 내가 짐작하고 또 생각하는 세계하고 실제 세계 사이에는 이렇듯 머나먼 거리가 놓여 있었던 것이다. 그 거리감은 사실 이 세계는 나와는 상관없이 돌아간다는 깨달음, 그러므로 나는 결코 주변으로 둘러싸인 중심이 아니라는 아슴프레한 깨달음에 속한 것이었다.(「눈사람 속의 검은 항아리」, 같은 책, 29~30쪽)

이 낯섦과 거리감은 근원적인 것이 아닐 수 없다. 그것은 세계에 맞서 자기를 세우고자 하는 자가 부단히 부닥칠 수밖에 없는 곤경이다. 기억의 패배도 이 자리에서 보면 불가피한 것이다. 그러나 김소진의 문학은 이 곤경으로부터 세계의 부정이나 허무로 달려가지 않았다. 그가 택한 방식은 자신의 자리에 미아리 산동네를 통째로 올려놓고 정작 자기는 종잇장처럼 얇은 기억 그 자체가 되는 것이었다. 그러니까 눈사람 속의 검은 항아리는 김소진 문학의 의지이자 운명이었다. 민홍이 산동네를 떠나기에 앞서 똥 눌 곳을 찾아 폐허 사이로 난 내리막길을 내달려가는 장면이 아름다울 수밖에 없는 것도 그래서다. 민홍은 반쯤 부서진 집들 속에서 "세로로 절반쯤 깨진 큼직한 항아리"를 발견한다. 그것은 민홍만이 발견할 수 있는 기억의 성소일 터. 그 속에서 폐허의 집터 위로 떨어뜨린 "굵은 황금빛 똥"은 이제 곧 "포크레인의 날카로운 삽질에 깎여" "송두리째 퍼내어질" 산동네의 마지막 육체가 되지 않겠는가. 그러나 그것이 김소진 문학의 마지막 육체가 될 줄이야 또 누가 알았겠는가.

민홍이 바지를 추스르며 나온 빈집 항아리 속으로 냄새를 맡은 누렁이 한 마리가 들어가는 모습이 보인다. 민홍이 산동네와 정직하게 몸을 바꾸는 순간이다. 창이 형의 형수가 된 국희를 향해, 혹은 춘하(「춘하, 돌아오다」)를 향해 민홍이 쏘아붙인다. "쐐년." 이런 것이 그들의 사랑이고 김소진의 문학이었으리라. 그렇다. 이제 내려가볼까 하고 있는데 전신주 위로 길을 알리는 표지가 보인다. '동방길.' '그리운 동방', 그렇다. 민홍이 아버지가 중풍으로 쓰러진 다음날 아침 제일 먼저 들렀다는 '신풍의원' 도 아직 남아 있다. 조금 더 지켜볼 수는 없었나.

정홍수 문학평론가. 1996년 『문학사상』에 평론 「허벅지와 흰쥐 그리고 사실의 자리—김소진의 소설 쓰기」를 발표하며 평론활동을 시작했다.

VII

조사, 그리고 비문

편집자 주 소설가 김성동 선생이 직접 붓을 들어 초한 비문은 김소진이 잠든 용인군 모현면 초부리 소재 용인공원묘원의 묘지 비석 뒷면에 새겨져 있다. 선생은 1997년 4월 22일 새벽 고인의 부음을 전해듣고 바로 그 자리에서 조사 「아아, 山새처럼 날아간 사람아」를 써 내려갔다고 한다. 10주기를 맞아 이 귀한 글들을 여기에 다시 남긴다.

| 弔辭 |

아아, 山새처럼 날아간 사람아

꿈같고 허깨비 같고 물거품 같고 그림자 같으며 그리고 또 이슬방울과도 같고 번갯불과도 같은 게 중생들 살림살이라는 금강경(金剛經) 말씀은 정녕 진언(眞言)인 것인가. 흰 눈이 강산처럼 쌓였던 지륵산(智勒山) 옛절에서 문학을 이야기하던 게 어제인 듯 눈에 선하건만, 아지못게라. 중생계(衆生界) 죽살이판의 허망함이여. 애잡짤한 문학동무들의 이 마음을 아난다 모르난다.

모로미 소설은 꽃일지라. 그대가 온몸으로 부둥켜안고 몸부림쳐 울었던 세상에서 일컫는바 소설이라는 것은 짓는 사람의 그 타고난 바 본디 바탕자리인 성정(性情)에서 스스로 피어오르는 꽃과 같은 것인즉, 애면글면 뇌를 쥐어짠다고 해서 되는 것이 아닐 터. 마음이 아릿다운즉 소설도 아릿다웁고 마음이 추루한즉 소설 또한 추루하여지는 것이리니. 그런데 그대가 쓴 소설들은 아릿다웠어라. 겉싸개만 요란한 불량품들이 성세(盛勢)를 얻고 물망(物望)을 끄는 이 부박한 문화풍토에서 묵묵히 그 순정(純正)한 작가정신을 벼리고 있었으므로 우리 소설동네의 희망이었던 사람이여. 언제나 소년처럼 해맑은 얼굴로 이따금 무구(無垢)한 웃음기나 보여줄 뿐 마땅새 출반주하고 나서는 법한 번 없던 사람이여. 내남적없이 서구 것만 붙좇는 세기말의 이 캄캄한 노랑북새통 속에서 우리말의 아름다움과 그 아름다운 우리말을 바탕으로 한 우리 겨레심알의 참모습에 깊은 믿음을 주고 있던 그대가 올바른 작가의 눈을 지닐 수 있었던 것은 그러므로 또한 지극히 마땅한 일이었음이어라. 올바른 역사의식과 올곧은 인간의식의 조화를 과부족 없이 지켜내었던 그대는 문질빈빈(文質彬彬)한 왈 군자(君子)였어라. 그대가 떨구어놓고 간 그렇게 많지 않은 작품들은 어느 것 하나 허투루 씌어진 게 없었으니 가잘비기 어렵게 진지한 작가였음을 웅변하여주고 있음이어라. 한 자 한 줄도 더하거나 뺄 데가 없게끔 꽉 짜여진 단편으로 밑공부를 다진 다음 중편의 언덕을 넘어 이제 막 장편과 대하의 태산준령으로 올라서려던 판에 이뉘를 버렸으니, 무엇이 그다지도 급하셨다는 말인가. 서른네 살. 이제 막 눈부시게 아름다워서 숨막힐 꽃을 피워낼 어름에 뵤— 뵤— 한 마리 눈 맑은 산새처럼 저뉘로 날아갔으니, 아아. 사람 명운은 전정(前定)되어 있음인가. 아니면 더 귀하고 더 훌륭한 일에 쓰려고 하늘이 데려가셨단 말가.

그대를 사랑하였던 동무들은 목메어 하늘만 바라보고 있나니—

영가(靈駕)여, 어디로 가시는가? 욕계화택(欲界火宅) 여의고 그 어드메로 가시는가? 소설문학의 고독지옥(孤獨地獄)이 하 괴로워 가릉빈가 하늘 노래만 들려온다는 도솔천으로 가시는가?

영가에게 묻노니—

진달래 철쭉꽃 시방 한창 꽃을 피워

산야(山野)에는 봄빛이 가득하거늘 무삼 일로 그대 홀로 꽃이 없나뇨?

천지간에 숨탄 것들 저마다 기지개를 켜는 이 봄에 무삼 일로 그대 혼자 움직임이 없나뇨?

영가에게 다시 또 묻노니—

그대의 낙처(落處)는 어느 곳인가?

어느 땅 어떤 사람들 사이에 다시 또 그 몸뚱이를 드러낼 것인가?

대답하라, 영가여.

한마디 이르시라, 영가여.

가슴이 비어지게 안타까운 마음으로 두 손을 모으나니—

미진한(未盡恨) 있거들랑 돌아오소서. 분단 없고 다툼 없고 차별 없고 탐냄 없고 성냄 없고 어리석음 없는 그곳에서 잠시 노닐다가 다시 돌아오소서. 문학에 미진처(未盡處) 있거들랑 혼(魂)아 돌아오소서.

1997년 4월

못난 전배(前輩)

김성동 합장

애잡짤한 안타까워서 애가 타는 듯한 | 죽살이판 생사(生死)판 | 모로미 모름지기 | 애면글면 약한 힘으로 무엇을 이루노라고 온갖 힘을 다하는 모양 | 노랑북새통 티끌 같은 이끗 다툼으로 아수라장을 이루는 저잣거리 | 겨레심알 민족정신 | 가잘비기 견주기

월형축청 어디로 가시는가

저뉘는 어드메련가. 믈옥으로 순정(純正)하였으므로 아릿다운 글지였거늘, 아지못게라. 비롯됨도 없고 마침도 없음이여. 그대의 나그넷길 소솜하였다 누가 말하는가. 뜬구름 화택(火宅)에 부대끼기 서른을 넘기었고 목타는 무명(無明) 속에서도 시러금 몇 권의 불어선생(不語先生)을 남기었으니, 다직 백년을 살아 업(業)만 더하는 것보다 무엇이 또 부족하리오. 아, 머묾도 없고 떠남도 없음이여. 자성(自性)의 본향(本鄕)으로 돌아갔음이어라. 해는 져서 달이 뜨는데 사람은 보이지 않고, 뵤— 뵤— 산(山)새 한 마리 갑션무지개 사이로 날아가누나. 창밖의 흙바람 소리 들으며 천근번뇌(千斤煩惱)를 보태고여.

정축(丁丑) 사월(四月)
이니거사(履泥居士) 합장(合掌)

월형축청 옆눈 팔지 않고 후다닥 닿듯이 걸어가는 모양 | 믈옥 수정(水晶) | 글지 작가(作家) | 아지못게라 알 수 없어라 | 소솜 소나기가 한번 지나가는 동안. 삽시간. 잠깐 | 시러금 능히 | 불어선생 서책 | 다직 기껏 | 뵤— 뵤— 새가 둥글게 원을 그리며 천천히 도는 모양 | 갑션무지개 쌍무지개

VIII

김소진이 낸 책, 김소진에 대해 이야기한 많은 글들

| 작품 목록 |

□ 소설집

『열린 사회와 그 적들』, 솔, 1993.

『고아떤 뺑덕어멈』, 솔, 1995.

『자전거 도둑』, 강, 1996.

『눈사람 속의 검은 항아리』, 강, 1997.

□ 장편소설

『장석조네 사람들』, 고려원, 1995.

『양파』, 세계사, 1996.

「동물원」, 『실천문학』, 1996. 겨울~1997. 봄.(2회, 미완)

□ 동화, 콩트

『열한 살의 푸른 바다』, 국민서관, 1996.(동화)

『바람부는 쪽으로 가라』, 하늘연못, 1996.(콩트)

『달팽이 사랑』, 솔, 1998.(콩트)

□ 산문집

『아버지의 미소』, 솔, 1998.

□ 전집

『김소진 전집』 6권, 문학동네, 2002.

□ 각색

『열한 살의 푸른 바다』, 문학동네어린이, 2003.(그림 배종헌)

「자전거 도둑」, SBS.(1997. 9. 7, 극본 박현철, 연출 이현직)

「자전거 도둑」, EBS 문학산책.(2003. 7. 31)

□ **재수록**

1. 선집 재수록

『처용단장』, 삼성, 1995.(우리시대의 소설가 시리즈—「처용단장」「파애」「아버지의 자리」 수록)

『눈사람 속의 검은 항아리』, 열림원, 2006.(「쥐잡기」「자전거 도둑」「열린 사회와 그 적들」「눈사람 속의 검은 항아리」「갈매나무를 찾아서」「두 장의 사진으로 남은 아버지」「고아떤 뺑덕어멈」「처용단장」 등 수록)

2. 전집 재수록

김소진, 윤영수, 윤대녕, 『한국 소설문학대계』 100, 동아출판사, 1995.(「쥐잡기」「수습일기」「열린 사회와 그 적들」「사랑니 앓기」「처용단장」「혁명기념일」 등 수록)

공선옥, 김소진 외, 『20세기 한국 소설』 47, 창비, 2006.(「열린 사회와 그 적들」「눈사람 속의 검은 항아리」 등 수록)

3. 소설 재수록

「쥐잡기」, 『신춘문예』, 예하, 1991.

「코요테를 기다리며」, 『보시기가 싱싱해』, 진화, 1992.

「적리」, 한국문화예술진흥원, 『한국문학작품선: '93』, 1993.

「춘하 돌아오다」, 최일남 편, 『다시 읽고 싶은 소설』, 삼문, 1993.

「가을옷을 위한 랩소디」, 『'93 현장비평가가 뽑은 올해의 좋은 소설』, 현대문학, 1993.

「처용단장」, 한국 소설가협회, 『올해의 우수단편 모음』, 영림카디널, 1994.

「처용단장」, 『우리 시대의 문제소설 1994』, 평민사, 1994.

「파애」, 『제25회 동인문학상 수상작품집』, 조선일보사, 1994.

「늪이 있는 마을」, 『우리 시대의 문제소설 1995』, 평민사, 1995.

「늪이 있는 마을」, 한국 소설가협회, 『'95 우수 단편소설 모음』, 삼문, 1995.

「달개비꽃」, 『'95 현장비평가가 뽑은 올해의 좋은 소설』, 현대문학, 1995.

「쥐잡기」, 『빈집 : 새로운 세대, 새로운 징후, 새로운 작가 11인의 소설』, 예문, 1996.
「개흘레꾼」, 『탈냉전 시대의 소설문학 2(1990~1995)』, 고려원, 1996.
「자전거 도둑」, 한국 소설가협회, 『'96 우수 단편소설 모음』, 삼문, 1996.
「자전거 도둑」, 『'96 우리 시대의 화제소설』, 평민사, 1996.
「자전거 도둑」, 한국문화예술진흥원, 『한국문학작품선: '96』, 1996.
「원색생물학습도감」, 『올해의 문제소설 1996』, 신원문화사, 1996.
「목마른 계절」, 『90년대를 찾아서 1: 90년대 대표작품선—소설』, 개마고원, 1996.
「갈매나무를 찾아서」, 『서른 살의 강』, 문학동네, 1996.
「개흘레꾼」, 『포에티카』, 1997. 여름.
「울프강의 세월」, 『제21회 이상문학상 수상작품집』, 문학사상사, 1997.
「벌레는 단 과육 속에 깃들인다」, 『'97 우리 시대의 화제소설』, 평민사, 1997.
「신풍근배커리 약사」, 『'97 현장비평가가 뽑은 올해의 좋은 소설』, 현대문학, 1997.
「눈사람 속의 검은 항아리」, 한국문화예술진흥원, 『한국문학작품선: '97』, 1997.
「용두각을 찾아서」, 『설악산은 어디로 가는가』, 윤컴, 1998.
「원색생물학습도감」, 『나는 동물원에서 사냥을 한다』, 윤컴, 1998.
「신풍근배커리 약사」, 『한국 문학 산책』, 한국문화사, 1998.
「개흘레꾼」, 『(현대소설 100년) 한국 대표단편 57인 선집』, 프레스21, 1999.
「아버지의 자리」, 이기서, 서종택 편, 『새로 읽는 오늘의 우리문학』, 하늘연못, 1999.
「자전거 도둑」, 전남대학교 대학국어 편찬위원회, 『한국의 언어와 문학』, 전남대학교 출판부, 1999.
「쥐잡기」, 유영안 편, 『신춘문예 소설 걸작선』, 좋은느낌, 2000.
「자전거 도둑」, 『한국 언어문화의 이해』, 역락, 2000.
「목마른 뿌리」, 한남대학교 국어국문학과, 『독서와 토론』, 역락, 2002.

「자전거 도둑」, 전국국어교사모임, 『나를 만나다 : 문학시간에 소설 읽기1』, 나라말, 2004.
「자전거 도둑」, 『(선생님과 함께 읽는) 한국현대소설1 — 나와 우리』, 숨비소리, 2004.
「쥐잡기」, 『신춘문예 당선소설 걸작선 2: 1976~1995』, 계간문예, 2005.
「자전거 도둑」, 『한국 현대 단편소설 33』, 맑은창, 2005.
「자전거 도둑」, 『꼭 읽어야 할 소설 119』 10, 타임기획, 2005.
「동물원」, 진동선, 『노블 앤 뽀또그라피』, 시공사, 2005.
「쥐잡기」, 『현대소설』, 디딤돌, 2005.
「자전거 도둑」, 김윤식·서경석 편, 『논술로 통하는 소설 3』, 한국문학사
「고아떤 뺑덕어멈」, 월간 『고교독서평설 3』, 지학사, 2005.
「자전거 도둑」, 『성장: 아픈 만큼 성숙해지다 — 빠르게 읽는 현대소설』, 천재교육, 2006.
「자전거 도둑」, 『교양과 실력을 쑥쑥 올려주는 오름이』, 혜문서관, 2006.
「쥐잡기」, 민족문학연구소, 『소설 구십년대』, 생각의나무, 2007.
「자전거 도둑」, 월간 『고교독서평설 4』, 지학사, 2007.

4. 산문 재수록

「원체험, 기억 그리고 소설」, 『실천문학』, 1995. 가을 / 실천문학 편집위원회 편, 『21인의 작가 시인이 쓰는 교실』, 실천문학사, 1997.
「소설가 김소진」, 『S대라는 간판보다 더 든든한 빽이 있다 — 서울대 졸업생 30인의 직업 에세이』, 천재교육, 1996.

□ **학위논문**

최현주, 「한국 현대 성장소설의 서사 시학 연구」, 전남대학교 국어국문학과 박사학위논문, 1999 / 『한국 현대문학의 지형과 전망』, 심미안, 2003.

김영헌, 「처용 모티프의 현대적 변용에 관한 연구」, 건국대학교 교육대학원 석사학위논문, 2000.

나은경, 「김소진 소설 연구」, 동국대학교 문화예술대학원 석사학위논문, 2000.

이성재, 「김소진 소설연구 — '아버지를 통한 자아 찾기' 를 중심으로」, 숭실대학교 교육대학원 석사학위논문, 2002.

강정아, 「자본주의 도시 공간에 대한 문학사회학적 연구 : 김소진 소설을 중심으로」, 부산대학교 석사학위논문, 2003.

윤소영, 「김소진 소설의 서술양상 : 일인칭 소설을 중심으로」, 우석대학교 교육대학원 석사학위논문, 2003.

이숙, 「김소진 소설 연구 : 작중인물의 콤플렉스를 중심으로」, 전남대학교 석사학위논문, 2003.

민경준, 「김소진 소설의 갈등양상 연구」, 경희대학교 교육대학원 석사학위논문, 2004.

이윤미, 「김소진 소설 연구 : 아버지 부재와 아버지 찾기의 과정을 중심으로」, 홍익대학교 교육대학원 석사학위논문, 2004.

이진화, 「김소진 소설 연구」, 울산대학교 교육대학원 석사학위논문, 2004.

김성민, 「김소진 소설 연구」, 동아대학교 교육대학원 국어교육전공 석사학위논문, 2005.

박미설, 「김소진 소설의 텍스트언어학적 연구」, 대구가톨릭대학교 국어국문학과 석사학위논문, 2005.

박은희, 「현대소설에 나타난 처용설화 수용양상」, 한남대학교 교육대학원 석사학위논문, 2005.

감정옥, 「김소진 소설 연구」, 중앙대학교 문예창작학과 석사학위논문, 2006.
김영현, 「김소진 소설 연구」, 대구대학교 교육대학원 교육학과 석사학위논문, 2006.
박수연, 「김소진 소설의 남성인물 연구」, 고려대학교 인문정보대학원 문학예술학과 문예창작전공 석사학위논문, 2006.
석채영, 「김소진 소설 연구 : 인물의 특성을 중심으로」, 홍익대학교 교육대학원 석사학위논문, 2006.

□ 학술논문

김승종, 「미완으로 빛나는 민중의 작가—김소진론」, 『현대문학의 연구』, 1997.
김현정, 「자기정체성 확인으로서의 아버지 찾기 : 김소진의 「아버지의 자리」 분석」, 맥락과비평 현대문학연구회, 『라깡과 문학』, 예림기획, 1998.
김형수, 「정신과 육체의 변증법—김소진의 소설」, 창원대학교 국어국문학과 사림어문학회, 『사림어문연구』 11집, 1998.
이대범, 「김소진 소설 연구 : 아버지 계열의 소설을 중심으로」, 한국어문교육연구회, 『어문연구』 97집, 1998. 3.
박혜주, 「부끄러운 아버지 극복의 두 양상 : 안정효의 「악부전(惡父傳)」과 김소진의 「개흘레꾼」」, 이화여자대학교 이화어문학회, 『이화어문논집』 제17집, 1999.
안미영, 「김소진 소설에 나타난 육체적 담론 연구」, 충북대학교 사범대학 국어교육과, 『개신어문연구』 제16집, 1999.
김택중, 「무의식적 원체험의 극복과 포용—김소진의 『눈사람 속의 검은 항아리』, 이순원의 『말을 찾아서』」, 『대전어문학』 17집, 2000. 2.
고인환, 「1980년대 문학을 '타자화' 하는 한 방식—이문구, 김소진, 성석제의 소설을 중심으로」, 경희대학교 민속학연구소, 『한국문화연구』 제4집, 2001. 1.
고인환, 「결핍의 서사—김소진 소설 연구」, 한국어문교육연구회, 『어문연구』 110, 2001. 6.

민충환, 「살아 있는 우리말 어휘의 맛—김소진 소설어를 중심으로」, 『새국어생활』 12권 4호, 2002. 겨울.

김미현, 「1990년대 소설에 나타난 동물성」, 이화여자대학교 이화어문학회, 『이화어문논집』 제21집, 2003.

김택중, 「심층심리의 소설적 변용—김소진과 이순원의 소설을 중심으로」, 한국언어문학회, 『한국언어문학』 50집, 2003. 5 / 「김소진과 이순원 소설의 심층심리」, 『현대소설의 문학지형과 공간성 연구』, 푸른사상, 2004.

□ 문학평론

1. 작가론

류보선, 「열린 사회를 향한, 그 기나긴 장정—김소진론」, 『한국문학』, 1994. 3·4.

황국명, 「그리움의 밑변과 비판적인 꼭지점」, 『한국 소설문학대계』, 동아출판사, 1995.

황국명, 「아버지의 이름 : 김소진론」, 『오늘의 문예비평』, 1995. 가을.

김종욱, 「또다시, 아버지를 찾아서—김소진론」, 『문예중앙』, 1995. 겨울 / 『소설 그 기억의 풍경』, 태학사, 2001.

정홍수, 「허벅지와 흰쥐 그리고 사실의 자리—김소진의 소설 쓰기」, 『문학사상』, 1996. 1.

전승주, 「다시 돌아와 맞서야 할 현실의 길—김소진과 윤대녕」, 『실천문학』, 1996. 봄.

이광호, 「아버지의 존재론—김소진론을 위하여」, 『한국문학』, 1997. 여름.

정호웅, 「쓸쓸하고 따뜻한 비관주의—김소진론」, 『한국문학』, 1997. 여름.

하응백, 「민중 속의 민중주의—김소진론」, 『포에티카』, 1997. 여름.

방민호, 「검은 항아리 속의 눈사람—김소진론」, 『실천문학』, 1997. 가을.

서영채, 「이야기꾼으로서의 소설가」, 『문학동네』, 1997. 가을.

황순재, 「기억에 관한, 존재론적 글쓰기 : 김소진론」, 『문학과사회』, 1997. 가을.

허병식, 「기억의 글쓰기, 운명의 양식」, 『동국』 제39집, 동국대학교 교지편집위원회, 1997. 12.

손종업, 「몸의 서사 : 배설로서의 글쓰기 — 김소진론」, 『문학의 저항』, 보고사, 2001.

오윤호, 「회상의 역사, 그리고 우울한 죄의식 — 김소진 소설론」.(2001 동아일보 신춘문예 평론부분 당선작)

김한식, 「역사를 기록하는 기억의 문법」, 『현대문학의 경험과 형상』, 새미, 2002.

2. 서평

류보선, 「그리움과 끈끈한 생명력의 넓이와 깊이 — 신경숙 소설집 『풍금이 있던 자리』, 김소진 소설집 『열린 사회와 그 적들』」, 『창작과비평』, 1993. 여름.

서영채, 「단편소설과 상품미학」, 『상상』, 1993. 가을 / 『소설의 운명』, 문학동네, 1996.(『열린 사회와 그 적들』)

우찬제, 「탈지식인적 지식인 소설의 지평 — 김소진의 소설」, 『상처와 상징』, 민음사, 1994.(『열린 사회와 그 적들』)

황종연, 「문학월평 — 김소진 소설 『고아떤 뺑덕어멈』」, 한겨레, 1995. 2. 22.

김경수, 「현재적 삶을 바라보는 두 개의 시각 — 김소진 『장석조네 사람들』과 김훈 『빗살무늬 토기의 추억』」, 『실천문학』, 1995. 여름.

최성실, 「장석조네 마을에 개가 짖는데」, 『문학동네』, 1995. 여름.(『고아떤 뺑덕어멈』『장석조네 사람들』)

김치수, 「아버지 부재 속에서 살기 — 채영주의 『목마들의 언덕』과 김소진의 『고아떤 뺑덕어멈』」, 『문학과사회』, 1995. 가을 / 『삶의 허상과 소설의 진실』, 문학과지성사, 2000.

백지연, 「현재를 응시하는 '수인(囚人)'의 글쓰기 — 이남희 소설집 『사십세』, 김소진 소설집 『자전거 도둑』, 한창훈 소설집 『바다가 아름다운 이유』」, 『창작과비평』, 1996. 여름 / 『미로 속의 질주하는 문학』, 창작과비평사, 2001.

이광호, 「문학월평 — 자전거 도둑」, 한겨레, 1996. 3. 28.

정홍수, 「현실을 읽는 열린 마음들 — 성석제 『왕을 찾아서』, 김소진 『양파』」, 『실천문학』, 1996. 여름.

김윤식, 「'소설 계속 쓰기'의 원풍경 — 김소진 마지막 소설집에 부쳐」, 『내일을 여는 작가』, 1997. 7 · 8 / 『농경사회 상상력과 유랑민의 상상력』, 문학동네, 1999.

신승엽, 「어제의 민중과 오늘의 민중 : 김소진 소설집 『눈사람 속의 검은 항아리』, 윤영수 소설집 『착한 사람 문성현』」, 『창작과비평』, 1997. 가을 / 『민족문학을 넘어서』, 소명출판, 2000.

황도경, 「뒷간의 상상력 — 성석제와 김소진의 소설을 중심으로」, 『작가세계』, 1997. 가을 / 『욕망의 그늘』, 하늘연못, 1999.(『눈사람 속의 검은 항아리』)

남진우, 「유고소설집을 읽는 밤 — 김소진 『눈사람 속의 검은 항아리』」, 『올페는 죽을 때 나의 직업은 시라고 하였다』, 열림원, 2000.

김외곤, 「1980년대식과 1990년대식 — 김소진과 김경욱」, 『문학과 문화의 경계선에서』, 새물결, 2002.

3. 작품론

김윤식, 「우연을 필연으로 끌어올리기」, 한국일보, 1992. 5. 19 / 『소설과 현장비평』, 새미, 1994.(「적리」)

김윤식, 「김소진, '가을옷을 위한 랩소디'」, 『'93 현장비평가가 뽑은 올해의 좋은 소설』, 현대문학, 1993 / 『김윤식의 소설 읽기』, 열림원, 1995.

김윤식, 「이달의 소설 — 김소진, '개흘레꾼', 구효서, '목신의 오후'」, 『경향신문』, 1994. 3. 29 / 『김윤식의 소설 읽기』, 열림원, 1995.

김윤식, 「시원에의 거부」, 『문학사상』, 1994. 7 / 『김윤식의 소설 읽기』, 열림원, 1995.(「쌍가매」)

이남호, 「김소진 — 달개비꽃」, 『'95 현장비평가가 뽑은 올해의 좋은 소설』, 현대문학, 1995.

조남현, 「새로운 시류를 대하는 태도」, 『현대문학』 1995. 5.(「달개비꽃」)

최병우, 「늪, 인간 그리고 망각 — 김소진의 「늪이 있는 마을」, 『'95 우리시대의 문제소설』, 평민사, 1995. / 『한국 현대문학의 해석과 지평』, 국학자료원, 1997 / 『(94~96) 문제소설 다시 읽기』, 푸른사상, 2004.

김윤식, 「심해에서 살아가기」, 『문학사상』, 1995. 5 / 『글쓰기의 모순에 빠진 작가들에게』, 강, 1996.(「달개비꽃」)

최원식, 「한국 사회의 인종적 편견 침통한 응시 — 김소진의 「달개비꽃」」, 한국일보, 1995. 5. 3.

김윤식, 「중간 세대의 글쓰기」, 『문학사상』, 1995. 7 / 『글쓰기의 모순에 빠진 작가들에게』, 강, 1996.(「문산행 기차」)

한승옥, 「원색생물도감에서의 숨은 그림 찾기」, 『'96 올해의 문제소설』, 신원문화사, 1996 / 『(94~96) 문제소설 다시 읽기』, 푸른사상, 2004.(「원색학습생물도감」)

황도경, 「환상 혹은 헛것의 미학」, 『작가세계』, 1996. 겨울.(「벌레는 단 과육 속에 깃들인다」)

민현기, 「'길찾기'의 고통과 외로움」, 『'97 올해의 문제소설』, 신원문화사, 1997 / 「김소진의 「길」에 대하여」, 『한국 현대문학 비평론』, 새문사, 2002.

4. 주제론

김병익, 「63년생 세대의 아픔과 문학」, 한겨레, 1994. 9. 24.

임규찬, 「90년대 리얼리즘 소설의 몇몇 풍경」, 『문예중앙』, 1995. 가을.

강진호, 「문인의 죽음과 문학의 운명 — 요절로 문학을 완성한 기형도와 김소진의 문학」, 『문예중앙』, 1997. 가을 / 『탈분단 시대의 문학논리』, 새미, 2001.

이현식, 「주체에 대한 반성과 새로운 실험들 : 90년대 소설을 바라보는 시각」, 『황해문화』, 1998. 봄.

고인환, 「1990년대 이후 서사의 자의식」, 『문학과경계』, 2005. 가을.

5. 해설

김윤식, 「새로운 지식인 소설의 한 유형 — 김소진 창작집에 부쳐」, 『열린 사회와 그 적들』, 솔, 1993 / 『작가와의 대화』, 문학동네, 1996.

김진석, 「개같이 죽는 인간, 개같이 살아나는 소설」, 『고아떤 뺑덕어멈』, 솔, 1995 / 『소외에서 소내로』, 개마고원, 2004.

이동하, 「언어의 잔치와 따뜻한 인도주의」, 『장석조네 사람들』, 고려원, 1995.

서경석, 「열린 사회를 향한 글쓰기」, 『자전거 도둑』, 강, 1996.

정호웅, 「수칼매나무 우듬지에 빛나는 햇살」, 『눈사람 속의 검은 항아리』, 강, 1997.

최재봉, 「발문」, 『아버지의 미소』, 솔, 1998.

진정석, 「지속되는 삶, 끝나지 않은 이야기」, 『김소진 전집 1— 장석조네 사람들』, 문학동네, 2002.

류보선, 「변두리의 귀환」, 『김소진 전집 2— 열린 사회와 그 적들』, 문학동네, 2002 / 『또 다른 목소리들』, 소명출판, 2006.

김만수, 「가난이 남긴 것」, 『김소진 전집 3— 자전거 도둑』, 문학동네, 2002.

손정수, 「소진(消盡)의 미학」, 『김소진 전집 4— 신풍근배커리 약사』, 문학동네, 2002 / 『뒤돌아보지 않는 오르페우스』, 강, 2005.

성석제, 「경애로운 벗을 추모하며」, 『김소진 전집 6— 그리운 동방』 발문, 문학동네, 2002 / 「경애」, 『즐겁게 춤을 추다가』, 강, 2004.

김규중·이선옥, 「90년대 리얼리즘 소설 — 개인적 기억과 집합적 기억의 소통」, 『20세기 한국 소설』 47, 창비, 2006.

이종호, 「역사와 운명 앞에 휘둘린 아버지의 삶」, 『눈사람 속의 검은 항아리』, 열림원, 2006.

6. 대담, 좌담, 작가초상

김소진·우찬제, 「지식인·권력·진실」, 『오늘의소설』, 1993. 상반기 / 『김소진 전집 6 — 그리운 동방』, 문학동네, 2002.

김소진·서영채, 「'헛것'과 보낸 하룻밤 — 김소진탐방」, 『한국문학』, 1994. 3·4 / 『김소진 전집 6— 그리운 동방』, 문학동네, 2002.

김소진·김형경·박상우, 「원체험, 현실 그리고 독자」, 『문예중앙』, 1995. 가을

/『김소진 전집 6 — 그리운 동방』, 문학동네, 2002.
김소진·류보선·이광호·조경란·임경대, 「절망과 희망이 공존하는 90년대 한국문학」, 『미래의 얼굴』, 1996. 2 · 3 / 『김소진 전집 6 — 그리운 동방』, 문학동네, 2002.
최재봉, 「삶·역사·진실을 향한 핍진한 소설언어」, 『문예중앙』, 1996. 겨울.
안찬수, 「상처와 기억과 생리적인 것 — 김소진의 초상화를 그리기 위하여」, 『문학동네』, 1997. 가을.

7. 회고와 추모

1) 시

안찬수, 「거기 하늘은 아름다운가」, 『사회평론 길』, 1997. 6.
김철식, 「당신은 깊은 산으로 가고」, 『한국문학』, 1997. 여름.
나희덕, 「마지막 양식 — 김소진 형을 추모하며」, 『한국문학』, 1997. 여름.
박상순, 「그 못생긴 그림책 —태형이를 위해」, 『한국문학』, 1997. 여름.
박영근, 「용인에서 — 소진에게」, 『한국문학』, 1997. 여름.
신현림, 「죽음은 양파껍질 같아서 — 고 김소진 문우를 기리며」, 『한국문학』, 1997. 여름.
장석남, 「새의 자취 — 고 김소진 형 생각」, 『한국문학』, 1997. 여름.
안찬수, 「고아떤 리얼리스트를 위하여」, 『한국문학』, 1997. 여름.

2) 산문

한 기, 「가장 콤플렉스의 잔영, 글쓰기에의 순사 — 김소진의 문학과 삶을 추억하며」, 『문예중앙』, 1997. 여름 / 『구텐베르크의 수사들』, 역락, 2005.
황국명, 「상처 입은 자의 쓸쓸한 초상」, 『문학사상』, 1997. 6/ 『삶의 진실과 소설의 방법』, 문학동네, 2001.
고미석, 「떠나고 빈자리」, 동아일보, 1997. 6. 5.(칼럼)
김정환, 「내가 읽은 책 — 김소진 저서 '눈사람 속의 검은 항아리'」, 『한국경제』, 1997. 6. 20.

신경숙, 「김소진…… 그가 그립다」, 한겨레, 1997. 6. 24.(칼럼)
구본권, 「그대가 던진 빛, 길이 남으리라」, 『한국문학』, 1997. 여름.(조사)
김성동, 「아아, 山새처럼 날아간 사람아」, 『한국문학』, 1997. 여름.(조사)
김수영, 「산책, 사진, 그리고 공갈빵」, 『한국문학』, 1997. 여름.
박상우, 「네 맑은 영혼의 웃음」, 『한국문학』, 1997. 여름.(조사)
서영채, 「김소진을 읽는 밤」, 『한국문학』, 1997. 여름.
정홍수, 「눈 맑은 사나이 김소진」, 『한국문학』, 1997. 여름.
조형준, 「우리의 말없는 중심 소진형」, 『한국문학』, 1997. 여름.
최인호, 「'한겨레' 시절, 김소진」, 『한국문학』, 1997. 여름.
함정임, 「동행—어둠 속의 대화」, 『문학동네』, 1997. 가을.(소설)
_____, 「하늘 바퀴를 타고 간 사람—김소진 단상」, 『행복이 가득한 집』 1997. 9 / 산문집 『하찮음에 관하여』, 이마고, 2002.
_____, 「소진로에서 자전거 타기」, 한국일보, 1999. 12. 16.
_____, 「바람 싱그럽고 햇빛 찬란한 날의 소풍」, 2004. 5. 29.
최재봉, 「김소진을 추억하며」, 『실천문학』 1997. 여름 / 『최재봉 기자의 글마을 통신』, 새움, 2004.
김윤식, 「90년대 문학의 종언 : 작가 김소진의 죽음이 의미하는 것」, 『현대문학』, 1997. 11.
최재봉, 「김소진의 흔적을 좇아서」, 『한겨레21』, 1997. 12. 11.
정재숙, 「아름다운 김소진을 기억한다」, 『한겨레21』, 1998. 4. 23.
김인숙, 「故 김소진 작가 4주기에 부쳐」, 조선일보, 2001. 4. 7.
정호웅, 「김소진」, 김주필 외, 『우리들의 마음자리』, 월인, 2002.

ㅁ 기사 및 기타 김소진 작품을 다룬 글

1. 기사

경향신문, 「경향 신춘문예 시상식」, 1991. 1. 22.
세계일보, 「문예지 소설필진 젊어지고 있다」, 1993. 2. 27.
한겨레, 「집요한 소외 뿌리캐기—김소진 첫 창작집 '열린 사회와 그 적들'」,

1993. 3. 16.

국민일보, 「김소진 소설집 '열린 사회와 그 적들'」, 1993. 4. 5.

서울신문, 「화제의 신간 — '열린 사회와 그 적들'」, 1993. 5. 12.

한국일보, 「새로운 감성 탄탄한 문장 — 젊은 문인들 대약진」, 1993. 12. 15.

경향신문, 「문단 발 빠른 세대교체 징후」, 1994. 1. 11.

세계일보, 「올 유망 작가 시인은 누구인가」, 1994. 1. 29.

경향신문, 「새 징후의 작가 9인 문단서 화제」, 1995. 1. 21.

한겨레, 「변두리 인생 감싸는 따스한 눈길」, 1995. 2. 8.(『고아떤 뺑덕어멈』 『장석조네 사람들』 신간 소개)

조선일보, 「고아떤 뺑덕어멈 — 김소진 지음」, 1995. 2. 11.

서울신문, 「신세대작가 김소진 소설집 '고아떤 뺑덕어멈'」, 1995. 2. 16.

경향신문, 「"가난 상처가 내 문학의 밑천" — 창작집 '고아떤 뺑덕어멈' 낸 김소진씨」, 1995. 2. 20.

동아일보, 「'고아떤 뺑덕어멈' — 김소진 저」, 1995. 2. 24.

국민일보, 「가난 젖줄을 떼면서…… — '고아떤 뺑덕어멈' 펴낸 김소진씨」, 1995. 2. 27.

한국일보, 「70년대 도시빈민 고단한 삶 조명 — '장석조네 사람들'」, 1995. 3. 7.

동아일보, 「낮은 곳 향한 따스한 눈길 — 도시서민 다룬 소설 2편」, 1995. 3. 9.(『장석조네 사람들』 신간 소개)

세계일보, 「신예작가 김소진 첫 장편 '장석조네 사람들'」, 1995. 3. 18.

조선일보, 「왜소한 아버지를 통해 본 세상」, 1995. 4. 2.

조선일보, 「갈등하는 유신시대 자화상 — 김소진 '양파'」, 1996. 7. 23.

조선일보, 「40대의 꿈과 현실 사이 — 김소진 장편 '양파'」, 1996. 7. 26.

조선일보, 「'96 젊은 예술가상 김소진 등 6명」, 1996. 10. 1.

세계일보, 「김소진씨 장편 '양파' 발표…… 세번째 창작집 '자전거 도둑' 도 출간 예정」, 1996. 3. 12.

국민일보, 「윤대녕 '추억의 아주 먼 곳', 김소진 '자전거 도둑'」, 1996. 3. 19.

한겨레, 「30대 남성 대표작가 나란히 '추억의 아주 먼 곳' '자전거 도둑' 펴

내」, 1996. 3. 20.

서울신문, 「김소진씨 '자전거 도둑' 한창훈씨 '바다가 아름다운 이유' 출간」, 1996. 3. 21.

한국일보, 「가난과 박탈에 대한 깊은 이해—김소진 한창훈 소설집 나란히 출간」, 1996. 3. 26.

동아일보, 「신작 소설집 '자전거 도둑' 펴낸 김소진씨」, 1996. 4. 2.

경향신문, 「자전거 도둑—김소진의 세번째 소설집」, 1996. 4. 10.(정은숙 서평)

동아일보, 「부부작가 김소진 함정임씨」, 1996. 5. 4.

국민일보, 「김소진 소설집 『자전거 도둑』」, 1997. 7. 8.(아나운서 이선영 서평)

경향신문, 「70년대 운동권 학생 오늘의 삶—김소진씨 장편소설 '양파' 출간」, 1996. 7. 22.

국민일보, 「소설문학의 새 지평 찾기 활발」, 1996. 7. 23.(『양파』 서평)

한겨레, 「양파—김소진 지음(잠깐 독서)」, 1996. 7. 24.

한국일보, 「젊은 소설가 커플 김소진·함정임」, 1996. 9. 17.

경향신문, 「소설가 김소진씨 별세」, 1997. 4. 23.

한겨레, 「소설가 김소진씨 별세」, 1997. 4. 23.

한국일보, 「소설가 김소진씨 별세」, 1997. 4. 23.

한겨레, 「90년대 빛낸 '사실주의 정신'—영면한 소설가 김소진의 문학과 삶」, 1997. 4. 23.

국민일보, 「문단 김소진 추모 움직임—"리얼리즘 대 잇던 고인 기리자"」, 1997. 4. 24.

동아일보, 「서른다섯 살 문학인생 마감 김소진씨」, 1997. 4. 25.

한국일보, 「서른넷에 요절한 소설가 김소진」, 1997. 4. 26.

한겨레, 「소설가 김소진 추모사업 활발」, 1997. 4. 29.

문화일보, 「요절작가 김소진씨 추모사업 활발」, 1997. 5. 1.

세계일보, 「요절작가 김소진 문학의 이름으로 "부활"—문단, 재조명 작업 활발」, 1997. 5. 6.

한겨레21, 「요절작가 김소진의 삶과 문학」, 1997. 5. 10.

주간동아, 「젊은 죽음아…… 하늘의 시샘인가」, 1997. 5. 8.
조선일보, 「김소진 유고집—90년대 사회상 리얼리즘으로 포착」, 1997. 5. 22.
동아일보, 「하늘나라 김소진 마지막 편지—중단편 유고 등 엮어 작품집 발간」, 1997. 5. 22.
서울신문, 「요절작가 김소진 추모특집 잇따라」, 1997. 5. 22.
한겨레, 「김소진 유고집 '눈사람 속의 검은 항아리' 묶어」, 1997. 5. 27.
한국일보, 「고 김소진 유고집 출간 등 재조명 활발」, 1997. 5. 28.
국민일보, 「김소진씨 유고소설 '눈사람……' 출간」, 1997. 6. 2.
문화일보, 「요절작가 김소진 평가 활발—민중주의냐 리얼리즘이냐」, 1997. 6. 5.
국민일보, 「요절작가 김소진 재조명 활발」, 1997. 8. 4.
조선일보, 「김소진씨 부인, 남편 투병 담은 단편 발표」, 1997. 8. 12.
조선일보, 「작가 김소진씨 1주기 맞아 유고집 펴내」, 1998, 1998. 4. 6.
한국일보, 「요절 소설가 김소진 1주기—유작 산문집 '아버지의 미소'」, 1998. 4. 8.
경향신문, 「사부곡(思父曲)과 사부곡(思夫曲)—고 김소진 유작산문집 아내 소설집 펴내」, 1998. 4. 13.
세계일보, 「요절작가 김소진씨 1주기 맞아」, 1998. 4. 14.
한겨레, 「김소진 1주기 산자가 묶어낸 2권의 책」, 1998. 4. 14.
문화일보, 「새처럼 날아간 그대 향한 사부곡—타계 소설가 김소진씨 1주기 맞아」, 1998. 4. 16.
한겨레, 「백마역 주변 자전거도로 '소진로'로—요절작가 김소진 기려」, 1998. 4. 20.
한국일보, 「고 김소진 짧은 소설집 '달팽이 사랑'」, 1998. 7. 29.
경향신문, 「짧은 생애 김소진의 짧은 소설—마지막 작품집 '달팽이 사랑' 나와」, 1998. 8. 3.
세계일보, 「유고소설집 '달팽이 사랑' 출간—요절한 김소진 못다 한 이야기」, 1998. 8. 4.

한겨레, 「이승에 띄운 느림보 구애편지 — 김소진 유고콩트집 '달팽이 사랑'」, 1998. 8. 4.

한국일보, 「책과 세상 — 김소진 편, 김소진의 '자전거 도둑'」, 1999. 12. 16.

월간조선, 「아름다운 우리말 — 김소진 묘비명」, 김성동, 2001. 11. 27.

조선일보, 「요절 소설가 김소진 5주기 추모」, 2002. 4. 29.

조선일보, 「작품으로 살아난 김소진 5주기 맞아 전집 출간」, 2002. 7. 8.

경향신문, 「요절작가 채영주, 김소진 — 80년대를 안고 90년대를 건던……」, 2002. 7. 20.

한겨레, 「전집으로 돌아온 김소진 — 전향의 90년대, '낡은' 글쓰기 생전의 그는 외로웠다」, 2002. 7. 29.

서울경제, 「김소진 전집 6권 출간」, 2002. 7. 29.

동아일보, 「요절 소설가 김소진 추모전집 6권 발간」, 2002. 7. 30.

문화일보, 「요절 소설가 김소진 전집 나와 — 연작 장석조네 사람들 등 6권」, 2002. 7. 31.

세계일보, 「빈민·샐러리맨 대변 90년대 리얼리즘 개척 — 요절작가 김소진 문학전집 출간」, 2002. 8. 1.

한국경제, 「'구수한 토속어'로 그가 살아났다 — 소설가 고 김소진씨 전집 6권 출간」, 2002. 8. 5.

소년조선일보, 「장편 동화 속에 어린이 삶 녹아 있네 — 김소진 '열한 살의 푸른 바다'」, 2003. 12. 3.

조선일보, 「구수한 토박이 말들의 잔치상 — 김소진 다시 읽기」, 2006. 8. 26.

2. 기타 김소진 작품을 다룬 글

류소영, 「이 땅에서 살아가기 위하여 — 김소진 「혁명기념일」」, 『시대의 얼굴, 절망과 희망 사이』, 박종철출판사, 1998.

이영재, 「김소진의 「열린 사회와 그 적들」」, 『우리문학 새로 읽기』, 다인미디어, 1998.

한승옥, 「개흘레꾼 / 김소진」,『현대 소설의 이해』, 집문당, 1998.

권오운, 「우리말 다 못 다듬고 간 김소진」, 『우리말 지르잡기』, 문학수첩, 2002.

김수경, 「짧은 만남, 그리고 돌연한 이별 : 김소진 『눈사람 속의 검은 항아리』」, 김영건, 김용우 편, 『20대에 읽어야 할 한 권의 책』, 책세상, 2005.

ㅁ 김소진을 기억하는 독자들이 만든 인터넷 카페

카페 이름 : 장석조네

주소 : http://cafe.daum.net/sojin34

| 김소진 작가 연보 |

1963년 12월 3일(음), 강원도 철원군 김화읍 학사리 미상번지에서 아버지 김응수(金應壽), 어머니 김영혜(金英惠)의 이남이녀 중 막내로 태어남. 함경남도 성진이 고향인 아버지는 6·25 당시 원산의 한 병원에서 서무원으로 일하다가 국군이 올라오자 우익(右翼)치안대에 가입. 순전히 원활한 배급을 위해서였는데 이 때문에 원산 대철수 때 예고 없이 원산 앞바다의 군함으로 전격 소개(疏開)되는 바람에 처자식(아버지는 북쪽에서 결혼을 한 상태였음)을 고스란히 포화(砲火) 속에 남기고 옴.

1967년 군부대에서 흘러나오는 군수품 장사가 어려워지자 서울로 이사와 미아리 산동네에 자리잡음. 서울에 첫발을 내딛던 때 김치동이를 머리에 인 어머니의 손에 이끌려 시외버스 차부에서 미아리 산동네까지 오면서 길음시장의 간판숲에 넋이 빠져 기웃거리느라 어머니를 생고생시키기도 했던 기억이 있음.

1968년 아버지가 중풍으로 쓰러졌으나 거동은 비교적 원활함. 어머니가 삯바느질 등으로 생계를 떠맡음.

1970~75년 미아국민학교를 다님. 5학년 한때 아버지가 어머니 말고 북쪽에서 결혼한 사람이 있다는 얘기를 듣고는 동네 양아치 형들 방에서 성인만화 탐독.

1976년 추첨번호 14로 보성중학교에 입학. 중학교 2학년 겨울방학 때 파출부로 다니던 어머니의 장기(長期) 하혈이 시작됨. 요강에는 항상 불그죽죽한 개짐이 빠져 있었음. 아버지는 한 평짜리 구멍가게를 열어 매우 열성적으로 꾸려갔는데 이 구멍가게는 훗날 데뷔작 「쥐잡기」의 배경이 됐음.

1979년 서라벌고등학교 입학. 숨막히는 입시기를 보냄.

1982년 서울대학교 인문대 입학함. 『해방전후사의 인식』과 백산서당의 『경제사입문』 등을 읽고 충격을 받음. 이승만·박정희 등 그 동안 존경해왔던 인물들이 모두 반역사적이라고 기술돼 있었음. 영문과로 진입한 2학년 4·19 때 첫 데모를 해봄. 그뒤 졸업 때까지 웬만한 집회와 시위에는 거의 참여함. 하지만 갈수록 가투(街鬪)가 자신이 없어지면서 차선책으로 글쓰기를 염두에 둠. 주로 황석영·이문구·박완서의 작품들을 습작 텍스트로 삼음.

1983년 이산 가족 찾기 열풍이 몰아닥침. 아버지도 텔레비전 앞에서 며칠씩 밤을 새며 눈물을 흘림. 그 광경을 지켜보면서 그 동안 아버지를 경제적 무능력자로 경원시했으나 마음을 돌려 화해하기로 작정함.

1984년 영문과 학회지 『생성』에 소설 「아버지의 슈퍼마켓」 「소외」와 시 「조명」 발표.

1985년 아버지 돌아가심. 휴학함.

1986~87년 일 년 반 동안 방위 생활을 함. 신기철·신용철 공저 『새우리말큰사전』을 독파하며 우리말 어휘·어구·속담 등을 대학노트에 기록·정리함. 이때 습득한 어휘와 자라면서 어머니 곁에서 들어야 했던 입심이 합쳐져 소설 문체의 중요한 밑거름이 되어줌.

1990년 직장을 두 번 옮기고 한겨레신문 교열부에 자리잡음.

1991년 신춘문예에 연거푸 두 번 떨어지고 난 다음, 대학 복학생 때 『대학신문』 현상문예에 응모했던 「쥐잡기」를 개작해 경향신문 신춘문예에 투고한 것이 당선됨. 그해 등단하여 첫 작품 「키 작은 쑥부쟁이」를 『문학사상』 5월호에 발표했는데 서점에서 갓 나온 잡지에 실린 얼굴 사진을 보고 눈물이 글썽했음. 민족문학작가회의 소설분과에 가입. 단편 「수습일기」(『현대문학』 8월호), 「열린 사회와 그 적들」(『문예중앙』 가을호) 발표.

1992년 단편 「적리赤痢」(『문학사상』 5월호), 「춘하 돌아오다」(『민중문예』 여름호), 「그리운 동방」(『현대소설』 여름호), 「사랑니 앓기」(『문예중앙』 가을호), 「용두각을 찾아서」(『문학과사회』 겨울호) 발표.

1993년 단편 「처용단장」(『문예중앙』 봄호), 그리고 미발표작 「임존성 가는 길」 등 열한 편의 작품을 묶어 첫 창작집 『열린 사회와 그 적들』을 솔출판사에서 펴냄(3월). 이후 단편 「가을 옷을 위한 랩소디」(『민족문학』 4·5·6월호), 「고아떤 뺑덕어멈」(『샘이깊은물』 6월호), 「지하생활자들」(『지평의문학』 창간호), 「혁명기념일」(『실천문학』 가을호), 「파애」(『세계의문학』 가을호) 발표. 『소설과사상』 겨울호에 연작 장편 『장석조네 사람들』의 연재를 시작. 6월 6일 김윤식 선생의 주례로 소설가 함정임과 결혼. 강남구 세곡동에서 신혼살림.

1994년 단편 「개흘레꾼」(『한국문학』 3·4월호), 「쌍가매」(『문학정신』 6월호), 「세월의 무늬」(『동서문학』 가을호), 「늪이 있는 마을」(『문예중앙』 가을호), 「첫눈」(『작가세계』 겨울호), 「아버지의 자리」(『리뷰』 겨울호) 발표. 교열부에서 문화부로 자리를 옮겨 국악, 클래식, 무용 등의 공연 취재를 담당. 3월 20일 아들 태형(泰亨) 태어남. 7월 일산 신도시로 이사. 한 분뿐인 형 세상을 뜸.

1995년 「파애」부터 「늪이 있는 마을」까지 아홉 편의 작품을 묶어 두번째 창작집 『고아떤 뺑덕어멈』을 솔출판사에서 펴냄(1월). 『소설과사상』에 4회 연재했던 연작 장편 『장석조네 사람들』을 고려원에서 펴냄(4월). 단편 「달개비꽃」(『현대문학』 4월호), 「문산행 기차」(『문학사상』 6월호), 「자전거 도둑」(『문예중앙』 여름호), 「원색생물학습도감」(『문학동네』 가을호) 발표. 6월, 한겨레신문사를 그만둠. 선배와 친구들이 일하는 서교동의 강출판사 한켠에 자리를 얻어 소설 노동자 생활로 본격 진입.

1996년 중편 「경복여관에서 꿈꾸기」(『오늘의 문예비평』 봄호), 단편 「마라토너」(『창작과비평』 봄호), 「길」(『문학사상』 3월호) 발표. 「첫눈」부터 「길」까지 아홉 편을 묶어 세번째 창작집 『자전거 도둑』을 강출판사에서 펴냄(3월). 『작가세계』 봄호에 전재했던 장편소설 『양파』를 세계사에서 펴냄(7월). 아들 태형이가 커서 읽어주기를 바라면서 짬짬이 써왔던 장편 창작동화 『열한 살의 푸른바다』를 국민서관에서 펴냄(9월). 그간 매달 두세 편씩 사보의 청탁에 응해 썼던 콩트를 간추려 『바람 부는 쪽으로 가라』를 하늘연못에서 펴냄(9월). 중편 「목마른 뿌리」를 『자유공론』에 3회 분재(2·4·5월호). 단편 「갈매나무를 찾아서」(『월간 에세이』 6월호) 발표. 이 작품을 개작하여 테마소설집 『서른 살의 강』(문학동네)에 수록(7월). 단편 「쐬주」(『소설과사상』 여름호), 「건널목에서」(『금호문화』 9월호), 「벌레는 단 과육 속에 깃들인다」(『현대문학』 9월호), 「지붕 위의 남자」(『기업과문학』 9·10월호), 「부엌」(『시와사람』 가을호), 「울프강의 세월」(『작가』 11·12월호), 중편 「신풍근배커리 略史」(『문학과사회』 겨울호) 발표. 『실천문학』 겨울호에 장편 『동물원』의 연재를 시작. 6월, 한겨레신문사의 최인호·현이섭 선배와 함께 중국 여행길에 올라 장강을 구경. 10월, 문화의 날에 문체부가 수여하는 제4회 '오늘의 젊은 예술가상'을 수상. 서경석, 김만수, 진정석과 계간 『한국문학』 편집위원으로 참여. 가을학기부터 대전에 있는 중경공업전문대 문창과에 출강.

1997년 『실천문학』 봄호에 『동물원』 2회분 연재. 단편 「눈사람 속의 검은 항아리」(『21세기문학』 봄호) 발표. 3월 초 서교동의 한 내과의원에서 내시경으로 위염 검사를 받음. 3월 9일 고양시 화정동에 있는 세영병원에 입원. 11일 신촌 세브란스병원으로 옮김. 암종증 진단을 받음. 4월 8일 연희동 동서한방병원으로 옮김. 4월 22일(음력 3월 16일) 새벽 3시 43분 같은 병원에서 눈을 감음. 4월 24일 용인공원묘원에 묻힘.

미망인 함정임의 뜻에 따라 6월 9일(음력 5월 5일) 신촌의 봉원사에서 영가(靈駕)의 명복을 비는 천도의식(薦度儀式)인 사십구재(四十九齋)를 지냄. 이 자리에는 김성동, 김원우, 김사인, 임우기 등의 문단 선배들과 정홍수, 안찬수, 진정석, 정홍섭, 하영춘 등 오랜 지우, 그리고 가족과 친지를 비롯 평소 그의 글을 따르던 독자들이 지상에서 하늘로 길을 떠나는 그의 마지막을 지킴. 김성동 선생이 직접 붓으로 초(草)한 비문을 새긴 비석이 세워짐.

소진의 기억

초판인쇄	2007년 4월 16일
초판발행	2007년 4월 20일

엮 은 이	안찬수 정홍수 진정석
펴 낸 이	강병선
펴 낸 곳	(주)문학동네
출판등록	1993년 10월 22일 제406-2003-000045호

주 소	413-756 경기도 파주시 교하읍 문발리 파주출판도시 513-8
전자우편	editor@munhak.com
전화번호	031) 955-8888
팩 스	031) 955-8855

ISBN 978-89-546-0312-6 03810

* 이 도서의 국립중앙도서관 출판시도서목록(CIP)은 e-CIP 홈페이지(http://www.nl.go.kr/cip.php)에서 이용하실 수 있습니다.(CIP제어번호: CIP2007001184)

www.munhak.com